Les Survivants

Du même auteur

Canicule, Kero, 2017 ; Le Livre de Poche, 2018
Sauvage, Calmann-Lévy, 2018 ; Le Livre de Poche, 2019
Lost Man, Calmann-Lévy, 2019 ; Le Livre de Poche, 2020

Jane Harper

Les Survivants

Traduit de l'anglais (Australie)
par David Fauquemberg

CALMANN LÉVY NOIR

CALMANN LÉVY
ÉDITEUR DEPUIS 1836

Titre original :
THE SURVIVORS
Première publication : Macmillan, Pan Macmillan
Australia Pty Ltd, Sydney, Australie

COUVERTURE
Maquette : Lisa Amoroso
Adaptation : Alistair Marca
Photographie : © Yann Grancher/Plainpicture

ISBN 978-2-7021-8279-6

À Charlotte et Ted

PROLOGUE

Elle aurait – presque – pu faire partie des Survivants.

Dressée là, sa silhouette se détachant dans la lumière pâle, dos tourné et l'eau salée lui léchant les pieds. Puis elle bougea. Rien qu'un infime basculement du poids, le va-et-vient d'un souffle, mais assez pour briser l'illusion avant qu'elle ne s'impose tout à fait.

Elle regardait toujours au loin, fixant une chose que lui-même ne distinguait pas dans l'obscurité. Quelque part, une vague se brisa et la mer déferla, fraîche et même un peu froide contre les jambes de l'homme, son pétillement blanc encerclant ses mollets nus à elle. Il la vit baisser sa main libre pour ramener sa jupe au-dessus des genoux. L'air était voilé d'une fine brume et le tee-shirt de la femme collait à son dos et à sa taille.

La mer enfla de nouveau, et cette fois la force du contre-courant lui fit faire un pas vers elle. Elle ne le remarqua pas. Son visage était à présent incliné vers le bas, la chaîne en argent de son collier scintillant sur sa clavicule, tandis qu'elle se penchait pour examiner quelque chose dans l'eau. Elle relâcha l'ourlet de sa jupe au moment où une vague déferlait de nouveau, et leva la main pour repousser sa queue-de-cheval tombée sur une épaule. Ses cheveux, éclaboussés, étaient lourds. Une mèche s'était retrouvée piégée au coin de sa bouche et elle la libéra, ses doigts glissant le long des lèvres. Une tension s'empara de la poitrine et des épaules de l'homme.

Si tu dois vraiment le faire…

Cette pensée murmura, couverte par le grondement des flots. Le retour de vague l'aspira de nouveau. Il résista, brièvement, avant de faire un autre pas.

Cette fois elle l'entendit, ou au moins la sentit. Une perturbation du rythme naturel s'écoulant autour d'elle.

Si tu dois vraiment le faire…

Elle releva la tête. Il avala une brusque bouffée d'air iodé.

Fais-le maintenant.

CHAPITRE 1

Kieran espérait que l'engourdissement allait bientôt s'installer. La brûlure glacée de l'océan s'adoucissait généralement en quelque chose de plus neutre, mais les minutes défilaient et il avait toujours aussi froid. Il s'arc-bouta alors qu'une nouvelle vague se brisait contre son épiderme.

L'eau n'était même pas si terrible, se dit-il. Pas à la toute fin de l'été, quand le soleil de l'après-midi faisait de son mieux pour tempérer la chose. Simple chair de poule, à l'évidence, pas une hypothermie. Kieran se rappelait qu'il lui était arrivé de qualifier de « bonne » une eau bien plus gelée que ça. Mais jamais ailleurs qu'ici, en Tasmanie : les températures de la mer qui entourait ce petit État insulaire étaient toutes relatives.

Sydney – la voix dans la tête de Kieran prononçait ce mot d'un ton aussi suspicieux que celui de son frère – *t'a ramolli.*

Peut-être. Le vrai problème, c'est qu'au lieu de fendre ce bleu en soufflant profondément, le défilement de l'eau grondant à ses oreilles et des centaines de kilomètres de houle le séparant de la terre la plus proche, il se tenait debout, parfaitement immobile, enfoncé jusqu'à la taille, à trois mètres de la plage.

Sa fille était blottie contre son torse nu, ivre de lait et somnolente, emmitouflée dans une serviette sèche, les yeux abrités sous un bob minuscule. Du haut de ses trois mois, Audrey devenait de plus en plus lourde. Il fit basculer son poids et, ignorant les muscles légèrement endoloris de ses épaules ainsi que le froid contre ses jambes, il scruta l'horizon en la laissant dormir.

Audrey n'était pas la seule à être KO. Sur la plage, Kieran apercevait sa compagne, Mia, allongée sur le dos, tout habillée, un bras en travers des yeux, la bouche entrebâillée. Sa tête était posée sur une serviette roulée, et ses cheveux défaits dessinaient un grand éventail sombre sur le sable. Elle était capable de s'endormir n'importe où ces derniers temps, tout comme lui.

Il n'y avait quasiment personne alentour. Un couple d'ados qu'il n'avait pas remis était passé un peu plus tôt, main dans la main et les pieds nus, et plus loin sur le sable, une jeune femme cherchait des trésors au bord de l'eau depuis leur arrivée. Au plus fort de l'été, le tourisme faisait tripler la population d'Evelyn Bay, petite ville de neuf cents âmes, mais la plupart des vacanciers étaient repartis à présent, leur vraie vie les rappelant sur le continent australien et au-delà.

« Hey ! »

Une voix familière lui fit tourner la tête. L'homme débouchait de l'un de ces étroits sentiers qui reliaient à la plage une rangée de maisons de vacances marquées par les intempéries. Il souriait, calant sur son épaule un vieux sac à dos. À ses côtés trottinait un gros chien de race indéterminée, que sa corpulence et son poil hirsute, d'un brun doré, faisaient étrangement ressembler à son maître.

Kieran sortit de l'eau et alla rejoindre Ash McDonald sur la plage, se tournant pour qu'Ash puisse voir le bébé dans ses bras.

« Ben, ça alors… » De son doigt calleux, Ash souleva l'un des coins de la serviette et approcha son visage mangé par une barbe de trois jours pour mieux voir Audrey.

« Elle est trop jolie pour être de toi, mon pote, mais félicitations quand même ! » Il se redressa et envoya un clin d'œil à Mia, qui s'était réveillée et frottait le sable sur sa jupe en marchant vers eux. « Je plaisante ! Qu'est-ce qu'elle est belle...

— Merci, Ash. » Mia étouffa un bâillement alors qu'il l'embrassait sur la joue, et elle tendit le bras pour caresser son chien. « Salut, Shifty. »

D'un geste du menton, Ash désigna le short trempé de Kieran. « Elle est comment ?

— Plutôt bonne.

— Comme au bon vieux temps, hein ? »

Kieran sourit. « J'aimerais mieux nager. »

Kieran n'aurait su dire combien d'heures Ash et lui avaient passées, adolescents, enfoncés jusqu'à la taille dans l'océan pour récupérer au lendemain d'un match de football australien[1], attendant que l'eau glacée opère son soi-disant miracle. Un paquet d'heures.

Ash avait été pendant des années un visage estival traînant de temps à temps à Evelyn Bay, mais à l'âge de quinze ans, sa présence ici s'était faite plus régulière, quand le divorce de ses parents avait poussé sa mère à se réinstaller dans sa ville natale.

À l'époque, Kieran ne savait pas grand-chose de lui, hormis le fait qu'il venait d'une ville minière de l'ouest de la Tasmanie, peuplée de types si endurcis que leur équipe de footy jouait sur un terrain non pas en herbe, mais en gravier. Sachant cela, Kieran n'aurait donc pas dû être si étonné quand le nouveau s'était pointé à l'entraînement. Pour la première fois de sa vie, il ne gagnait plus automatiquement les exercices de vitesse, sa

1. Le football australien, communément appelé *footy*, est un sport collectif particulièrement rugueux qui se joue au pied et à la main avec un petit ballon ovale, proche de celui du rugby. Il oppose deux équipes de dix-huit joueurs sur un terrain ovale. C'est le sport le plus populaire en Australie. *(N.d.T.)*

suprématie en termes de précision des tirs était menacée et ses manœuvres sur le terrain, qu'il déployait sans aucun obstacle depuis des années, faisaient désormais face à une opposition féroce. Kieran avait perdu quelques semaines à se sentir dégoûté, avant de redoubler d'efforts en salle de musculation et sur le terrain ovale, mais sa frustration n'avait fait qu'empirer quand il s'était rendu compte que, de son côté, Ash ne ménageait pas sa sueur non plus.

On en était déjà au milieu de la saison quand Kieran était arrivé en retard à la plage, un jour, et, pataugeant dans l'eau glacée, s'était retrouvé malgré lui à côté d'Ash. Ne voulant pas être celui qui changerait de place, Kieran avait contemplé la mer, droit devant, en croisant les bras. Ils étaient restés côte à côte pendant toute la session. Quelque part au nord, invisible, se trouvait le continent australien ; loin vers le sud, l'Antarctique. Et devant eux, rien jusqu'à l'horizon.

« J'ai amélioré plus de records personnels ce mois-ci que toute l'année dernière, dans mon ancien club. »

La voix d'Ash avait pris Kieran par surprise. Il s'était tourné vers le nouveau, qui était tantôt un rien plus fort, plus rapide ou réagissait une fraction de seconde plus vite, et tantôt pas. Ash reprit la parole, sans détacher ses yeux de l'eau.

« C'est vraiment bien, en fait. »

Et bon sang, Kieran s'était rendu compte avec un mélange d'agacement et d'une reconnaissance nouvelle que oui, ce type avait raison. C'était *vraiment* bien. Kieran n'avait jamais été aussi bon que depuis qu'il se tirait la bourre avec ce con. L'entraîneur avait sonné la fin de la récupération et Kieran avait vu Ash se diriger vers la plage. Alors, il avait ouvert la bouche.

« Hé, attends une seconde. »

Ash avait attendu. Et à compter de cet instant, tout s'était arrangé entre eux.

Ni l'un ni l'autre ne jouait plus au footy, désormais, mais près d'une décennie et demie plus tard, Kieran était au moins aussi en forme qu'à l'époque, et, en tant que physiothérapeute du sport, il encourageait à son tour ses patients à se tenir debout dans une eau salée glaciale. Ash n'avait pas trop changé non plus, pensa Kieran. Son métier de paysagiste lui avait donné l'apparence saine quoiqu'un peu noueuse de qui jette à la ronde des sacs de terreau et lutte au corps-à-corps avec des souches à déraciner.

« T'es rentré quand ? » Ash posa son sac à dos sur le sable et Kieran entendit le cliquetis métallique assourdi de ses outils de jardinage.

« Il y a deux heures. »

Kieran et Mia étaient à peine restés aussi longtemps que la politesse l'imposait chez ses parents à lui, avant d'inventer une excuse pour sortir prendre l'air. De là où il était, Kieran apercevait encore la véranda qui se dressait à l'arrière de leur maison, la propriété n'étant séparée de la plage que par une barrière en bois blanche. Kieran se rappela qu'il allait falloir retourner là-bas, dans cette maison, et une claustrophobie diffuse s'empara de lui.

« Comment va ton père ? demanda Ash. Ça fait deux ou trois semaines que je ne l'ai pas croisé.

— Pas super. » Kieran se demanda s'il allait devoir s'expliquer, mais non, bien sûr, Ash hochait déjà la tête. Dans un endroit comme Evelyn Bay, tout le monde était au courant des affaires de tout le monde. Sans doute plus au courant que Kieran lui-même. Il n'avait pas vu son père en chair et en os depuis plus de dix-huit mois, quand la santé de Brian lui permettait encore de prendre l'avion jusqu'à Sydney. Mais déjà à l'époque, Brian semblait perdu en permanence, et la mère de Kieran avait passé l'essentiel de ce séjour à lui expliquer patiemment les choses. Quand Audrey avait vu le jour, trois mois plus tôt, Verity était venue seule faire connaissance avec son premier petit-enfant.

Malgré cet avertissement clair, le choc l'avait quand même rendu muet lorsque Mia et lui étaient arrivés ce jour-là et avaient été accueillis par ce vide qui avait jadis été Brian Elliott. Kieran ne savait plus très bien si l'état de son père s'était détérioré en peu de temps ou si c'était lui-même qui avait fait preuve d'un déni total. Quoi qu'il en soit, à soixante-six ans à peine, son père était étranglé par la démence. Même les médecins reconnaissaient que Brian n'avait vraiment pas eu de chance.

« C'est pour quand, le déménagement ? demanda Ash en se tournant vers la maison de ses parents.

— Dans quelques semaines. » La maison de retraite attendait, à Hobart. « On s'est dit que maman aurait bien besoin d'un coup de main pour mettre de l'ordre dans tout ça.

— Et elle, qu'est-ce qu'elle va faire ? Elle ne va pas s'installer là-bas aussi, quand même ?

— Non. » Kieran songea à Verity, qui à soixante-quatre ans en paraissait facilement dix de moins, et faisait encore du vélo ou de la course à pied quasiment tous les jours. « Elle s'est trouvé un deux-pièces tout près de la maison de retraite.

— Je vois. Ça sera... » Ash fit courir sa langue sur ses dents, cherchant le mot juste. « ... *pratique.*

— Ouais. » Kieran espérait vraiment que ce serait le cas, car il craignait fortement que Verity ne déteste cela.

Ash réfléchit quelques instants, puis ajouta : « Écoute, dis à Verity de me prévenir avant de mettre en vente la maison. J'arrangerai le jardin pour elle. Gratuitement, bien sûr.

— C'est vrai ? Merci, vieux !

— Pas de problème. C'est la merde, cette situation. »

La merde, effectivement. Kieran s'en doutait bien. Il aurait dû rentrer plus tôt.

« Ça fait combien de temps que t'étais pas venu ? l'interrogea Ash, lisant dans ses pensées.

— Deux ans ?

— Plus que ça, je pense, répondit Ash, tandis que Mia secouait la tête.

— Bientôt trois, dit-elle en se tournant vers Ash. Comment va Olivia ? Je lui ai envoyé un mail pour lui dire qu'on serait là cette semaine.

— Ouais, Liv va bien, elle a très envie de vous voir. » Ash tendit la main vers son portable. « Je vais voir si elle est dans le coin, elle habite juste là. Au Fisherman's Cottage. » Il désigna de la tête la rangée de maisons de plage qui donnaient sur le sable.

« Ah bon ? » Kieran se souvenait très bien de ce bungalow trapu au bardage de bois, à une dizaine de portes de la maison de ses parents. « Cottage » était un nom généreusement poétique. Comme à peu près toutes les bâtisses de la ville – et même une grande partie des plus récentes –, c'était l'architecture des années soixante dans toute sa splendeur. « Ça fait longtemps qu'elle loue ici ?

— Dix-huit mois, à peu près. Enfin, depuis qu'elle est revenue s'installer. »

Pendant qu'Ash appelait sa petite amie, Kieran tenta d'imaginer à quoi pouvait ressembler Olivia Birch à trente ans. Il ne l'avait pas vraiment vue depuis – il essaya de calculer – des années, si bien que l'image dans sa tête restait bloquée à dix-huit ans. À cause de sa taille et de son maintien d'alors, les adultes la qualifiaient de « sculpturale », et les adolescents de « bombe atomique ». Elle descendait souvent sur cette plage, ses boucles brunes nouées en une queue-de-cheval qu'elle poussait de côté avec impatience en zippant sa combinaison néoprène. Elle devait encore être grande, à l'évidence, et sans doute toujours aussi belle. Les filles nées avec les attributs d'Olivia avaient tendance à les garder.

Ash porta le téléphone à son oreille puis raccrocha, plissant un peu le front en contemplant l'écran. Il releva la tête et, à la grande surprise de Kieran, se mit à crier sur la plage.

« Hé ! Bronte ! »

La jeune femme avait cessé d'écumer la plage en quête de trésors. Accroupie à l'orée des vagues, elle braquait un appareil photo sur le sable. Elle leva les yeux en entendant le cri d'Ash, puis se redressa, sa jupe battant dans la brise océane.

« La coloc de Liv, expliqua Ash à Kieran et Mia avant de pointer du doigt le bungalow et d'élever à nouveau la voix. Olivia est à la maison ? »

L'inconnue – Bronte, en conclut Kieran – secoua la tête, exagérant son geste pour compenser la distance. *Non*. Ils virent plus qu'ils n'entendirent ce mot, le vent happant au vol la voix de la fille.

Ash mit une main en porte-voix. « Elle est où ? »

Haussement d'épaules. « Je sais pas. »

« Bon, ben… » Ash baissa les yeux sur son portable, les plis se creusant sur son front. « Je ne sais pas… Elle bosse ce soir, alors on n'a qu'à tous aller boire un verre. Vous la croiserez là-bas.

— Liv travaille toujours au Surf & Turf ? » Mia chercha en vain à dissimuler son étonnement.

« Ouais, répondit Ash. Pour l'instant, en tout cas. Alors, on se retrouve à quelle heure ? Vers 20 heures ?

— Je suis pas sûr, vieux. » Kieran désigna Audrey, dans sa serviette, réveillée à présent sous son bob. « On a la petite, alors…

— Alors c'est à ça que servent les grands-mères, non ? » Ash était déjà en train d'écrire son texto. « Je vais prévenir Liv qu'on sera là, et proposer à Sean de passer, aussi. »

Kieran et Mia échangèrent un regard dans lequel se déroula toute une conversation muette, aboutissant à un hochement de tête quasi imperceptible de l'un et de l'autre. Ils iraient tous les deux.

« OK. » Ses textos envoyés, Ash ramassa son sac à dos et le hissa sur son épaule. « Je ferais mieux de me remettre au boulot. Je vous revois tout à l'heure. » Il se pencha sur Audrey. « Mais pas toi, ma puce. Tu vas passer un bon moment avec ta mamie. »

Audrey se tourna pour le regarder, et le vent s'engouffra dans son chapeau, l'arrachant de sa tête. Kieran et Ash bondirent pour le rattraper mais le bob était déjà loin, filant au ras du sable. Ash mit de nouveau ses mains en cornet autour de sa bouche.

« Bronte ! »

La fille avait à présent de l'eau jusqu'aux genoux, et examinait un ruban d'algue tendu entre ses deux mains. Son sac en toile était posé à l'abri sur le sable. Le cri d'Ash lui fit relever la tête, un geste à la fois impatient et plein d'indulgence.

« Quoi encore ?! »

Elle aperçut le chapeau d'Audrey ricochant à l'orée des vagues, et lâcha son algue. Elle se mit à courir après le bob, retroussant d'une main sa jupe au-dessus des genoux tandis qu'elle pataugeait dans l'écume, les crêtes blanchies des rouleaux pétillant autour de ses jambes. Elle était sur le point de l'attraper quand la brise l'escamota soudain et l'emporta au loin, vers le large, hors d'atteinte.

Kieran la vit s'arrêter, sachant la cause perdue. La fille relâcha sa jupe, dont l'ourlet retomba juste au ras de l'eau, et passa une main distraite sur sa nuque, écartant ses cheveux blonds de sa peau en une épaisse poignée hirsute. Elle suivit du regard le bob qui s'éloignait.

« Qu'est-ce que t'attends ? s'exclama Ash, tout sourire. Nage ! »

Elle éclata de rire, et cria quelque chose qui ressemblait à : « Vas-y, toi ! »

« Sois pas si égoïste, Bronte. T'es déjà à moitié dedans ! »

Elle lâcha ses cheveux et, de sa main libre, lui fit un doigt d'honneur.

Ash rit et son regard se tourna vers le portable, qui venait de biper dans sa paume. Il consulta l'écran mais ne fit aucun commentaire.

Kieran suivit des yeux le chapeau qui faisait le bouchon au gré des vagues, évoquant de manière troublante un humain.

« Eh bien… » Mia tendit les bras pour prendre Audrey. « Je crois qu'on ne le reverra plus, ma chérie. Désolée. »

Indifférente, Audrey se contenta de lever sa main potelée pour empoigner le collier de sa mère. Elle secoua la chaîne d'argent dans son poing, tandis que tous restaient plantés là, sur la plage, à regarder le bob plonger une fois, puis deux, avant d'être englouti par la mer.

CHAPITRE 2

Le Surf & Turf avait exactement la même allure que trois ans plus tôt. Dix ans plus tôt, même. Tout un côté de ce bâtiment aux façades bardées de bois était toujours orné d'une silhouette de calamar géant, entièrement dessinée avec des coquillages blanchis par le soleil, qu'on avait collés sur le mur. Une pancarte peinte à l'entrée proclamait : *Nos poissons viennent de là*, avec une flèche grossière pointée sur l'océan qui se trouvait à un jet de galet à peine de la terrasse en bois du restaurant.

Kieran et Mia, zippés dans des blousons qui méritaient à peine de sortir de leur penderie là-bas, à Sydney, parcoururent Beach Road. Il régnait sur l'artère principale d'Evelyn Bay cette atmosphère de ville fantôme que Kieran associait depuis toujours à la fin de l'été. Les places de stationnement si convoitées en saison qu'elles déclenchaient des altercations entre automobilistes étaient à présent vacantes et délaissées. Tous les magasins, y compris la petite supérette, avaient fermé jusqu'au lendemain, et des vitrines vides indiquaient que plus d'un établissement avait baissé son rideau pour de bon jusqu'à la fin de la basse saison.

Apparemment, ça n'avait pas toujours été le cas. Evelyn Bay était pris en sandwich entre des forêts anciennes et l'océan, et à l'époque où les parents de Kieran avaient son âge actuel, la pêche et la foresterie avaient fait sa fortune. À présent, les gens de la génération suivante emmenaient les touristes en mer à la rencontre des dauphins en été, et vivotaient de petits boulots en hiver. Ou alors, ils quittaient la ville une bonne fois pour toutes.

Le Surf & Turf faisait le plein, ce qui, à cette heure de la soirée et à ce moment de l'année, signifiait qu'une poignée de gens occupaient une demi-douzaine de tables. Personne ne fit vraiment attention à Kieran lorsqu'ils entrèrent. Il ne s'attendait pas à ce que tous les regards se tournent vers lui, d'ailleurs – douze ans, c'était long dans la vie de n'importe qui, et, pour l'essentiel, les rares personnes qui avaient pu éprouver un irrépressible besoin de s'en prendre à lui l'avaient déjà fait –, mais il se sentit quand même un peu soulagé.

Deux jeunes types que Kieran ne connaissait pas buvaient un verre sur la terrasse en bois, faisant semblant de ne pas avoir froid en tee-shirt dans la brise du crépuscule, et Kieran fut content de voir qu'Ash avait réquisitionné une table à l'intérieur, au fond de la salle. Ash tenait une bière dans une main et son portable dans l'autre, il posa les deux sur le bois rayé de la table en les voyant entrer.

« Verity a proposé de garder la petite, hein ? Sympa de sa part. »

Kieran hocha la tête. Sa mère s'était effectivement proposée, sans râler. Elle s'était contentée de repousser dans un coin quelques cartons de déménagement à moitié remplis, avant de s'installer sur le canapé avec son mari et sa petite-fille. Au programme : soirée avec ces deux compagnons à l'aptitude verbale limitée, et au niveau de dépendance élevé. Kieran et Mia avaient traîné dans le couloir d'entrée en échangeant des regards coupables, mettant un temps infini à lacer leurs chaussures et à retrouver leurs portables, jusqu'à ce que Verity se lève du canapé et aille elle-même leur ouvrir la porte, roulant de gros yeux quand ils avaient enfin franchi le seuil, s'aventurant dans l'air du soir.

Le téléphone d'Ash vibra sur la table et il se pencha vers l'écran. « Sean arrive. Un truc à réparer sur son bateau.

— Rien de grave ?

— Sans doute pas, je crois qu'il est juste au taquet. » Ash sirota une gorgée de bière. « Même Liv me disait…

— Je te disais quoi ? » Une serveuse s'approcha de leur table, bloc et stylo en main, portant l'uniforme aisément reconnaissable du Surf & Turf : tee-shirt et jupe orange. Sans écouter la réponse d'Ash, elle fit le tour de la table. « Oh mon Dieu, Mia ! »

Olivia Birch tendit ses bras vers Mia, qui se levait déjà pour la saluer. Les deux femmes s'enlacèrent, puis se penchèrent en arrière pour mieux se regarder.

Kieran avait vu juste. Même dix bonnes années après le lycée, en orange flashy et avec son épais chignon bouclé déjà en train de se défaire à la moitié de son service, Olivia n'en demeurait pas moins, objectivement, la femme la plus spectaculaire de cette salle.

« Salut Kieran, lança-t-elle, par-dessus l'épaule de sa compagne.

— Salut, Liv. »

Elle semblait sur le point d'ajouter quelque chose, mais se contenta finalement de relâcher Mia et d'ouvrir son calepin. « Bon, vous buvez quoi ?

— Merci infiniment pour le petit ensemble que tu nous as envoyé pour Audrey, Liv, dit Mia, quand Olivia revint avec les plateaux. J'ai fait une photo… »

Elle sortit son portable et Olivia posa les verres sur la table avant de se pencher vers l'écran.

« Qu'est-ce qu'elle est jolie ! Elle est où, d'ailleurs ? Avec Verity ?

— Ouais, répondit Mia. Mais on reste là toute la semaine. Je viendrai te voir avec elle.

— Oui, s'il te plaît. Ou bien passe chez moi quand tu veux. Je vis à deux pas de chez vous.

— Ash nous a dit. On a plus ou moins rencontré ta coloc tout à l'heure, en fait.

— Bronte ? »

Olivia se tourna vers l'autre extrémité de la salle, et Kieran remarqua alors la fille de la plage, qui portait à présent, elle aussi, la livrée orange des lieux. Elle était plus jeune qu'il ne l'avait cru d'abord, avec un beau visage rond et de grands yeux qui lui donnaient l'air un peu troublant d'une poupée. Ses cheveux étaient noués en arrière maintenant, et Kieran constata que leur aspect, qui sur la plage avait donné l'impression d'un simple blond foncé, était en fait le fruit de mèches sophistiquées comme on en voyait souvent dans les rues de Sydney, mais qui, dans ce cadre où les gens s'apprêtaient assez peu, avait quelque chose d'exotique.

Bronte était en train d'apporter un verre de vin rouge à la table, dans un coin, où un homme était assis seul devant l'écran de son ordinateur portable. Elle fit un commentaire inaudible en posant le verre sur un sous-verre en carton, et l'homme ne put s'empêcher de sourire. Il se redressa sur sa chaise, s'étira les épaules, et but une longue gorgée de vin. Il fit le geste de renverser le reste sur son clavier, l'air faussement excédé, et tous deux éclatèrent de rire. Bronte se retourna et l'homme posa son verre avec délicatesse, la suivant des yeux par-dessus son écran tandis qu'elle se frayait un chemin entre les tables.

« Elle n'est pas d'ici, pas vrai ? interrogea Kieran.

— Non. » Olivia secoua la tête. « Une saisonnière. »

Ses oreilles sifflant peut-être, Bronte posa les yeux sur Olivia, avant de reconnaître Kieran et Mia. Elle leur sourit, puis tendit l'index : *Une seconde*. Elle disparut de l'autre côté d'une porte battante où l'on pouvait lire *Réservé au personnel*, puis ressortit quelques secondes plus tard avec un carton cabossé dont le flanc portait, griffonnée au marqueur, l'inscription *Objets trouvés*.

« Ce sera pas le même, je sais, déclara Bronte en s'approchant d'eux. Mais ça vous évitera au moins d'en acheter un autre. »

Elle tendit le carton à Mia. Dedans, Kieran aperçut des dizaines de chapeaux de plage de toutes les tailles et de toutes les couleurs, dont certains étaient quasiment neufs.

« Les gens en oubliaient cinq par jour, à un moment, alors s'il y a quelque chose là-dedans qui va à votre petite, autant que vous le preniez ! » Bronte ramassa un petit bob jaune à fleurs, qui portait encore l'étiquette avec le prix. « Personne ne viendra les récupérer, maintenant.

— Merci beaucoup, dit Mia, fouillant dans le carton tout en se présentant, elle, puis Kieran. C'est super sympa.

— Bronte et sa mauvaise conscience ! » Ash sourit, avala une lampée de bière. « Pas vrai ? C'était le moins que tu pouvais faire après nous avoir tous laissés tomber tout à l'heure.

— Va te faire voir ! L'eau était gelée. » Le rire de Bronte se prolongea un peu sous le regard calme d'Olivia, et elle entreprit de raconter l'histoire – comment elle vaquait à ses affaires sur la plage, et Kieran et Mia étaient là, puis Ash était arrivé – tout en agitant le chapeau à fleurs. Ainsi raconté, l'incident semblait un peu bizarre.

« Ah » fut l'unique commentaire d'Olivia quand Bronte finit par s'essouffler.

Bronte prit à peine le temps de respirer avant de se tourner vers Kieran. « Alors comme ça, Verity est votre maman ? Elle est tellement sympa. Elle a fait un grand ménage dans son abri de jardin, il y a quelques semaines, et m'a donné du fil de fer pour les petites sculptures que je m'amuse à fabriquer. J'ai fini par lui prêter main-forte, et elle m'a laissée prendre des petites bricoles bien utiles.

— Vous êtes artiste ? demanda Kieran.

— Oui. Enfin… » Bronte s'interrompit tandis qu'Olivia, qui s'était appuyée sur la chaise d'Ash, se raidissait. « *Étudiante* en art. Je suis à la fac, à Canberra.

— Cool ! Quel genre d'art ?

— Un peu de tout, je n'ai pas encore vraiment choisi mon médium de prédilection. Mais je veux faire une grande série sur le bord de mer ce semestre, alors je me suis dit que cet endroit serait parfait pour, enfin, vous voyez… » Elle balaya l'air d'un grand geste du bras. « … trouver l'inspiration. »

Même Kieran vit vaciller fugacement l'expression neutre d'Olivia, cette fois. Bronte cligna des yeux, soudain embarrassée. Elle fut sauvée par un appel lancé à travers le passe-plat de la cuisine et, sans même prendre la peine de cacher son soulagement, s'éloigna précipitamment.

Olivia se tourna brusquement vers Ash, réagissant à quelque chose que Kieran n'avait pas perçu. « Quoi ? », dit-elle.

Ash leva les yeux vers elle. « Rien.

— Je ne lui ai fait aucune remarque.

— Je n'ai pas dit ça, Liv. »

Olivia ne répondant pas, Ash tendit le bras et la tira à lui. « Allez. Est-ce qu'elle en vaut vraiment la peine ? » Ash se fendit d'un sourire jusqu'à ce qu'elle le lui rende. « Faut pas être à cran, comme ça.

— Oui, je sais. » Olivia haussa les épaules et se tourna, un peu gênée maintenant, vers Kieran et Mia. « Mais c'est vrai, elle n'est encore qu'une étudiante. Comme moi. Ou si ça ne lui plaît pas, elle n'a qu'à dire qu'elle est serveuse, comme moi. Mais elle n'est pas plus artiste que moi, je ne suis urbaniste. Ce qui n'est plus le cas, soyons honnêtes. Je trouve juste un peu hypocrite de raconter à tout le monde qu'on est ceci ou cela, alors que ce n'est pas vrai. »

Mia hocha la tête, compatissante. Elle posa deux chapeaux de bébé sur la table et poussa le carton de côté. « Il n'y a rien d'autre, par ici, qui soit plus proche de tes compétences, Liv ?

— Pas vraiment. Je veux dire, dans mon cabinet à Melbourne, j'étais spécialisée dans les questions de zonage concernant les immeubles de plus de douze étages – pour lesquels, clairement, la demande est inexistante dans le coin… »

Elle a raison sur ce point, songea Kieran. L'édifice le plus élevé d'Evelyn Bay était l'ancienne Capitainerie, dans le vieux quartier colonial de la ville. Cet immeuble en grès, classé monument historique et désormais reconverti en Bed and Breakfast, ne comptait qu'un étage.

« … mais je le savais en venant ici, poursuivit Olivia. Quand j'ai compris que j'allais devoir revenir m'installer, je me suis inscrite à un master en ligne, donc c'est déjà ça. Histoire de ne pas perdre la main, même si ce n'est pas grand-chose. »

Elle n'avait pas l'air optimiste.

« Comment va ta mère, ces temps-ci ? » l'interrogea Mia.

Olivia haussa les épaules. « Elle va bien. Ça peut aller. Elle est contente que je sois rentrée. Elle aimerait mieux que je vive à la maison, avec elle, mais c'est hors de question. Je deviendrais folle au bout de cinq minutes. Même si… » Bronte était en train de nettoyer les tables dehors, sur la terrasse, le vent rabattant ses mèches sur son visage. Olivia sourit, dans un effort pour détendre l'atmosphère. « J'ai pas vraiment gagné au change. »

Mia éclata de rire. « Elle est si terrible que ça ?

— Non, pour être honnête, pas du tout. C'est juste qu'elle est… » Olivia jeta un coup d'œil aux deux jeunes types grelottant dans leur tee-shirt, qui tentaient le brin de causette. Bronte sourit, haussa les épaules et continua de manier l'éponge. « … *jeune*. Je veux dire, elle n'était même pas au courant qu'il fallait appeler les encombrants pour prendre rendez-vous. Elle balançait tous ces trucs artistiques à côté des poubelles et s'attendait sincèrement à ce qu'ils disparaissent. Comme si… »

Elle s'interrompit, tandis qu'Ash posait la main sur sa taille.

« Elle sera bientôt partie, dit-il. Combien de temps à tenir ? Trois semaines ?

— Deux semaines et cinq jours.

— Tu vois… Perds pas de vue l'arrivée. » Il sourit. « Tu pourras bientôt recommencer à te balader nue dans la maison. Ça sera super.

— Ça serait surtout super que j'aie pas à lui courir après pour les factures qu'elle me doit. Oh… » Olivia fixait l'autre bout du restaurant. « Attendez, faut que j'aille m'occuper de ça. »

Les types en tee-shirt, les bras à peine bleutés, avaient reconnu leur défaite et étaient rentrés pour payer. Kieran observa la scène avec intérêt, Ash suivant des yeux Olivia jusqu'à la caisse. Il n'avait jamais connu Ash et Olivia en couple. Ils n'étaient pas tout à fait comme il l'aurait imaginé, mais enfin, il ne les avait jamais vraiment imaginés ensemble. Ash si, presque à coup sûr. Kieran aurait été surpris que l'idée d'être avec Liv Birch n'ait pas traversé l'esprit de la plupart des types de cette ville, à un moment ou à un autre.

Tandis qu'il tendait la main pour prendre son verre, Kieran ressentit la chose avant de la voir. Cette sensation de picotement qu'on a lorsqu'on est observé. Il ne tourna pas la tête, préférant faire glisser lentement son regard à travers la salle. Il lui fallut une seconde à peine pour localiser la source, mais alors, il ressentit un nœud au creux de l'estomac.

Le garçon – l'homme, à vrai dire, désormais – se tenait debout derrière le passe-plat de la cuisine. Large d'épaules, il portait un tablier maculé de gras et une expression qui fit regretter à Kieran de ne pas être ailleurs.

À en juger d'après la corpulence et la posture du type, il semblait avoir vingt-cinq ans, mais Kieran savait avec certitude qu'il n'en avait que dix-neuf. Il portait un badge au nom trop petit pour pouvoir le déchiffrer, mais Kieran n'en avait pas besoin. Liam Gilroy.

Kieran avala une bouffée d'air, puis une autre, et se força à le regarder dans les yeux. Liam fit aussitôt semblant de fixer un point derrière lui, puis se tourna vers son gril. Kieran s'attendit à éprouver du soulagement, mais il n'en fut rien. Il savait bien que les choses ne risquaient pas vraiment de mal tourner, mais l'atmosphère dans cette salle lui semblait soudain étouffante. Kieran vérifia si Mia avait remarqué cet échange, mais elle était trop occupée à arracher un fil qui dépassait d'un des chapeaux sans défaire toutes les mailles. Il se leva, un peu trop vite, et sa chaise racla le plancher.

« Je reviens tout de suite. »

Ash et Mia levèrent les yeux en même temps, leurs yeux lui adressant la même impérieuse requête : *Ne me laisse pas*. Ils s'entendaient bien, entourés d'autres gens, mais avaient du mal à faire la conversation en tête à tête, Kieran le savait. Pourtant, il n'avait pas le choix.

Il les laissa à leurs sourires un peu forcés et fila droit vers les toilettes. Il n'y avait personne à l'intérieur, et Kieran resta planté là, au calme. Les miroirs des lavabos étaient couverts de traces et dans la lumière crue des toilettes, son reflet semblait un peu plus âgé que ses trente ans. Il était toujours fatigué, ces temps-ci. Le manque de sommeil depuis la naissance d'Audrey était vraiment éprouvant. Il se lava lentement les mains, se demandant si Mia et lui pouvaient décemment quitter les lieux avant l'arrivée de Sean. Oui, sans doute. Sean et lui se connaissaient depuis assez longtemps pour que ça ne soit pas trop mal pris. Mais en même temps, ça allait un peu à l'encontre de leurs principes.

Mia ne comprenait pas vraiment ces choses.

« Les amitiés masculines sont tellement bizarres, vous ne vous parlez presque jamais, lui avait-elle dit alors qu'ils faisaient leurs valises en vue de ce séjour.

— Mais si. Je les vois chaque fois que je viens.

— Entre deux séjours, je veux dire. Vous ne vous appelez même pas. »

C'était la vérité. Kieran avait appris qu'Ash et Olivia s'étaient mis ensemble par Mia, qui l'avait appris d'Olivia à l'occasion d'un de leurs trois échanges de courriels annuels.

« T'as raison, j'imagine, avait-il répondu. Mais bon, ça fonctionne bien comme ça. »

C'était la vérité. Kieran ne s'inquiétait jamais à ce sujet. Quand ils se retrouvaient tous les trois, ils étaient vraiment capables de reprendre là où ils s'étaient quittés. Mais surtout, si leur amitié avait dû voler en éclats, elle l'aurait fait douze ans plus tôt. Kieran ferma le robinet et détourna le regard de son reflet. S'ils avaient pu survivre à ça – ces jours si sombres passés à culpabiliser et à rendre des comptes –, ils étaient certainement capables de survivre à quelques années de textos sporadiques.

Kieran s'essuya les mains, vérifia son portable et, ne pouvant faire traîner les choses plus longtemps, il finit par ouvrir la porte. Il venait à peine de sortir dans l'étroit couloir séparant les toilettes de la salle du restaurant quand il entendit la voix familière résonner en cuisine. Les mots étaient étouffés par le gémissement du ventilateur industriel, mais assez clairs pour le figer sur place. Kieran resta planté là, immobile, sachant grâce à l'instinct qu'il avait acquis au fil des années que cette conversation le concernait.

« Si ça dépendait de moi, il n'aurait même pas le droit de foutre un pied ici. » Liam avait l'air très énervé.

Un rire de fille, poli. « Eh bien, la dernière fois que j'ai vérifié, aucune décision ne dépend de nous, ici. » C'était Bronte qui parlait ; Kieran reconnaissait sa voix, à présent. « De toute façon, il a l'air bien.

— Et comment tu pourrais le savoir ? »

Bronte parut déconcertée. « Je sais pas, enfin…

— Tu sais rien de lui.

— Sans doute. C'est juste que je…

— Que tu quoi ?

— Je ne comprends pas pourquoi tu lui en veux comme ça, c'est tout.

— Ah ouais ? »

Kieran se rendit compte qu'il retenait son souffle. Il expira. Ce qui allait venir maintenant serait sans surprise.

« Ben, pense ce que tu veux. » La voix de Liam était dure. « Moi, en tout cas, c'est comme ça que je vois les choses : quand tu tues quelqu'un, tu mérites toutes les emmerdes qui te tombent dessus après. »

CHAPITRE 3

Par chance – ou peut-être par malchance –, Sean était assis à leur table quand Kieran ressortit dans la lumière criarde du restaurant, sinon il aurait pris Mia par la main, aurait rapidement pris congé d'Ash et serait parti. Il était encore en train d'envisager sérieusement cette option quand Sean se leva pour le saluer, un large sourire paresseux lui barrant le visage.

« Ça fait plaisir de te voir, mon vieux. Désolé du retard, tu sais comment c'est au moment du changement de saison. » Sean tira sa chaise à côté de celle de Kieran et, au bout d'un moment, Kieran s'assit à son tour. « Je suis content que vous soyez encore là. Je pensais que des jeunes parents comme vous seraient déjà allés se pieuter à cette heure-là.

— Ouais. » Kieran sentit que Mia le scrutait du regard, il s'éclaircit la gorge. Tenta de se souvenir du son normal de sa voix. « Enfin, en temps normal oui, mais…

— Laisse-moi deviner, Ash t'a mis la pression pour venir quand même. » Sean fit un hochement de tête entendu et tendit une main devant lui, paume ouverte. « N'en dis pas plus. »

Le sourire de Kieran fut sincère, cette fois. « Mais nous voulions te saluer, mon pote. »

Il le pensait vraiment. Aussi loin qu'il pouvait se souvenir, Sean et lui avaient toujours été amis. Sean avait toujours été là. Il y avait des photos d'eux enfants, présents au premier anniversaire l'un de l'autre, et le plus ancien souvenir de Kieran, c'étaient Sean et lui sur la plage, leurs parents respectifs en train de papoter pendant qu'eux creusaient des trous dans le sable et s'aspergeaient en donnant des coups de pied dans l'eau.

Le gamin hippie, maigre et silencieux qu'était alors Sean s'était changé en un homme longiligne, réfléchi, soucieux de l'environnement, qui n'était jamais aussi heureux que sur l'eau, à regarder l'horizon osciller lentement depuis le pont d'un bateau. Ses cheveux étaient toujours assez courts pour pouvoir les sécher d'un revers de main, et il donnait toujours l'impression d'être fraîchement sorti de la mer et d'avoir enfilé les premiers vêtements qui lui étaient tombés sous la main.

Il n'était plus tout à fait la même personne qu'il avait été *avant* – c'est le seul mot qui venait à l'esprit de Kieran lorsqu'il pensait à ce temps-là –, mais aucun d'eux non plus. Mia, Ash, Olivia, la mère d'Olivia, les parents de Kieran. Liam. Kieran lui-même, évidemment. Personne n'était sorti indemne de cette tempête.

Kieran se tourna vers le passe-plat de la cuisine. Au moins, Liam n'était plus là. Il se redressa sur sa chaise et essaya de se détendre.

« Hé, oh, personne n'a mis la pression sur personne ! protestait Ash. Je trouve ça humiliant pour Kieran. Ils sont venus de leur plein gré avec Mia. »

Tout en parlant, Ash chercha le regard de Bronte, là-bas au comptoir, et désigna leur table d'un mouvement circulaire : *une autre tournée*. Bronte confirma, pouces levés, et Ash la gratifia d'un clin d'œil. Le regard de Bronte s'attarda un instant sur Kieran, et celui-ci tenta de jauger la réaction de la serveuse à sa conversation avec Liam, en cuisine. Curiosité ? Mépris ? Elle détourna les yeux avant qu'il en ait le cœur net.

« J'en doute pas un instant. » Toujours souriant, Sean pointait du doigt Ash. « Mais c'est marrant comme la volonté des gens finit toujours par coïncider exactement avec ce que toi, tu veux, mon pote ! » Il se tourna vers Kieran, qui dut se forcer à se reconcentrer sur leur conversation. « À la maison, c'est toujours comme ça. »

Kieran ne trouva rien d'intéressant à dire, et fut soulagé que Mia intervienne.

« Vous vivez où maintenant, tous les deux ? demanda-t-elle. Toujours près de la marina ? »

Ash acquiesça. « Ouais, toujours au même endroit. Y a deux ou trois trucs qu'il faudrait réparer, mais c'est pratique pour le boulot. »

Kieran visualisa l'immense maison du bord de mer qu'Ash et Sean partageaient depuis au moins six ans. L'endroit avait toujours été un peu délabré, mais l'emplacement était objectivement parfait, et c'était toujours mieux que la maison plus petite et encore plus délabrée qu'ils avaient partagée avant.

Mia se tourna vers Sean. « Ça va le boulot, au fait ? On t'a aperçu au large tout à l'heure. Enfin, ton bateau. »

Après qu'Ash les avait laissés sur la plage, dans l'après-midi, Kieran et Mia s'étaient regardés, puis s'étaient tournés vers la maison des parents de Kieran où ils savaient que les attendait une montagne de cartons.

« Je crois qu'on devrait rentrer », avait dit Mia.

Kieran avait baissé les yeux sur son nourrisson. « Ou bien on pourrait montrer à Audrey les grandes attractions d'Evelyn Bay. C'est la première fois qu'elle vient là.

— Tu penses à quoi ?

— Le belvédère ? »

Mia avait haussé les épaules. « Comme tu veux. Mais tu vas devoir la porter jusqu'en haut de la falaise !

— T'inquiète. » Kieran avait enfilé son tee-shirt et secoué le porte-bébé pour le débarrasser du sable avant de le fixer sur lui. « Trop facile ! »

En réalité, le sentier bien battu qui montait en lacets depuis la ville avait été plus éprouvant que dans son souvenir, surtout avec ce poids supplémentaire collé à sa poitrine. À mi-chemin, ils avaient dépassé le portail qui donnait sur le fond du cimetière municipal, avant que le sentier ne se fasse plus étroit et pentu. Kieran avait été soulagé en atteignant le sommet. Douze ans auparavant, cet ancien observatoire de baleiniers n'était encore qu'une petite clairière plane avec une pancarte à moitié effacée laissant entendre, dans le souvenir de Kieran, qu'il n'était pas forcément très malin d'aller escalader les falaises alentour, mais bon, chacun faisait ce qu'il voulait.

À présent, l'endroit accueillait une plateforme en bois de petite taille, mais bien délimitée, entourée d'un grillage surmonté d'une rambarde en bois à hauteur de taille. À côté d'impeccables plaques stratifiées offrant des explications sur les migrations des baleines et les sites de nidification de la sterne huppée, illustrations à l'appui, un panneau tout à fait lisible avertissait que les contrevenants qui s'aventureraient sur les falaises encouraient une amende de 500 dollars australiens, en vertu de l'arrêté municipal 16.1, Section D.

Il n'y avait personne là-haut, Kieran et Mia s'étaient assis côte à côte sur un banc, lui aussi apparu ces dernières années, qui donnait sur la mer, le vent agrippant leurs cheveux. L'eau, qui pouvait adopter mille scintillements différents, était cet après-midi-là une plaine ondulante d'un vert-gris terne. Loin au large des récifs, un catamaran au mouillage se balançait doucement. Le *Nautilus Blue* de Sean.

« Il est dessous ? avait demandé Mia en observant le pont.

— On dirait bien. » Kieran apercevait le drapeau hissé qui agitait son message dans le vent. Bleu et blanc. *Plongeur à l'eau.*

Kieran avait scruté la mer en quête de la silhouette sombre et lisse d'une combinaison de plongée, d'une tête pointant parmi les vagues, mais rien n'était venu crever la surface. Il ne s'attendait pas vraiment à le voir apparaître. L'épave de l'infortuné *Mary*

Minerva gisait par trente-cinq mètres de fond. Sean risquait d'en avoir pour un moment.

Le monument en hommage aux cinquante-quatre passagers et membres d'équipage qui avaient péri lors de ce désastre, près d'un siècle plus tôt, se dressait à présent sur un promontoire rocheux, face au lieu du naufrage.

Ce mémorial était censé être visible depuis la terre et la mer, par tous les temps. Mais ce n'était pas le cas, ne pouvait s'empêcher de penser Kieran avec une touche d'amertume chaque fois qu'il le voyait. Pas par *tous* les temps. Mais quand même, les gens avaient l'air de l'aimer. Et tous les naufrages n'avaient pas l'honneur d'être ainsi commémorés. Les eaux tasmaniennes étaient connues pour avoir fait sombrer plus d'un millier de navires, dont les squelettes rouillés se décomposaient peu à peu, faisant de ces parages un vaste cimetière sous-marin.

« Les affaires vont bien, merci, répondait Sean à présent, élevant la voix dans la salle bruyante du Surf & Turf. On a eu du monde cet été, ça aide. Mais je suis content que ce soit fini.

— Tu vas pouvoir enfin t'amuser un peu, non ? répliqua Kieran.

— Ouais. » Sean lui sourit. « J'ai mes premières réservations dans deux semaines. Un groupe qui vient de Norvège.

— T'es prêt à les accueillir ?

— J'y bosse ! »

Cette période de l'année avait toujours été un moment épuisant dans le travail de Sean, Kieran s'en souvenait, et cela n'avait pas dû changer. Sean passait tout l'été à emmener des touristes pêcher, faire du tuba et plonger dans des endroits faciles et peu profonds, profitant de la saison pour faire le plein d'argent. Avec l'arrivée de l'automne, quand les algues qui voilaient les eaux estivales se dissipaient, les plongeurs sérieux qui ne craignaient pas l'eau froide commençaient à affluer des quatre coins de la planète pour profiter des quelques mois où la visibilité sous-marine était au plus haut, et Sean pouvait alors se livrer à son activité préférée : descendre dans les profondeurs.

Le *Mary Minerva* était l'une des rares épaves accessibles de Tasmanie. Son exploration était réservée aux plongeurs confirmés, qui ne voulaient surtout pas gâcher cette expérience par des conditions non optimales, de sorte que la fenêtre était étroite. D'ici juillet, les conditions hivernales deviendraient si traîtresses qu'il serait impossible d'atteindre l'épave, et le *Mary Minerva* retrouverait sa solitude immergée jusqu'à l'année suivante.

« J'avais prévu d'être un peu plus avancé dans mes contrôles de sécurité, poursuivit Sean. Les Norvégiens voudraient explorer la salle des machines, mais cette année, j'hésite un peu. Je n'aime pas trop l'allure de cette paroi nord. Il faut vraiment que j'aille voir ça de près, mais je crois que ma bonne torche est passée par-dessus bord, quelque part.

— Je l'ai prêtée aux filles, intervint Ash sans relever les yeux de son portable.

— Ma lampe étanche ? La jaune ?

— Ouais. Désolé, je croyais te l'avoir dit. »

Sean le regarda, stupéfait. « Ça fait des semaines que je la cherche ! J'étais même sur le point d'en acheter une autre. »

Ash éclata de rire en voyant la tête de Sean. « Allez, on va pas en faire une histoire. Il me semblait te l'avoir dit. Et puis, elles en avaient vraiment besoin. Elles n'en avaient qu'une toute petite, vraiment pourrie.

— C'est cher, ces lampes-là… » Sean semblait encore un peu agacé. « Et on n'est pas censé s'en servir trop longtemps à terre, l'ampoule risque de surchauffer. Hé Liv, lança-t-il à Olivia qui venait d'arriver avec leurs verres, vous en avez terminé avec ma torche ? La jaune ?

— Oh. Ouais, je pense ! » Elle vida son plateau et le cala sous son bras. « D'ailleurs, ce n'est pas moi qui en ai eu besoin. C'était Bronte. »

Sean fronça les sourcils. « Pour quoi faire ? »

Olivia hésita. Bronte rangeait les verres derrière le bar, hors de portée de voix. « Elle a cru entendre des bruits derrière la maison la nuit, une ou deux fois.

— Ah bon ? » Mia fronça les sourcils. « La partie qui donne sur la plage ?

— Ouais, répondit Olivia. Quand ta coloc te dit un truc comme ça, tu le prends forcément au sérieux, enfin… » Elle s'appuya contre la table, passant machinalement un pouce sur la chaîne de son collier. « Bon, je ne suis pas en train de dire qu'elle n'a pas *cru* entendre quelque chose. Mais je vis là-bas depuis deux ans et je n'ai jamais eu aucun problème. Même en été, quand il y a du monde sur le sable à n'importe quelle heure. » Olivia se tourna vers Ash. « Toi non plus, d'ailleurs, tu n'as jamais rien entendu quand tu restes dormir, pas vrai ? »

Ash fit non de la tête. « J'ai fait un tour, juste au cas où – avec les touristes, hein ? Mais rien à signaler. Je veux dire, l'abri de jardin est toujours ouvert, mais rien n'avait disparu. C'était sans doute un chien, ou un truc dans le genre. »

Mia plissa le front. « Quand même, c'est un peu flippant…

— Je sais, acquiesça Olivia. Ça m'a bien perturbée pendant un moment. Mais la fenêtre de la chambre de Bronte donne sur la mer, et vous savez bien le bruit que ça peut faire, avec le vent, les vagues… Surtout quand on n'a pas grandi avec. »

Tous hochèrent la tête.

« Enfin… » Olivia haussa les épaules et se tourna vers Sean. « Elle n'en parle plus depuis deux semaines, donc je crois que… » Elle s'interrompit et se tourna, tandis que Bronte passait devant leur table. « Bronte, t'as plus besoin de la torche jaune, pas vrai ?

— Oh. » Bronte se figea, un peu gênée de voir que leurs yeux à tous étaient braqués sur elle. « Non, c'est bon.

— T'es sûre ? demanda Sean. Parce que si t'as des bruits qui t'embêtent sur la plage ou je ne sais quoi, j'en ai une autre que tu peux…

— T'inquiète. Mais merci. Pas la peine.

— Tu as réussi à savoir d'où venait ce bruit ? l'interrogea Olivia, étonnée.

— Je... »

Les yeux de Bronte filèrent se poser sur Kieran et leurs regards se croisèrent, assez longtemps pour qu'il puisse saisir l'expression de ses traits. Mal à l'aise, sans aucun doute. Peut-être un peu de pitié ? Ça n'aurait rien eu de nouveau, d'ailleurs. À travers le passe-plat de la cuisine leur parvint le bruit d'une casserole qui tombait et Bronte sursauta. Elle se tourna vers Olivia. « Je suis sûre que c'était rien d'inquiétant. Je crois que je me suis fait un film. »

Elle fit volte-face et regagna la cuisine. Kieran aperçut Liam qui se penchait par le passe-plat. Il murmura quelque chose à l'approche de Bronte et tous deux se tournèrent pour regarder Kieran. *C'est comme ça que je vois les choses : quand tu tues quelqu'un, tu mérites toutes les emmerdes qui te tombent dessus après.*

Kieran repensa aux paroles de Liam, qui avaient résonné hors de la cuisine sans la moindre ambiguïté.

Il y avait eu un silence, le ventilateur industriel bourdonnant rageusement. Kieran avait tenté de s'éloigner. *Retourne à la table*, s'était-il dit. *Va retrouver Mia et Ash. Tu n'as pas besoin d'entendre ça.* Mais il était resté quand même, invisible depuis la cuisine.

« Attends. Le type avec son bébé ? avait fini par répondre Bronte. Ce type-là ? Il a tué quelqu'un ? »

Au moins elle avait l'air d'en douter, avait songé Kieran. À tort, mais quand même.

« Ouais. » Liam semblait à cran, maintenant. « Deux personnes. L'une d'elles était mon père.

— Merde... Sérieux ? » Il y avait eu une pause interloquée. « Qu'est-ce qui s'est passé ? Non, désolée, tu n'as pas à...

— C'est bon. Je veux dire, non, c'est pas bon, évidemment. Mais c'était, genre, il y a douze ans.

— Je suis tellement désolée, Liam. » Bronte semblait sincère. « Ça m'étonne, c'est tout. Il a l'air si… normal. Sa copine est au courant ?

— Ouais, bien sûr. Elle était à l'école ici, elle aussi, quand c'est arrivé. C'était le jour de la tempête. »

Kieran perçut la confusion dans le silence de Bronte.

« Écoute, laisse tomber, poursuivit Liam. Il y a eu cette énorme tempête, la pire depuis, genre, quatre-vingts ans. Mais tous les gens qui étaient là s'en souviennent, et ils savent tous ce que lui, il a fait. Ils pourraient tous te raconter.

— Et ton oncle ?

— Sean ? avait répondu Liam. Pourquoi tu me parles de lui ?

— Il me semble qu'Olivia a dit que Sean venait là pour prendre un verre avec eux, donc…

— Ah, ouais. » Liam avait eu un rire dur. « Ils sont tous potes.

— Mais… » Bronte était toujours aussi confuse. « … Sean et ton père étaient frères, ou bien c'est ton oncle par alliance, ou…

— Ouais, mon père était le grand frère de Sean. » Kieran avait visualisé Liam en train de secouer la tête. « Mais Sean l'a, je sais pas, *pardonné* ou quelque chose.

— Waouh.

— Ouais…

— Donc tout le monde le sait ? avait demandé Bronte.

— La plupart des gens, ouais.

— Mais… » Une longue pause. « Pourquoi tout le monde fait comme s'il ne s'était rien passé ?

— Pour la même raison que Sean est encore son ami, j'imagine. Les gens ont pitié de lui. Ils devraient pas, mais bon… » Le ton de Liam était féroce. « … ils ont pitié quand même. Parce que l'autre personne que ce connard a réussi à tuer, c'était son propre frère. »

CHAPITRE 4

Si Evelyn Bay avait paru calme dans l'après-midi, les lieux étaient totalement déserts quand Kieran, Mia et Sean sortirent dans l'air nocturne. Ils étaient restés jusqu'à la fermeture, Bronte nettoyant systématiquement les tables autour d'eux au fur et à mesure que les autres clients s'en allaient.

À 11 heures pile, le patron s'était essuyé les mains sur son tablier, avait allumé les lumières brutales du plafond et coupé la musique. Il était sorti de sa cuisine, claquant ses longs doigts en indiquant la porte du débarras, et s'était retourné pour crier quelque chose à travers le passe-plat. Liam était apparu aussitôt, l'air renfrogné, un saut et une serpillière cliquetant dans son sillage. Il avait gardé la tête basse, son corps imposant si voûté qu'il en paraissait gauche, tandis qu'il projetait de l'eau sur le carrelage de la salle.

Kieran avait mis un moment à se rendre compte que Liam canalisait sciemment l'eau sale en direction de ses pieds, pendant qu'il patientait devant la caisse pour payer. Il y avait tant d'impuissance dans ce geste que Kieran fut désolé pour le type. Il ne prit même pas la peine de faire un pas de côté, se contentant de laisser le filet savonneux glisser sur le carrelage et former une flaque inoffensive autour de ses semelles. Bon sang, il pouvait bien laisser ce type réussir ce coup-là, s'il en avait tellement besoin.

Sean avait assisté à la scène, ses yeux gris sautant de Liam à Kieran et *vice versa*, avant de se lever. Il était allé à la rencontre de son neveu, avait posé la paume d'une main dans son dos et lui avait glissé quelques mots d'une voix basse et calme. Liam avait continué de faire couler de l'eau par terre jusqu'à ce que Sean tende la main pour bloquer le manche de la serpillière. Sean était plus petit et plus mince que son costaud de neveu, mais à cet instant, Liam avait eu l'air d'un gamin. Sean s'était penché vers lui, à nouveau, lui parlant de la même voix calme. Finalement, son neveu avait hoché la tête. Sean s'était redressé et avait donné une tape affectueuse sur l'épaule de Liam.

« C'est bien. »

Il avait lâché le manche de la serpillière et, après un moment d'hésitation, Liam s'était remis à son travail. Du coin de l'œil, Kieran avait vu Bronte les observer, la lavette pendant de sa main.

À la porte du restaurant, Mia s'arrêta pour prendre Olivia dans ses bras.

« Tu veux qu'on t'attende et qu'on rentre avec toi ? demanda-t-elle. On passe devant chez toi.

— C'est bon, je dors chez ma mère presque tous les samedis soir, maintenant, répondit Olivia. On fait du yoga ensemble le dimanche matin. Je crois que sinon, le week-end, elle trouve le temps un peu long. Enfin… » Olivia repoussa une boucle tombée sur son front. « Ne vous en faites pas pour moi. Ash va traîner là encore un peu, il me déposera chez maman. Mais il faut absolument qu'on s'organise un truc. Un soir où je ne travaille pas.

— Carrément ! » répondit Mia. Puis elle agita deux bobs pour bébé à l'intention de Bronte, qui se tenait derrière la caisse, l'air concentré. « Salut ! Merci encore pour les chapeaux.

— Oh. » Bronte releva la tête, interrompue dans ses calculs. « Pas de souci. C'est normal. » Son sourire s'évanouit quand ses yeux retombèrent de Kieran et Mia vers la caisse, les plis du front un peu plus creusés à présent.

La rue, dehors, était obscure comparée à la lumière aveuglante à l'intérieur du Surf & Turf. Seul un lampadaire, çà et là, projetait un pâle éclat orangé, tandis que Kieran, Sean et Mia traversaient à pied la ville assoupie. Kieran entendait le bruissement des vagues sur le sable et, au bout de quelques minutes, la mer réapparut, boutiques et autres bureaux se faisant plus clairsemés. Ils passèrent devant la station-service et le petit poste de police en brique rouge, et là-bas, devant eux, Kieran apercevait déjà le halo des lumières de sécurité de la marina, qui perçaient les ténèbres.

« Alors, Liam t'a fait passer un sale moment ? demanda Sean. Ou bien sa vengeance s'est-elle limitée à un simple seau d'eau ? »

Kieran secoua la tête. « On ne s'est pas parlé. » C'était la vérité. Dans le noir, il sentit Mia le prendre par la main.

« Je voulais le prévenir que t'allais venir, mais je suis resté plus longtemps que prévu dans l'épave. » Sean marqua une pause. « Fait chier. J'aurais sans doute dû te prévenir, toi, aussi…

— C'est pas grave. Si je ne l'avais pas croisé là-bas, ç'aurait été autre part. » La marina se rapprochait, ses bateaux immobiles brillaient d'un éclat blanc sous les projecteurs. « Liam travaille à plein temps au Surf & Turf, maintenant ?

— Non, juste pendant l'été. Le reste du temps, il m'aide sur le bateau.

— C'est bien.

— Ouais, bon. Il savait pas trop quoi faire à la fin du lycée… » Sean s'était arrêté devant une maison de plage au bardage marron clair. « Je suis arrivé. »

Toutes les fenêtres étaient obscures, mais quand Sean ouvrit la porte, une lumière de sécurité se déclencha et illumina une véranda au toit légèrement affaissé et un jardin impeccable à l'avant de la maison. Une pancarte fixée à la clôture faisait la promotion de l'entreprise paysagiste d'Ash, avec son nom et l'adresse du site web.

« Écoute. » Sean se figea, main sur la porte. « Je suis désolé, pour Liam. Je vais avoir une discussion avec lui.

— C'est pas la peine, mon vieux. Je l'ai entendu parler un peu à cette serveuse, mais il ne m'a même pas adressé la parole. Tout va bien se passer. »

Sean ne répondit rien, mais il passa la main sur sa barbe de trois jours, signifiant par là qu'il connaissait son neveu un peu mieux que Kieran. Il sembla sur le point d'ajouter quelque chose, puis se ravisa. Il sortit son portable.

« Je vais devoir descendre à l'épave presque tous les jours, cette semaine... » Il ouvrit une application météo et consulta les prévisions. « Tu sais quoi ? Passe-moi un coup de fil si tu as envie de venir, les conditions sont quasi parfaites demain. C'est moins bon lundi et mardi, mais moi, j'irai quand même. Bref... » Sean leva la main pour prendre congé. « ... ça m'a fait plaisir de vous voir, tous les deux. Comme Liv l'a dit tout à l'heure, on remet ça un jour où elle ne bosse pas, OK ? »

Kieran et Mia le regardèrent grimper les marches en bois, tourner la clé dans la serrure et disparaître à l'intérieur en faisant tinter ses clés. Kieran se tourna vers Mia. Il était fatigué, mais ne se rappelait plus, soudain, la dernière fois qu'ils avaient été seuls, tous les deux. Cela devait remonter à trois mois, calcula Kieran. Mais il avait l'impression que cela faisait beaucoup plus longtemps.

« Petite balade sur la plage ? » proposa-t-il.

Mia sourit. « Bonne idée. »

Ils marchèrent main dans la main vers le bruit de l'océan, s'écartant de la marina en direction de la nuit noire au-delà.

Ils ôtèrent leurs chaussures dès qu'ils eurent atteint le sable et descendirent vers l'eau. L'horizon était une ligne noir de jais avec, au-dessus, la lune étincelante et une myriade d'étoiles.

« Liam n'a vraiment rien dit, tout à l'heure ? demanda Mia.

— Pas à moi. Juste à cette fille, Bronte. Je les ai entendus dans la cuisine.

— Qu'est-ce qu'il lui a dit ?

— Ce que tu peux imaginer. »

Ils se turent, n'ayant pas besoin d'en dire plus. Kieran en était reconnaissant. Cela avait toujours été l'une des choses qu'il préférait chez Mia, depuis le soir où ils s'étaient rencontrés – re-rencontrés, pour être exact – dans un bar pour étudiants trop bruyant du centre de Sydney.

Il venait de vider sa bière et se sentait, comme toujours ces deux premières années, épuisé par tout. Las de ses études, de ces amis qui n'étaient en fait que de simples connaissances, de l'effort d'ouvrir ses yeux chaque matin et de les fermer chaque soir. De la vie en général. Le brouillard était devenu si épais qu'il s'était habitué à naviguer à l'aveugle à travers ses journées.

« Ouais, ça correspond pile-poil, avait déclaré d'un ton neutre le médecin du campus, quand Kieran s'était vu contraint de prendre rendez-vous après s'être plusieurs fois endormi en cours. Surcharge mentale. Un symptôme post-traumatique assez fréquent. Vous avez l'impression que le sommeil est le seul moment où vous pouvez enfin vous oublier un peu, n'est-ce pas ? » Il avait considéré la chose en se tapotant les dents. « Pourquoi ne pas réessayer d'en parler à quelqu'un ? Un regard neuf pourrait aider. »

Kieran avait quitté le centre médical avec deux ou trois numéros et à contrecœur, s'était rendu au bar où quelques filles avaient tenté de lui en refiler deux ou trois autres. Ce qu'il voulait, en fait, c'était rentrer chez lui et dormir, mais c'était l'anniversaire de quelqu'un – il ne se rappelait plus qui – et les types de sa promo le chambraient déjà bien assez sur le fait qu'il ne sortait jamais. Il avait commandé un verre et l'avait fait durer, en faisant comme si c'était le troisième ou le quatrième.

Il avait fini par atteindre le point où il lui paraissait envisageable de poser sa bouteille vide sur le comptoir et de s'en aller discrètement sans dire au revoir, quand quelqu'un avait émergé de la foule du vendredi soir et s'était mis sur son chemin.

« Kieran ? »

Il avait contemplé sans comprendre la fille devant lui. « Ouais ?

— Salut. » Elle avait posé la main sur sa clavicule. « Mia Sum. »

Elle avait une frange droite et des lunettes, à l'époque, qui lui donnaient l'allure d'une jolie geek, et elle portait une robe noire courte dont il avait appris plus tard qu'elle la considérait comme son porte-bonheur. Ce qu'il croyait être un verre d'eau glacée dans sa main s'était révélé être un cocktail à base de vodka étonnamment plaisant, de son invention, que, des années plus tard, elle appelait toujours le Chaos de Mia.

« J'ai longtemps vécu à Evelyn Bay, avait-elle ajouté, voyant que Kieran avait du mal à la remettre dans le vacarme du bar. « J'étais… » Elle avait hésité. « J'étais amie avec Gabby. »

Elle avait clairement prononcé le nom, ce que Kieran avait trouvé intéressant. La plupart des gens avaient tendance à baisser la voix lorsqu'ils mentionnaient Gabby Birch

Mia avait paru un peu réticente à développer davantage, mais cela n'était pas nécessaire. Kieran s'était souvenu d'elle, alors, et avait de la peine à faire le lien entre la fille timide dont il se souvenait et la femme qui se tenait devant lui.

Mais il savait qu'elle était bien la personne à laquelle il pensait, car il n'y avait pas eu beaucoup – pas une seule, à vrai dire – d'autres métisses singapouriennes vivant à Evelyn Bay lorsque Kieran était adolescent. Mais la Mia Sum dont il se souvenait avait quatre ans de moins que lui, à l'époque, et semblait toujours passer précipitamment devant sa maison pour se rendre à sa leçon de piano ou en revenir. Kieran ne se serait même pas souvenu de ce détail si, comme Mia l'avait dit, elle n'avait pas été la meilleure amie de Gabby. Après la tempête, tout le monde s'était soudain souvenu d'un tas de choses au sujet de Gabrielle Birch, s'intéressant bien plus à elle qu'ils ne l'avaient jamais fait jusque-là.

Kieran savait que les parents de Mia avaient quitté l'île avec leur famille pour aller s'installer à Sydney dès que la police leur avait donné le feu vert, ce qui aux yeux de Kieran avait paru, et paraissait encore, une bonne idée.

Mia le contemplait toujours, dans ce bar bondé, le front légèrement froncé à présent. « Ça va, Kieran ?

— Oui », avait-il répondu automatiquement.

Elle avait été bousculée par quelqu'un qui voulait se frayer un chemin vers le comptoir, mais avait campé sur ses positions. « Tu veux qu'on aille ailleurs ?

— Où ?

— Je ne sais pas. Ailleurs qu'ici. »

Il en avait marre de cet endroit et, contre toute attente, cette proposition lui plaisait. « Ouais, avait-il répondu. D'accord. »

Ils étaient ressortis dans l'air chaud de la ville et s'étaient éloignés un peu jusqu'à ce que Mia désigne un banc, où ils s'étaient assis, entourés de détritus, d'un carré d'herbe desséchée et des bruits de Sydney à la tombée de la nuit. Ils avaient évité l'unique vieux sujet qu'ils avaient en commun pour parler d'autre chose – la vie dans la grande ville, le stage de Kieran dans un cabinet de physiothérapie qui allait certainement déboucher sur un job s'il parvenait à décrocher son diplôme, les études de biologie de Mia et le partenaire de labo légèrement raciste avec lequel elle était coincée jusqu'à la fin de l'année – jusqu'à ce que Mia s'étire et consulte son portable.

« Il est tard, avait-elle soupiré. Il faut que j'y aille.

— Déjà ? » Kieran avait regardé sa montre, surpris par l'heure.

« Ouais. Et puis… » Mia l'avait regardé de sous sa frange. « Tu te lèves sans doute très tôt demain, pas vrai ?

— Comment ça ?

— Non, rien. » Elle avait souri. « T'as juste l'air d'être le genre de type qui s'en donne à cœur joie à la salle de muscu le samedi matin.

— Non, pas la salle de muscu, n'avait-il pas pu s'empêcher de répondre. Je vais nager. »

Elle l'avait regardé, interloquée. « Vraiment ? » Le ton charmeur avait disparu dans l'instant, et une expression surprise et triste avait traversé son visage. Elle avait repris sa place sur le banc et avait posé sa main chaude dans son dos. « Oh, Kieran. »

Et voilà que des années plus tard, Kieran était assis avec elle sur la plage d'Evelyn Bay. Il tendit le bras au-dessus du sable pour lui prendre la main. Elle avait fini par abandonner sa frange, depuis pas mal de temps déjà, et avait remplacé les lunettes par des lentilles de contact. Kieran ignorait ce qu'était devenue la robe noire.

Elle appréciait encore à l'occasion un Chaos de Mia, mais le cocktail était généralement mixé dans leur minuscule cuisine et servi dans un verre droit pris dans le placard. La vie avait un rythme plus calme à présent, et Kieran était encore surpris de voir combien cela lui plaisait. Les soirées à la maison, et ne pas s'offusquer quand l'autre voulait sourire mais bâillait à la place.

« Désolée. » Mia se couvrit brusquement la bouche, tandis que le vent agitait ses cheveux devant son visage. « Tu veux bien rentrer ? Je suis tellement… » Elle bâilla de plus belle.

« Je sais. Moi aussi. »

Ils se levèrent, frottèrent leurs vêtements pour se débarrasser du sable. Devant eux, la plage s'étirait dans l'obscurité. La maison des parents de Kieran n'était qu'à dix minutes à pied le long de la mer, mais il sentit Mia scruter la nuit et hésiter.

« On rentre par la route ? » proposa-t-il, et elle acquiesça.

Ils s'arrêtèrent sous un lampadaire à l'endroit où le sentier de sable rejoignait le bitume de Beach Road, et empoignèrent la barrière pour ne pas perdre l'équilibre tandis qu'ils remettaient leurs chaussures. Il n'y avait pas de trottoir clairement délimité, mais pas de circulation non plus, si bien qu'ils marchèrent côte à côte le long de la bande de verdure improvisée qui se déployait devant les bungalows du bord de mer. La plupart des maisons baignaient dans une obscurité ensommeillée, avec çà et là l'éclat d'une lumière à travers une fenêtre. Les bungalows bloquaient la vue sur la mer, mais Kieran entendait les vagues lécher le rivage.

« Hé, t'as pensé quoi de Liv et Ash en tant que couple ? » l'interrogea soudain Mia.

Kieran réfléchit quelques instants, les revoyant tout à l'heure au Surf & Turf. Depuis le début, il avait du mal à se représenter Ash et Olivia ensemble. Quelque chose lui échappait. C'était peut-être simplement dû au passé, Kieran en avait conscience. Tant d'eau avait coulé sous les ponts. Mais il y avait aussi entre eux ce petit côté belliqueux apprécié par certains couples, que Kieran trouvait personnellement épuisant, même comme spectateur.

« Je ne sais pas, répondit-il, sincère. Toi, t'en as pensé quoi ?

— J'espère juste qu'il est vraiment sérieux. »

Bien sûr, allait répondre Kieran, mais il se ravisa. C'était Ash. Peut-être que non.

« Tu as remarqué la manière dont… », commença Mia, puis elle s'interrompit, entendant le vrombissement au même instant que lui.

Il comprit de quoi il s'agissait une fraction de seconde avant que la voiture ne déboule au coin de la rue, le vrombissement se transformant en rugissement tandis qu'elle fonçait vers eux, pleins phares enclenchés.

« Merde, attention ! »

Kieran tendit le bras vers Mia, mais elle s'était déjà écartée de la route, le bas de son dos calé contre la barrière d'un jardin.

Kieran sentit le vent de la voiture tandis qu'elle passait en hurlant, perçante et étincelante dans l'immobilité de la nuit. Elle ne les avait pas frôlés, mais le cœur de Kieran tambourinait et le sang lui battait aux tempes. Il sentait le pouls de Mia cogner contre son bras. Il imagina Audrey endormie dans son lit bébé à la maison, et, songeant à ce qui aurait pu arriver, fut pris d'un léger malaise.

Ils suivirent des yeux la voiture qui filait là-bas, sur la route, ses feux arrière de plus en plus petits jusqu'à ce qu'elle tourne dans une autre rue et disparaisse pour de bon. Quelques secondes à peine s'étaient écoulées, et on n'entendait plus, à nouveau, que leurs souffles et le déferlement doux des vagues.

« Oh mon Dieu, soupira Mia, dans un rire de soulagement. Qu'est-ce qui mérite d'être pressé comme ça, par ici ? Il n'y a littéralement rien dans cette ville qui ne puisse attendre.

— Je sais. Ça va ?

— Ouais. Je ne m'y attendais pas, c'est tout. »

Ils reprirent leur marche. Quelques lumières brillaient à l'intérieur du Fisherman's Cottage quand ils passèrent devant, mais la maison des parents de Kieran était totalement obscure lorsqu'ils remontèrent sans bruit l'allée. Il ouvrit la porte et entra, manquant de trébucher contre la pile de cartons entassés dans l'entrée. Mia alla directement voir Audrey, qui dormait profondément dans son lit pliant, dans un coin de l'ancienne chambre de Kieran. La porte de celle de ses parents était fermée, mais Verity leur avait laissé un petit mot détaillant combien de lait pour bébé Audrey avait bu, et Mia y jeta un coup d'œil pendant que Kieran se déshabillait.

Dix minutes plus tard, ils étaient tous les deux couchés, la poussée d'adrénaline de tout à l'heure étant retombée, cédant la place à un épuisement cotonneux. Au moment de dire bonne nuit, Mia dormait déjà à moitié. Par la fenêtre, Kieran entendait le grondement de la mer.

Il ferma les yeux et sombra dans un sommeil profond et lourd. Il ne remua qu'une seule fois quand, quelque part au fond de son rêve, il entendit une porte claquer.

CHAPITRE 5

Kieran était seul lorsqu'il ouvrit les yeux, ébloui par la lumière du matin qui se répandait dans la chambre par une fissure dans le store. Les couvertures du côté de Mia avaient été repoussées et les draps étaient froids. Kieran leva la tête et constata que le lit d'Audrey était vide.

La jupe et le haut que Mia avait posés la veille au soir sur la chaise n'étaient plus là. Kieran ne l'avait pas entendue se lever. Il soupira et laissa retomber sa tête, se sentant tout à la fois coupable et soulagé. En plus de ses biberons nocturnes, Audrey commençait ses journées avant l'aube depuis plusieurs semaines, et ils s'étaient efforcés de se lever chacun leur tour. Kieran était à peu près sûr – certain, en fait – que c'était le sien ce matin-là. Il consulta l'heure : 8 heures passées. Pas étonnant qu'il se sente plus reposé que d'habitude. En tant que père – cette expression lui semblait encore étrangère –, cela faisait figure de grasse matinée luxueuse.

Kieran se leva et enfila son short de surf et un tee-shirt. Son portable affichait un texto de Mia, envoyé un peu plus tôt pour dire qu'elle sortait pour ne pas réveiller toute la maisonnée. Il lui répondit : *OK*.

Dans le couloir, il s'arrêta en sentant ses pieds craquer sur le plancher. Il baissa les yeux. Le sol était couvert d'une fine couche de sable. On avait marché dedans, au moins une fois, des traces de pantoufles étaient encore visibles.

Mia et lui avaient-ils rapporté ce sable en rentrant cette nuit-là ? Il aperçut ses chaussures là où il les avait laissées, devant la porte d'entrée, mais il savait que le sable avait tendance à se répandre partout. Un balai et un ramasse-poussière étaient posés maladroitement contre un mur, apparemment abandonnés là en pleine tâche. Là-bas dans la cuisine, Kieran entendait les voix étouffées de ses parents. Il écouta, mais n'entendit pas Mia, ni Audrey. Elles devaient encore être dehors.

Kieran tendit la main vers le balai. Ce n'était pas grand-chose, et après avoir vidé le ramasse-poussière dans la poubelle de la salle de bains, deux minutes plus tard, il empoigna une vieille serviette de plage. S'il voulait aller nager, c'était le moment ou jamais. Il n'aimait pas sauter une journée, et cela lui était rarement arrivé depuis douze ans, depuis qu'un tout premier médecin à l'hôpital de Hobart lui avait lancé un sérieux avertissement.

Kieran n'avait pas saisi son nom, mais la femme était entrée dans sa chambre, avait posé son porte-bloc et tiré près de son lit la chaise destinée aux visiteurs. Elle avait de courts cheveux gris et le visage rongé de soucis de qui avait déjà tout vu et se passerait bien de tout revoir à nouveau.

« Bien. Écoutez-moi attentivement », avait-elle commencé. Kieran avait été admis à l'hôpital moins de vingt-quatre heures plus tôt et il était encore en état de choc. « Parce que c'est important. »

Les poumons encore lourds et douloureux, Kieran s'était concentré de son mieux.

« Tout ça… » Elle avait balayé de son stylo tout le corps de Kieran. « Ça finira par guérir. Vous vous remettrez. Il faut surtout que vous fassiez attention à votre tête. Parce que c'est ça qui renvoie les gens ici, plus souvent que vous ne pouvez l'imaginer. »

Le médecin lui avait laissé le temps de digérer l'information avant de continuer.

« Les gens réagissent parfois mal quand ils ne savent pas comment se comporter face à une situation. Mais les hommes ont particulièrement tendance à se retrouver dans des endroits où ils n'ont aucune envie d'être. Je vous parle d'agressivité, de problèmes familiaux, d'alcoolisme… » Elle avait égrené tout cela avec ses doigts. « Drogue, comportements sexuels, prostituées, pornos violents. Et vous, Kieran… »

Il l'avait dévisagée. « Moi, quoi ?

— Un gars comme vous – vous avez quoi, dix-huit ans ? Dans une situation comme celle-ci ? Vous êtes le candidat parfait pour ça. *Parfait.* » Le ton du médecin s'était radouci. « Cela pourrait vous arriver. Facilement. Alors je veux que vous fassiez en sorte que ça ne soit pas le cas. Vous allez devoir faire face à beaucoup de choses, émotionnellement, alors préparez-vous. Il va falloir trouver un moyen de vous en décharger sans finir mort, malheureux ou en prison. Prenez-moi au sérieux quand je vous dis ceci : trouvez quelque chose de positif, qui puisse vous aider à traverser ce moment de votre vie. »

Le jour où on l'avait laissé sortir de l'hôpital, Kieran avait suivi Verity jusqu'à leur maison, il avait laissé tomber son sac, avait remonté le couloir avant de ressortir par la porte de derrière. Il avait enlevé tous ses vêtements sauf son short, plongé dans la mer et nagé, nagé, nagé.

Il ouvrit la porte du placard, dans le couloir, pour ranger le balai, et ralentit le pas en passant devant la chambre suivante. Elle avait jadis appartenu à son frère aîné, Finn, mais au bout d'un moment, Kieran et ses parents avaient fini par l'appeler tout simplement « l'autre chambre ».

L'autre chambre, c'était à peu près ça. Depuis la mort de Finn, Brian et Verity avaient essayé de reconvertir ce lieu en bureau, puis en salle de gym. Ils ne l'avaient jamais formulé ainsi, mais Kieran devinait qu'ils avaient du mal à passer du temps dans cette pièce, car depuis quelques années, elle était devenue une sorte de débarras. Elle était remplie d'affaires dont ils n'avaient jamais besoin ou presque, ce qui offrait le double avantage de continuer à se servir de cette chambre sans avoir à y entrer souvent.

Mais ce matin-là, la porte était entrouverte, et Kieran la poussa du doigt. L'endroit avait à peu près l'allure à laquelle il s'attendait, avec en prime des cartons de déménagement empilés à plat le long des murs, mais Kieran se figea en voyant que le lit d'ami niché au cœur de cette pagaille était fait.

Les draps avaient été bordés sans trop de soin. Un mug de café sale était posé au pied du lit, avec un livre abandonné là, grand ouvert, pour ne pas perdre la page, les lunettes de lecture de Verity en équilibre sur son dos. Elle devait dormir là, au moins certaines nuits. Kieran n'avait jamais vu ses parents faire chambre à part. Il contemplait ce lit, sans savoir qu'en penser.

Dans la cuisine, il trouva Verity penchée sur sa chaise, soulevant avec précaution une cuillère remplie de céréales. Elle la tendait à hauteur de visage, sans prêter attention au lait qui débordait et se répandait sur le carrelage. À l'autre extrémité de la cuillère, Brian Elliott ouvrit sa bouche tout juste assez pour pouvoir parler.

« J'en veux plus.

— Tu n'as encore rien mangé. » Verity leva les yeux quand Kieran entra dans la cuisine et lui désigna le café qu'elle venait de faire, avant de reporter son attention sur son mari.

Les parents de Kieran avaient pris l'habitude de participer ensemble aux triathlons d'Evelyn Bay. Quatre ans plus tôt, Brian s'était classé second dans la catégorie des plus de cinquante ans. Verity approcha le bout de la cuillère à l'orée des lèvres de son époux, les forçant gentiment à s'écarter. Brian ouvrit la bouche comme un petit enfant.

Kieran les observa, jusqu'à ce que Verity se tourne vers lui. « C'était comment, le Surf & Turf ? »

Il haussa les épaules. À la table, son père refusa une deuxième bouchée. « C'était sympa. Tu as vu Mia ce matin ?

— Non. Mange, Brian, s'il te plaît. Elle n'est pas là ?

— Elle est sortie avec Audrey. » Kieran consulta son portable. Pas de nouveaux messages.

Il tira une chaise et poussa un carton pour pouvoir s'asseoir. Le rabat n'était pas scotché et, jetant un coup d'œil à l'intérieur, il se figea.

Le carton contenait des vêtements appartenant à sa mère, pliés avec soin, côtoyant ce qu'on ne pouvait décrire autrement que comme des ordures ménagères en décomposition. Le pull crème que Verity s'était elle-même tricoté avait une tache sombre sur le devant, là où un sachet de thé usagé s'était vidé de son sang sur la laine. Une peau de banane brune était coincée dans la poche d'un pantalon.

Kieran contempla un moment le contenu du carton, puis tendit celui-ci sous le nez de sa mère, sans aucun commentaire. Verity y jeta à peine un coup d'œil, répondant d'un haussement d'épaules à sa question muette.

« Il sait que nous déménageons. » Elle se tourna de nouveau vers Brian, le bol de céréales toujours dans sa main. « Il me voit faire les cartons et il veut m'aider, alors il met dedans tout ce qui lui tombe sous la main. » Elle balaya d'un regard les autres cartons. « Il en a fait quelques-uns.

— C'est terrible. »

Verity ne répondit pas, se contentant de plonger sa cuillère dans les céréales.

« Maman ?

— Oui ?

— Tu aurais dû me prévenir. Pourquoi ne m'as-tu pas dit que c'était comme ça ?

— Tu as bien assez à faire de ton côté. Tu as Audrey, maintenant. Le travail. » Verity le fixait calmement dans les yeux. « Je peux me débrouiller avec ton père. Ça va.

— Non, maman. Ça ne va pas du tout. C'est vraiment horrible.

— Je comprends ce que tu peux ressentir. »

Et voilà, ça recommençait. L'*écoute active* si chère à Verity.

Kieran n'en fit aucun cas, et il réessaya. « Depuis combien de temps dors-tu dans l'autre chambre ?

— Pas longtemps. Et seulement de temps en temps. » Verity renonça aux céréales et se leva pour poser le bol dans l'évier. « Il est parfois un peu agité la nuit. »

Kieran se rendit compte qu'ils parlaient de Brian comme s'il n'avait pas été là. Il se demanda ce que l'actuel groupe de soutien en ligne de Verity – il y avait fort à parier qu'elle s'était inscrite à l'un de ces forums – en aurait pensé.

« Il n'est pas trop tard pour trouver un endroit à Sydney, maman, reprit-il. Pour vous deux.

— Si, il est trop tard, on en a déjà parlé.

— Je sais, mais…

— Ton père aurait du mal à vivre ailleurs qu'en Tasmanie.

— Il finirait par s'y habituer. Et ce serait mieux pour toi. Tu n'aurais plus à faire ça toute seule. Mia et moi serions dans les parages. Et Audrey. Ce serait un nouveau départ. »

Verity ne répondit rien, mais Kieran croyait savoir ce qu'elle pensait. Verity Elliott ne voulait pas d'un nouveau départ. Elle voulait que les choses redeviennent comme avant. Mais elle ne le dirait jamais, Kieran le savait. De fait, elle but une gorgée de café et ses yeux se portèrent sur la serviette de plage jetée sur le dossier de la chaise de Kieran.

« Tu vas aller nager ?

— On pourrait ne pas changer de sujet ?

— Ce n'était pas mon intention. » Verity le dévisagea depuis l'autre bout de la cuisine. « J'allais te demander comment tu t'en sortais.

— Oh. » Kieran avala sa salive. « Ça va. Je crois. Enfin, toute cette histoire avec papa, c'est… »

Il chercha en vain le bon mot.

« Perturbant ? proposa Verity.

— Ouais, on peut dire ça comme ça. » Kieran pensait plutôt à *C'est la merde*, mais, oui, ça correspondait assez bien.

— C'est... », commença Verity, puis elle se ravisa.

Kieran attendit, sincèrement curieux de savoir ce qu'elle allait dire, dans cette cuisine encombrée de cartons à moitié remplis de vêtements tachés par des ordures, des cartons faits par un homme qui se tenait aux côtés de sa mère depuis quarante ans et la regardait désormais comme s'il ne la remettait pas vraiment. Verity contempla le fond de son mug de café, le visage assombri par un semblant de moue. Pendant un long moment, le seul bruit audible fut le tic-tac de l'horloge de la cuisine, s'élevant d'un carton calé derrière le bar, puis Verity inspira profondément. Quand elle releva la tête, elle avait retrouvé son expression impassible.

« La chose à ne pas oublier, Kieran, c'est qu'un sentiment d'incertitude ou d'anxiété est tout à fait normal avant un grand... »

Elle s'interrompit en voyant Kieran se lever brusquement. Non. Il n'avait vraiment pas envie de rester assis là à endurer une session *peur du changement*, menée par sa mère. Il y avait déjà eu droit, plusieurs fois d'ailleurs, avec des professionnels qualifiés.

« Si tu ne veux pas qu'on parle de ça, dit-il, autant que j'aille nager. »

Verity resta ferme dans sa sérénité. « Je croyais qu'on était en train de parler.

— Ah oui, vraiment ? »

Ils se dévisagèrent par-dessus les cartons. Puis Verity ouvrit la bouche.

« Très bien. » Le masque était toujours parfaitement en place. « Sois prudent dans l'eau. »

Ses mots étaient légers comme l'air. Kieran contempla sa mère. Elle soutint son regard. Il n'aurait vraiment pas su dire si elle était sarcastique ou pas. Sans se presser, il prit sa serviette et sortit de la cuisine, prenant soin de ne pas claquer la porte derrière lui, de peur que cela ne soit mal interprété.

« Où il va, Finn ? » La question de Brian flotta dans le couloir.

Verity ne prit pas la peine de corriger Brian.

Au moment de sortir par la porte de derrière, Brian ignora un peu de sable qu'il avait oublié de ramasser, éparpillant les grains tandis qu'il s'engageait sur la véranda. Il scruta la mer, espérant trouver Mia en train de marcher pieds nus au bord de l'eau, ou allongée sur une serviette avec leur fille.

Pas de Mia. Pas d'Audrey. La plage, derrière la maison, était déserte.

Kieran sortit son portable et lui envoya un autre texto. *Vous êtes où, là ?*

Il remonta le sentier étroit mais bien marqué qui menait au portail du jardin puis à la plage. Il s'arrêta à l'orée des vagues et se tourna, la main en visière au-dessus des yeux.

Au nord, les rouleaux pétillaient de blancheur sur le fond plus sombre du sable. Au loin, deux bateaux dérivaient dans la brise.

Au sud – Kieran resta pétrifié. À quelques minutes de marche à peine, un petit attroupement s'était formé. Les gens se tenaient debout, immobiles, serrés les uns contre les autres, tête basse, leurs chiens tenus en laisse, observant une scène en train de se dérouler sur le rivage. Leur détresse palpitait le long de la plage.

Kieran aurait compris de quoi il s'agissait, même sans l'éclat bleu d'un uniforme. Même sans le ruban jaune de la police qui s'agitait au vent entre des poteaux de fortune, devant ce qu'il reconnaissait à présent comme étant le Fisherman's Cottage. Il n'y avait qu'une seule chose, à Evelyn Bay, capable d'attirer une telle foule au bord de la mer.

Kieran lâcha sa serviette et se mit à courir.

CHAPITRE 6

Ce n'étaient pas elles, Kieran le savait, ses talons s'enfonçant dans le sable mouillé tandis qu'il s'efforçait de prendre de la vitesse. Ce n'étaient pas Mia et Audrey qui gisaient aux pieds de cette foule.

Ce n'étaient pas elles car on serait déjà venu frapper à la porte de ses parents. On ne l'aurait pas laissé s'asseoir, exaspéré, dans la cuisine de sa mère pendant que ce drame se jouait à quelques centaines de mètres.

Ce n'étaient pas elles car, sinon, les visages en grande partie oubliés mais pourtant familiers des voisins, qui se tournaient vers lui tandis qu'il courait sur la plage, auraient sûrement été adoucis par la compassion.

Ce n'était ni Mia, ni Audrey, se dit Kieran en s'arrêtant soudain, son souffle lui brûlant la poitrine, car il ne l'aurait tout simplement pas supporté.

Il avait vu juste.

Le petit attroupement s'écarta légèrement, assez pour qu'il puisse apercevoir la cause de cette veillée silencieuse. Et ce n'étaient pas elles. Ce n'était pas Mia couchée, inerte, ses cheveux ternes éparpillés sur le sable mouillé, ses bras nus pommelés par l'efflorescence du froid, d'un blanc bleuté sinistre.

Ce n'était pas Mia qui gisait sans vie sur le rivage, l'orange fluo aisément reconnaissable de son uniforme de serveuse rendu plus foncé par la mer.

Ce n'était pas Mia. Ce n'était pas Olivia non plus, Dieu merci, tandis que le ruban jaune de la police tremblait et miroitait dans la brise, interdisant l'accès au sentier qui menait droit au Fisherman's Cottage.

C'était Bronte.

La première pensée de Kieran fut un pur élan de soulagement, mêlé de honte. Il passa ses deux mains sur son visage, horrifié à l'idée que quelqu'un puisse le remarquer. Il inspira profondément.

« Ils savent ce qui s'est passé ? » demanda-t-il à la femme qui se tenait à côté de lui, dont il savait qu'il aurait dû se rappeler le nom. Il la revoyait sur les marches de la maison de ses parents, en train de siroter du vin pendant les barbecues. La femme secoua la tête, ses cheveux gris attrapant le vent, son chien tirant sur sa laisse.

« Ils n'ont rien dit. J'ai entendu que c'était sa colocataire qui l'avait trouvée.

— Olivia ? » De là où il était, Kieran apercevait le portail désormais inaccessible qui donnait sur le jardin du Fisherman's Cottage.

La femme hocha la tête mais n'en dit pas plus, ses yeux contemplant l'horizon. Ceux de Kieran retournèrent se poser sur Bronte.

Elle était couchée sur le flanc, parallèlement à la mer, à laquelle elle tournait le dos. Ses bras étaient flasques et son visage collé au sable. Ses mèches savamment décolorées, tout emmêlées, avaient perdu leur éclat. Ses yeux de poupée étaient clos.

Kieran eut une vision soudaine de Bronte, si différente de celle-ci. Courant dans les embruns après le chapeau d'Audrey, scrutant le large et partant d'un rire frustré.

Un jeune flic solitaire que Kieran ne reconnut pas se tenait près de l'eau, ses bottes trempées et couvertes de sable, gardant le territoire séparant Bronte des badauds qui s'étaient rassemblés à une distance respectueuse. Il tendait sa paume devant lui comme pour empêcher quiconque de s'approcher davantage. Personne n'avait bougé.

« Ne devraient-ils pas la remonter ? » grommela quelqu'un, tandis qu'une grosse vague en bout de course filait sur le sable, menaçant de lécher le bas de l'uniforme orange.

Le jeune flic n'avait pas la moindre idée de ce qu'il devait faire, même Kieran pouvait s'en rendre compte. Le type avait sûrement passé l'été à s'occuper de portefeuilles volés et de mineurs alcoolisés. Le policier n'arrêtait pas de lancer des regards désespérés en direction du Fisherman's Cottage, et parut soulagé quand la porte de derrière s'ouvrit brusquement, et qu'une voix cria :

« Hé ! Faites le tour, putain ! »

Un deuxième policier était sorti sur le porche et menaçait du doigt un couple qui promenait son chien, et qui s'était écarté de la foule pour tenter de couper le long du sentier interdit.

Ce flic-là, pas de doute, Kieran le connaissait. Il avait lui-même été, jadis, ce jeune collègue nerveux. Douze ans plus tôt, l'homme n'était encore que l'agent Chris Renn, visage poupin et faisant preuve d'un zèle extrême dans sa première affectation. Âgé à présent d'une quarantaine d'années, et devenu le sergent de police local, Renn n'avait plus rien de poupin, ni de zélé.

Ses cheveux étaient déjà clairsemés avant l'heure, à l'époque, et son crâne désormais chauve luisait d'une fine couche de crème solaire. L'homme avait toujours été en forme, et Kieran reconnut la silhouette de qui, comme lui, fréquentait la salle de musculation, même s'il devait sans doute travailler plus dur maintenant qu'autrefois.

Renn suivit des yeux le couple intimidé tandis qu'il s'éloignait à contrecœur, le chien tirant sur sa laisse. Le policier secoua la tête une fois, articulant un mot qui ressemblait à *incroyable*, puis disparut à l'intérieur. La porte se referma en claquant et, au bord de l'eau, le visage du jeune flic se décomposa.

Kieran se tourna de nouveau vers le Fisherman's Cottage. Une petite fenêtre dominait un jardin sablonneux et une clôture branlante, érodée par les intempéries. La chambre de derrière, sans doute, si l'agencement des pièces ressemblait à celui de la maison de ses parents. La chambre de Bronte, donc. Sa fenêtre donnait sur la plage, avait dit Olivia la veille.

Elle a cru entendre des bruits derrière la maison la nuit, une ou deux fois.

Olivia avait dit cela, également.

Contemplant la fenêtre, Kieran imagina Bronte en train de scruter les ténèbres. De tendre l'oreille. Il se tourna vers le jeune policier, puis ses yeux revinrent se poser sur la maison. *Ils apprendront tout cela d'Olivia*, se dit-il, et il sursauta en entendant son téléphone biper dans sa poche. Il le sortit pour lire le message. Mia. De nouveau, un bref élan de soulagement lui fit tourner la tête.

Je suis à côté du Surf & Turf. T'es où ? Presque aussitôt, un second message. *Il s'est passé un truc sur la plage.*

Il tapa une réponse. *Je sais, j'y suis. Je te rejoins. Je te raconterai.*

La réponse fut immédiate. *Qu'est-ce qui se passe ? Un truc grave ?*

Kieran se tourna pour regarder Bronte. Elle avait les pieds nus et s'était teint les ongles en rose. Un ruban d'algue était collé à sa joue, dont l'extrémité se souleva dans une bourrasque puis retomba, lisse et brune, sur ses lèvres. Elle ne bougeait toujours pas.

Oui.

Un truc très grave. Kieran fit volte-face et s'écarta de la foule, ses jambes menaçant de le lâcher. Alors qu'il marchait sur le sable, il lui sembla percevoir un mouvement dans la maison, et se raidit. Dans l'encadrement tout à l'heure vide de la fenêtre de la chambre, une silhouette se dessinait à présent, obscurcie par le reflet de la vitre.

Kieran fit un autre pas et l'angle de la lumière changea, il vit alors qu'il s'agissait seulement du sergent Renn. Le policier était courbé en avant, son portable calé entre son épaule et son menton. Il hochait la tête avec raideur et semblait griffonner quelque chose dans un calepin. Il écouta encore un peu puis raccrocha et se redressa.

Renn se tint alors parfaitement immobile, contemplant le sable et l'eau, au loin, à travers la vitre. Puis, sous le regard de Kieran, il leva une main et la fit glisser lentement sur son visage. *Oublie le jeune flic*, songea Kieran. Cela faisait longtemps que Chris Renn n'avait pas eu à gérer une histoire tant soit peu semblable à celle-ci.

Pensant peut-être la même chose, le sergent Renn scruta le paysage un long moment encore. Puis il fit brusquement demi-tour et la fenêtre de la chambre de Bronte redevint vide, la vitre ne reflétant plus que le ciel, la mer et les crêtes blanchies des vagues qui déferlaient derrière une silhouette sombre, solitaire, gisant sur le sable.

CHAPITRE 7

Kieran trouva Mia en train de l'attendre devant le Surf & Turf, Audrey sanglée dans le porte-bébé contre sa poitrine. Les portes du restaurant étaient fermées et les lumières éteintes, mais il y avait du monde sur le chemin qui montait de la plage. De petits groupes se formaient, se séparaient puis se reformaient, tandis que les passants étaient attirés par les visages graves et les murmures échangés. Kieran se fraya un chemin dans la foule et étreignit Mia et Audrey si fort que sa fille poussa un petit cri.

« Pardon, ma puce, dit-il. Je suis juste tellement heureux de vous voir. »

Comme il lui caressait la tête, sa main s'immobilisa. Audrey portait le bob à fleurs que Bronte avait repêché dans le carton des objets trouvés. À la manière dont Mia tripotait le rebord en coton, Kieran comprit qu'elle avait appris la nouvelle.

Quelqu'un toussa derrière lui. « Tu viens de la plage, Kieran ? »

Kieran se tourna vers une femme entre deux âges, les cheveux teints en blond, qui faisait des grimaces à Audrey. Elle portait le fameux uniforme orange de serveuse et Kieran n'eut pas besoin de déchiffrer le nom sur son badge pour savoir qu'elle s'appelait Lyn. Aussi loin qu'il s'en souvienne, elle avait toujours travaillé au Surf & Turf.

« Ouais. À l'instant.

— Il paraît que c'est Bronte. »

Kieran acquiesça.

La bouche de Lyn se durcit en un trait resserré, elle plongea la main dans sa poche et en sortit un paquet de cigarettes. Elle s'écarta d'Audrey pour l'allumer.

« C'était une chouette fille, dit-elle. Bronte.

— Vous la connaissiez bien ? »

Lyn haussa les épaules, le dos raide.

« Un peu, je crois. Elle n'était pas comme certaines sont parfois. Ces saisonnières qui oublient qu'elles sont là pour bosser. Bronte n'était pas comme ça. Même ces derniers temps, alors qu'il ne lui restait que deux ou trois semaines à tirer, elle ne manquait jamais un service. Elle avait un excellent relationnel avec les clients, même ceux qui posaient problème. Surtout ceux qui posaient problème. » Lyn tira sèchement sur sa cigarette, ses lèvres se resserrant aussitôt en un trait tandis qu'elle expirait par les narines. D'une pichenette, elle projeta les cendres de sa cigarette, vaguement, vers la plage. « Il fait trop noir par ici, putain, je l'ai toujours dit ! On n'est pas en sécurité. »

Kieran repensa à la veille au soir, lorsqu'ils étaient assis près de l'eau avec Mia. Les lumières de la marina derrière eux et le sable, devant eux, qui disparaissait dans la nuit. Mia n'avait pas eu envie de rentrer à pied dans cette obscurité totale. Alors ils étaient passés par la route. Il vit, à l'expression du visage de Mia, qu'elle pensait à la même chose.

« On en a même parlé au conseil municipal, poursuivit Lyn, ses doigts s'agitant nerveusement. Je leur ai dit qu'il fallait installer des lampadaires le long de la plage. Deux fois, je leur en ai parlé ! C'est dans le compte rendu de l'AG annuelle. Mais certains résidents n'en veulent pas, vous savez ? Ils disent que ça les gênerait pour dormir. Mais je leur ai dit, on a des gens qui viennent de partout – du continent, et même d'ailleurs –, ils ne savent pas comment est la mer, ici. Je veux dire, Bronte était de Canberra. Elle savait sans doute à peine nager…

— Il y a des piscines à Canberra », la coupa sèchement Mia, et Kieran resta interloqué. Ce n'était vraiment pas son genre. Elle s'était remise à tripoter le chapeau d'Audrey, n'arrêtait pas de l'enlever puis de le remettre en place.

Lyn la dévisagea à travers un voile de fumée. Elle hocha la tête en direction de l'océan, dont les vagues déferlaient par-delà la rangée d'arbres. « C'est pas la piscine, ici. »

Kieran secoua la tête. « Je ne crois pas que Bronte était partie nager, de toute façon », dit-il. Les deux femmes se tournèrent vers lui. « Elle portait encore sa tenue de travail.

— Ah. » Tout le visage de Lyn se crispa, tandis qu'elle digérait l'information. « Eh bien, peut-être… » Elle cligna violemment des yeux. « Peut-être qu'elle… »

Kieran vit que Lyn cherchait désespérément une explication acceptable. Une bonne raison, parfaitement plausible, pour une jeune femme de s'aventurer dans la mer, en uniforme, au beau milieu de la nuit. Une raison qui leur aurait évité à tous de devoir prendre en compte une alternative qui était soudain suspendue, épaisse et sombre et lourde, dans l'air autour d'eux. Aucun d'entre eux ne lui prêta vie en lui donnant la forme de mots.

Ce genre d'alternatives épaisses et sombres n'avaient pas leur place à Evelyn Bay. Il n'aurait pas été juste d'affirmer qu'il ne s'y passait jamais rien – des drames arrivaient, bien sûr, demandez donc à ceux qui avaient vécu la tempête. Mais pas souvent, et pas ce genre de chose-*là*.

« C'était vraiment une fille sympa, finit par reprendre Lyn. Très serviable. Pas plus tard que la semaine dernière, elle m'a remplacée pour que je puisse emmener mon chat chez le véto. Et une autre fois… »

Elle s'interrompit quand un 4x4 argenté s'approcha et passa au ralenti devant eux. Le conducteur aperçut la foule et, au lieu de se garer sur la place de parking libre dans la rue, devant le bâtiment, il mit son clignotant et tourna vers l'entrée latérale, réservée aux livraisons.

Kieran, Mia et Lyn reculèrent pour laisser passer la voiture, les planches de surf fixées sur le toit vibrant tandis que les roues faisaient craquer le gravier. La voiture s'immobilisa devant la porte de service du Surf & Turf, et le moteur se tut. Le conducteur ne descendit pas tout de suite et Kieran aperçut la lueur d'un portable, collé à son oreille.

Kieran ne reconnut pas cette voiture, mais il connaissait l'homme. Julian Wallis, le patron du Surf & Turf. Kieran l'avait entraperçu la veille au soir, coupant la musique à l'heure de la fermeture et ordonnant à un Liam renfrogné de passer la serpillière – il s'était fait la réflexion que, décidément, certaines personnes ne changeaient jamais.

Julian arborait toujours la même coupe militaire grisonnante qu'il lui avait toujours connue. Il avait la silhouette sèche et noueuse d'un marathonien, mais c'était l'eau plutôt que la route qui l'avait façonné de la sorte. Julian s'occupait des Nippers, depuis l'époque où Kieran lui-même avait été membre de ce club de sauvetage en mer destiné aux enfants, et sa voix possédait le genre d'autorité naturelle qui donnait encore à Kieran l'envie instinctive de se mettre en rang, au garde-à-vous.

Kieran vit l'écran du portable s'éteindre dans l'habitacle du 4x4. Julian resta assis derrière son volant pendant un long moment, avant d'ouvrir la portière. Quand il finit par sortir, il avait l'air secoué. Juste un peu, mais il était troublant de lire une touche d'émotion sur son fameux visage de pierre.

Sean avait déclaré un jour que la différence entre un Julian gagnant au lot et un Julian promenant son chien se limitait à une légère inflexion de la commissure des lèvres, vers le bas ou vers le haut. Ce matin-là, la tendance ne prêtait pas à discussion : le bas l'emportait largement.

Julian se dirigea vers la porte latérale du restaurant, et il allait l'ouvrir lorsqu'il remarqua la présence de Lyn au bord de l'allée, attendant dans son uniforme.

« Désolé, Lyn. » Il secoua la tête, l'air ailleurs. « Je voulais t'appeler. Tu ferais aussi bien de rentrer chez toi. Je vous expliquerai à tous ce qui s'est passé quand j'en saurai plus, OK ?

— OK. » La serveuse coinça l'extrémité de sa langue entre ses dents jaunies et même Kieran put entendre la question qu'elle luttait pour ne pas poser. *Nous serons payés quand même ?* Cela ne semblait pas déraisonnable, songea Kieran, avec la basse saison qui approchait.

Julian ne parut pas s'en rendre compte. Il se tourna vers la porte, jurant entre ses dents contre ce verrou qui ne voulait pas s'ouvrir. Il réessaya, avec succès cette fois, et disparut à l'intérieur avant de ressortir une minute plus tard en tenant dans sa main un gros trousseau de clés. Il claqua la porte, remonta dans sa voiture sans ajouter un mot et recula plus vite que la prudence ne le dictait avant de repartir d'où il était venu.

« Le Fisherman's Cottage lui appartient toujours ? demanda Mia.

— Ouais. Olivia – et Bronte aussi, je suppose – a droit à une remise sur le loyer, en tant qu'employée. » Lyn marqua une pause. « Alors j'imagine que Chris Renn va vouloir lui parler.

— J'ai vu le sergent Renn là-bas, sur la plage, dit Kieran, revoyant la large carrure du policier se découpant dans la fenêtre de la chambre. Il dirige toujours le commissariat ? »

Lyn fit oui de la tête et, d'un coup de pied, envoya le mégot de sa cigarette dans le fossé rempli de sable.

« Pour l'instant, en tout cas… » Lyn en resta là, et avant que Kieran ait pu lui demander ce qu'elle voulait dire par là, elle se tourna vers la route, où un homme aux cheveux bruns approchait. Il regardait son smartphone, sourcils froncés, et pianotait furieusement du pouce tout en marchant.

« Mon Dieu. » Lyn roula de gros yeux. « Encore un qui ne va pas être content. Il aime bien sa routine. Il va devoir aller à la bibliothèque à la place. George… » Elle éleva la voix, alors que l'homme, qui n'avait toujours rien remarqué, grimpait les marches menant à l'entrée du Surf & Turf. Il leva les yeux, étonné, quand la porte verrouillée cliqueta sous sa main.

« J'ai bien peur qu'on soit fermé, mon cher George. »

L'homme la contempla, choqué, et Kieran reconnut le client à l'ordinateur portable que Bronte avait servi la veille au soir. Il avait apparemment de nouveau son portable avec lui ce jour-là, mais à l'abri dans une vieille sacoche en cuir élimé, suspendue en travers de sa poitrine. Il avait remonté le col de sa veste d'été pour se protéger de la brise marine et, de manière assez improbable, tenait un journal papier calé sous son bras. Le fait qu'il n'ait guère plus de quarante ans et que toutes les actualités du monde soient disponibles sur le téléphone qu'il tenait dans son autre main faisait passer cet objet totalement innocent pour une pose un peu nostalgique.

« Pourquoi c'est fermé ? » demanda-t-il à Lyn, en jetant un coup d'œil à travers la vitrine obscure du Surf & Turf. Kieran vit que Mia l'observait avec une expression légèrement incrédule.

« Il y a eu un accident, répondit Lyn. Là-bas, sur la plage. Il est arrivé quelque chose à Bronte. »

Sur ces mots, l'homme fit volte-face. « Mince… Elle va bien ?

— Non. » La voix de Lyn était tendue. Elle alluma une autre cigarette. « Non. Le sergent Renn est sur place, en ce moment même. »

L'homme la dévisagea puis hocha lentement la tête, saisissant le sens de ses paroles. Il glissa le journal sous son autre bras et sortit à nouveau son smartphone, pianotant avec une autre intention cette fois, et faisant défiler ses messages avec une expression neutre. Kieran le regarda, puis se tourna quand Mia posa la main sur son bras et désigna la route.

Ash, le visage gris et marchant si vite que son chien devait trottiner pour le suivre, allait les yeux baissés, portable vissé à l'oreille. Après un bref silence, il laissa retomber sa main et fixa l'écran du portable, visiblement frustré.

« Ash ! » cria Kieran et son ami s'arrêta. Il sursauta, comme s'il avait oublié, l'espace d'un instant, que Mia et Kieran étaient revenus en ville, mais il changea de direction et vint les rejoindre.

« Vous êtes au courant, pour Bronte ? demanda-t-il avant même d'être à leur hauteur. J'arrive pas à joindre Liv.

— Renn est sur place, au Cottage, répondit Kieran. Mais je n'ai pas vu Liv. Elle est peut-être au commissariat.

— Ah oui, c'est possible. » Ash ne semblait pas rassuré pour autant, il passa une main sur sa joue mal rasée. « Il paraît que c'est Liv qui l'a retrouvée.

— Bronte ? demanda Mia. Je croyais qu'elle devait dormir chez sa mère hier soir ?

— Ouais, elle a dormi là-bas. C'est moi qui l'ai déposée chez sa mère. » Ash secoua la tête et vérifia de nouveau son portable. Toujours rien sur l'écran. « Donc, ouais, je ne sais pas... »

Ash releva les yeux et vit que l'homme sur les marches avait cessé de pianoter et les écoutait, à présent.

« Ça va, George, on vous dérange pas trop ? » Ash gratifia l'homme du genre de regard vide qui, généralement, forçait la plupart des gens à détourner aussitôt le leur. Mais pas ce type, remarqua Kieran avec intérêt. George soutint le regard d'Ash avant de hausser les épaules et de baisser les yeux sur son téléphone.

« Oh mon Dieu, pauvre Liv, soupira Mia. T'imagines ce qu'elle a dû ressentir ? Retrouver sa colocataire, comme ça... Surtout après ce qui est arrivé à Gabby.

— Ça n'a rien à voir », répliqua Kieran.

Premièrement, le cadavre de Bronte était là, sur le sable. Il n'acheva pas sa pensée à voix haute. Il regrettait de l'avoir commencée.

« Il s'agit de la même plage… », répondit Mia.

C'est la vérité, songea Kieran. Mais cette plage était vaste.

« … et ça s'est passé à peu près au même moment de l'année.

— Une tragédie, voilà ce que c'est. » Lyn avait allumé une autre cigarette et tirait dessus avec force. « Bronte était une belle âme. Et il fait trop noir sur cette foutue plage. Un accident devait bien finir par arriver. »

Elle s'accrochait toujours à ça, en conclut Kieran.

« Accident… ou pas », intervint l'homme sur les marches. Il était en train de lire quelque chose sur son écran. « Apparemment, on l'a vue avec quelqu'un.

— Comment vous le savez ? rétorqua sèchement Ash.

— Le FCL d'Evelyn Bay, le Forum Citoyen en Ligne. » L'homme dévisageait Ash. « Si je comprends bien, vous n'êtes pas un habitué…

— Non. » Ash éclata même de rire. « Si je veux savoir ce que ma mamie et ses copines pensent du ramassage des ordures de la semaine dernière, je passerai à la maison de retraite pour leur demander directement.

— Je vois. Personnellement… » L'homme haussa les épaules, sans quitter Ash des yeux. « … ça m'intéresse toujours de savoir ce que les gens trouvent assez important pour rouspéter dessus. »

Une étrange tension que Kieran fut incapable de déchiffrer passa entre les deux hommes.

« Désolé, mon vieux, intervint-il avant qu'Ash ait le temps de répondre. Vous disiez qu'on a vu quelqu'un avec Bronte ? Est-ce que le post précise de qui il s'agissait ? »

L'homme scruta son écran, puis fit non de la tête.

« Pas encore. » Il fourra son portable dans sa poche et redescendit les marches. « Mais on le saura d'ici cinq minutes. »

Ash semblait sur le point de dire quelque chose quand son téléphone se mit à vibrer. Il le sortit de sa poche, le soulagement éclairant son visage. Kieran vit son expression changer lorsqu'il lut le texto.

« Merde », souffla-t-il en relisant le message.

Quoi ? voulut demander Kieran, mais il fut soudain assailli d'images de Bronte. Debout au milieu des vagues, dans l'eau jusqu'aux genoux. Leur tendant le carton des objets trouvés. Gisant inerte dans le sable. Alors, il ne voulut plus être celui qui poserait la question.

« Merde », répéta Ash, tendant l'écran sous le nez de Kieran pour qu'il puisse lire. « C'est Sean qui m'écrit. La personne qu'on a vue avec elle, c'était Liam. »

CHAPITRE 8

« Oh mon Dieu. » Lyn brisa le silence. « Liam. »

Elle souffla ce nom avec un nuage de fumée, tandis qu'ils contemplaient tous la vitrine obscure du Surf & Turf, où douze heures auparavant, Liam retournait ses steaks pour les hamburgers pendant que Bronte servait les clients à leurs tables. Kieran attendit le surgissement du déni, la stupéfaction en apnée *non-je-peux-pas-le-croire-il-n'aurait-jamais-pu*, mais les lèvres de Lyn restèrent serrées autour du filtre de sa cigarette. Elle inspira une longue et lente bouffée de tabac.

Ash fixait son portable d'un regard vide, son pouce en suspens au-dessus de l'écran, tandis que Mia renouait le chapeau d'Audrey sous son menton, se débattant avec les deux lanières de tissu.

Les pensées de Kieran parcoururent d'un pas titubant, désordonné, la soirée de la veille. Les verres, la discussion, le geste généreux d'une serveuse saisonnière, avant de revenir vers un moment en particulier.

Quand tu tues quelqu'un – les paroles de Liam, entendues à travers le passe-plat –, *tu mérites toutes les emmerdes qui te tombent dessus après.*

Quelque part au fond de Kieran, sous les couches douces et grisonnantes de culpabilité, un ver malveillant palpitait et se retournait. Kieran inspira doucement puis expira, avant d'ouvrir la bouche.

« Je crois qu'on devrait attendre d'en savoir un peu plus », dit-il tout haut, estimant que quelqu'un devait s'en charger.

Ils ne tardèrent pas à en savoir bien davantage. Les murmures, les on-dit et les exclamations houleuses rebondissaient déjà de bouche à oreille et bientôt, par à-coups, les contours de l'histoire finirent par apparaître.

Au Surf & Turf, l'heure de la fermeture était intangible, et la soirée précédente n'avait pas fait exception. À 23 heures, la musique avait été coupée, on avait indiqué la sortie aux clients, serpillières et balais-brosses avaient fait leur apparition pour la demi-heure quotidienne de nettoyage et de remise en ordre.

Mais comme l'été touchait à sa fin et que Julian Wallis était un homme raisonnable, les employés de salle et les cuisiniers avaient eu droit, l'un après l'autre, au hochement de tête les autorisant à rentrer chez eux plus tôt, une fois leurs tâches accomplies.

À 23 h 13, Liam Gilroy avait été filmé par les caméras de vidéosurveillance de la rue principale, debout sur le trottoir désert non loin de l'entrée du restaurant. Deux minutes et quarante secondes plus tard, Bronte Laidler était apparue dans le cadre. Elle s'était arrêtée à quelques pas de Liam. Sur l'image, ils semblaient discuter. Liam avait alors désigné du doigt sa voiture, une Holden blanche achetée cinq ans plus tôt. Bronte avait hoché la tête. Quatre minutes et six secondes après son apparition dans le champ, Liam était monté au volant, Bronte sur le siège passager, et tous deux avaient refermé leurs portières. La voiture disparaissait alors du cadre. Il n'y avait pas d'autres caméras pour capturer ce qui s'était passé ensuite.

Peu avant 23 h 30, la voisine qui avait acheté la maison située juste à gauche du Fisherman's Cottage trente-huit ans plus tôt, pour une somme qui semblait aujourd'hui dérisoire, s'était levée de son canapé alors que le générique de fin d'un James Bond défilait sur l'écran de sa télévision, et elle s'était dirigée vers la fenêtre pour fermer un peu mieux ses rideaux. Elle empoignait le tissu quand elle avait remarqué un véhicule qui n'appartenait à aucun des habitants du quartier, garé dans la rue. D'une couleur claire, c'était le seul détail dont elle se souvenait.

Vingt minutes plus tard, cette même voisine – dents brossées et réveil réglé pour le lendemain matin – avait ouvert sa porte de derrière pour permettre à son mélange de terrier de sortir se dégourdir les pattes une dernière fois. Comme elle attendait, il lui avait semblé entendre des voix lointaines, venant de la plage.

Elle n'avait pas su dire s'il s'agissait de voix masculines ou féminines, ni quel était le sujet de leur conversation. Des gens qui discutaient, avait-elle insisté. Rien de plus. Pas de dispute et encore moins de bagarre, sinon, en bon membre actif du plan de surveillance du voisinage d'Evelyn Bay, elle aurait prévenu la police, comme on le lui a appris lors de sa formation.

Quoi qu'il en soit, le temps de rappeler son chien et de monter se coucher, elle avait oublié tout cela, jusqu'à ce que le sergent Chris Renn frappe à sa porte le lendemain matin et lui demande si elle avait bien connu la serveuse qui résidait depuis l'été dans le bungalow d'à côté.

Le portable d'Ash sonna.

« Enfin », soupira-t-il, ses traits se détendant de soulagement en voyant la photo d'Olivia illuminer l'écran. Il tourna le dos au Surf & Turf et porta le téléphone à son oreille. « Tu vas bien ? T'es où ? » Ash écouta. « Non, pas ici. » Ses yeux se tournèrent vers l'attroupement qui allait grandissant. « Écoute-moi : Sean est à la marina. Va là-bas, plutôt. Je te rejoins tout de suite. »

Il raccrocha et se retourna vers Kieran et Mia.

« Vous pouvez m'accompagner ? Sean a l'air super mal, et je ne sais pas trop de quoi Liv aura besoin. »

Kieran consulta du regard Mia, qui essayait de calmer une Audrey irritable.

« Elle a faim, déclara-t-elle. Vas-y, toi. Mais dites à Liv que je l'appellerai. Je vais trouver un endroit où m'asseoir pour allaiter la petite et… »

Mia hésita, se tournant en même temps que Kieran vers la route qui conduisait à la maison. Par-delà le Fisherman's Cottage, par-delà le ruban jaune de la police. Par-delà ce qui était arrivé à Bronte au bord de l'eau.

Kieran fit basculer son poids d'un pied sur l'autre, mal à l'aise. « Tu te sens de rentrer à pied toute seule ? » Le sentait-il, *lui* ?

« Ouais, répondit Mia dans un haussement d'épaules. Tu sais, on est en plein jour. Il y a plein de gens partout. Les policiers sont sans doute encore sur place.

— J'imagine que oui.

— Ouais. » Elle fronça les sourcils. « Donc je crois que ça va aller… Pas vrai ? »

Ils se regardèrent longuement, tentant de déterminer où se trouvait la démarcation entre prudence et dramatisation.

« Je vais venir avec toi », déclara soudain Lyn. Elle termina sa dernière cigarette et l'écrasa sous son talon. « Je vais par là de toute façon.

— Vraiment ? répondit Mia. Ça ne vous dérange pas ?

— Pas le moins du monde. »

Elle le pensait vraiment, se dit Kieran. C'était intéressant. Lyn, qui avait à peine dit un mot depuis que le nom de Liam avait été mentionné, n'était vraiment pas inquiète, non, pas le moins du monde.

Ash commençait déjà à s'éloigner. « Allons-y, lança-t-il à Kieran. Liv nous attend. »

Ils se dirigèrent vers la sortie de la ville, perdus chacun dans ses pensées. Quand ils passèrent devant le poste de police, Kieran constata que les quelques places de parking situées devant le bâtiment et dans la rue étaient à présent occupées par des véhicules de patrouille et des voitures banalisées. Des renforts débarqués de Hobart, supposa-t-il.

« Renn est en train de se faire virer ou quoi ? interrogea Kieran, repensant à ce que Lyn avait commencé à dire tout à l'heure.

— Le commissariat tout entier est en train de se faire virer, répondit Ash. Coupes budgétaires. Je crois que le plan, c'est de faire venir deux ou trois flics de Port Osborne en été, mais il n'y aura plus d'agents à plein temps pendant l'hiver. J'ai cru comprendre que Renn était furieux de cette décision. Il aurait pu se faire muter à Port Osborne, mais il a décidé de démissionner.

— Quoi, pour de bon ?

— Eh bien, le poste ferme le mois prochain. Il part s'installer sur le continent. Il va travailler pour son frère, qui a une entreprise de transport de marchandises.

— Ça va le changer.

— Ouais. En soi, je peux comprendre. Il n'était pas le seul à être fâché par la fermeture du commissariat. Ma mère fait partie du comité de surveillance du voisinage, ils ont lancé une pétition, tout ça, mais la décision était déjà actée. Tu sais bien comment c'est, il s'agit seulement de Renn et des seconds couteaux qu'on voulait bien lui envoyer pour la saison estivale. Ça coûte sans doute trop cher de garder le poste ouvert, vu ce que ça apporte. » Ash réfléchit quelques instants, tandis qu'ils approchaient de la marina, l'eau miroitant dans la lumière de fin de matinée. « Même si après ce qui s'est passé cette nuit, qui sait ? »

La marina était quasi déserte, une partie des bateaux étant déjà prêts pour l'hivernage, couverts de bâches qui enveloppaient leurs ponts tels des linceuls.

Kieran repéra tout de suite le *Nautilus Blue*. Sean se tenait debout près de la barre, perdu dans la contemplation du large. Sean avait toujours été proche de Liam, même avant la tempête. Mais après la mort de son père, la réaction de ce gosse de sept ans avait été de s'accrocher de toutes ses forces à son oncle. Sean, dix-huit ans à peine à l'époque et très affecté lui aussi, s'était tout autant accroché en retour.

Il est intéressant que Liam ait été filmé par les caméras en compagnie de Bronte, songea Kieran. Cela éclairait au moins d'un nouveau jour les réponses évasives de Julian tout à l'heure, quand le patron du Surf & Turf était passé par le restaurant.

La cour délicate que Julian avait faite à Sarah, la mère de Liam, dans les années qui avaient suivi la tempête, était l'une des rares choses positives à s'être déroulées dans le sillage du drame, et les *sortiront-ils ensemble ou pas* de cette romance naissante avaient enchanté toute la communauté pendant un long hiver. Ils l'avaient finalement fait, dans un happy end qui avait ravi tout le monde ; trois ans après avoir perdu son père, Liam s'était trouvé un beau-père.

À ce que Kieran en savait, Julian avait joué ce rôle avec le sens de l'engagement qui l'avait toujours caractérisé quand un nouveau défi se présentait à lui et, sans doute contre toute attente, il avait réussi à gagner le cœur de Liam. Le fait que Julian semble sincèrement se soucier de ce beau-fils – Kieran le revoyait encore courbé et tendu dans son 4x4, devant le Surf & Turf – avait sans doute aidé.

Sean fut le premier à apercevoir Kieran et Ash, et il glissa un mot à Olivia. Celle-ci était assise sur le ponton, parfaitement immobile, le front courbé. Sa tête se releva brusquement et elle fit le geste de se lever, mais Ash était déjà là, traversant le ponton droit vers elle, en trois grandes enjambées. Elle se tourna sans dire un mot et enfouit son visage au creux de l'épaule d'Ash. Aux soubresauts de son dos, Kieran comprit qu'elle pleurait fort. Ash la serra dans ses bras et attendit.

« Et Liam ? demanda discrètement Kieran à Sean, en montant à bord.

— Il est au commissariat avec Sarah. Julian va faire venir un avocat de Hobart. »

Kieran attendit qu'il poursuive, mais Sean se tourna de nouveau vers la mer, le regard vague. Sur le ponton, Ash murmura quelques mots à l'oreille d'Olivia, qui lui souffla une réponse étouffée.

« Toi, ça va ? demanda Kieran à Sean.

— Ouais. Je ne sais pas. » Il se frotta le visage. « C'est tellement n'importe quoi. Les gens en ville, qu'est-ce qu'ils racontent ?

— Rien d'important.

— Ouais, t'as raison. » Sean se tourna une nouvelle fois vers le large. « J'imagine très bien. »

Kieran regarda Olivia, qui s'essuyait le visage avec un mouchoir en papier. Ash lui frottait le dos.

« Elle avait oublié son tapis de yoga, expliqua-t-il tout bas à Kieran, et Olivia leva les yeux vers eux.

— C'est comme ça que tu as retrouvé Bronte ? lui demanda Kieran, et elle acquiesça.

— Maman n'avait pas bien dormi, alors on a décidé d'aller au premier cours. Mais comme en général ils n'ont pas assez de tapis, on est passées chez moi. Maman m'a attendue dans la voiture – oh mon Dieu… » Olivia se cacha les yeux sous ses mains. « Vous imaginez si maman était venue avec moi et l'avait vue ? » Cette pensée semblait lui donner la nausée. « J'étais juste censée faire un saut, mais la porte de la chambre de Bronte était ouverte, ça m'a paru bizarre parce qu'il était très tôt. Et je ne l'entendais pas dans la maison, alors… »

Elle s'interrompit. On n'entendait que le clapot sous les coques des bateaux et les cris lointains des goélands.

« À la position de la poignée, j'ai vu que la porte de derrière était déverrouillée. Alors je suis sortie, pour voir si elle était en train de prendre un café ou je ne sais quoi. » Olivia contempla le mouchoir déchiqueté dans ses mains. « Je l'ai aperçue, couchée tout près de l'eau. Elle portait encore la tenue du restaurant. Elle a dû passer toute la nuit là-bas, seule. »

Un silence tomba sur eux.

« Liv. » La voix de Sean était calme, ses yeux toujours fixés sur les vagues. « Est-ce que Renn a dit ce qui s'est passé, d'après eux ?

— Non. » Olivia secoua la tête. « Mais au commissariat, j'ai entendu l'un des flics qui sont venus de Hobart dire que Bronte avait dû rester au moins cinq ou six heures sur la plage, donc je crois que c'est pour ça… » Olivia regarda Sean, qui ne se tourna pas vers elle. « … qu'ils voulaient parler à Liam.

— Je vois. » Une ombre traversa le visage de Sean. « Ils t'ont interrogée sur autre chose, ou bien juste sur Liam ?

— Non, d'autres choses aussi. Ils voulaient savoir si Bronte avait un copain. Je leur ai parlé de ce type avec qui elle était sortie au début de l'été. » Olivia prit Ash à témoin. « Tu te souviens, ce touriste ? Marco quelque chose. Impossible de me rappeler son nom de famille.

— L'Espagnol qui faisait vraiment beaucoup de bruit au lit ? » Ash secoua la tête. « Moi, je me serais même pas souvenu de son prénom. J'ai réussi à me l'ôter de l'esprit. »

La manière dont Ash dit ça donne à penser qu'il se souvenait très bien du type, songea Kieran.

« Il était portugais, pas espagnol. » Olivia baissa les yeux. « Peu importe, de toute façon. Ça fait des semaines qu'il est parti.

— Y a-t-il des chances que ce type ait quelque chose à voir avec les bruits que Bronte entendait la nuit ? interrogea Kieran. C'était peut-être lui qui venait la voir ? L'embêter ? »

Cette fois, Sean se tourna vers eux, tandis qu'Olivia plissait le front et secouait la tête.

« Je crois qu'il était déjà parti quand ça a commencé. Mais les flics ont demandé plusieurs fois pourquoi Bronte n'avait pas signalé ces bruits. Ou moi. Je veux dire, bon sang… » Elle se frotta les yeux. « Je leur ai dit qu'évidemment, je m'en voulais qu'on ne l'ait pas fait. »

Ash fronça les sourcils. « Tu n'as rien fait de mal, Liv.

— Vraiment ? » Une rafale de vent balaya la marina et les mâts dénudés sifflèrent et oscillèrent. « Si j'avais été là… »

Ash secoua sèchement la tête. « Non. Si tu avais été là-bas cette nuit, qui sait ce qui aurait pu se passer ?

— Peut-être que rien ne serait arrivé.

— Ou peut-être que si, justement. »

Tous se turent. Kieran entendait le ponton craquer, tandis que les bateaux se balançaient puis se remettaient d'aplomb. Par-delà les arbres, on distinguait les briques rouges du poste de police.

« Tu dors chez ta mère tous les samedis soir ? demanda-t-il.

— Ces derniers temps, oui. Quand je ne travaille pas, on regarde un film ou quelque chose. Le dimanche matin, on va au yoga.

— Donc certaines personnes savent peut-être que t'es pas chez toi le samedi soir, en général ? insista Kieran. Que Bronte serait seule à la maison, ce soir-là ? »

Olivia resta pétrifiée. « Ouais. J'imagine que certains pourraient le savoir.

— Les gens le savent, Liv. » La voix de Sean fut emportée par le vent. Il parlait sans les regarder. « La plupart des gens qui te connaissent le savent. »

Olivia se tourna vers lui, les traits tendus. Puis elle serra fort ses paupières. « Pourquoi je n'ai…

— Stop. » La voix d'Ash était ferme. « Arrête ça tout de suite. »

Olivia se tut mais Kieran devina à quoi elle pensait. La route qu'on n'avait pas empruntée. Il en avait lui-même assez de ces pensées, qui ne vous menaient jamais dans un bon endroit.

« Ash a raison, dit-il, et Olivia leva les yeux sur lui. Je sais que tu le sais, Liv, mais c'est la vérité. Mia et moi on est restés assis vingt minutes sur la plage, hier soir. Si on était rentrés par le sable au lieu de… »

Kieran s'interrompit, repensant au trajet qu'ils avaient emprunté la veille, en rentrant du restaurant. La route si sombre et si déserte et puis, tout à coup, plus du tout.

« Quoi ? le pressa Sean.

— On a croisé une voiture. Hier soir. Qui roulait beaucoup trop vite, pas loin du Fisherman's Cottage.

— Quel genre de voiture ? demanda Sean, mais Kieran entendit clairement la véritable question, derrière. *S'agissait-il de la Holden blanche vieille de cinq ans de Liam ?* Kieran ne connaissait pas la réponse.

« Je ne sais pas trop », dit-il, sans mentir.

Sean plissa le front. Lui non plus ne connaissait pas la réponse, se dit Kieran.

« Tu devrais en parler au sergent Renn. » La voix d'Ash était étrangement légère et les yeux de Sean se précipitèrent sur lui. Il dévisagea son ami, tentant de déchiffrer ce ton. Ash fit semblant de ne pas s'en rendre compte.

Kieran les observa tour à tour. Lui non plus ne parvint pas à lire quoi que ce soit sur le visage d'Ash, ce qui était assez inhabituel. « Ouais, dit-il. C'est ce que je vais faire. »

Sean se replongea dans la contemplation de l'horizon, tête penchée de côté, ce qui, Kieran le savait, voulait dire qu'il réfléchissait. Au bout d'un long moment, il ouvrit la bouche. « Écoutez, les gars, concernant Liam… »

Il fut interrompu par la sonnerie du portable d'Olivia. Ils attendirent qu'elle réponde, hochant la tête de temps à autre en écoutant la voix au bout du fil.

« OK. Merci. » Elle raccrocha, l'air perplexe. « C'était Chris Renn. Il veut que je repasse chez moi. »

Ash la regarda. « Pour quoi faire ?

— Je ne sais pas. Il avait l'air… » Olivia secoua la tête. « Je ne sais pas. Il faut que j'y aille.

— Attends, lança Sean alors qu'elle se levait. Concernant Liam… »

Il attendit que tous le regardent.

« Liam ne ferait jamais une chose pareille. D'accord ? Jamais. »

Olivia resta plantée là en tenant la main d'Ash, sans vraiment soutenir le regard de Sean. L'atmosphère, déjà étrange, avait soudain pris un tour plus inconfortable encore. Sean dévisagea Kieran.

« Tu as entendu Liam et Bronte discuter hier soir, pas vrai ? Ils ne se disputaient pas, ne criaient pas non plus. Est-ce que Liam a dit quoi que ce soit d'alarmant ? »

Il attendit jusqu'à ce que Kieran secoue la tête.

« Donc si Renn ou un autre t'interroge, poursuivit Sean, tu pourras le leur dire ? »

Kieran hésita. « Je pourrais leur dire ce que j'ai entendu, oui. Mais bon, je n'ai pas vraiment…

— Mais tu les as *entendus*. Je veux dire, si Liam avait eu un comportement bizarre, agressif ou je ne sais quoi, tu l'aurais remarqué, non ? Or, ce n'était pas le cas. Tu as dit toi-même, hier soir, que tout allait bien se passer. Donc, tout ce que je te demande, c'est de le dire aux policiers. S'il te plaît ? »

Le vent bouscula les bateaux, qui grincèrent de nouveau tandis que Kieran regardait son ami et s'efforçait de se remémorer Liam.

Pas le Liam de la veille, renfrogné dans son tablier taché de gras, une serpillière à la main. Non, le Liam de douze ans plus tôt. Un petit garçon, encore, vêtu d'une chemise noire achetée tout spécialement pour l'occasion. Les larmes de Liam avaient roulé sous son menton et imprégné son col raide, tandis qu'on lui tendait des fleurs pour qu'il les dépose sur le cercueil de son père.

« Kieran ? » Sean l'implorait, à présent. « Si les policiers t'interrogent ? »

Kieran avait beau faire tous ses efforts pour visualiser Liam, son esprit revenait sans cesse à Sean. Mais pas le Sean de l'enterrement. Le Sean de quelques jours avant. Debout dans le séjour, chez Kieran, dix-huit ans tous les deux, et se faisant face pour la première fois depuis la tempête.

C'était un accident, avait commencé Kieran. Quelque part dans cette maison de famille qui semblait désormais trop grande, se trouvaient Verity et Brian, si étranges et déplacés désormais tous les deux, même lorsqu'ils restaient silencieux. Kieran s'était forcé à recommencer. Il s'était forcé à parler, conscient qu'il n'y avait pas assez de mots en ce monde pour réparer cela. Détestant cette réalité, se détestant lui-même.

Sean l'avait coupé.

Je sais, mon pote. T'inquiète.

Le soulagement l'avait aveuglé.

Kieran dévisagea Sean. Son ami attendait encore.

« Écoute, si la police m'interroge... » Kieran entendit le ponton grogner quand Ash fit basculer son poids d'une jambe sur l'autre, mais il n'y prêta pas attention. Ash savait tout de la situation. Quel que soit le problème que ça lui posait, il s'en remettrait. « Si la police m'interroge, oui, je pourrai leur dire ça.

— Merci. » Le visage de Sean se fissura légèrement. « Merci, mon vieux. Ça ne suffira sans doute pas à le tirer de ce pétrin, mais ça aidera peut-être. »

Kieran en doutait. « Pas de problème.

— Et puis, écoute, je sais que Liam est parfois un peu… » Sean haussa les épaules, impuissant. « Mais j'apprécie que tu fasses ça pour lui. »

Je sais, mon pote. T'inquiète.

Ce n'était pas pour Liam qu'il faisait ça, mais Kieran ne jugea pas nécessaire de le préciser.

CHAPITRE 9

Kieran se dit qu'Ash et Olivia avaient sans doute envie de marcher seuls jusqu'au Fisherman's Cottage, mais lorsqu'il resta derrière pour leur en donner l'occasion, Ash l'attendit.

« Tu vas par là aussi, non ? »

Kieran acquiesça. Mia lui avait envoyé un texto pour dire qu'elle était rentrée sans encombre chez ses parents. Même s'il ne s'attendait pas vraiment à autre chose, il se sentait tout de même soulagé.

Ils laissèrent Sean en train d'enfiler sa combinaison de plongée.

« Tu vas descendre à l'épave ? demanda Kieran, étonné, et Sean haussa les épaules, la mine sombre.

— Je ne crois pas que tout ça empêchera les Norvégiens de venir. Je vais bien, vraiment, ajouta-t-il en voyant Kieran jeter un coup d'œil aux bouteilles d'oxygène. Vérifie-les toi-même si ça peut te rassurer. »

Kieran emboîta le pas d'Ash et Olivia, ils quittèrent la marina et s'engagèrent sur la route. Personne ne suggéra de passer par la plage.

« Donc, Liam… », déclara Ash dès qu'ils eurent atteint le bitume. Le vent jetait du sable sur la route, qui craquait sous leurs pas. Sean et son *Nautilus Blue* étaient loin derrière eux, mais Ash n'en parla pas moins à voix basse. « Le truc, avec Liam... » Ash s'interrompit de nouveau, soupesant ses mots. « Écoute. Je comprends bien. C'est le neveu de Sean. Ils sont très proches. Mais ne te sens pas obligé de dire quoi que ce soit sur lui que tu n'as pas envie de dire.

— J'en ai pas l'intention, répondit Kieran. Pourquoi ? Y a des choses que je devrais savoir sur lui ?

— Non, répondit vivement Ash en secouant la tête. Ce n'est pas ce que je dis. Liam est un sale connard, ça, c'est pas nouveau. Mais bon, soyons francs. On était tous ici quand la tempête a éclaté, on connaît tous le foutu contexte, derrière tout ça... Alors ouais, Sean a sans doute le droit de te demander un service et, ouais, il mérite peut-être que tu le lui accordes. »

Ils sortirent du virage et, droit devant, Kieran aperçut le Fisherman's Cottage. Deux voitures de police étaient garées devant, au bord de la route.

« Mais ce qui est arrivé à l'époque, c'est du passé maintenant, ajouta Ash. On ne peut plus rien y changer. Alors il ne faudrait pas qu'à cause de ça, tu te retrouves embarqué dans un truc qui ne te plaît pas. » Une pause infime. « Aucun de vous deux d'ailleurs, hein ? »

Kieran ne put s'en empêcher. Il jeta un regard en coin vers Olivia. Celle-ci n'eut aucune réaction, mais bon, elle avait toujours mieux su se contrôler que lui.

La matinée avait été longue. Kieran aurait pu trouver cinquante bonnes raisons, évidentes, expliquant la tension des épaules et du cou d'Olivia. Il ne la connaissait plus assez bien, désormais, pour deviner ce qu'elle pensait. Mais cela n'avait pas toujours été le cas. Et Kieran se demanda soudain, pour la première fois depuis des années, combien son bon ami Ash en savait, au juste, sur ce qui s'était passé le jour de la tempête.

Cela avait été un été mémorable. Une fois leurs examens de dernière année passés et oubliés, Kieran et Sean s'étaient lancé tête la première dans des célébrations alcoolisées. Le beau temps avait attiré des tas de touristes cette année-là, et notamment pas mal d'adolescentes blasées qui auraient préféré être n'importe où ailleurs qu'en vacances avec leurs parents en Tasmanie. Kieran avait considéré de son devoir d'aider ces filles à passer du bon temps, et dès que la plage, les caravanes du camping ou une maison louée pour l'été s'animait à force de musique et de bière coulant à flots, Kieran était généralement présent, assistant d'un regard trouble au coucher *et* au lever du soleil.

Ash n'était jamais loin, bien sûr, même s'il avait déjà quitté l'école. À la fin de l'année de seconde, les élèves du lycée d'Evelyn Bay qui voulaient poursuivre leurs études devaient changer d'établissement, en vertu du système éducatif propre à la Tasmanie, sortir leur abonnement de bus et passer leurs deux dernières années de lycée à faire des allers et retours entre chez eux et l'établissement d'enseignement supérieur le plus proche.

Ash, qui s'était maintenu sans effort dans le tiers supérieur de la classe pendant ses dix premières années d'études, était allé rendre visite à son père et en était revenu persuadé que se traîner une heure et demie matin et soir dans un car scolaire, c'était bon pour les foutus débiles qui n'avaient rien de mieux à faire. Il n'y avait pas eu moyen de le faire changer d'avis, si bien que sa scolarité s'était achevée là.

Mais c'était « génial », avait – sans cesse – répété Ash pendant les deux années suivantes. Il s'était pointé le premier matin, tout sourire, pour saluer Kieran et Sean au départ du bus. Puis il avait fait demi-tour et dégoté un job à la pépinière, s'était assez vite rendu compte qu'il était doué pour ça, et s'était mis à prospecter pour travailler de son côté comme jardinier. Il se faisait un peu d'argent. Pas des fortunes, mais davantage que Kieran et Sean. Et puis le principal avantage, d'après Ash, c'était la liberté. Pouvoir faire ce qu'il voulait de ses journées. Peut-être, s'était dit Kieran à l'époque, mais il lui semblait cependant que, presque tous les soirs, Ash ne faisait rien d'autre que traîner autour de l'arrêt de bus en attendant que ses amis rentrent du bahut.

Pour Kieran, l'été de la tempête avait presque pris l'allure de retrouvailles, maintenant que les années lycée étaient enfin derrière eux. Ils avaient tous bien travaillé. Ash avait concocté un plan pour lancer sa propre entreprise de paysagisme, et bossait d'arrache-pied pour transformer le jardin de sa grand-mère en modèle de démonstration. Kieran et Sean avaient travaillé pour leurs grands frères respectifs, comme chaque année. Finn et Toby ne plaisantaient pas quand il s'agissait de leur agence de plongée, et les deux amis n'avaient pas chômé – « Un salaire minimum pour un maximum d'emmerdes », se plaignait souvent Kieran auprès de sa mère, sans le penser vraiment.

Olivia était là, elle aussi. Sur la plage, en maillot de bain. Prenant une bière dans le frigo lors d'une fête du vendredi soir chez un de leurs amis, visiblement aussi soulagée que tout le monde que les allers-retours en bus jusqu'au lycée ne soient plus qu'un souvenir. Elle avait pas mal traîné, mais pas avec eux. Car de même que Kieran et Ash avaient une préférence marquée pour les vacancières insouciantes qui logeaient dans des bungalows avec vue sur la mer ou dans des caravanes, avant de disparaître sur le continent au bout de deux semaines, Olivia et ses amies préféraient clairement des types qui n'avaient rien à voir avec Kieran et Ash.

Mais pour Sean, en revanche, elle avait du temps.

Kieran levait parfois les yeux du canapé affaissé sur lequel il avait atterri, tâchant de se rappeler le nom de la fille à laquelle il parlait, et, à l'autre bout de la fête, il apercevait Olivia et Sean appuyés sur le comptoir de la cuisine, en train de discuter tranquillement de Dieu sait quoi. Kieran se tournait alors vers

Ash, qui les observait lui aussi et secouait la tête avec le même air décontenancé.

« J'y comprends rien, lui avait dit Ash plus d'une fois. Elle est juste excitée par son petit numéro de puceau timide, ou quoi ? »

Kieran souriait dans son verre. « Je ne sais pas, vieux.

— Je veux dire, regarde-le ! Et regarde-la, elle.

— Ouais, je regarde.

— Alors explique-moi ce qui se passe. »

Kieran éclatait de rire. « Je ne peux pas. »

Mais ce n'était pas vrai. À bien y réfléchir, ce qu'il se surprenait à faire assez souvent, la réponse était évidente. Olivia et Sean étaient amis. Ils avaient pris quelques options en commun pendant la dernière année de lycée, et on les avait mis ensemble pour un projet de groupe. Sean s'était donc retrouvé à passer tout un après-midi à travailler ensemble dans la chambre d'Olivia – après-midi au sujet duquel il était resté insupportablement avare en détails, malgré l'interrogatoire serré auquel l'avait soumis Ash.

« Ça suffit, avait-il fini par grogner, posant sa bouteille sur un plan de cuisine poisseux, quelques semaines plus tard, et après quelques verres de trop. Je vais aller la sauver. »

Et il avait essayé, traversant la fête d'un pas déterminé et jetant lourdement son bras autour des épaules de Sean avant de lui couper la parole au beau milieu d'une phrase. Olivia, sans que cela ne surprenne personne à part Ash, l'avait snobé jusqu'à ce qu'il soit contraint de battre en retraite, rouge de honte, et de passer le reste de la nuit à marmonner rageusement dans sa bière.

« Vous allez bien ensemble, Olivia et toi, mon pote. Tu fais officiellement partie du groupe des filles, maintenant », avait déclaré Ash d'un ton désinvolte, le lendemain, balayant le soupçon de triomphe illuminant les traits de Sean.

Sean s'était tourné vers Kieran, qui s'était penché sur son portable en faisant semblant de ne rien remarquer, en partie parce qu'il trouvait lui-même – pour des raisons qu'il n'aurait pas vraiment su expliquer – la situation un peu agaçante. Après ça, Sean avait repris l'habitude de se tenir pour l'essentiel seul dans son coin pendant les fêtes, pour le plus grand bonheur de tout le monde.

Les voitures de patrouille garées devant le Fisherman's Cottage étaient vides, constata Kieran maintenant qu'ils étaient plus proches. Un ruban jaune avait été tendu entre les poteaux du portail, barrant l'entrée, et un agent en uniforme que Kieran ne reconnut pas montait la garde. Pour le reste, il ne se passait rien à l'avant du bâtiment. *L'activité se concentre certainement à l'intérieur ou plus bas, sur la plage*, songea Kieran.

« Vous croyez que je vais devoir retourner dans l'appartement ? » Olivia ralentit à l'approche du bungalow.

« Je ne sais pas, répondit Ash. Peut-être. »

Ils ralentirent avec elle, et finirent par s'arrêter complètement non loin du bâtiment.

« Hé, Liv. » Ash se planta devant elle, la voix pleine de douceur. « Tout va bien. D'accord ? Tout va bien se passer. »

Olivia ne fit aucun signe qui aurait montré qu'elle le croyait aussi, et Ash tendit le bras pour lui prendre la main.

Kieran n'avait vraiment revu Olivia que quelques semaines plus tard, alors que l'été touchait à sa fin. Pour une fois, il n'avait pas tellement regretté que la chaleur commence à se faire moins marquée et les touristes, moins nombreux. Il avait reçu les résultats de l'examen qui, sans être extraordinaires, étaient néanmoins corrects, et dans quelques semaines, il s'envolerait pour Sydney où l'attendait une place à l'université.

À la fin d'une journée chaude et paresseuse, Kieran s'était retrouvé à grimper le sentier escarpé menant au belvédère. Arrivé en haut, il s'était planté au bord de la falaise pour admirer le paysage. À ses pieds, il apercevait la bande de sable désertée qui conduisait aux grottes. Le chemin qui y descendait n'était pas balisé, mais c'était tout comme, tant le sol était creusé à force de passage.

La surface de l'océan était calme au-dessus du *Mary Minerva* quand Kieran avait entamé sa descente. Juchée sur l'arête d'un promontoire rocheux qui était quasiment sous l'eau en permanence, la sculpture en hommage aux victimes étincelait au soleil, tournée vers le site du naufrage.

Mais il n'y avait personne en mer. Il était encore trop tôt dans la saison pour plonger sur les épaves, et, de toute manière, Kieran savait que son frère ne sortirait pas ce jour-là. La requête de Finn et Toby de pouvoir ajouter une visite guidée des grottes à leur programme avait traîné dans la boîte de réception du conseil municipal pendant des mois avant de recevoir, de manière totalement inattendue, une réponse timidement favorable. La nouvelle les avait obligés à imaginer en catastrophe différents itinéraires classés en fonction de leur difficulté, mettant tous en valeur ce labyrinthe de tunnels.

Kieran ne comprenait pas très bien d'où venait tout ce stress. L'accès aux grottes avait toujours été théoriquement interdit, mais ils les avaient tous explorées tant de fois au fil des années qu'ils savaient très bien quelles galeries menaient à de vastes cavités éclairées par des puits de lumière, et lesquelles débouchaient sur des goulets étroits et des culs-de-sac qui s'enfonçaient sous la surface de l'océan. Quoi qu'il en soit, Finn avait voulu modifier le parcours pour débutants, Toby n'était pas d'accord, si bien que, convoqués tous les deux pour une réunion chez leur comptable, ils avaient chargé Kieran d'aller emprunter les deux itinéraires et de prendre en photo les passages clés.

Kieran accomplit cette tâche en une quarantaine de minutes et, une fois remonté dans la lumière éblouissante de la plage déserte, il jeta sa serviette et son sac sur le sable avant de plonger dans les vagues. Il se contenta de faire la planche en admirant le bleu profond du ciel, sans personne alentour. Il savourait cette paix depuis un bon moment quand il sentit – plus qu'il n'entendit – quelqu'un descendre le sentier taillé au cœur des falaises. Kieran se stabilisa à la surface, chassa l'eau salée de son visage et scruta la silhouette qui marchait.

Olivia.

Elle portait un short et un tee-shirt, et ses cheveux étaient noués sur le dessus de son crâne. Elle était seule. Elle le repéra dans la mer, ralentit l'espace d'un demi-pas, puis poursuivit sa descente vers la plage. Kieran posa ses pieds sur le fond et pataugea jusqu'au rivage, soudain ultra-conscient, alors que l'eau dégoulinait de son torse nu, que le programme de musculation estival en vue de la prochaine saison de footy ne lui avait vraiment pas fait de mal.

Olivia le pensait aussi, du moins l'espéra-t-il, à en juger d'après le léger éclat dans ses yeux lorsqu'elle ôta ses lunettes de soleil.

« Hey.

— Hey.

— J'ai croisé Sean hier. » Elle parcourut du regard la plage déserte. « Il m'a dit que vous bossiez par ici cet après-midi.

— Il n'y a que moi, pour le moment. Sean a dû rester aider sa mère à faire je ne sais quoi.

— C'est comme ça que tu bosses ? » Olivia sourit en regardant la serviette de Kieran, ses cheveux mouillés. « Il faut que je me trouve le même genre de job. »

Kieran lui rendit son sourire. « J'ai terminé.

— De vérifier les itinéraires dans les grottes ?

— Juste le plus facile. Sean t'en a parlé ? C'est rapport à ce truc que nos frères veulent lancer.

— Ouais. Il m'a dit que si je passais, il me montrerait. Je serai partie à la fac quand les vraies visites commenceront.

— Eh bien, il n'est pas là aujourd'hui.

— Oh. » Olivia se retourna vers le sentier qu'elle venait de descendre, puis parut hésiter. Ses yeux se portèrent vers le large, puis elle leva la main et s'abrita les yeux le temps d'étudier le mémorial du *Mary Minerva*.

« Elles sont différentes, vues d'ici », déclara-t-elle au bout d'un moment.

Kieran suivit son regard le long de la rangée de récifs qui serpentaient depuis les grottes, s'avançant dans la mer. Tout au bout, les trois statues en acier, grandeur nature, montaient la garde. Les Survivants.

Serrés les uns contre les autres, ils contemplaient le large, stoïques face aux éléments, leurs visages sculptés tournés pour l'éternité vers l'endroit où le *Mary Minerva* reposait sous les vagues.

« Je comprends pourquoi les gens les aiment, mais moi, elles m'ont toujours paru un peu froides.

— Ah bon ? » Kieran examina les trois silhouettes. Les Survivants étaient visibles en permanence depuis les falaises et la mer, assez grands pour ne jamais disparaître entièrement sous les flots, même lors des plus grandes marées ou des pires coups de vent. Cela ne risquait pas d'arriver ce jour-là, où ils contemplaient l'océan apaisé, dans l'eau jusqu'aux genoux.

« C'est peut-être juste à cause de leur nom et de l'épave, tout ça. » Olivia haussa les épaules. « C'est un peu triste, je trouve.

— Tu savais qu'à l'origine, les statues n'avaient pas ce nom-là ? fit remarquer Kieran, et Olivia se tourna vers lui.

— Non. Vraiment ?

— Elles s'appelaient, genre, *Trio d'acier* ou je ne sais quoi, mais quelqu'un à la mairie a entendu parler d'elles et a eu l'idée géniale de les installer là-bas. Alors ils ont donné un peu plus d'argent à l'artiste pour qu'il change le nom, les tourne dans la bonne direction et raconte que c'était un hommage aux naufragés.

— T'es sérieux, là ? » Olivia éclata de rire.

« Ouais. C'est mon frère qui me l'a dit. Il l'a découvert par hasard quand il a dû remplir des tas de paperasses pour les permis de plongée. Ils ont dû se dire que *Les Survivants*, ça sonnait mieux, j'imagine.

— Ils n'avaient pas tort, reconnut-elle. Faut surtout pas le dire aux touristes, hein ?

— C'est bizarre, mais je les aime mieux depuis que je sais ça, reprit Kieran. Le fait qu'elles aient failli avoir cette vie complètement différente, plantée au milieu d'un parc ensoleillé par exemple, au lieu de se retrouver là. Ça les rend plus… » Il haussa les épaules, se sentant idiot tout à coup. « Je ne sais pas. Humaines ou quelque chose. »

Olivia le dévisagea, alors, avec une expression qui ressemblait à de la surprise.

« Ouais, dit-elle au bout d'un moment, en observant de plus belle les Survivants. Je vois ce que tu veux dire. »

Ils restèrent immobiles, regardant les ondulations de la houle.

Quelques instants plus tard, Olivia se tourna de nouveau vers lui. « Donc, Sean ne va pas venir du tout ?

— Non. » Kieran se pencha en avant et enfila son tee-shirt, le tissu faisant un peu ventouse sur sa peau humide. Quand il se redressa, les yeux d'Olivia étaient encore plantés sur lui ; ses cheveux qui brillaient au soleil, ses longues jambes émergeant du short. Son expression n'avait pas changé, mais la braise d'une chose nouvelle rougeoyait dans la brise fraîche et iodée qui soufflait sur la plage déserte.

Peut-être pas si nouvelle, d'ailleurs, reconnut Kieran. Une chose qui était là depuis pas mal de temps, chez lui tout au moins, au lycée et dans le bus et pendant toutes ces fêtes alcoolisées. Un élan qu'il ressentait chaque fois qu'Olivia se trouvait près de lui.

Kieran inspecta le sentier de la falaise. Aussi désert que la plage. Personne dans le coin. Pas de Sean. Pas d'Ash. Rien qu'Olivia et lui, pour une fois. Les grottes se trouvaient un peu plus loin sur la plage, fraîches et engageantes.

« Je pourrais te faire visiter, dit-il, si ça te tente ? »

Kieran attendit. Il se rendit compte qu'il retenait son souffle, et vida ses poumons.

Olivia le dévisageait toujours. « OK. » Elle sourit, lentement. « Allons-y, alors. »

CHAPITRE 10

Olivia s'arrêta devant le portail du Fisherman's Cottage et donna son nom à l'agent qui montait la garde devant son propre domicile. Il lui fit signe de patienter et disparut à l'intérieur. Une minute plus tard, la porte d'entrée s'ouvrit et le sergent Renn apparut.

Son crâne chauve était dissimulé sous sa casquette de policier, le faisant moins ressembler à un videur de boîte de nuit que cela pouvait parfois lui arriver. À même pas quarante ans, il fit l'effet à Kieran d'un homme qui en avait vraiment assez de tout. *Quelle tristesse*, songea Kieran. Quand il était arrivé à Evelyn Bay douze ans plus tôt, l'enthousiasme avec lequel Chris Renn avait embrassé son rôle d'agent de police dans une petite ville avait semblé sincère, au-delà du simple devoir.

Il avait passé tout l'été à suivre comme son ombre le sergent d'alors, Geoffrey Mallott – un vieux bonhomme cassé de partout, qui préférait les avertissements dispensés avec le regard bienveillant d'un grand-père aux sanctions en bonne et due forme, avec la paperasse que cela impliquait. Mallott avait coutume de rayer les jours qui le séparaient de sa retraite sur un calendrier accroché bien en évidence au commissariat, et se faisait un plaisir de laisser le jeune agent Renn résoudre toutes les affaires urgentes de graffitis et de détritus jetés par terre, ou le vol occasionnel d'un portefeuille de touriste sous une serviette de plage. Et Renn, de son côté, se faisait un plaisir d'accomplir ces tâches.

Kieran savait que l'immense majorité des habitants d'Evelyn Bay convenaient qu'ils avaient de la chance que Chris Renn soit resté là aussi longtemps. Il semblait assez compétent et ambitieux pour gravir les échelons ailleurs, mais les avait rassurés : il aimait tout simplement les gens et l'endroit. Ils avaient craint de le perdre quelques années auparavant quand son histoire avec une femme de Launceston était devenue sérieuse, mais Renn était toujours ici et la femme en question n'était pas venue le rejoindre – cela n'avait pas tenu, supposait Kieran.

Mais à présent, le sergent Renn avait l'air fatigué. Apercevant Kieran, Ash et Olivia devant le portail du Fisherman's Cottage, il souleva le ruban jaune.

« Rien que toi, s'il te plaît, Olivia », lança-t-il, tendant sa main devant lui, paume ouverte, quand Ash fit le geste de l'accompagner.

Ash semblait sur le point de protester, mais Olivia secoua la tête. « C'est bon. »

Elle passa sous le ruban et Renn fit demi-tour vers la maison.

« Hé, Chris…, cria Kieran, et le policier s'arrêta. J'ai croisé une voiture ici, hier soir.

— Ah ouais ? » Renn recula de quelques pas. « Sur Beach Road ? »

Kieran acquiesça. « Un peu plus loin. Elle venait de par ici, en direction de la ville.

— À quelle heure ?

— Vers 23 h 30.

— T'as le souvenir d'une marque, ou d'un modèle ? Une couleur ?

— 4x4. Une Holden, peut-être. » Kieran tenta de se rappeler, mais il se souvenait surtout des phares et du vacarme. Renn attendait encore. « Désolé. Elle est passée très vite. Mais Mia aussi l'a vue.

— OK, on prendra vos dépositions à tous les deux quand on aura le temps. » Renn se retourna vers Olivia. « Prête ? »

Renn parlait d'un ton neutre, et la manière qu'il eut de désigner la porte d'entrée, de l'ouvrir puis d'attendre Olivia n'avait rien d'inhabituel. Mais tout au fond de lui, Kieran sentit son instinct de survie qui sonnait l'alarme : *Prudence.*

Olivia se figea, tenant encore dans sa main le ruban de police, et Kieran se demanda si elle avait ressenti la même chose. Puis elle se redressa, et suivit le sergent Renn à l'intérieur du bâtiment où, jusqu'à la veille, Bronte avait logé.

La marée allait et venait, montant lentement mais sûrement, tandis que Kieran traversait la plage en compagnie d'Olivia. La grotte Sud était la plus éloignée des deux, par rapport au sentier de la falaise, mais c'était sa préférée.

Kieran évita le trou rempli d'eau à l'entrée, puis tendit la main à Olivia pour l'aider à passer. Ils franchirent le seuil séparant la lumière aveuglante de la pénombre fraîche.

« Waouh », s'exclama-t-elle quand il sortit sa torche, la guidant le long d'un des itinéraires qu'il avait parcourus au pas de course une heure plus tôt. La roche formait une voûte au-dessus d'eux, à hauteur d'homme, parfois plus bas. Le sable humide et mou cicatrisait rapidement sur ce large chemin, leurs empreintes disparaissant en un rien de temps.

« C'est vachement beau », souffla Olivia quand ils s'arrêtèrent, côte à côte, pour examiner les motifs naturels des parois rocheuses, dessinant des bandes colorées qui s'entrelaçaient peu à peu depuis des millions d'années, et que la marée inondait deux fois par jour.

Kieran ne pouvait pas lui donner tort. Cet endroit était beau, à n'en pas douter, même s'il n'avait que rarement l'occasion de s'arrêter pour en profiter, ces temps-ci. Il poursuivit son chemin sans hâte aucune, pour permettre à Olivia d'embrasser à son rythme le spectacle des galeries.

« Ça mène où, à droite ? demanda-t-elle alors qu'ils arrivaient à un embranchement où Kieran emprunta le conduit de gauche.

— À une impasse, plus loin. » Il pointa le faisceau de sa torche sur la galerie obscure. De là où ils se trouvaient, le tunnel semblait pareil à l'autre. « Mais ça descend très bas. On peut faire un sacré bout de chemin avant de devoir faire demi-tour.

— T'es descendu jusqu'au bout ?

— Ouais, une fois. » Par accident, un jour qu'il n'avait pas fait attention.

Kieran se souvenait encore de son sursaut paniqué lorsqu'il s'était rendu compte, trop tard, de son erreur. Finn l'avait justement mis en garde contre ce risque, et plus d'une fois. Kieran savait que ces galeries étaient si tortueuses qu'on pouvait s'y perdre au bout de dix pas. Le plafond au-dessus de sa tête avait soudain paru plus bas, sa masse sombre pesant sur lui. Il avait consulté sa montre, peinant à calculer les minutes – les heures, en réalité – qu'il restait avant que la marée ne s'engouffre dans les grottes.

Il n'avait plus en tête que l'avertissement de Finn : *Si t'es encore là-dedans à marée haute, tu ne ressortiras plus jamais.*

Kieran s'était forcé à inspirer profondément, plusieurs fois, seul dans ce lieu étranger, puis à faire volte-face et à se remettre à marcher, lentement. Quand le premier éclat du jour était réapparu – au bout du tunnel, littéralement –, il s'était autorisé à courir, et la honte d'avoir eu peur s'était emparée de lui alors même que l'adrénaline continuait de pulser dans ses veines.

« Y a pas grand-chose à voir en bas, de toute façon, déclara-t-il à Olivia en détournant sa torche. C'est mieux par là. »

Ils se frayèrent un chemin entre les roches et, au bout d'un moment, la mer se fit entendre et ils débouchèrent de nouveau dans la vaste cavité située près de l'entrée de la grotte.

« Retour au point de départ, annonça Kieran. Sains et saufs.

— Merci. » Olivia avait les joues empourprées et les yeux vifs. « C'était génial.

— Pas mal, hein ? T'étais jamais venue là ?

— Non, ma mère dit que si l'accès est interdit, c'est pour de bonnes raisons. »

Kieran haussa les épaules. « Bah faudrait pas être ici à marée haute quoi, mais là, ça craint rien.

— Ouais. » Et Olivia avait souri, alors qu'ils étaient seuls dans l'obscurité confortable de la grotte, où s'engouffrait la brise chaude venue de la plage. « On est drôlement bien ! »

Et Kieran, préférant ne pas trop réfléchir, interpréta cela comme un signal et l'embrassa. Elle lui avait rendu son baiser et, au bout d'une minute ou deux, il l'avait prise par la main pour l'emmener vers le fond de la grotte, où un grand rocher plat jaillissait de la paroi, formant une terrasse aérienne.

Il lui avait montré, comme il l'avait fait à deux ou trois autres filles cet été-là, comment grimper dessus, et ils s'étaient assis sur sa serviette, à l'abri d'éventuels regards, et embrassés de plus belle dans la lumière de l'après-midi qui filtrait jusqu'à eux. Ils étaient restés là, blottis sans que nul ne puisse les déranger, jusqu'à ce que Kieran, à contrecœur, ne regarde sa montre.

« On ferait mieux d'y aller, dit-il. La marée ne va plus tarder à monter. »

Il l'aida à redescendre et fut surpris, lorsqu'ils ressortirent de la grotte, de l'étroitesse de la bande de sable qui restait à découvert sur la plage. Le temps était passé plus vite qu'il ne l'avait cru. Les Survivants étaient déjà dans l'eau jusqu'à la taille.

Kieran et Olivia étaient remontés le long du sentier. Une fois en haut de la falaise, Olivia s'était arrêtée et avait regardé derrière elle en direction de la plage, désormais hors de vue.

« Tu vas raconter ça à tous tes potes du footy ?

— Non.

— Vraiment ?

— Non, pas si tu ne veux pas, répondit Kieran. Je sais qu'Ash et certains autres sont un peu cons, des fois, mais je ne suis pas comme eux.

— Mais... » Le front d'Olivia se plissa.

« Quoi ?

— Kieran... » Elle le fixa droit dans les yeux. « Tu es comme eux. »

Il ouvrit la bouche pour protester, mais quelque chose, dans la manière dont Olivia avait dit cela, l'en empêcha.

« En tout cas, finit-il par répondre, j'en parlerai à personne. »

Et, un peu à sa propre surprise, Kieran avait tenu parole.

Kieran et Ash restèrent plantés devant le portail, de l'autre côté du ruban de police, à scruter le Fisherman's Cottage. Un policier en uniforme était sorti pour aller chercher quelque chose dans les voitures de patrouille, laissant la porte d'entrée ouverte.

Kieran apercevait un couloir éclairé menant d'abord, il le savait, à la cuisine et au séjour. Le peu qu'il voyait de la maison semblait propre et bien tenu.

D'après ce qu'Olivia avait dit, elle n'avait remarqué aucune trace de lutte ou de violence à l'intérieur. Kieran tenta de visualiser l'organisation des lieux. La fenêtre de la chambre de Bronte, donnant sur la plage. La porte de derrière, ouvrant sur le petit jardin puis le sable. Qu'est-ce qui avait bien pu l'attirer dehors ?

Dans les profondeurs de la maison, il entendit la voix grave du sergent Renn.

Un silence, puis une réponse courte. Olivia.

Kieran ne put discerner ce que chacun disait.

Kieran et Olivia s'étaient retrouvés dans les grottes une deuxième fois, soi-disant par hasard – même si ce n'était pas le cas. Kieran avait traîné sur la plage déserte tout l'après-midi, au prétexte qu'il devait dresser une carte pour Finn et Toby. Un soupir de soulagement lui avait échappé en apercevant le visage illuminé d'Olivia, penchée au sommet des falaises. Il l'avait saluée de la main, elle lui avait répondu, et ils n'avaient cessé de sourire tandis qu'Olivia descendait le long du sentier.

Deux jours plus tard, il avait laissé Sean et Ash assis à l'intérieur du Surf & Turf et couru dehors pour s'entretenir seul à seule avec elle. Il l'avait emmenée à l'écart, derrière la salle des fêtes, et lui avait demandé sans préambule quand elle pourrait le retrouver là-bas.

Le lendemain, ils avaient escaladé la saillie rocheuse et, levant les yeux, Olivia avait repéré l'endroit où Ash avait sculpté avec ses clés les trois lettres de son prénom dans la paroi, quelques mois plus tôt. Passant son doigt dessus, elle avait levé un sourcil, et Kieran haussé les épaules.

C'était Ash qui avait découvert cette plateforme rocheuse. Il était tombé dessus par hasard l'été précédent, dans le cadre d'une intense campagne visant à convaincre une fille rencontrée chez le marchand de glaces de se déshabiller pour lui. Ses efforts avaient été couronnés de succès, avait-il raconté à Kieran, dans un sourire. En vertu d'un accord tacite, ils n'en avaient pas parlé à Sean, qui, à sa manière discrète, avait parfois le chic pour gâcher ce genre de trucs.

La seule inquiétude de Kieran lorsqu'il déployait sa serviette sur ce rocher plat en compagnie d'Olivia, c'était qu'Ash puisse débarquer à l'improviste avec l'une de ses conquêtes. Ash venait de passer quelque temps chez son père et la petite amie de celui-ci – pas celle pour laquelle il avait quitté la mère d'Ash, mais une autre – et il était d'une humeur massacrante depuis son retour.

Mais par bonheur, personne ne s'était jamais présenté à l'intérieur de la grotte sans y avoir été invité et, durant ces quelques semaines, Kieran et Olivia avaient eu ces lieux pour eux tout seuls.

Quand le jour de la tempête arriva, ils avaient établi une sorte de routine, et Kieran était déjà en train d'attendre quand Olivia apparut sur le sentier de la falaise. Kieran était assis à l'entrée de la grotte, content d'avoir pris avec lui un sweat-shirt à capuche en plus et une deuxième serviette, car une brise fraîche cinglait la plage. L'océan se déployait, vide, devant lui quand il se leva pour l'embrasser. Le *Nautilus Black* ne sortirait pas en mer ce jour-là, il le savait. Des vents forts étaient annoncés. Finn et Toby laisseraient sagement leur bateau amarré dans la marina.

« Je ne pourrai pas rester longtemps, annonça Olivia quand ils s'écartèrent l'un de l'autre. C'est l'anniversaire de ma mère, demain. Gabby veut qu'on lui fasse un gâteau.

— Pas de souci. De toute manière, on dirait qu'il va pleuvoir. »

Le ciel bleu du début de journée avait cédé la place à des nuages de plus en plus sombres, qui erraient à basse altitude, lourds de menace. Mais à l'intérieur de la grotte, il faisait étrangement chaud, la roche ayant absorbé la chaleur du soleil de midi.

Quand ils se furent hissés sur leur terrasse, bien protégés des éléments, Olivia s'était retournée vers la plage. Le temps était vraiment mauvais.

« On devrait peut-être laisser tomber pour aujourd'hui, tu ne crois pas ?

— Non, répliqua Kieran. Reste. S'il te plaît. »

Et il l'avait embrassée de nouveau et elle s'était abandonnée à son étreinte et après ça, il avait à peine entendu la pluie se mettre à tomber tandis qu'ils étaient allongés sur les serviettes douillettes, dans l'agréable tiédeur de leur refuge. Quand les premiers éclairs avaient commencé à zébrer le ciel, au-dehors, cela lui avait paru romantique à souhait, et Kieran s'était dit – ce qui, par la suite, l'avait presque fait rire – qu'il se souviendrait de cette journée.

Il avait été surpris, quand enfin il s'était redressé, de voir combien le ciel était devenu sombre. Il avait regardé l'heure. Il n'était même pas si tard. Il s'était tourné vers Olivia, qui fixait un point au pied de la terrasse.

« Oh mon Dieu… », avait-elle soupiré.

C'était l'intonation de sa voix qui l'avait figé net. Il avait suivi du regard la direction qu'elle pointait du doigt, sous la saillie rocheuse. Le sable qui couvrait le sol de la grotte avait complètement disparu sous une nappe d'eau noire.

Ash s'accouda au portail du Fisherman's Cottage et, sans même y penser, il se pencha par-dessus le ruban de police pour arracher une mauvaise herbe au pied de la clôture.

« Pardon, dit-il en jetant l'herbe par terre quand il vit l'agent en uniforme froncer les sourcils. Mais pourquoi ça prend tout ce temps ? »

Kieran consulta sa montre. Cela ne faisait pas si longtemps, mais il comprenait ce que voulait dire son ami. C'était stressant de rester planté là sans savoir ce qui se passait.

« Bronte avait l'air sympa, déclara Kieran, pour meubler. De ce que j'ai pu voir.

— Ouais, elle l'était. C'est bon, calme-toi mon vieux… » Ash s'était courbé pour arracher une autre mauvaise herbe, mais la relâcha en constatant que le policier était sur le point d'intervenir. Il tourna le dos à la maison et s'adossa à la clôture. « Elle était marrante, Bronte. Agréable à vivre, tu vois ? Cool, quoi, se corrigea-t-il. Je sais qu'elle rendait Liv un peu dingue, mais ce n'était pas voulu. Je veux dire, Liv avait d'autres problèmes, des trucs avec sa mère. Tout ne venait pas de Bronte, contrairement à ce qu'elle pense. »

Ash lui jeta un regard en coin. « Ne dis pas à Olivia que je t'ai dit ça. »

Kieran secoua la tête, un demi-sourire aux lèvres.

« Je sais que c'est différent quand on vit avec quelqu'un, mais moi je la trouvais sympa, Bronte. » Il fronça les sourcils, et resta silencieux un moment. « Liam l'aimait bien. Beaucoup, même. Quoi qu'en pense Sean, le gamin était à fond après elle. Ça sautait aux yeux, putain.

— Bronte, elle pensait quoi de lui ? »

Ash tendit le bras et fit glisser son pouce et son index calleux le long du ruban de police tendu en travers du portail. « Qui sait, hein ? »

Olivia avait pointé du doigt l'eau d'un vert sombre qui montait, fluide et puissante, sur le sol de la grotte, écumant de rage contre les parois. Cette vision était l'ultime souvenir totalement clair que Kieran gardait de cette journée. Après, tout lui venait par flashs.

Il se revoyait glisser pieds en avant au bas du rocher plat, et se rappelait le choc en découvrant que l'eau dont il pensait qu'elle lui arriverait aux chevilles dépassait déjà ses genoux. *Allez, allez*, avait-il exhorté, en voyant, incrédule, Olivia perdre de précieuses secondes à tendre le bras pour attraper le sac étanche qui contenait leurs portables.

Laisse-le, bordel, avait-il dû crier, car il se rappelait qu'elle l'avait regardé avec stupéfaction.

Tu plaisantes ou quoi ? Pas question. Ses yeux étaient écarquillés.

Mais non, Kieran était sérieux. Car il ne pensait plus qu'à une chose : la mise en garde de Finn.

Si t'es encore là-dedans à marée haute, tu ne ressortiras plus jamais.

Kieran avait empoigné Olivia par le bras et ils avaient pataugé dans l'obscurité huileuse. Son soulagement lorsqu'ils étaient ressortis à l'air libre s'était aussitôt évaporé en découvrant ce jour pareil à une nuit. La plage avait disparu. Le pic de chaque vague atteignait sa poitrine. L'averse battante lui piquait la peau et la houle giflait la falaise.

Les deux bouches obscures des grottes inhalaient l'eau à pleins poumons avant d'en recracher une partie, et les courants s'agrippaient aux jambes de Kieran, tentant de le faucher par en dessous. Il s'essuya les yeux et tenta de repérer le sentier qui montait de la plage et les conduirait au sommet des falaises, en sécurité. Impossible de le voir. Tout semblait différent.

« Merde, Kieran, regarde. » La voix d'Olivia avait été arrachée par une rafale, et Kieran dut plisser les yeux sous les assauts des gouttes de pluie mitraillant la mer déserte. Et il se rendit soudain compte que celle-ci l'était vraiment, déserte. Il n'y avait plus rien entre eux et l'horizon, et il comprit alors pourquoi tout semblait si bizarre.

Les Survivants avaient disparu.

Là où ils auraient dû se dresser solides et bien arrimés, leurs têtes dépassant toujours au-dessus de l'eau, il ne restait plus qu'un océan en furie et un horizon presque noir. Les Survivants étaient totalement submergés, avalés tout entiers par la houle. Kieran n'avait encore jamais vu ça. La peur qui bouillonnait en lui, impérieuse, sombre et profonde, explosa alors à la surface.

« Il faut qu'on aille plus haut. »

Il avait pris Olivia par la main. Le pied du sentier de la falaise avait disparu sous les vagues, mais ils s'étaient frayé un chemin tant bien que mal, nageant et pataugeant, jusqu'à l'endroit où il aurait dû se trouver. Olivia fut la première à perdre pied, et Kieran l'entendit inspirer brusquement juste avant de s'enfoncer. Il plongea son autre main et la tira vers la surface jusqu'à ce qu'elle réapparaisse, le visage tout rouge, à moitié asphyxiée. Quelques instants plus tard, il trébucha et le monde fut soudain englouti.

Il sentit l'eau le tirer dans un sens et Olivia dans l'autre, puis ce fut son tour de percer la surface et de se retrouver dans les rugissements de la tempête. Ils avaient continué d'avancer, Kieran comptant les pas dans sa tête jusqu'à ce qu'il sente le sable laisser place à la roche sous ses pieds. Son soulagement fut tel que la tête lui tourna. Ils avaient trouvé le sentier.

Alors que la vague suivante prenait son élan, aspirant toute l'eau devant elle, il posa les mains sur la taille d'Olivia et la hissa sur les rochers. Elle escalada comme elle put, ses jambes nues déposant des traînées sanglantes là où elle les raclait contre la pierre. Elle s'était allongée à plat ventre, se protégeant le visage de la pluie battante, et lui avait tendu la main. Elle avait hurlé quelque chose que Kieran n'avait pu entendre dans les hurlements des bourrasques.

Il n'atteignit jamais sa main. L'eau le percuta violemment et, quand il put voir de nouveau, il était déjà loin.

Olivia avait dénoué les lanières du sac étanche, enroulées autour de son poignet, et l'avait ouvert brusquement, avait sorti son téléphone pour appeler les secours. Kieran ne savait plus s'il l'avait réellement vue faire ça, ou s'il avait reconstruit ce souvenir à partir de ce qu'on lui avait raconté par la suite. Il avait entendu une bribe de son nom criée dans les rafales, et il avait nagé de toutes ses forces vers sa voix. Impossible de gagner le moindre terrain.

Les vagues étaient monstrueuses. Elles l'avaient jeté vers le haut puis aspiré si profond qu'il ne savait plus vers quel côté se battre pour regagner la surface. Combien de temps il était resté sous l'eau, cela, il l'ignorait. Assez longtemps pour que ses poumons soient plus vides qu'il ne l'avait jamais senti.

Et puis, soudain, là où il n'y avait eu que de l'eau, il y eut la roche. Dure et brutale, elle s'était abattue sur lui avec tant de force que ses dents s'étaient entrechoquées. Quand l'eau s'était retirée, Kieran était encore allongé sur le ventre, son visage collé à la surface dense. À bout de souffle et en sang, il avait relevé la tête et aperçu Olivia qui lui criait quelque chose. Elle pointait son doigt, d'un geste paniqué.

« Remonte ! Plus haut ! Va plus haut ! »

Kieran s'était relevé tant bien que mal et, faisant appel à la moindre fibre de ces muscles qu'il avait fait travailler si dur à la salle pendant tout l'été, il avait commencé à escalader la falaise. Il s'était hissé jusqu'à un trou creusé dans la paroi, poussé comme il l'atteignait par la langue d'une vague qui, une seconde plus tôt et un mètre plus bas, l'aurait rabattu vers le fond.

Kieran s'était agrippé à ce recoin, respirant par petites bouffées et écoutant les battements affolés de son cœur tandis qu'il s'enfonçait dans le trou à la force des bras. Il distinguait le bord du sentier un peu plus haut, non loin de lui, mais il aurait tout aussi bien pu se trouver à un million de kilomètres. Il n'avait plus la force ni le courage de bouger. Il était encore couché là, les yeux qui piquent et les poumons en feu, quand il discerna un éclat de couleur là-bas, sur l'eau. Il lui fallut un long moment pour comprendre, lentement, ce qu'il voyait.

C'était le bateau de son frère.

Le *Nautilus Black*, à peine visible, progressait péniblement au milieu des déferlantes. Il dépassa l'épave cachée, l'endroit où les Survivants auraient dû se dresser. Continua, en direction des grottes.

Finn est là. Telle avait été l'unique pensée claire de Kieran. Finn était venu le chercher. Et, malgré la douleur et le froid et la brûlure dans ses poumons, en cet instant, Kieran s'était senti en sécurité.

CHAPITRE 11

Finn avait appris à Kieran toutes les choses importantes. À nager, à frapper dans un ballon de footy, à boire. À parler aux autres garçons. À parler aux filles. Les gens aimaient beaucoup Finn. Ils aimaient Kieran parce qu'il leur rappelait son frère ; mais la star, c'était Finn.

Finn Elliott avait rapporté des trophées sportifs à Evelyn Bay dans sa jeunesse, et les dollars des touristes une fois adulte. Finn était le genre de type qui aurait pu se pointer au Surf & Turf et ne jamais payer le moindre verre, mais il le faisait pourtant, souvent, car il était aussi le genre de type à payer sa tournée.

Finn avait servi de lièvre dans les rues de la ville quand Verity s'entraînait pour ses semi-marathons, il sortait l'échelle pour aider Brian à enlever les feuilles des gouttières chaque automne, et il avait passé des heures debout dans l'eau glacée de l'océan pour montrer à Kieran comment améliorer sa technique de crawl.

Vingt-six ans durant, Finn avait été là pour ses proches et puis, soudain, il n'avait plus été là.

Kieran ne se souvenait plus très bien de la dernière fois qu'il avait vu Finn, et, pour l'essentiel, il estimait que c'était mieux comme ça. Si les souvenirs qu'avait Kieran de leur sortie de la grotte étaient nébuleux, ils se réduisaient à quasiment rien après qu'il avait vu le bateau. Il n'y avait aucune raison médicale ou physique à cela – le médecin de l'hôpital de Hobart avait dit vrai –, car son corps s'était parfaitement remis.

Kieran savait ce qui s'était passé alors qu'il s'accrochait aux rochers et que les vagues s'abattaient sous ses pieds, mais seulement parce qu'il avait posé la question et qu'on lui avait raconté. Le *Nautilus Black*, un catamaran que Finn et Toby avaient tout spécialement choisi pour sa stabilité, sa manœuvrabilité et toutes ces choses qui importent avant tout dans des mers aussi rudes, n'avait pas eu de chance. Littéralement dépassé par les événements, il avait pris une déferlante de travers et chaviré.

Il n'avait pas coulé, malgré la furie totale de l'océan. La flottabilité structurelle du catamaran l'avait maintenu à la surface, dérivant comme un ivrogne au milieu des rouleaux vert sombre, son ventre hideusement exposé.

Toby n'était même pas mort noyé, techniquement parlant. Il avait été projeté contre la coque, et l'impact lui avait brisé le crâne. Il était mort alors qu'il flottait à plat ventre sur la mer, sans inspirer une goutte d'eau. Emporté à trente ans, en laissant derrière lui son épouse Sarah et leur jeune fils Liam, ainsi que son propre frère Sean.

Mais Finn, lui, s'était noyé. Il s'était retrouvé coincé, gilet de sauvetage enfilé et tout le reste, quand le bateau s'était retourné, le piégeant sous la surface. Finn était finalement resté submergé pendant près d'une heure, dont seules les quatre premières minutes avaient compté.

Kieran aurait dû être capable de se souvenir de tout s'il l'avait voulu, lui avait-on répété plusieurs fois. Le manque de clarté était un mécanisme de défense, pas un problème physique. Mais il ne voulait pas se souvenir, et donc ne se souvenait de rien. Kieran n'avait jamais discuté ces avis, même s'il n'y croyait pas vraiment. Car il se souvenait très clairement de certaines choses.

Les visages de ses parents dans le couloir de l'hôpital, par exemple. Kieran les avait aperçus à travers la fenêtre d'observation et s'était efforcé de ne pas écouter la conversation murmurée sur un ton impérieux qui avait abouti à l'entrée de Verity dans la salle de traitement, seule. Kieran avait longuement fixé la porte ouverte, mais Brian n'était jamais venu.

Il se rappelait son retour à la maison, plus tard. Le choc à la vue des rues dévastées de la ville, encore sonnées par la tempête. Les interrogations étranges et dérangeantes portant à présent sur ce qu'était devenue Gabrielle Birch. Brian se retirant dans son bureau pendant des heures, puis des jours entiers. Les pleurs étouffés dans la maison.

Kieran aurait donné n'importe quoi pour ne plus se souvenir de ces choses et pourtant il s'en souvenait, tout le temps.

Ash avait sonné à la porte de chez eux au lendemain du retour de Kieran, et les deux amis étaient restés assis en silence, fixant l'écran de la télé d'un regard vide, sans savoir quoi se dire. Mais Ash était revenu et, à sa quatrième visite, avait amené Sean avec lui.

« C'était un accident… » Kieran se tenait debout face à Sean dans cette maison soudain trop grande. Brian enfermé dans son bureau, Verity dormant à longueur de journée. Le regard de Sean avait parcouru ce séjour où il était venu mille fois, avant de se poser sur une photo encadrée de Finn. Finn, heureux et souriant, et tout aussi mort que le frère de Sean, Toby.

Kieran cherchait encore ses mots quand Sean l'avait interrompu.

« Je sais, mon pote. T'inquiète. »

Le soulagement avait été aveuglant.

« C'était un accident », avait répété Sean d'une voix calme qui ressemblait à une tentative de se convaincre lui-même. Il semblait avoir besoin de l'entendre presque autant que Kieran. « Personne n'imaginait que cette tempête serait si forte. »

Ça n'avait plus jamais été pareil avec Sean, après ça, mais tout le reste avait changé aussi. Kieran était déjà heureux qu'ils se parlent encore.

Personne ne savait qu'Olivia était elle aussi descendue dans les grottes, avait compris Kieran, à l'hôpital. Mais à quoi bon l'entraîner là-dedans, elle aussi ? C'était elle qui avait donné l'alarme, mais dans le chaos, chacun s'était dit qu'elle se trouvait au sommet de la falaise lorsqu'elle avait repéré Kieran dans l'eau.

Et au moment où les gens auraient pu s'intéresser de plus près à tous les détails, les recherches lancées pour retrouver Gabby Birch étaient devenues l'urgence absolue, et toutes les questions concernant Olivia s'étaient exclusivement focalisées sur les efforts pour sauver sa sœur de quatorze ans.

Kieran avait essayé plusieurs fois d'appeler Olivia et de lui écrire des textos, mais elle n'avait jamais répondu. Cela ne l'avait pas tellement surpris. Il ne savait pas trop ce qu'il aurait pu dire si elle l'avait fait.

Des funérailles communes furent organisées pour Finn et Toby, dans la mesure où les deux listes de proches endeuillés se chevauchaient presque entièrement. Olivia n'était pas venue, mais cela non plus n'avait pas surpris Kieran. Après tout, à ce moment-là, on avait déjà retrouvé le sac à dos de Gabby.

Personne n'était encore ressorti du Fisherman's Cottage. Olivia se trouvait toujours à l'intérieur. Ash consulta une nouvelle fois l'heure sur son téléphone.

« Tu crois qu'il y a quelque chose de… » Il se tut brusquement en voyant deux hommes arriver au coin de la maison. Kieran fut un peu surpris de constater que l'un d'eux était Julian Wallis, l'air plus calme que tout à l'heure au Surf & Turf. Son masque impénétrable avait repris sa place, tandis qu'il désignait les équipements de sécurité à un policier armé d'un appareil photo.

« Verrous sur les portes extérieures, commentait Julian.

— C'est vous qui les avez installés, ou bien ils étaient déjà là quand vous avez acheté la maison ? » l'interrogea l'agent.

Une pause. « Ils étaient déjà installés. »

Le flic nota l'information. « Depuis combien de temps êtes-vous le propriétaire de cette maison ?

— Six ans.

— Vous avez changé les serrures, pendant tout ce temps ?

— Non. Enfin… » Julian avait l'air troublé. Il passa la main sur ses courts cheveux argentés. « J'aurais dû ?

— Je vérifie juste. » Le policier lui fit signe. *Continuez*. Julian se reprit et pointa du doigt la façade. « Lampe anti-intrusion là-haut, aussi. Avec détecteur de mouvement. Ça, c'est moi qui l'ai installé.

— Le sergent de votre ville dit que cette ampoule était morte », déclara le policier d'un ton neutre, en prenant une photo.

Julian fixa le projecteur, l'air trahi. « Les filles ne m'ont pas prévenu. Je l'aurais remplacée, sinon. »

Le flic se contenta de pointer de nouveau son appareil, sans rien laisser paraître, et prit un autre cliché. Il examina l'écran.

« Très bien, dit-il. Attendez-moi là. Je vais voir si votre sergent a besoin d'autre chose. »

Julian regarda l'homme disparaître à l'intérieur de son placement immobilier, mâchoires serrées. Il se retourna, parut seulement remarquer la présence d'Ash et de Kieran, et vint à leur hauteur, s'appuyant lourdement contre la clôture.

« Comment va Liam ? demanda Ash.

— Ah, vous êtes au courant qu'il l'a ramenée en voiture ?

— Je crois que tout le monde est au courant, mon vieux.

— Eh bien, si vous voulez mon avis, c'est tout ce qu'il a fait, soupira Julian. Il ne va pas trop bien. Sarah est avec lui. Elle accuse le coup, aussi.

— J'imagine.

— Ils ne méritent pas ça. » Julian ne regarda pas vraiment Kieran dans les yeux. « Ni lui, ni elle. Je crois qu'ils en ont assez bavé pour qu'on leur fiche la paix. »

La touche accusatrice était légère, mais c'était une fréquence à laquelle Kieran était éminemment sensible. Il ne répondit rien, laissant simplement sa réaction monter puis redescendre et se dissiper, comme le lui avait recommandé son dernier thérapeute en date.

Il se tourna vers la route où, au loin, il pouvait presque distinguer la maison de ses parents. Mia était là-bas, qui l'attendait, et il éprouva soudain un profond désir d'être auprès d'elle. Il s'écarta de la clôture puis se figea en entendant du bruit dans le couloir. Olivia sortit du bungalow. Elle tenait dans ses mains quelques petits objets, son visage exprimait le trouble.

Le sergent Renn remplissait le cadre de la porte, derrière elle. Apercevant Julian, il lui fit signe de venir.

« Juste un petit mot, vieux, s'il te plaît.

— Bien sûr, pas de problème. » Julian s'empressa de remonter l'allée, pour rejoindre Renn. Ils disparurent à l'intérieur, et la porte se referma.

« Ça va ? » Ash tendit la main à Olivia. « Ils voulaient quoi ?

— Je ne sais pas trop. » Elle semblait un peu en état de choc. « Ils n'arrêtaient pas de me poser les mêmes questions que ce matin. Des trucs sur Bronte. De quoi elle parlait ? Qu'est-ce qu'elle faisait en dehors du travail ? Qui venait la voir à la maison ? Mais on aurait dit qu'ils cherchaient quelque chose de précis.

— Comme quoi ? demanda Ash.

— Je ne sais pas, mais je ne crois pas l'avoir aidé à le trouver.

— Tu leur as dit quoi ?

— Tout ce qui m'est revenu. Qu'elle avait eu ce petit copain, là, Marco, par exemple. Qu'elle passait pas mal de temps en dehors de la maison à chercher des idées pour ses œuvres. Qu'elle ramenait des algues, d'autres trucs qu'elle trouvait. » Olivia s'interrompit, quand l'ombre d'un agent se dessina derrière la fenêtre la plus proche, avant de s'éloigner. « Chris m'a demandé si rien n'avait disparu.

— Et alors ? demanda Kieran.

— Toutes mes affaires étaient là. J'ai trouvé le portefeuille et le portable de Bronte sur le comptoir de la cuisine. Et l'argent du loyer, en liquide, était posé sur le frigo et il n'a pas bougé. Mais... » Elle tendit ses mains pour leur montrer une boîte de pilules contraceptives, un étui de lentilles de contact et un flacon de solution. « C'est tout ce qu'ils m'ont laissé prendre. Chris a vérifié ce que j'emportais. Et ils sont encore dans sa chambre. Je crois qu'ils cherchent quelque chose. »

Ash se passa la langue sur les dents. « Ils ne t'ont pas un peu aiguillée ? » Il dévisagea sa petite amie. « Ils ne t'ont pas donné d'indices ? »

Olivia avait passé une bonne partie de sa dix-huitième année à faire semblant de ne pas voir que le petit nouveau du commissariat d'Evelyn Bay avait un faible pour elle, si évident que cela en était gênant. Elle n'en avait jamais fait cas et, en bon professionnel, Chris Renn, vingt-sept ans à l'époque, avait fait de son mieux pour le cacher, mais la rougeur révélatrice qui remontait le long de son cou avait tendance à le trahir.

« Non, rien du tout. » Olivia regarda la maison, ne sachant visiblement qu'en penser.

Ils sursautèrent tous quand la porte s'ouvrit et que Julian réapparut. Kieran aperçut Chris Renn dans le couloir. Il parlait dans son portable. Il vit que Kieran l'observait et tendit lentement le bras pour fermer de nouveau la porte.

Julian descendit l'allée et se baissa pour franchir le ruban de police.

« Écoute, Liv, ça va sans dire, mais ne t'inquiète pas pour le loyer, dans l'immédiat. Si tu veux encore rester, après... » D'un geste gauche du menton, Julian désigna la voiture de patrouille. « On trouvera un arrangement.

— Merci, Julian. »

Il y eut une pause. « Vous ne m'aviez pas dit que l'ampoule du projecteur était grillée. » Il s'efforça, vainement, d'éviter tout ton de reproche.

« Je croyais que Bronte vous l'avait dit.

— Non.

— Oh. » Olivia se frotta les yeux. « Eh bien, je ne sais pas quoi vous dire, Julian. Vous savez comment elle était.

— Ouais. Bien sûr. » Il se reprit. « Désolé. La journée a été bien longue... Tu vas t'installer chez Ash, pour le moment ? »

Olivia fit non de la tête. « Ma mère veut que je vienne chez elle.

— Je comprends. J'aurais fait pareil. Bon, eh bien, appelle-moi si t'as besoin de quoi que ce soit, OK ? N'hésite surtout pas. »

Olivia acquiesça et Ash passa le bras autour de ses épaules.

« Allons-y, dit-il, puis il se tourna vers Kieran. On se tient au courant, mec.

— Ouais. » Kieran les regarda s'éloigner.

Il n'avait jamais parlé à Ash de ses rendez-vous dans les grottes avec Olivia, ni du fait qu'elle était avec lui le jour de la tempête. Olivia le lui avait-elle raconté ? Cela dépendait, supposait-il, du degré d'intimité qui existait entre eux. Kieran n'en avait aucune idée.

S'apprêtant à son tour à rentrer chez lui, il salua Julian d'un geste de la main. « À plus tard.

— Sûr, répondit Julian. Au fait, comment va ton père, après ce qui s'est passé hier ? »

Kieran s'arrêta net. « Quoi ?

— J'espère qu'il n'est pas trop perdu. C'est moi qui l'ai trouvé, cette fois. » Julian remarqua la confusion de Kieran et plissa le front. « Désolé, je pensais que Verity t'en aurait parlé. Brian s'est encore retrouvé à errer dans les rues.

— Errer dans les rues, encore ? » Kieran le dévisagea. « Il fait ça depuis longtemps ?

— Je ne sais pas trop, répondit Julian. Mais hier soir, c'est arrivé.

— Où ? » Mais Kieran revoyait déjà le couloir de la maison, ce matin-là. Le balai posé contre le mur. Le sable éparpillé sur le plancher. Il éprouva soudain un irrépressible besoin de rentrer chez ses parents, sans tarder.

« Il marchait au bord de la route par ici, juste après minuit. Je roulais vers chez moi.

— Et vous l'avez vu, c'est ça ?

— Ouais, par chance. Je devais faire le bilan trimestriel, alors ça m'a pris du temps de compter la caisse. Sinon, je l'aurais manqué. J'ai appelé Verity pour la prévenir. Maintenant, ton père refuse de monter dans la voiture des gens qu'il ne reconnaît pas... » Julian secoua la tête. « Enfin, tu sais comment il est. Alors je l'ai suivi sur la route. J'ai roulé derrière lui jusqu'à ce que ta mère sorte le récupérer.

— Ah, dit Kieran. Merci.

— Y a pas de quoi. Je ne voulais pas qu'il lui arrive quoi que ce soit. »

À travers les vitres du bungalow, Kieran apercevait les contours des agents de police qui allaient et venaient. Il se retourna, et l'ombre coupable qui passa sur le visage de Julian répondit à sa question muette : avait-il ou non partagé cette information avec eux ? Oui, évidemment.

« Écoute, je leur ai dit tout de suite, déclara Julian à voix basse, lisant dans ses pensées. Ça fait des années que je connais tes parents, je ne cherche vraiment pas à leur causer des problèmes. Mais je connais Liam depuis qu'il est tout petit. Ce gosse, je l'aime comme si c'était le mien. Sarah est bouleversée. Nous voulons tous que cette affaire soit éclaircie. Même pas pour Liam, d'ailleurs – pour Bronte. »

Kieran ne répondant rien, Julian haussa les épaules.

« Je le dis sincèrement. Bronte était une fille bien, les clients l'adoraient et ses collègues aussi. Tout ce qu'on veut, c'est que le salopard qui a fait ça soit identifié avant d'avoir disparu sur le continent, si ce n'est pas déjà fait… Je suis sérieux. Les flics perdent leur temps en s'intéressant à Liam. »

C'était l'écho de ce que Sean avait dit tout à l'heure, et Kieran ne fit aucun commentaire. Il vit le 4x4 argenté de Julian garé un peu plus loin dans la rue, sa planche de surf encore fixée sur la galerie.

« C'est l'unique raison pour laquelle j'ai parlé de ton père aux flics, reprit Julian. Qu'ils sachent que d'autres personnes pouvaient très bien traîner par ici la nuit dernière. Des gens qu'on n'a pas forcément vus, tu comprends ?

— Je ne suis pas sûr que Chris Renn ait besoin que vous lui rappeliez comment est sa ville, la nuit, fit remarquer Kieran.

— Peut-être, mais ce n'est pas lui qui gère tout ça, pas vrai ? répliqua Julian. Ils ont envoyé cette femme, depuis Hobart. »

Par la fenêtre, Kieran crut distinguer le sergent Renn en train de discuter avec un autre policier. Difficile à dire de si loin, mais Renn semblait les observer à travers la vitre.

« Et puis, qui sait ? ajouta Julian. Ton père a peut-être quelque chose à leur dire qui pourrait les aider ? »

Kieran le dévisagea, irrité à présent. « Vous avez vu dans quel état est mon père, dernièrement ?

— Oui, mon vieux, *je l'ai vu*, répondit Julian, appuyant sur ses mots. Et toi ?

— Ouais, effectivement.

— Écoute, je suis désolé. » Il avait l'air contrit. « Mais laisser les flics perdre leur temps avec Liam, ça n'aidera personne.

— OK. » Kieran soupira. « Renn saura démêler tout ça. Je doute que mes parents aient vraiment connu Bronte. »

Julian ne dit rien, mais son visage fit taire Kieran.

« Quoi ? Elle a aidé une fois ma mère à vider l'abri de jardin. »

Julian hocha la tête. « Leur abri est plutôt grand, hein. Ça ne s'est pas fait en un jour. »

Kieran le regarda. « Vous feriez bien de leur dire ça aussi, aux flics. »

Pas de réponse. Il l'avait déjà fait.

Kieran ouvrit la bouche, mais son portable se mit à vibrer dans sa poche, silencieux et insistant. Il consulta l'écran. Mia. La messagerie s'enclencha et, aussitôt, le téléphone se remit à vibrer.

« Il faut que j'y aille. » Kieran se mit en route vers la maison.

« Mes amitiés à tes parents. »

Kieran se retourna. « Vous êtes sérieux, là ?

— Oui. » La main de Julian se posa sur le portail du Fisherman's Cottage. « Ce qui s'est passé ici n'a rien à voir avec nous, ou toi, ou qui que ce soit dans cette ville, je crois. »

Kieran se remit à marcher, sans répondre.

Il n'était pas sûr d'être d'accord. Mais malgré lui, il y réfléchit tout au long du chemin.

CHAPITRE 12

Mia ouvrit la porte avant que Kieran n'atteigne la poignée. Elle tenait Audrey dans ses bras.

« La police est là. » Elle parlait bas.

« Quoi ? Je viens de voir Chris Renn au Cottage…

— Pas la police locale. Celle de Hobart. »

La femme patientait dans la salle de séjour, pas à sa place dans le désordre des cartons. Elle était en civil, le visage sombre et, mains jointes dans le dos, elle examinait une photo de famille encadrée encore accrochée au mur. Brian, Verity, Finn et Kieran sur la plage, derrière leur maison, tout sourire et en plein soleil, se tenant tous par les épaules. La policière releva la tête quand Kieran entra dans la pièce, et lui tendit la main.

« Inspectrice principale Sue Pendlebury. » Elle était grande, et ses cheveux foncés étaient parcourus de mèches grises. « J'étais en train d'expliquer – oh, merci beaucoup. C'est très gentil. » Verity venait d'entrer dans la salle en apportant des mugs de café sur un plateau, Brian sur ses talons. « Vous vous en doutez certainement, je viens au sujet de Bronte Laidler.

— Bien sûr », répondit Kieran tandis que Verity leur faisait signe à tous de s'asseoir. Ils s'exécutèrent, sauf Mia qui resta plantée près de la porte, berçant doucement Audrey.

« Vous savez ce qui s'est passé ? demanda Kieran alors que Pendlebury acceptait la tasse de café que Verity lui tendait.

— C'est ce que nous essayons de découvrir. » Elle sirota une gorgée. « Vous la connaissiez bien, Bronte ?

— Je ne la connaissais pas du tout, répondit-il. Mia et moi l'avons rencontrée hier pour la première fois. » Il eut un moment d'hésitation. « Elle s'est noyée ?

— Nous croyons que Bronte a *été* noyée. » Pendlebury avait opéré cette distinction avec le plus grand calme. « Elle portait des ecchymoses qui donnent à penser qu'on l'a maintenue sous l'eau. »

Audrey gémit et Mia lui souffla à l'oreille, *chhh*. Avec un soin délibéré, Verity essuya une goutte de lait sur la table basse.

« C'est horrible, dit-elle tout bas.

— Elle n'aurait pas dû se promener toute seule sur la plage. » La voix de Brian s'éleva soudain de son fauteuil, dans un coin du séjour. Tous se tournèrent et Brian cligna des paupières, surpris par toute cette attention.

« Pardon ? dit Pendlebury.

— Je lui ai dit qu'elle n'aurait pas dû être là toute seule. Pas avec cet avis de tempête. »

Kieran entendit Verity vider ses poumons en secouant sèchement la tête.

« Il parle de quelqu'un d'autre, déclara-t-elle précipitamment à Pendlebury qui, après un instant de perplexité, laissa ses yeux se reposer sur elle. « Nous avons été frappés par une grosse tempête, ici. Il y a de cela des années. C'est à ça qu'il pense. Désolée, il ne va pas très bien. Ne faites pas attention à lui. »

Pendlebury hocha lentement la tête. Elle jeta un coup d'œil à ses notes. « J'ai cru comprendre que Bronte avait passé quelques jours ici. Pour vous aider dans votre rangement, c'est bien cela ? » Ses yeux dérivèrent en direction des cartons alignés au pied des murs.

« Pour nettoyer l'abri de jardin, précisa Verity. Elle cherchait des bricoles pour une sculpture qu'elle était en train de faire. Nous avions un tas de trucs à jeter. Je lui ai dit qu'elle n'avait qu'à se servir.

— Qu'est-ce qu'elle a pris ?

— Des bouts de fil de fer, je crois. Quelques chutes de métal de quand on avait réparé la terrasse du jardin, il y a des années. » Verity secoua la tête. « Je ne sais plus trop. C'étaient vraiment des bricoles.

— Et vous avez parlé un peu… Pardon… » Le portable de Pendlebury vibrait en silence sur le plateau de la table basse. Une photo apparut sur l'écran, où elle souriait en compagnie d'un homme aux cheveux blancs et d'une fille et d'un garçon dans leur vingtaine, qui leur ressemblaient un peu à tous les deux. Elle appuya sur un bouton et retourna le téléphone. « Désolée. Je disais, Bronte. Elle vous a parlé de sa vie ici ? Les garçons ? Le travail ? Ses impressions sur la ville ?

— Elle était passionnée par son art. Ça, je le sais, répondit Verity. Et sa grand-mère à Canberra est atteinte de démence sénile. Elle m'a un peu parlé d'elle, de comment ça s'était passé. Bronte m'a dit qu'elles avaient été très proches, enfin, avant. »

Pendlebury se tourna vers Brian, qui les observait toujours depuis son fauteuil, puis ses yeux se reportèrent sur Verity.

« Bronte vous a montré les œuvres sur lesquelles elle travaillait ? » interrogea Pendlebury. Elle semblait vraiment curieuse d'entendre ce que Verity avait à raconter. Kieran n'aurait su dire si cet intérêt était authentique ou purement professionnel. Dans un cas comme dans l'autre, songea-t-il, c'était très habile. Il émanait de l'inspectrice le genre d'ouverture naturelle qui donnait envie de s'asseoir en face d'elle et de lui raconter des choses. Kieran croisa les bras et se redressa sur sa chaise.

« Elle m'a montré quelques dessins qu'elle avait faits, de différents endroits d'ici, poursuivit Verity. Ils étaient très jolis. Enfin, j'ai trouvé. C'était une bonne artiste.

— Ce n'était pas une artiste, intervint Brian, sourcils froncés. Elle était encore à l'école !

— Non, Brian. Nous parlons de Bronte, là. » Verity avait prononcé ces mots d'une voix saccadée. Elle se tourna de nouveau vers Pendlebury. « Désolée. Tout ça l'a un peu secoué. »

Les yeux de l'inspectrice restèrent fixés sur Brian. « De qui croit-il donc que nous parlons ?

— Personne », répliqua Verity, en même temps que Kieran répondait : « Gabby Birch. »

Ils échangèrent un regard.

« Birch, comme Olivia ? » interrogea Pendlebury, et elle consulta son calepin, front plissé, tandis qu'ils acquiesçaient. Elle releva la tête. « Pardonnez-moi : qui est cette Gabby, au juste ? »

Qui était Gabby ? Gabby Birch était la petite sœur d'Olivia et la meilleure amie de Mia, et à peu près tout ce que Kieran connaissait d'elle venait de ces deux-là. Elle avait quatre ans de moins que lui et était si timide qu'il ne lui semblait même pas avoir entendu le son de sa voix.

Par les chaudes soirées d'été, quand leur mère envoyait Gabby chercher Olivia à la plage, au Surf & Turf ou les autres endroits où elle traînait avec ses amis, Gabby s'approchait furtivement, seule, pour délivrer le message, inaudible et tout empourprée.

Gabby était une fille qui aurait eu toutes les chances de traverser son adolescence sans se faire remarquer, si à l'âge de douze ans elle ne s'était pas développée soudain en l'espace d'un été pour devenir le portrait craché de sa grande sœur. Son visage, qui avait perdu ses rondeurs enfantines, attirait désormais un deuxième, voire un troisième regard. Elle était devenue grande et s'était parée de courbes délicates, et dans leurs combinaisons néoprène, leurs longs cheveux bouclés noués bien haut, il était difficile de différencier les deux sœurs.

Elle était agréable à regarder, comme Ash l'avait fait remarquer en des termes autrement plus crus un jour que Gabby avait ôté sa combi sur la plage. Olivia, qui se trouvait à portée de voix, lui avait assené sur l'épaule un coup de poing assez fort pour faire mal, Kieran l'avait constaté. *Elle a treize ans, t'es vraiment dégoûtant.* Mais Ash avait raison.

Kieran n'avait jamais pris la peine de parler à Gabby, mais il connaissait deux ou trois types qui avaient essayé, dont certains après s'être pris un râteau avec Olivia. Mais ils perdaient leur temps. Gabby se recroquevillait alors sur elle-même comme si elle voulait disparaître, elle perdait ses moyens et courait rejoindre Mia, sa meilleure – et seule – amie. Ces deux-là allaient se planquer tous les jours à l'heure du déjeuner dans un coin de la bibliothèque, où elles échangeaient des murmures, lisaient et dessinaient des chevaux au crayon.

Gabby Birch était une fille qui avait péri lors de la tempête. Mais avant cela, trois jours durant, elle avait été une fille qui avait disparu. Et avant cela encore, pendant quatorze années, elle avait été une fille aimée de sa famille, mais qui avait fait tout son possible pour disparaître en présence d'à peu près tous les autres.

Kieran regarda Pendlebury et son calepin.

« Gabby était la sœur d'Olivia, dit-il. Mais elle est morte il y a douze ans.

— Comment ?

— Elle s'est noyée.

— Vraiment ? » Le sourcil de Pendlebury s'arc-bouta, imperceptiblement.

— C'était pendant la tempête. » Le front de Verity se plissa, tandis que le stylo de l'inspectrice griffonnait quelque chose dans son carnet. « C'était un coup de vent imprévisible.

Personne n'y était vraiment préparé. Notre fils s'est noyé, aussi. Et un autre jeune homme, Toby Gilroy.

— Le père de Liam, ajouta Kieran.

— Je suis vraiment désolée de l'apprendre », déclara Pendlebury, qui avait l'air sincère. Elle laissa passer un moment, par respect, puis tourna la page de son calepin. Pas comme une femme insensible, mais comme celle qui avait un boulot à faire et un temps limité. Elle s'adressa à Verity.

« Je vais aller droit au but. On m'a informée que votre mari – que vous, M. Elliott, avez été aperçu sur Beach Road aux alentours de minuit, hier soir.

— Pourquoi vous demandez ça ? » rétorqua sèchement Brian, d'une voix soudain tendue. Il se tourna vers son épouse. « Pourquoi elle redemande tout ça ? Je suis déjà allé au commissariat. Je leur ai dit ce qui s'était passé. »

Kieran sentit Verity se raidir, tandis que Pendlebury se penchait en avant.

« M. Elliott...

— Non, la coupa Brian. Je ne peux pas vous laisser débarquer chez moi comme ça ! Chambouler ma femme. Nous venons de perdre notre fils, ça ne suffit donc pas ? Je vous ai déjà tout raconté. Je lui ai dit bonjour. Je lui ai dit de rentrer chez elle car la tempête allait arriver. J'ai tout raconté en détail au commissariat...

— Il est sorti hier soir », intervint Verity. Elle s'était débarrassée de son masque serviable, et son visage était à présent crispé et nerveux. « Pendant quelques minutes. Parfois, il est un peu perdu. Il sort marcher. Je ne peux pas le surveiller vingt-quatre heures sur vingt-quatre. »

Le regard de Pendlebury pivota dans sa direction. « Combien de temps exactement est-il resté dehors ?

— Pas longtemps. Je m'étais endormie et vers minuit et quart, j'ai reçu un appel de Julian Wallis – le propriétaire du Surf & Turf et du Fisherman's Cottage. Il m'a dit que Brian était au bord de la route. Je me suis habillée en vitesse et je suis allée à leur rencontre. Ils étaient à cinq minutes d'ici à peine – par là… » Elle pointa fermement son doigt dans la direction opposée au Fisherman's Cottage.

« Cet appel vous a réveillée ? Donc vous ne pouviez pas savoir précisément à quelle heure votre mari a quitté la maison ? »

Un silence. « Non.

— Il sort souvent, comme ça ?

— Plusieurs fois par mois.

— On ne l'a jamais retrouvé sur la plage, plutôt que sur la route ? »

Verity hésita. « Cette nuit, il était sur la route.

— OK. » Pendlebury semblait compatir. Là encore, Kieran se demanda s'il s'agissait d'une stratégie. « Écoutez, je ne sous-entends rien du tout. Je sais que c'est ce que vous croyez, mais pour le moment, j'essaie juste de mieux comprendre ce qui s'est passé. Il est possible que la personne qui se trouvait avec Bronte ait été interrompue. Qu'elle ait dû partir précipitamment.

— Qu'est-ce qui vous fait croire ça ? » Verity était attentive, à présent.

Pendlebury marqua une pause, mais Kieran croyait deviner. Il était presque sûr que Verity aussi. *Pourquoi laisser un cadavre bien en évidence sur la plage, alors que quelques pas auraient suffi pour l'envoyer flotter vers le large, porté par les courants ? C'est ce que toute personne un peu sensée aurait fait*, songea Kieran, si on lui en avait laissé l'occasion. Pas un seul regard dans la pièce ne se tourna vers Brian.

« Les traces dans le sable suggèrent une interruption », répondit Pendlebury d'un ton neutre, et Verity se contenta de hocher la tête. Toutes deux faisant comme si c'était logique.

« Quoi qu'il en soit, poursuivit l'inspectrice, aucun témoin ne s'est encore présenté pour dire qu'il avait vu quelque chose. Donc, si votre mari est capable d'ajouter un élément au tableau, ce serait le bon moment. »

Kieran sentit que Verity était en proie à un dilemme.

« Eh bien dans ce cas, interrogez-le, finit-elle par répondre. Si vous croyez que ça vaut la peine. »

Pendlebury essaya de capter le regard de Brian. Il ne fit preuve d'aucune coopération.

« M. Elliott, dit-elle. J'ai besoin de vous interroger au sujet de la nuit dernière. Vous comprenez ? Avez-vous vu Bronte Laidler sur la plage, cette nuit ?

— J'ai déjà dit que oui. Je lui ai dit que la tempête arrivait. » Le regard flottant de Brian s'immobilisa soudain et, pour la première fois depuis l'arrivée de Kieran, celui-ci eut l'étrange impression que le brouillard dans lequel évoluait son père s'était presque levé. Les yeux de Brian se remirent en mouvement et, quand ils se fixèrent de nouveau, ce fut sur Mia, qui se tenait toujours debout près de la porte, avec Audrey.

« Vous devriez demander à Mia, ici présente, reprit Brian. Elles s'étaient disputées. Mia était avec elle sur la plage, aussi. Vous devriez avoir une discussion avec elle, si vous devez vraiment interroger quelqu'un.

— Bon Dieu, papa..., commença Kieran tandis que Mia secouait déjà la tête.

— Non, je n'étais pas... »

Ils se turent tous les deux. Kieran se tourna vers Brian.

« Mia se trouvait sur la plage avec Gabby, papa. Pas avec Bronte. Et c'était il y a des années. On était ensemble, hier soir. Ici. Nous n'avons vu personne sur la plage. »

Pendlebury se tourna vers Mia. « C'est vrai ? »

Mia acquiesça. Audrey commençait à gémir dans ses bras, agitant la tête d'avant en arrière, et Mia resserra son étreinte. Pendlebury feuilleta ses notes.

« Toutes mes excuses, mais afin de m'assurer que tout est bien clair... » Elle releva les yeux, soucieuse. « Qu'est-il arrivé à Gabby Birch, exactement ? »

CHAPITRE 13

C'était une bonne question. Elle avait souvent été posée au fil des années, et Kieran connaissait aussi bien que tout le monde dans cette ville les derniers mouvements connus de Gabby Birch, quatorze ans.

Le jour où la tempête allait frapper Evelyn Bay, Gabby avait été réveillée à 9 heures par sa mère, Patricia, qui partait faire sa garde d'infirmière du samedi au centre médical de la ville. Gabby avait promis de se lever mais ne l'avait pas fait, et elle était encore au lit une heure plus tard quand sa sœur aînée Olivia, dix-huit ans, était rentrée de la salle de gym. Gabby avait pris comme excuse le fait qu'elle n'avait pas son téléphone, qui lui servait de réveil. Patricia le lui avait confisqué une semaine plus tôt, lorsqu'un professeur avait signalé que Gabby envoyait des textos en classe. La meilleure amie de Gabby, Mia, avait eu la même punition chez elle.

Pendant que Gabby mangeait un bol de céréales, Olivia et elle avaient eu une brève discussion pour préparer l'anniversaire de leur mère, le lendemain. Fidèles à ce qui était devenu une sorte de tradition depuis le divorce de leurs parents six ans auparavant, les filles allaient lui concocter un gâteau d'anniversaire. Elles convinrent de le faire cet après-midi-là pendant que

Patricia serait au travail, afin qu'il soit prêt pour le lendemain. Leur grand-mère avait réservé une table pour le déjeuner au grand hôtel de Port Osborne.

Olivia proposa de faire un saut au supermarché pour acheter des cartes d'anniversaire, mais Gabby répondit qu'elle préférait faire la sienne à la main. Olivia confierait par la suite aux policiers que Gabby avait été très fâchée qu'on lui prenne son téléphone. Elle espérait que Patricia, dans l'euphorie de ces célébrations, accepterait de le lui rendre.

Les deux filles savaient qu'on annonçait de la pluie.

Olivia sortit à midi – pour faire du shopping et marcher jusqu'au sommet de la falaise –, laissant Gabby seule à la maison, ce qui n'avait d'ailleurs rien d'inhabituel.

Ce que fit Gabby entre midi et 14 heures, nul ne le saurait jamais. Elle ne passa aucun appel depuis le téléphone fixe, et personne ne la vit quitter la maison. Une carte d'anniversaire où l'on pouvait lire « Joyeux anniversaire maman ! » en colle à paillettes serait ensuite retrouvée en train de sécher dans sa chambre. À 13 h 27, elle se servit de l'ordinateur portable de sa mère en douce pour se connecter à Internet, ce qu'on lui avait expressément interdit de faire tout le temps que son téléphone serait confisqué. Elle avait passé vingt-trois minutes à surfer sur les réseaux sociaux. Puis elle avait pris son sac à dos à rayures violettes, avec un porte-clés en forme de kangourou accroché à la boucle de la fermeture éclair, l'avait rempli des livres qu'elle devait rendre à la bibliothèque et avait marché jusqu'à la maison de son amie Mia, à huit minutes de là.

Les deux filles avaient quitté ensemble la maison de Mia pour se rendre à la bibliothèque municipale d'Evelyn Bay, une marche de douze minutes. Cet été-là, elles s'étaient inscrites à un atelier d'écriture d'une journée, et voulaient remanier leurs nouvelles. Elles rendirent leurs livres, en empruntèrent d'autres, et se mirent à travailler. Au bout de presque une heure, la bibliothécaire entendit ce qui ressemblait à une dispute étouffée venant de leur table, derrière les rayons de livres, et leur demanda de baisser d'un ton.

La « jeune Asiatique », avait confié plus tard la bibliothécaire au sergent Mallott et à l'agent Renn, était en train de ranger ses affaires, en pleurs, tandis que la « grande » tentait de la persuader de rester. Sans succès, apparemment, car les deux filles partirent quelques minutes plus tard, ensemble, mais peut-être – la bibliothécaire n'en était pas sûre – sans se parler. Elle les avait mises en garde, au moment où elles sortaient, qu'une averse était annoncée.

Sur le chemin du retour, les deux filles étaient passées devant la maison de Gabby, déserte et silencieuse, avait expliqué Mia à Mallott et Renn quand on l'avait convoquée au commissariat. Elles ne s'étaient pas arrêtées, mais avaient continué vers la plage.

Selon Mia, Renn lui avait alors demandé : *Pourquoi ? Parce que vous vous étiez disputées ?*

Elles ne s'étaient pas disputées, avait affirmé Mia. Gabby avait fait des commentaires honnêtes sur sa nouvelle, et elle les avait mal pris. Elle n'avait pas voulu s'arrêter chez Gabby, si bien que celle-ci l'avait accompagnée. Tout cela avait paru si important, sur le moment.

D'après le récit de Mia, Gabby et elle avaient brièvement marché sur le sable, en regardant les nuages sombres en train de s'amonceler au-dessus de l'horizon. Mia commençait à avoir froid. Elle voulait rentrer chez elle avant la pluie. Gabby avait tenté de la convaincre de rester encore un peu, mais Mia avait ramassé son sac rempli de livres et lui avait dit au revoir. Elle avait laissé Gabby assise seule sur la plage.

Elles s'étaient quittées en bons termes, avait assuré Mia à Mallott et Renn. Version légèrement contredite par la propre mère de Mia, qu'on avait entendue par la suite confier à une amie que, rentrant chez elle sous des trombes d'eau d'une fête de fiançailles interrompue par la pluie, elle avait trouvé sa fille

« bouleversée » dans sa chambre. Mia, de son côté, avait réaffirmé le contraire. Elle était tout simplement fatiguée, et de plus en plus inquiète à cause de cette tempête qui faisait rage dehors.

Officiellement, Gabby n'avait plus été aperçue qu'une seule fois ce jour-là, trente minutes plus tard, à 15 h 50. On l'avait vue debout sur les grands rochers plats qui surplombaient la plage, ses cheveux flottant dans le vent et son sac à dos rayé sur l'épaule. Puis les nuages avaient fondu sur la ville, les vagues s'étaient mises à enfler et à déferler comme cela arrivait rarement, voire jamais, sur cette partie de la côte, et on n'avait jamais revu Gabby Birch.

Une multitude de blessures liées à la tempête submergea le centre médical d'Evelyn Bay peu après 17 heures. Les cas les plus sérieux, incluant Kieran, furent évacués vers l'hôpital de Hobart. En l'espace d'une heure et demie, tout le réseau téléphonique se retrouva coupé sur soixante kilomètres de côte. Les rues s'étaient vidées. Les automobilistes furent invités, puis sommés, puis forcés par les conditions à ne pas prendre la route. Le centre médical ne désemplissait pas, d'autant que les patients déjà traités, comme Olivia, n'avaient pas d'autre solution que de rester sur place, à l'abri. Les corps des deux habitants récupérés en mer, près des grottes, reposaient sous des draps dans la Salle de soins n° 2.

Et c'est donc seulement le lendemain matin que Patricia Birch put enfin quitter la clinique après avoir enchaîné deux services, avec sa fille Olivia. Elles rentrèrent à la maison, éreintées, et découvrirent que Gabby n'avait pas dormi dans son lit.

On frappa aux portes des voisins, les camarades du collège furent mobilisés puis, Gabby demeurant introuvable, des recherches furent organisées. Des gens se portèrent volontaires pour fouiller les décombres de leur ville brisée, pendant que des bateaux quadrillaient la mer. Une poignée d'affiches *Disparition inquiétante* furent imprimées, mais dans le chaos ambiant, personne n'en posa nulle part. Peut-être parce qu'au fond de leur cœur, pas un des habitants d'Evelyn Bay ne croyait que Gabby avait simplement disparu. Tous savaient où elle était ; la seule question, c'était de savoir si la mer la rendrait ou pas.

Les recherches se poursuivirent pendant deux longues journées. Au troisième matin, le sac à dos à rayures violettes de Gabby fut rejeté sur le rivage.

Kieran et Verity offrirent à Pendlebury la version courte. La fille, la plage, la tempête, la disparition, le sac. Le chagrin que la ville partageait avec sa famille, et les questions inévitablement restées en suspens. Les détails figuraient tous dans un dossier, quelque part, si cela intéressait tant l'inspectrice. Mia s'était perchée sur le fauteuil le plus proche de la porte, son bébé dans les bras. Elle ne dit presque rien.

Quand ils en eurent terminé, Pendlebury se tapota de nouveau le menton avec son stylo. Elle regarda Brian, qui les observait depuis son coin.

« Y a-t-il une raison en particulier pour que M. Elliott pense que je suis venue au sujet de Gabby, et non de Bronte ?

— Non, répondit Verity, sans ciller. Il est un peu perdu, c'est tout. »

Kieran eut de la peine à cacher sa surprise, et il sentit Mia se tendre légèrement derrière lui. Ni l'un ni l'autre ne corrigea Verity. Mais Kieran se sentait soudain mal à l'aise. Ils avaient déjà précisé à Pendlebury que tous les détails de la disparition de Gabby figuraient dans le dossier. Si elle était curieuse à ce point, deux minutes lui suffiraient pour découvrir ce que Verity avait, à l'instant, omis de mentionner. Kieran débattit intérieurement, puis inspira profondément. Verity tourna la tête, leurs regards se croisèrent et il referma la bouche. Peut-être que Pendlebury ne prendrait pas cette peine. Elle avait déjà bien assez à faire.

L'inspectrice posa encore quelques questions, et ils lui dirent tout ce qu'ils savaient – comment Bronte avait pourchassé le chapeau d'Audrey dans les vagues ; que Kieran et Mia avaient croisé une voiture roulant si vite que Mia n'était même pas sûre de sa couleur ; que Bronte leur avait tous les deux paru « aller bien » au Surf & Turf, même si l'opinion de deux personnes qui ne la connaissaient absolument pas n'était sans doute pas très utile.

Enfin, Pendlebury referma son calepin en les remerciant, et se leva. Elle marcha jusqu'à la porte, tirant trois cartes de visite de son portefeuille pour les remettre à Kieran, Mia et Verity. Son doigt en tapota une quatrième tandis qu'elle jetait un regard vers Brian, toujours assis dans son fauteuil, mais elle la rangea finalement.

« Appelez-moi si vous vous souvenez ou entendez parler de quoi que ce soit d'autre », dit-elle.

Ils acquiescèrent comme un seul homme puis la suivirent des yeux dans l'allée. Verity attendit que l'inspectrice soit ressortie dans la rue avant de refermer la porte. Dans la salle de séjour, Kieran entendit son père qui marmonnait entre ses dents.

Verity l'ignora et rejoignit la cuisine. Kieran et Mia lui emboîtèrent le pas et la regardèrent allumer le gaz sous la bouilloire et se pencher au-dessus de l'évier, contemplant son reflet dans la vitre. Elle tendit le bras pour ouvrir le frigo, en inspecta le contenu. Kieran vit qu'elle comptait ses respirations, un-deux-trois on inspire, un-deux-trois on expire. Quand elle se redressa, son visage était redevenu aussi placide qu'un lac.

« On va prendre des plats à emporter pour ce soir. » Elle referma doucement la porte du frigo.

« Pourquoi n'as-tu rien dit à Pendlebury au sujet de papa et Gabby ? » l'interrogea Kieran.

La bouilloire se mit à siffler et Verity sortit quatre mugs.

« J'ai estimé que ça n'avait rien à voir.

— Maman… » Kieran la dévisageait. « Bien sûr que si. »

Pas de réponse.

« Maman…

— J'ai entendu, Kieran. »

Verity se contenta d'incliner la bouilloire, l'eau s'écoulant dans un nuage de vapeur.

« Elle le découvrira. » Mia caressait la tête de sa fille. « Ce n'est pas moi qui le lui dirai, Verity, mais quelqu'un s'en chargera. Même si elle ne consulte pas le dossier – ce qu'elle fera, à mon avis.

— Eh bien, je gérerai ça le moment venu. Si vraiment ça se présente. » Le mug de Verity claqua doucement quand elle le posa sur la table. « Tout ça a déjà été réglé à l'époque, tu le sais comme moi. »

Elle dit vrai sur ce point, songea Kieran. *Raison de plus pour ne pas le cacher.*

Les faits restaient les faits. Et parmi eux, celui-ci : Brian Elliott avait été le professeur de Gabby. Et de Kieran, et de Sean, et d'Ash, et d'Olivia, et de Mia. En tant qu'unique professeur d'EPS du collège-lycée d'Evelyn Bay, il avait, à un moment ou à un autre, hurlé des instructions à tous les élèves de la ville sur l'ovale de football australien, le terrain de netball ou dans le gymnase.

Le jour de la tempête, Brian avait aperçu Gabby sur la plage, debout sur les rochers, seule, en train de contempler les vagues. Un pêcheur sorti promener son chien précipitamment avant l'arrivée du mauvais temps avait vu Brian en train de discuter avec une fille dont les longues boucles brunes s'agitaient dans le vent. Brian n'avait jamais nié la chose.

Brian était allé en ville pour acheter un nouvel antivol de vélo et se hâtait lui-même de rentrer chez lui, avait-il expliqué au sergent Mallott et à l'agent Renn, au commissariat. Il marchait d'un pas vif, dans l'espoir d'arriver à la maison avant que l'averse n'éclate.

Gabby n'avait attiré son attention que parce que la plage était déserte. Il l'avait appelée et elle s'était retournée et lui avait adressé un petit geste timide. C'est alors que Brian Elliott avait traversé le sable pour la rejoindre.

« Que voulaient savoir les policiers ? » Kieran avait entendu Verity poser cette question à Brian lorsqu'il était rentré du poste. La voix de sa mère avait résonné jusqu'à la chambre de Kieran, douce et basse, depuis la véranda à l'arrière de la maison.

La réponse de Brian lui était parvenue étouffée, et Kieran s'était représenté son père assis sur l'un des transats, la tête entre ses mains. « Ils m'ont demandé ce que je lui avais dit. »

Les rochers sur lesquels se tenait Gabby devenaient glissants par mauvais temps. Voilà ce que Brian lui avait dit, et il l'avait mise en garde contre la pluie qui menaçait. L'endroit n'était pas sûr. Il fallait qu'elle redescende sur la plage.

Gabby avait dit oui, si bien que Brian l'avait aidée à traverser les rochers jusqu'à ce qu'elle soit de nouveau en sécurité sur le sable.

« Ce foutu casse-pieds, là, le nouveau flic..., avait ajouté Brian, d'une voix toujours assourdie. Le petit jeune. Comment il s'appelle, déjà... Ben ?

— Chris Renn, avait rectifié Verity.

— Il m'a demandé si je l'avais touchée en l'aidant à traverser. » Un lourd soupir. « J'ai répondu que oui. À un moment je l'ai attrapée par le coude, et seulement parce qu'elle a failli se casser la figure dans l'eau !

— Et il a dit quoi, alors ?

— Il n'a rien dit, Ver. » Les mots de Brian étaient devenus plus clairs. « Bon sang, j'espère qu'elle va bientôt réapparaître !

— Oui, avait acquiescé Verity. Moi aussi, je l'espère. »

Et ils s'étaient tus, tous les deux.

« Qu'as-tu dit d'autre aux policiers ? » avait repris sa mère au bout d'un moment.

Brian avait demandé à Gabby si tout allait bien, et elle avait répondu que oui. Elle semblait peut-être un peu sombre, avec le recul, mais pas suffisamment pour qu'il s'en inquiète, comme il l'avait confié aux policiers. Brian avait dit à Gabby de rentrer chez elle avant que la tempête n'arrive. Elle avait répondu qu'elle partirait bientôt.

Le jeune agent, Renn, avait fait remarquer que Brian vivait juste à côté. Avait-il proposé d'aller chercher sa voiture pour la ramener ?

Brian avait répondu que non.

L'avait-il envisagé ? Après tout, le ciel était gris et menaçant.

Non. Le règlement du collège lui interdisait de faire monter des élèves dans sa voiture.

Même pendant une tempête ?

En toute circonstance. D'ailleurs, la pluie n'avait pas encore commencé à tomber, avait souligné Brian, à raison. Personne ne s'imaginait, alors, l'ampleur de ce coup de vent.

Et ensuite, que s'était-il passé ? avait demandé Renn.

Rien.

Brian avait dit au revoir à Gabby et l'avait laissée sur le sable, près des rochers, les cheveux volant dans la brise et son sac à dos sur l'épaule. Il était rentré à pied chez lui, seul. Il n'avait vu personne, n'avait été vu par personne, la maison était déserte quand il était arrivé chez lui, et c'est ainsi qu'il était devenu, officiellement, la dernière personne à avoir croisé Gabby Birch vivante.

CHAPITRE 14

Le seul bon côté dans la mort de Finn Elliott et celle de Toby Gilroy, si tant est qu'on pût en trouver un, tenait à leur timing.

Quand le bruit avait couru – et il s'était répandu comme une traînée de poudre – que le *Nautilus Black* avait chaviré, Verity et Brian Elliott avaient été parmi les premiers à arriver en haut des falaises. Arc-boutés dans les rafales, mains sur la bouche et cheveux plaqués sur le crâne tandis que l'eau ruisselait sur leurs traits, ils avaient découvert le catamaran retourné, qui se balançait dans la houle, et tandis qu'un secouriste s'occupait de lui, Kieran entendait palpiter leur incantation muette. *S'il vous plaît, s'il vous plaît, s'il vous plaît…*

Les minutes avaient défilé. Finn n'était jamais sorti de sous la coque.

Au bout d'un moment, Verity s'était caché les yeux. Brian avait paru incapable de détacher les siens de l'opération de sauvetage emmenée par Julian Wallis, qui s'était frayé un chemin au milieu des déferlantes, avant d'être bientôt abandonnée à cause des conditions. Il était déjà trop tard pour que cette histoire finisse bien, mais depuis la mer, Julian avait sans doute pu voir les observateurs désespérés, là-haut, sur les falaises. Brian et Verity, s'accrochant encore à un espoir qu'ils savaient tous deux vain. Les parents de Toby, Kevin et Anne, qui s'étaient précipités là depuis leur maison à l'autre bout de la ville. Leur autre fils, Sean, était avec eux, ainsi que l'épouse de Toby, Sarah. Serrés les uns contre les autres, ils observaient la scène sans y croire, comme pétrifiés. La blessure à la tête de Toby avait été grotesquement nettoyée par la mer, et les bandes réfléchissantes de son gilet de sauvetage l'avaient maintenu visible tandis qu'il flottait sur le ventre au milieu des vagues. Au bout du compte, les corps des deux hommes avaient été récupérés, ainsi que le bateau, et c'était déjà plus qu'on n'aurait raisonnablement pu en demander.

Dans les jours qui avaient suivi la disparition de Gabby, Kieran imaginait que le sergent Mallott et l'agent Renn, tenant compte du double drame qui s'était déroulé au large des grottes, avaient décidé de ne pas trop mettre la pression sur Brian Elliott alors qu'ils enquêtaient sur les dernières actions connues de l'adolescente. Car où qu'ait pu être Gabby un peu plus d'une heure après avoir été aperçue sur la plage, ce n'était pas avec le père de Kieran, puisque celui-ci se trouvait alors au sommet de la falaise avec une douzaine de ses concitoyens, et regardait son fils aîné se noyer.

Kieran pensait encore à tout cela quand Verity et lui poussèrent la porte du Surf & Turf ce soir-là. Ils avaient passé un long après-midi avec Mia à vider les placards de l'entrée, pendant que Verity s'efforçait de distraire Brian pour l'empêcher d'aider.

« Brian. Assieds-toi. Je t'en supplie », l'avait entendue dire sèchement Kieran, dans le salon, tout en haussant le volume de la télé.

Le Surf & Turf était calme quand Kieran entra. Aucune trace de Julian, ni en salle ni en cuisine, mais Lyn, la serveuse, les salua d'un hochement de tête. Elle acheva de nettoyer un plateau puis se faufila entre les tables, inoccupées pour la plupart, arborant le même uniforme orange et la même vague odeur de tabac que ce matin-là.

« Et le bébé, alors ? » Elle avait l'air déçue que Kieran arrive les bras vides, et il secoua la tête.

« Nous n'étions pas sûrs que vous seriez ouverts », expliqua Verity à Lyn, tandis que celle-ci notait leur commande à emporter.

« Julian ne voulait pas, mais je crois qu'il s'est senti obligé. » D'un geste du menton, Lyn désigna deux tables occupées par des policiers, dont un ou deux que Kieran crut avoir aperçus tout à l'heure au Fisherman's Cottage. Ils mangeaient, mine sombre. Le sergent Renn présidait l'une des tables, il sirotait son café en parlant à l'agent assis juste à côté. L'inspectrice principale Pendlebury n'était pas avec eux.

Deux hommes étaient assis à une troisième table, près de la fenêtre. Kieran aurait reconnu le plus beau des deux même sans les restes de maquillage et le costume incommode qui était déjà mouillé et plein de sable au niveau des chevilles. Les premières apparitions de ce reporter télé dans le journal local remontaient à l'époque où ses cheveux étaient encore naturellement noirs. Il lisait ses messages sur son téléphone. En face de lui, un cameraman, plus à l'aise dans son jean et sa chemise en flanelle, bâillait en consultant sa montre. Ces deux-là tuaient le temps avant le direct de 22 heures, pour donner les dernières informations sur la situation, devina Kieran.

« Ils interviewaient Janice Manning devant le supermarché tout à l'heure, leur confia Lyn. Je ne sais pas ce qu'ils croient pouvoir apprendre d'elle, elle n'habite ici que depuis la fin des années quatre-vingt-dix. Enfin… » Elle abattit son poing sur leur commande. « On va vous préparer ça aussi vite qu'on pourra. Ils sont un peu à court de personnel en cuisine, comme vous l'imaginez, et je suis toute seule en salle. » Elle se tourna vers la porte. Dehors, la route était plongée dans l'obscurité.

« Julian m'a demandé de venir en remplacement. Les deux filles qui étaient censées bosser ce soir se sont défilées.

— Ah bon ? s'étonna Verity. Mais toi, ça ne t'a pas embêtée ? »

Lyn haussa les épaules. Elle se retint de regarder vers la cuisine, où, en temps normal, Liam officiait.

« Faut bien que je paie mes factures, comme tout le monde ! Et puis moi, je ne dis rien… » Elle inspira profondément et passa la langue sur ses lèvres. « Mais faut se le farcir, ce garçon. Tout ça parce que son beau-père est le proprio de ce restaurant, il fait son malin ici, faut voir ça, il se prend pour un tu… » Elle se reprit aussitôt. « … pour un caïd. Vous devriez entendre comment il me parle, des fois. Et Julian ne fait rien. Il le gâte, il lui passe tout. Et Liam n'arrêtait pas de draguer Bronte, même après qu'elle lui a dit que ça ne l'intéressait pas !

— Vraiment ? demanda Kieran. Vous l'avez entendue lui dire ça ?

— Pas directement, mais je suis sûre qu'elle l'a fait. Une fille comme elle ne pouvait pas s'intéresser à Liam. Elle a eu un copain pendant un moment, en tout cas, un étranger, mais quand même. Ça n'a pas plu à Liam, je peux vous le dire ! » Ses yeux se dirigèrent vers les quelques tables occupées. « Je l'ai dit aux policiers, aussi. »

Verity plissa le front. « J'ai l'impression que tu tires des conclusions un peu hâtives, Lyn.

— Des fois on sait les choses et puis c'est tout, pas vrai ? » Lyn suçota le bout de son stylo-bille comme si c'était une cigarette. « On le sent dans ses tripes. Vous savez quelle a été ma première pensée ce matin, quand on a appris que c'était lui ? » Elle marqua une pause dramatique, étirant l'instant jusqu'à ce que Kieran et Verity secouent la tête. « Je me suis dit : *Ouais, pas étonnant.* »

Kieran ne sut comment répondre. « Ah », finit-il par grommeler.

Lyn s'attendait clairement à une réaction plus marquée, et ils furent tous sauvés par le tintement d'une cloche à travers le passe-plat de la cuisine. Verity cligna des paupières et secoua la tête tandis que Lyn s'éloignait.

« Je reviens tout de suite », dit Verity, et elle se dirigea vers les toilettes.

Kieran fit un pas de côté pour laisser passer le cameraman, qui sortait fumer, et se dirigea vers le tableau où les habitants d'Evelyn Bay affichaient leurs petites annonces. Parmi les habituels carrés de papier proposant des cours de piano et autres séances de yoga au lever du soleil, une collecte lancée au profit de Bronte. Ou du moins de sa famille, se dit Kieran. Une impression granuleuse de sa photo officielle d'employée était punaisée sur le panneau d'affichage. Elle souriait, les yeux un peu écarquillés, comme si le flash l'avait prise au dépourvu. Sur une petite table, dessous, une boîte pour recueillir l'argent. Une bougie posée juste à côté avait été soufflée, sa mèche noircie, ratatinée, avait quelque chose de triste.

Kieran ramassa toute la petite monnaie qui traînait au fond de ses poches et la jeta dedans. La boîte avait l'air plutôt vide, mais elle ne devait pas être là depuis longtemps, et Lyn avait raison : il n'y avait pas grand monde. Leur trajet à pied jusqu'au centre-ville avait été plus calme que d'habitude. Verity et lui n'avaient croisé que deux ou trois hommes qui promenaient leur chien dans la pénombre du crépuscule. Mais pas une seule femme, Kieran s'en rendait compte à présent, à part Verity, qui avait visiblement besoin de faire un break avec Brian.

L'idée de ne pas sortir n'était tout simplement pas venue à l'esprit de Kieran. Il avait proposé de prendre Audrey avec eux et avait été surpris quand Mia s'était tournée vers la nuit tombante et avait paru hésiter.

« Tu crois que c'est une bonne idée ?

— Ouais, pourquoi pas ?

— Je ne sais pas. Il commence à faire noir. Vaut peut-être mieux éviter, tant qu'on ne sait pas ce qui se passe.

— Peut-être, mais… » Il avait haussé les épaules. « Je veux dire, celui qui a fait ça à Bronte, il n'en a sûrement pas après les mecs et les bébés, si ? »

Mia avait marqué une pause, avant de hausser les épaules à son tour. « Comment tu peux en être si sûr ?

— Parce que… » Parce qu'il en était sûr, c'est tout. Il le savait, et Mia aussi. Parce que c'était la vie. Parce qu'il pouvait arriver beaucoup de choses aux hommes adultes, mais ils ne finissaient pas étranglés à mort dans les rouleaux. Cela ne posait aucun problème à Kieran de se balader dans Evelyn Bay ce soir-là pour la même raison qu'il ne réfléchissait jamais à deux fois avant de couper à travers des jardins publics non éclairés, et ne se sentait pas obligé de marcher plus vite quand il entendait des bruits de pas sur le trottoir derrière lui, la nuit. Pour la même raison, aussi, qu'il serait rentré à la maison en passant par la plage la veille au soir, là où Mia, après avoir jeté un coup d'œil, avait reculé. Kieran ne savait pas ce qui était arrivé à Bronte, mais, sur la base de ses trente années d'existence, il savait que cela ne le menaçait pas, lui. Mia aussi le savait, mais elle avait quand même insisté pour qu'il laisse Audrey à la maison.

Kieran examina à nouveau la photo de Bronte. Il se rappela qu'une photo de Finn et Toby avait été punaisée au même endroit après la tempête, avec le même genre de boîte en dessous.

Cette photo, Kieran la revoyait encore. C'était celle où Finn et Toby se tenaient par les épaules, une bouteille de champagne encore bouchée à la main et le *Nautilus Black* resplendissant derrière eux, alors qu'ils fêtaient le lancement de leur toute nouvelle agence de plongée. Kieran avait seize ans à l'époque, il se tenait hors champ sur le ponton quand Brian avait pris ce cliché. Une très belle journée, il s'en souvenait.

La photo était restée affichée sur le tableau pendant près d'un an avant que Julian, avec beaucoup de tact et après avoir consulté les deux familles, ne la retire. Kieran se demanda combien de temps la Bronte de cette image prise à Canberra resterait là. *Sans doute moins longtemps*, se dit-il.

Il alla rejoindre Verity qui, sortie des toilettes, était en train de converser avec un autre client devant la caisse. Ce dernier se retourna, et Kieran reconnut l'homme à l'ordinateur portable qui avait voulu, en vain, entrer au Surf & Turf ce matin-là. Le journal plié avait disparu, mais le cartable en cuir contenant l'ordinateur était toujours accroché en travers de son torse.

« Kieran, dit Verity en lui faisant signe d'approcher. Je te présente G.R. Barlin.

— Vraiment ? répondit Kieran, les traits de l'homme se remettant en place tandis qu'ils se serraient la main. Nous nous sommes croisés ce matin, en fait. Pardon, je ne vous avais pas reconnu !

— Appelez-moi George. Et ne vous en faites pas pour ça. » L'homme balaya l'air de sa main. « Et puis, reconnaît-on les écrivains ? »

Kieran hésita. « Je ne sais pas.

— Non, jamais.

— Oh. » Mais Kieran le remettait à présent. La mâchoire de G.R. Barlin était un peu moins anguleuse et son regard bien moins perçant que sur la photo figurant au dos de ses bouquins, mais l'air lointain et un peu boudeur était bel et bien là.

« George est venu s'installer là, il arrive de Sydney, expliqua Verity.

— Je vois, répondit Kieran. Pour l'été ?

— Non. » Il y avait dans le ton de l'homme la touche d'agacement de qui avait dû répondre plusieurs fois à cette même question. « À temps plein. Je suis en train de restaurer Wetherby House.

— Ah. » L'ancienne maison de la grand-mère d'Ash. « Le jardin, aussi ?

— Oui, toute la propriété. Elle en avait bien besoin », ajouta George, légèrement sur la défensive.

Qu'elle en ait eu besoin ou pas, Kieran n'aurait su le dire. Mais au moins, cela expliquait en grande partie l'hostilité déclarée d'Ash.

Tout le monde, à commencer sans doute par Ash lui-même, avait été surpris lorsqu'il avait annoncé la création de sa propre entreprise de paysagiste. Et personne, pas même Ash sans doute, ne l'avait d'abord vraiment pris au sérieux. Mais il avait retroussé ses manches et passé tout le printemps puis l'été à creuser et à planter chez sa grand-mère, transformant le vaste jardin entourant cette maison de grès en une publicité vivante. Kieran et Sean avaient passé ce même été à se prélasser sur le pont du *Nautilus Black*, à papoter avec les touristes et à piquer des têtes dans la mer fraîche, avant de faire un saut à Wetherby House pour y trouver Ash le dos courbé et le visage ruisselant de sueur.

Si ç'avait été Sean, ou même Kieran, qu'on avait pris ainsi à faire un boulot de forçat dans le jardin de sa grand-mère, en pleine chaleur, ils se seraient sans doute fait chambrer à n'en plus finir. Mais Ash, lui, s'en fichait. Il faisait ce qu'il aimait et n'éprouvait pas le besoin de se justifier. Et puis, au bout du compte, la propriété avait vraiment eu fière allure. La grand-mère d'Ash lui avait préparé un gâteau pour le remercier de ces quelques semaines de labeur et Kieran, Sean et lui avaient fêté l'événement en se saoulant la gueule au bord de la plage.

Le jardin avait été magnifique pendant trois pleines semaines, et puis la tempête avait frappé. Le travail d'Ash avait été réduit à néant : plantes déchiquetées, arbres et buissons déracinés laissant derrière eux de profondes tranchées où le sol était à nu. Mais Ash s'était remis à l'ouvrage dès le lendemain, courbé et suant de nouveau, pour remettre de l'ordre dans ce chaos.

Il y était parvenu, aux yeux de Kieran. Mais visiblement pas assez bien pour répondre aux attentes de G.R. Barlin.

Kieran dévisagea l'écrivain. De près, il était plus jeune qu'on n'aurait pu le croire, étant donné l'ampleur de son œuvre. Une petite quarantaine, tout au plus. Il portait un gilet de laine à grosses mailles, dont l'apparence rustique et usée ne pouvait qu'être celle d'un article de luxe. Kieran se demanda s'il l'avait acheté tout spécialement pour son déménagement sur la côte tasmanienne. C'était tout à fait le genre de chose, pensait-il, qu'un écrivain aurait pu envisager de porter par ici, scrutant le large en quête de sa muse tandis que l'air iodé et vivifiant burinait son visage. Et George Barlin n'aurait pas été le premier créateur à venir chercher à Evelyn Bay l'inspiration qui le fuyait.

« Qu'est-ce qui vous a fait choisir cet endroit ? demanda Kieran, et George haussa les épaules.

— La nostalgie, en fait. Mes parents m'ont emmené ici en vacances plusieurs fois quand j'étais jeune, et je suis moi-même revenu de temps en temps, au fil des années. Ça m'a toujours plu. Et c'est l'endroit idéal pour travailler.

— Vous écrivez un nouveau livre ? interrogea Kieran.

— Oui. » George tapota son sac d'ordinateur en roulant théâtralement les yeux. « Eh oui, je n'arrête jamais ! Mais je préfère ne pas trop parler de mon travail, si ça ne vous gêne pas.

— Pas du tout. » Kieran réprima un sourire. Un jour, il avait accompagné Mia à une rencontre littéraire avec G.R. Barlin, à Sydney. L'écrivain participait à une table ronde avec deux auteures, et il avait parlé pendant plus de la moitié du temps. « Ma compagne va être dégoûtée de vous avoir raté, déclara Kieran. C'est une grande fan. »

C'était vrai, et Kieran aimait ses bouquins, lui aussi. C'étaient le genre de thrillers que les gens achetaient à l'aéroport, auxquels ils restaient collés au bord de la piscine, et qu'ils laissaient ensuite dans leur chambre d'hôtel pour alléger leur valise. Ils se vendaient comme des petits pains.

Lyn revint, tout agitée, pour passer la carte de George et entendit la dernière remarque.

« Je suis étonnée que Mia ait le temps de lire, avec ce joli bébé que vous avez, dit-elle. Moi, je ne pourrais pas.

— Vous n'êtes pas une grande lectrice ? » demanda Kieran.

Le visage de Lyn se froissa. « J'ai lu un livre, un jour. Pas trop mon truc.

— Tu devrais essayer ceux de George, intervint Verity. Ils sont très bons.

— C'est ce qu'on m'a dit. Mais seulement les premiers, apparemment. » Lyn gratifia l'écrivain d'un sourire affable, comme si elle attendait confirmation. « Le reste, ce n'est pas la peine. Enfin, d'après Fiona.

— Fiona ? » Le ton de George était totalement, résolument neutre. Lyn ne remarqua rien.

« La dame de la pépinière ? Vous savez, celle qui taille les haies en forme d'animaux.

— Ah. Oui. » George remit sa carte de crédit dans son portefeuille et ferma celui-ci dans un claquement sec. « Eh bien, je regrette qu'elle ait cette impression. J'ai toujours eu beaucoup d'estime pour ses talents de créatrice. »

Lyn fronça légèrement les sourcils, sentant quelque chose de bizarre derrière le sourire de George. Elle fut distraite par l'un des policiers, qui lui faisait signe d'apporter un nouveau pichet d'eau, et s'éloigna précipitamment.

« Et pourtant, si je passais à la pépinière pour dire à Fiona que les animaux qu'elle taille ne ressemblent à rien, c'est *moi* qu'on traiterait de connard, murmura George en ajustant son sac d'ordinateur. Enfin, ravi de vous avoir rencontré. » Il serra la main de Kieran. « Mes amitiés à votre compagne. C'est avec elle que je vous ai aperçu ce matin ?

— Oui. »

George hocha la tête et, par-dessus l'épaule de Kieran, regarda le mémorial improvisé en l'honneur de Bronte sur le panneau d'affichage. Kieran revit soudain Bronte apporter un verre de vin à l'auteur la veille au soir, et parvenant à lui arracher un sourire tandis qu'il contemplait l'écran de son ordinateur, le regard noir.

« Quelle horrible affaire, soupira George. Pauvre Bronte. C'est incroyable.

— Vous la connaissiez bien ? demanda Verity.

— Je ne la croisais qu'ici, répondit George. Mais j'y passe beaucoup de temps. Vous avez eu l'occasion de voir ses dessins ?

— Un ou deux. Et elle m'a montré une petite sculpture en fil de fer à laquelle elle travaillait. Elle avait l'air sacrément douée.

— Je trouvais aussi. Et sérieuse en plus, ce qui n'est pas toujours le cas dans le domaine de la création. Elle était concentrée sur son art. Avec une approche professionnelle. » Les lèvres de George dessinèrent un trait dur, incurvé vers le bas. « Je n'aurais jamais imaginé qu'une chose pareille puisse arriver par ici.

— Ça n'aurait jamais pu arriver il y a quelques années, répondit Verity. C'est le risque avec les touristes, j'imagine. On ne peut jamais savoir qui traîne en ville, désormais, avec tous ces gens de passage. »

Ils n'étaient pourtant pas si nombreux ces jours-ci, songea Kieran. Deux semaines plus tôt dans l'été, peut-être, quand deux personnes sur trois qu'on croisait dans les rues étaient des étrangers. Mais pas à ce moment de l'année, où les tables étaient vides, les boutiques fermées et les places de parking inoccupées.

Kieran soupçonnait George de penser la même chose, tandis que l'écrivain balayait du regard la salle silencieuse. Ses yeux se posèrent sur la tablée des policiers.

« J'ai appris qu'ils avaient de nouveau convoqué Liam Gilroy pour l'interroger », dit tout bas George. Il jeta un regard vers Lyn, près du passe-plat. « Elle sera contente. Elle est persuadée que les policiers tiennent leur homme.

— Et vous, vous en pensez quoi ? demanda Kieran, intéressé.

— Moi ? » George haussa les épaules. « Je crois que dans une société civilisée, il est important de laisser les procédures suivre leur cours. » Il retourna son téléphone dans la paume de sa main. « N'en déplaise aux guerriers 2.0 du FCL…

— Le forum d'Evelyn Bay, sur le Net ? demanda Verity. Je croyais que personne ne s'en servait.

— Eh bien, les gens ont l'air de le trouver utile, en ce moment. Quand même, je suis sûr que les policiers savent ce qu'ils font… »

Intrigué, Kieran avait sorti son smartphone pour jeter un coup d'œil à ce forum en ligne mais il chancela quand ses yeux se posèrent sur l'écran. Huit appels manqués de Mia. Il fit le geste de le porter à son oreille puis se figea, index suspendu au-dessus du bouton Rappeler. George avait cessé de parler et fixait le sergent Renn, à la table des policiers.

Kieran suivit son regard. Renn parlait à voix basse dans son téléphone. Le policier releva soudain la tête et, l'espace d'un instant, sans doute possible, ses yeux se posèrent sur Verity, puis s'en détournèrent aussitôt. Renn raccrocha. Il resta assis un moment, puis se leva de sa chaise et entreprit de traverser la salle. Le reporter télé leva les yeux – il n'y avait rien d'autre à voir que Renn, marchant d'un pas lent et détendu, son café encore à la main –, puis son attention se reporta sur l'écran de son portable. Renn vint s'immobiliser juste devant Verity. Il but une grande gorgée de café, alors que le cameraman revenait de sa pause clope. Verity se contenta de regarder le policier. Renn attendit que l'homme soit hors de portée de sa voix.

« Désolé, Verity. » Il parlait tout bas. « C'est au sujet de Brian. »

CHAPITRE 15

Il était encore tôt quand Kieran s'engagea sur le sentier de la falaise, le lendemain matin. Audrey était bien réveillée, ses yeux sombres alertes tandis qu'elle se balançait au rythme de sa marche, sanglée contre sa poitrine. Sac à langer passé sur son épaule, il avait la tête lourde. Beaucoup de temps s'était écoulé avant que Verity, Mia et lui puissent aller se coucher, et Kieran était resté allongé sur son lit sans pouvoir dormir pendant ce qui lui avait paru des heures.

Avec Verity, ils avaient laissé leur commande en plan au Surf & Turf et suivi le sergent Renn dehors, d'où il les avait emmenés en voiture jusqu'au Fisherman's Cottage, à trois minutes de route. Ils s'étaient glissés sous le ruban de police du portail et avaient descendu le sentier qui courait le long du bâtiment, jusqu'à la plage obscure. Kieran avait entendu des éclats de voix, et sa fille qui hurlait. Mia se trouvait déjà sur le sable, une Audrey furieuse dans les bras.

« Je suis vraiment désolée, bredouillait Mia. J'ai tenté de l'arrêter. Je suis désolée. »

Kieran s'était d'abord précipité jusqu'à elles, puis avait couru derrière Verity jusqu'au bord de l'eau.

Brian se trouvait au milieu des vagues, enfoncé jusqu'au cou. Son tee-shirt brisait la surface tandis qu'il nageait dans l'eau noire, d'un crawl puissant et assuré. Le ruban jaune qu'on avait tendu sur la plage entre des piquets, là où le cadavre de Bronte avait été retrouvé, traînait à présent comme une algue dans son sillage.

Deux jeunes agents s'étaient enfoncés dans l'eau jusqu'aux aisselles, leurs chaussures et leurs chaussettes bien rangées sur le sable sec tandis qu'ils pataugeaient dans la mer. Kieran atteignit le bord au moment où l'un d'eux attrapait son père, qui se mit à hurler et à battre des bras, alors que le deuxième homme se joignait à la lutte pour le ramener à terre. Brian se débattit, entraînant les deux policiers avec lui sous la surface, tandis que Verity se débarrassait à son tour de ses chaussures et continuait dans les rouleaux sans même ralentir. Kieran était sur ses talons. Les agents reculèrent quand Verity et lui parvinrent à la hauteur de Brian. Tous trois se balançaient maintenant dans la houle glacée, pendant que Verity empoignait les mains de Brian sous la surface et lui murmurait des mots apaisants.

Brian se laissa finalement ramener au bord. Kieran et Verity l'accompagnèrent jusqu'à la plage, leur trio d'ombres sous la lune formant un écho grotesque à celui des Survivants. Brian se coucha sur le dos près de l'eau, jambes et bras étendus comme s'il profitait du beau temps. Kieran s'allongea près de lui, claquant des dents.

En marchant vers les flots, Brian avait dû piétiner les offrandes florales déposées sur la plage en hommage à Bronte. Des rubans et des emballages de cellophane étaient éparpillés comme des cadavres de créatures marines, et Kieran vit Mia qui tentait de rassembler ce qui restait de la pile pour la remettre en place, Audrey calée sous un bras. Il savait qu'il aurait dû l'aider mais resta auprès de son père à contempler les étoiles en écoutant le souffle saccadé de Brian se mêler aux cris suraigus de sa propre fille. Tournant la tête, Kieran aperçut Verity assise à l'écart, la tête dans ses mains, son chemisier collant à la peau de son dos. Kieran n'aurait su dire si elle tremblait ou pleurait, ou les deux.

Il avait l'impression qu'il n'aurait plus jamais l'énergie de bouger, mais au bout d'un moment, le sergent Renn s'accroupit devant lui et suggéra tout bas qu'il valait sans doute mieux s'en aller avant que les types de la télé ne ressortent du Surf & Turf et ne s'aventurent sur la plage pour préparer leur direct.

C'est seulement plus tard, de retour chez ses parents, que Kieran remarqua la rougeur sous la mâchoire de Mia et l'ecchymose qui commençait à bleuir sur son poignet. Il leva son bras sous la lampe.

« Que s'est-il passé ?

— Ce n'est rien. Allons-nous coucher. » Mais elle était encore secouée, les yeux brillants de larmes retenues.

« Mais…

— C'est bon. Je te l'ai dit : j'ai essayé de l'arrêter. Il faut juste… » Mia dégagea son bras. « Ne me laisse plus seule avec lui, d'accord ? »

À présent, Kieran marchait d'un pas furieux, la brise océane cinglant le sentier des falaises, agitant ses vêtements.

Au matin, Kieran avait dit à Mia de rester couchée et de dormir encore un peu. Elle avait cligné des paupières pour chasser le sommeil.

« On n'a même pas proposé de la raccompagner chez elle. » Les yeux de Mia étaient gonflés et Kieran s'était demandé si elle n'avait pas pleuré pendant la nuit.

« Qui ? » Kieran avait du mal à suivre. « Bronte ? »

Mia avait fait oui de la tête sur son oreiller. « Au Surf & Turf, samedi soir. On a demandé à Olivia si elle voulait qu'on l'attende, mais on n'a pas posé la question à Bronte. On passait juste devant chez elle. On aurait pu la raccompagner. »

Ils s'étaient regardés pendant un long moment avant que, finalement, Mia ne se tourne de l'autre côté. Kieran avait dit qu'il allait sortir avec Audrey, et cette fois Mia n'avait pas protesté, elle avait juste fermé les yeux sans faire de commentaire.

Depuis le couloir, Kieran avait entendu Verity dans la cuisine. Sa voix n'était qu'un fin murmure, et elle s'était tue en voyant entrer son fils. Elle était assise en face de Brian, en train de lui appliquer de la crème solaire sur les bras, comme elle l'avait si souvent fait avec Kieran lorsqu'il était petit. Kieran ignorait de quoi Verity parlait avant qu'il ne les rejoigne, mais à voir la tête de Brian, il n'aurait pas parié que son père en avait saisi le moindre mot.

« Mia a des bleus à cause d'hier soir. Elle est blessée. »

Verity plissa le front. Ses paumes étaient luisantes de crème qu'elle faisait pénétrer dans la peau de son mari. « Gravement ?

— Non, pas gravement. Mais elle ne devrait pas être blessée du tout.

— Bien sûr que non. Je suis vraiment désolée.

— Bon Dieu, ce n'est pas des excuses que je veux. » Kieran avait regardé son père. « Ce que je veux dire, c'est qu'il devient incontrôlable. Mia avait Audrey avec elle.

— Je suis sûr qu'il n'a pas fait exprès.

— Je sais bien, mais...

— Mais quoi ? le coupa Verity, d'une voix soudain dure, les mains toujours posées sur le bras de Brian. Mais quoi, Kieran ? Il ne voulait pas lui faire mal. Regarde-le. » Elle souleva la main de son mari. Celui-ci la tendit devant lui, obéissant comme un gamin. « Il ne se rend pas compte de ce qu'il a fait. Alors, qu'est-ce que tu veux ? Tu crois qu'il devrait être puni ? Pour une chose qu'il ne sait même pas qu'il a commise ? Tu trouves ça juste, toi ? »

Verity l'avait fixé droit dans les yeux jusqu'à ce qu'il se détourne. Brian n'avait pas esquissé un geste.

Kieran ne lui avait pas fourni de réponse. Il ne savait pas quoi en penser.

Il atteignit une fourche sur le sentier de la falaise et s'arrêta. À droite, le chemin montant au belvédère et à gauche, Kieran apercevait le portail en fer forgé à l'arrière du cimetière d'Evelyn Bay. Kieran sentit Audrey bouger puis se caler contre son torse. La marche l'avait calmée, elle, jusqu'ici, à défaut d'apaiser son père.

Il s'écarta vers le cimetière. Le portail était ouvert, un panneau vissé sur le montant informant les visiteurs que les lieux fermaient chaque jour au coucher du soleil. Un peu à sa propre surprise, Kieran pénétra à l'intérieur. L'allée de gravier était bien entretenue, flanquée d'arbustes élégants quoique touffus. Ash dans ses œuvres, devina Kieran. C'est lui qui détenait le contrat d'entretien depuis un bon moment déjà. L'endroit était différent des souvenirs de Kieran, mais enfin, il n'était plus monté ici depuis les funérailles de Finn et Toby. Il avait voulu venir, quelquefois. Mais il ne l'avait pas fait.

Kieran remonta l'allée, se rendant compte avec un peu de honte qu'il ne se rappelait plus où se trouvait la tombe de son frère. Il avait encore des images de l'enterrement, certains moments tout du moins, mais s'il avait intégré alors des détails précis sur l'emplacement de la sépulture, ils ne lui revenaient pas. Il ne savait même pas où chercher. Les tombes étaient disposées dans le plus grand désordre, des générations d'habitants d'Evelyn Bay ayant choisi de passer l'éternité ici même, chacun avec sa propre idée sur le sens dans lequel il voulait reposer. Kieran savait qu'il s'était rendu aux funérailles de Finn par la route, avec ses parents, un silence affligé régnant dans l'habitacle tandis qu'ils suivaient le corbillard, et il se tourna vers l'entrée principale, située à l'ouest.

Il n'eut pas à aller jusqu'aux grilles. L'entrée n'était même pas encore en vue quand une forme battant au vent capta son attention. Il s'arrêta, reconnaissant aussitôt les couleurs.

Posant une main dans le dos d'Audrey, Kieran s'écarta du gravier et traversa la pelouse soigneusement tondue jusqu'à ce qu'il se retrouve debout devant une pierre tombale. Une écharpe de supporter portant les rayures bigarrées de l'équipe de football australien d'Evelyn Bay avait été nouée avec soin autour de la stèle. Elle n'était pas neuve, mais avait l'aspect à la fois propre et élimé d'un article régulièrement lavé à la machine au fil des années. Kieran tendit la main et souleva l'écharpe pour lire l'inscription gravée dans la pierre.

Toby Gilroy.

Un souvenir oublié remonta soudain à la surface, limpide et coloré. Liam Gilroy dans son costume d'enterrement tout juste sorti du carton, déployant une écharpe de footy sur le cercueil de son père. Kieran se demanda s'il s'agissait de la même écharpe, dénouée, lavée et remise en place de temps à autre par Liam tout au long de ces douze années. Il écarta sèchement sa main, malgré lui, et Audrey poussa un gémissement pour protester contre ce mouvement brusque.

« Oh. Ouf. Ce n'est que toi. »

Kieran pivota sur ses talons au son de la voix, ses doigts sentant encore les mailles de la laine. Il lui fallut une seconde pour en localiser la source parmi les pierres tombales.

Olivia. La brise avait emmêlé ses cheveux et elle portait un jean et un pull-over rouille que Kieran la soupçonnait d'avoir emprunté dans la garde-robe de sa mère.

« Je cherchais Ash et j'ai entendu quelqu'un. » Elle semblait un peu à cran, et Kieran se souvint des rues désertées de la veille, des serveuses qui n'avaient pas eu le courage de se rendre au travail.

« Ce n'est que nous, dit-il tandis qu'Olivia s'approchait de lui et se penchait sur le porte-bébé.

« Voici donc Audrey… Waouh. » Les cheveux d'Olivia frôlèrent l'épaule de Kieran, elle se redressa et recula d'un demi-pas. « Elle est belle.

— Merci. » Il balaya du regard la paix du cimetière. « Ash est dans le coin ?

— J'ai cru que c'était ce qu'il m'avait dit. Mais son portable ne répond pas. » Une ombre traversa son visage. « Il doit être avec un client, ou quelque chose. Qu'est-ce que tu fais ici ?

— Je ne sais pas trop.

— Tu n'es pas venu voir Finn ?

— À vrai dire, je ne sais pas où se trouve sa tombe.

— Oh. » Elle fronça les sourcils. « Je ne sais pas non plus. Ash pourrait sans doute t'aider. Enfin, s'il refait surface. »

Ash le sait certainement, songea Kieran, *et pas seulement parce qu'il travaillait là.* Ash et Finn s'étaient toujours bien entendus, surtout après qu'Ash avait quitté l'école et s'était mis à traîner en ville pendant la journée. Le week-end, Finn montait parfois le voir et Ash et lui discutaient de tout ce qui s'était passé pendant que Kieran était coincé en classe. Cela allait des dernières touristes arrivées aux exonérations fiscales accordées aux petites entreprises. Assis avec eux, Kieran les observait, tentant de se joindre à la conversation quand une ouverture se présentait.

« Je vais peut-être continuer à chercher. » Kieran scruta les rangées de stèles. « J'ai un peu honte de ne pas savoir laquelle est la sienne.

— Il ne faut pas, répondit Olivia, tandis qu'ils se mettaient en marche. Venir dans ce genre d'endroit ne fait pas du bien à tout le monde. Il n'y a qu'à voir ma mère. Elle n'a jamais laissé personne mettre quoi que ce soit pour Gabby.

— Ah bon ? Rien du tout ?

— Non. Pas de pierre tombale, pas de plaque… » Olivia désigna en passant un banc commémoratif. « Pas de banc portant son nom. On ne parle plus jamais de Gabby, avec elle.

— Pourquoi ?

— Je ne sais pas vraiment. Je crois qu'on devrait, mais j'ai aussi lu que ressasser le passé fait plus de mal que de bien, chez certaines personnes. Ça affaiblit leurs défenses, ou quelque chose comme ça. Chacun est différent, j'imagine.

— Effectivement. » Kieran n'avait jamais entendu cette théorie en particulier, mais, à son propre étonnement, il pensa à Verity. Au fait qu'elle était toujours occupée à lire ses ouvrages de thérapie, à participer à ses groupes de soutien en ligne et à s'adonner à des exercices de développement personnel. À la fragilité de sa quête constante, incessante et épuisante de sérénité.

« Alors maintenant, je laisse juste maman faire comme elle l'entend, poursuivit Olivia. Mais ce n'est pas terrible, je dois dire. Elle a encore beaucoup de mal à accepter ce qui s'est passé.

— Encore aujourd'hui ?

— Je crois que c'est surtout dû au fait qu'on n'ait jamais retrouvé Gabby.

— Ouais. » Kieran hésita. « Mais…

— Non, je sais, l'interrompit Olivia tandis qu'ils prenaient à gauche, passant devant des stèles plus récentes. C'est ridicule. Attention, je ne suis pas en train de dire qu'elle croit que Gabby a la vingtaine et se promène dans je ne sais quelle ville en Australie, ou je ne sais quoi… » Une pause infime poussa Kieran à se demander si, au fond d'elle-même, ce n'était pas précisément cela que Patricia Birch s'autorisait parfois à croire. « Mais maman s'inquiétait déjà beaucoup pour Gabby avant la tempête. Parce qu'elle a toujours fait plus que son âge, tu le sais, si bien qu'elle avait tendance à attirer l'attention. Les gens oubliaient souvent qu'elle n'avait que quatorze ans. »

Ils tournèrent dans l'allée suivante, lisant les noms au passage.

« Et le fait qu'elles n'étaient pas en très bons termes à la fin n'a pas aidé non plus, ajouta Olivia, jouant nerveusement avec la manche de son pull-over emprunté. Cette histoire de portable confisqué. Ma sœur était vraiment fâchée… Et puis aussi maman qui n'arrête pas de ressasser que sa fille n'avait pas de téléphone sur elle quand elle a disparu. J'imagine que c'est le genre de choses qui vous hantent. Hé... » Olivia pointa du doigt une pierre tombale grise, modeste, presque au bout de l'allée. « Ce n'est pas celle-ci ? »

Ouais, songea Kieran en s'approchant pour déchiffrer l'inscription. *C'était ici.*

« Finn Elliott, vingt-six ans, fils et frère adoré. Parti trop tôt. »

Il n'y avait ni fleurs ni écharpe de footy sur ce rectangle de pelouse, mais quelqu'un – Ash sans doute, ou peut-être Verity – l'avait apparemment désherbé et taillé. Kieran resta planté là, à contempler la terre où son frère reposait. Il avait aimé Finn. Celui-ci lui manquait toujours. Il releva les yeux sur la stèle, attendant d'éprouver quelque chose. Quelque chose de *plus*, tout au moins, que ce qu'il ressentait tous les jours.

« Ne t'en fais pas. Ma mère serait comme toi », déclara Olivia, quand elle eut l'impression qu'ils attendaient depuis longtemps. Elle était assise sur un banc commémoratif, tout près, à l'observer. « Venir se recueillir sur une tombe, ça ne réussit pas à tout le monde. »

Il recula et vint s'asseoir près d'elle, leurs vêtements claquant au vent. Kieran plongea la main dans son sac à langer et mélangea un biberon de lait pour bébé.

« Elle a tenté de se suicider, en fait. » La voix d'Olivia était calme.

« Ta mère ? » Kieran se tourna vers elle. « Merde, Liv. Je suis désolé. C'est dur.

— Ouais. C'est pour ça que j'ai dû revenir vivre ici. N'en parle pas autour de toi. » Elle soupira tandis que Kieran secouait la tête. « Je pense que certains s'en doutent, de toute façon. Maman assure que c'était une erreur. Elle dit qu'elle s'est trompée de dose, mais elle prend des somnifères depuis douze ans et elle ne s'était jamais trompée avant.

— C'était quand ?

— Quelques mois après le dixième anniversaire. Je crois que le rappel a été trop brutal – cette date qui approche, qui passe et, ensuite, rien ne change. »

Kieran avait lui-même trouvé difficile l'étape des dix ans, et il soupçonnait Verity d'en avoir souffert, même si elle ne l'avait pas avoué. Il n'avait pu se résoudre à revenir à Evelyn Bay, cette année-là, ni les suivantes d'ailleurs.

« Les parents de Bronte doivent arriver aujourd'hui », déclara brusquement Olivia. Elle contemplait les tombes. « Ils étaient coincés sur un bateau de croisière, et ils ont dû revenir en avion.

— Tu les as déjà rencontrés ?

— Une fois, quand elle a emménagé. Ils sont tous les deux fonctionnaires, à Canberra. Assez haut placés, je pense. Sa mère a participé à cette commission qui a durci les restrictions sur les exportations de fruits de mer, tu te souviens ? La décision avait provoqué un engorgement des stocks, et un tas de pêcheurs n'ont pas pu écouler leurs prises pendant un bon moment ? »

Kieran secoua la tête. « Pas vraiment.

— Enfin, bref. J'ai dit à Bronte de ne pas trop en parler ici, reprit Olivia. Mais ses parents avaient l'air gentils. Très… efficaces. Dieu sait comment ils doivent se sentir, maintenant.

— Des nouvelles de la police ?

— Non. » Olivia se raidit, mal à l'aise. « Mais ils sont repassés à la maison, tôt ce matin.

— Ils t'ont dit pourquoi ? »

Elle fit non de la tête. « J'ai entendu dire qu'ils ont vérifié les jardins des voisins. Ils ont fouillé leurs poubelles.

— Ils cherchaient quelque chose ?

— Certainement, mais je ne sais pas quoi. J'ai posé directement la question à Renn quand il m'a appelée hier soir pour demander combien nous avions de jeux de clés. Il n'a rien voulu me dire. Il a tourné autour du pot. Il m'a dit que c'était la procédure habituelle.

— C'est peut-être vrai.

— Peut-être. » Olivia tripota l'ongle de son pouce. « Ash dit que je dois faire attention. D'après lui, ils pensent que je sais quelque chose que je ne leur dis pas. » Elle se tourna vers lui. « Ce qui n'est pas le cas. Pour info.

— Je n'ai jamais pensé ça. »

Dans le silence, Kieran entendit les cris des goélands.

« Si je savais quelque chose, reprit Olivia, je leur en parlerais. Bronte me rappelait un peu Gabby.

— Vraiment ? » Kieran était surpris.

« Ouais. Pas physiquement, bien sûr, et pas tellement non plus par ses manières. C'était plus… » Olivia réfléchit un moment. « Elles étaient toutes les deux le genre de filles qui ont l'impression qu'il faut faire plaisir aux gens. Comme cette histoire avec Liam, par exemple.

— Quelle histoire ?

— Je veux dire, Sean a raison… » Olivia haussa les épaules. « C'est vrai que Liam et Bronte s'entendaient plutôt bien. Elle ne s'est jamais plainte de lui ou quoi que ce soit. Mais elle faisait très attention à ne pas froisser la sensibilité des gens, et Liam peut parfois être… intense. D'autres filles lui auraient sans doute dit d'aller se faire voir, mais Bronte, elle, avait trop peur de l'embarrasser. Elle a sûrement essayé de lui faire comprendre qu'elle n'était pas intéressée, mais c'était sacrément subtil. » Olivia baissa les yeux. « Et certains mecs ne sont capables de comprendre qu'une chose : un "non" clair et ferme. Et il y a des types qui ne comprennent même pas ça.

— Tu crois que Liam en fait partie ?

— Ouais. Je crois un peu. » Comme elle considérait la chose, la bouche d'Olivia se tendit, sévère. « Le fait qu'il ait ramené Bronte en voiture me turlupine. On habite si près que ce n'était pas nécessaire, si bien que je le soupçonne d'avoir *insisté*, ce qui n'est jamais très agréable… »

Olivia fut interrompue par le bip de son portable. Un texto. « Merde. C'est encore Julian.

— Qu'est-ce qu'il veut ?

— Je ne sais pas. Il veut que je l'appelle. » Olivia se leva. « Je ferais mieux de rentrer, de toute façon. Manifestement, Ash n'est pas ici. »

Kieran essuya la bouche d'Audrey et la mit dans le porte-bébé. « Je vais y aller aussi.

— Tu redescends ?

— Non. » Il tapota le dos d'Audrey. « Je vais monter un peu plus haut. Pour lui laisser le temps de se calmer.

— Vous repartez quand à Sydney, avec Mia ?

— La semaine prochaine.

— Vous avez de la chance. »

Ils se mirent en marche. « Tu penses que tu vas devoir t'établir ici à long terme ? demanda Kieran.

— Je n'ai pas trop le choix, je crois. Surtout après ce qui est arrivé à Bronte. À mon avis, ça ne va pas aider ma mère à se remettre.

— Au moins, tu as Ash.

— Ouais. »

Elle n'ajouta rien et Kieran se tourna vers elle. Son expression arracha un petit rire à Olivia.

« Quoi ?

— Rien. » Il haussa les épaules. « Vous êtes bien tous les deux, non ?

— Ouais. On est bien. C'est juste que si je reste ici, j'ai l'impression que c'est… » Olivia s'arrêta devant le portail du cimetière et soupira. « Je ne sais pas. La fin, ou quelque chose. Ça ne servira à rien de terminer mon master, ni d'avoir bossé si dur à Melbourne si je dois m'installer avec Ash, faire des gosses et les envoyer au club des Nippers pour s'entraîner avec Julian tous les samedis pendant que je joue les serveuses. À tout prendre, j'aurais pu faire ça direct en sortant du lycée. » Un demi-sourire. « Même si à l'époque, je n'aurais certainement pas calculé Ash…

— C'est sûr. » Kieran sentait le va-et-vient accéléré du souffle de sa fille. Elle était chaude et solide contre lui. « Mais tout le monde peut changer.

— Ouais, c'est vrai. Et Ash est… » Kieran attendit pendant qu'Olivia réfléchissait, sincèrement curieux de savoir ce qui, chez Ash, l'avait attirée douze années plus tard.

« Il est vraiment marrant quand il veut, dit-elle. Plus que dans mon souvenir. Et il est vraiment super, au sujet de maman. Je n'ai pas besoin de lui expliquer les choses parce qu'il sait déjà… » Elle balaya nonchalamment l'air de sa main. « … tout. »

Ses paroles étaient assez vagues pour ne rien vouloir dire, mais Kieran n'eut aucun mal à les déchiffrer. *Il sait, pour nous deux.*

Olivia le regardait droit dans les yeux, à présent. Il hocha la tête. *J'ai compris.*

« Enfin… » Le téléphone d'Olivia bipa à nouveau et elle plissa le front. « Oh, ce n'est pas vrai. Encore Julian. Il faut que j'y aille. Ça m'a fait plaisir de te voir.

— Moi aussi, Liv. »

Le saluant de la main, Olivia se retourna et s'engagea dans la descente. Kieran la suivit des yeux jusqu'à ce qu'elle ait disparu, ce qu'ils avaient vécu douze ans plus tôt lui paraissant soudain à la fois très lointain et très proche.

CHAPITRE 16

Lorsqu'il eut atteint le belvédère, Kieran s'arrêta pour reprendre son souffle. Audrey chouina contre sa poitrine, agacée. Elle aimait le rythme réconfortant d'une marche rapide et Kieran s'était exécuté sur toute la montée, entre le cimetière et le point culminant du sentier. Par-delà les falaises, la houle se déroulait paisiblement sous le pâle soleil du matin. Au large, le *Nautilus Blue* était au mouillage, mais Kieran ne distingua aucun mouvement à son bord.

Donc Ash savait, pour Olivia et lui. C'était intéressant, ne serait-ce que parce qu'il ne l'avait jamais mentionné. Ce qui était déjà en soi la preuve d'un changement profond, du point de vue de Kieran. L'Ash d'autrefois n'aurait jamais eu l'autodiscipline nécessaire pour garder ça pour lui.

Mia savait.

Kieran le lui avait dit six mois après leur rencontre, au soir de ce qui aurait dû être le trente et unième anniversaire de Finn. Kieran avait enduré une conversation téléphonique particulièrement frustrante avec Verity, où ils avaient discuté pendant une demi-heure sans rien se dire. Mais au moins, sa mère avait pris la peine de lui parler, ce qui n'était pas le cas de Brian. Verity avait prétendu qu'il était sorti. Kieran en doutait.

Ça ne ressemblait pas à Brian. Pas le jour de l'anniversaire de la mort de son fils.

Kieran et Mia étaient allongés sur leur lit et il s'était mis à parler et toute l'histoire était sortie.

« Liv et toi », avait-elle soufflé lorsqu'il en avait eu terminé.

Il était resté là sans bouger, à l'écouter respirer, sentant sa chaleur sous les draps.

« Ça pose problème ? » Il s'était retourné et l'avait regardée, un peu inquiet de sa réponse.

« Non. » Il s'était détendu. Mais elle ne parlait toujours pas.

« Tu es sûre ?

— Ouais. Mais... » Mia se tourna vers lui sur l'oreiller. « Gabby avait deviné.

— C'est vrai ?

— Je crois. Elle m'a dit qu'elle pensait qu'il y avait quelque chose entre vous. Je lui ai dit qu'elle se trompait.

— Mais c'est embêtant ? avait insisté Kieran. C'était il y a si longtemps. Ça n'a plus d'importance, pas vrai ?

— Plus maintenant, non. Pas pour moi. C'est juste que... » Mia avait posé la main à plat sous sa tête, contemplant le plafond. « Je ne l'ai pas crue. Et c'était peut-être important pour Gabby. »

Kieran se tourna de nouveau vers la mer, et fit courir sa main sur le bois du garde-fou. Celui-ci avait été installé dans le mois qui avait suivi les noyades, et il était étonnant de constater combien cela avait transformé ce point de vue.

L'endroit était plus isolé que jamais, mais le robuste banc, la rambarde à hauteur de taille et les panneaux d'information en plastique imprimé donnaient l'impression qu'il était sous surveillance. Ce n'était pas le cas, Kieran le savait. Le sergent Mallott et l'agent Renn n'avaient verbalisé les contrevenants que le temps de briser les habitudes des habitants et de forcer les adolescents à se trouver un endroit tranquille loin des grottes marines, dans les zones boisées en retrait de la côte.

Psychologiquement, cette barrière constituait un bon moyen de dissuasion. Rien à voir par là, disait-elle. Restez du bon côté.

Mais c'était une totale illusion. Le sentier qui descendait jusqu'à la plage et aux grottes était certes envahi par les herbes, mais il demeurait visible. Kieran se pencha pour le regarder, puis il passa de l'autre côté. Il n'eut même pas besoin d'escalader la barrière, simplement d'en contourner l'extrémité, de repousser du bras un buisson et il se retrouva au sommet du chemin.

Audrey se mit à gémir dans son porte-bébé, balançant sa tête d'avant en arrière pour lui enjoindre de se remettre en mouvement. Kieran entendait le grondement des vagues, en bas, et aperçut une fine bande de sable. Les grottes étaient invisibles.

Il était monté au belvédère des dizaines de fois depuis la mort de Finn, mais n'avait que rarement franchi cette frontière. Jamais en présence de Mia. Mais de temps en temps, seul. Lorsqu'il lui arrivait de repenser malgré lui à cette journée, des années en arrière, où il s'était engagé sur ce même sentier, alors que les Survivants étaient déjà plus enfoncés dans l'eau qu'ils n'auraient dû l'être et que des nuages de tempête s'amoncelaient déjà à l'horizon.

Stabilisant Audrey d'une main, Kieran se lança dans la descente. Lentement, d'abord, mais sa mémoire musculaire ne tarda pas à prendre le dessus. Tout en marchant, il s'efforça – comme il essayait de le faire depuis toutes ces années – d'adopter un point de vue différent sur cette fameuse journée. Les circonstances atténuantes en sa faveur ne manquaient pas. Il le savait. Il aurait pu les réciter en descendant ce sentier qu'il connaissait par cœur, lui aussi.

Il n'avait alors que dix-huit ans.

Le virage serré au niveau du rocher déchiqueté.

Il n'avait pas idée de l'ampleur qu'allait prendre la tempête.

La roche lisse suivie d'un raidillon.

Personne n'avait idée de l'ampleur qu'allait prendre la tempête.

Les grottes qui apparaissent pour la première fois.

Il aimait beaucoup Olivia et n'avait pensé qu'à la voir.

Les ultimes marches étroites, tout en bas du chemin.

Finn et Toby étaient assez expérimentés pour prendre leurs propres décisions sur l'eau.

Le sable.

C'était un accident.

Mais tout cela n'y faisait rien.

Kieran posa le pied sur ce recoin de plage si familier. Là-bas, au large, les Survivants avaient de l'eau jusqu'au genou. Les grottes s'ouvraient comme des trous noirs béants derrière lui. C'était peut-être pour cela qu'il n'avait pas ressenti grand-chose devant la tombe de Finn. Car il avait beau tenter de se raisonner, se répéter tant qu'il voulait que c'était la dernière fois, il finissait toujours par se retrouver là. Toujours au même endroit. Celui où Finn avait trouvé la mort, et c'était toujours de sa faute à lui.

Il prit soudain conscience des cris qui, pour une fois, n'avaient rien à voir avec Audrey. Autour des falaises, les oiseaux de mer protestaient contre sa présence, tournoyant dans le ciel et piquant vers lui. Les sternes étaient en pleine période de nidification, comprit-il en les voyant planer au-dessus de leurs petits, nerveuses et agités. À l'époque où Kieran allait et venait sur ce sentier à longueur d'été, peu d'oiseaux faisaient leur nid là. Ils étaient moins habitués aux visiteurs depuis l'installation de la barrière.

Kieran s'éloigna d'eux, traversant la plage en direction de la grotte Sud, celle où Olivia et lui s'étaient jadis attardés tandis que le jour filait et que la marée montait subrepticement. Il entra dans la cavité, pas très loin, juste quelques pas. De là où il était, il apercevait les contours de la saillie rocheuse.

Comme toujours, il fut frappé de sa proximité avec l'entrée. Il marcha jusqu'au rocher. C'était celui-là, sans aucun doute ; il reconnut l'endroit où Ash avait gravé son nom.

Kieran tendit le bras et passa son doigt sur les lettres. Il avait presque oublié : c'était un rituel que tous avaient pratiqué dans le temps. Ils sortaient leurs clés et taillaient leur nom pour toujours dans la paroi rocheuse ramollie par la mer, dès qu'ils pensaient avoir découvert un nouvel endroit digne d'intérêt dans ces grottes. Seul Sean avait tenté de les en dissuader, avec les résultats qu'on imagine. Même lui, il avait fini par céder et, sous la pression de Kieran, il avait gratté son nom au point de départ d'un itinéraire qu'ils avaient ouvert ensemble dans la grotte Nord. Sean s'était senti coupable pendant le reste de l'été, et Kieran avait alors jugé cette réaction exagérée. Mais en examinant ces lettres, maintenant, toujours lisibles plus d'une décennie après qu'elles avaient été gravées dans la roche, il n'en revenait pas d'avoir pu être aussi crétin. Il ne comprenait pas comment il avait pu se convaincre que c'était une idée géniale, ou même simplement acceptable.

Il s'adossa à la saillie rocheuse et se tourna vers l'éclat de l'entrée. La mer et le ciel étaient du même bleu étincelant, et il distinguait le catamaran de Sean mouillé à la verticale de l'épave du *Mary Minerva*.

Kieran étudia le bateau pendant un long moment, le drapeau « En plongée » qui battait au vent. Au début, il n'avait pu se résoudre à se rendre là-bas, pas même pour se joindre à ses parents lors d'une cérémonie d'hommage, en mer, pour marquer le premier anniversaire de la disparition de Finn et Toby. Mais Sean, lui, n'avait jamais cessé de sortir au large. Deux ans après la tempête, Kieran avait fini par craquer, et lui avait demandé comment il pouvait supporter de naviguer sur ces eaux où son propre frère avait péri.

Sean avait réfléchi si longtemps que Kieran s'en était voulu d'avoir posé cette question.

« C'est comme une bulle, avait déclaré Sean, au moment où Kieran pensait qu'il n'allait pas répondre. Je trace une sorte de cercle autour. Je garde tout ça à l'intérieur et j'essaie de continuer comme je l'aurais fait si ça n'était pas arrivé. » Sean avait haussé doucement les épaules. « C'est un peu moins dur comme ça. »

C'était la dernière fois qu'ils en avaient parlé ensemble, mais quand Sean lui avait ensuite redemandé s'il voulait sortir naviguer avec lui, Kieran avait accepté. L'expérience avait été à peu près aussi terrible qu'il se l'était imaginé, et il avait à peine pu articuler un mot. Mais au moins, il l'avait fait, et par la suite, cela lui avait moins coûté de recommencer.

Kieran s'écarta du rocher et le contempla une dernière fois. Dans son esprit, il se trouvait toujours plus loin dans la grotte, enfoui dans les profondeurs. En réalité, l'entrée était beaucoup plus proche que dans son souvenir. Il n'y avait aucune raison de ne pas remarquer la vitesse avec laquelle la tempête s'abattait sur eux. Aucune excuse.

Il regagna la plage avec sa fille, protégeant les yeux d'Audrey de l'éblouissement du soleil. Kieran plongea la main dans le sac à langer en quête de son chapeau en coton, celui que Bronte leur avait donné – cela lui paraissait déjà si loin –, mais il ressortit la main vide. Il avait dû l'oublier à la maison, et il repensa soudain à Mia, restée là-bas avec Verity et Brian.

Ne me laisse plus seule avec lui.

Kieran consulta son portable. Pas de messages, pas d'appels manqués. Pourtant, il baissa les yeux sur Audrey.

« Qu'est-ce que t'en penses, ma puce ? Il est temps de rentrer ? D'aller voir maman ? »

Le visage d'Audrey resta impassible, si bien que Kieran entreprit de traverser le sable. Il ralentit en franchissant l'entrée de la grotte Nord.

Elle lui avait toujours moins plu que la Sud, car elle comportait trop de méandres à son goût. Mais Finn et Toby, trouvant que c'était la plus intéressante des deux, avaient passé des heures à y tracer des itinéraires. Ils avaient littéralement laissé leur marque dans tous les recoins de la grotte Nord, et même depuis la plage, Kieran distinguait deux ou trois endroits où les deux hommes avaient gratté leurs propres noms. Comme il s'avançait pour les regarder de plus près, Audrey décréta qu'elle en avait assez. Kieran lui fredonna une comptine que sa fille aimait parfois, mais cela ne fit qu'empirer les choses. Le visage d'Audrey se chiffonna jusqu'à devenir dur et rouge, et elle se mit à hurler, ses cris se répercutant contre les parois de la grotte et ricochant au fond du labyrinthe de ses galeries cachées.

« OK, c'est bon, on s'en va. » Kieran se retourna et, d'un coup, se figea.

L'espace d'une seconde, dans la fine tranche de silence au moment où sa fille inspirait avant de brailler de plus belle, il lui avait semblé entendre un étrange murmure de mouvement.

Non. Il scruta l'obscurité. Ce n'était pas quelque chose qui bougeait, mais quelque chose qui s'immobilisait. Un animal pétrifié, aux aguets. Kieran tendit l'oreille, sa main fermement plaquée sur le dos d'Audrey. Il continua de fixer le trou noir. Il n'entendait rien que les cris de sa fille et ne distinguait rien que les ténèbres, mais il avait la sensation écrasante que quelque chose attendait sans bruit dans le noir.

« Y a quelqu'un ? »

Le cri de Kieran lui revint en écho, plat et creux. Les sons se comportaient de manière étrange dans les grottes, il le savait, tantôt aspirés tout au fond des tunnels, tantôt étouffés par des culs-de-sac ou des vasques remplies d'eau. Mais en cet instant, Kieran ne voyait ni n'entendait rien d'autre que sa fille et lui. Pas de mouvement. Pas de réponse. Rien que ce trou noir béant.

Il ressentit pourtant un frisson qui n'avait rien à voir avec la brise fraîche soufflant de l'océan. Au-dessus des falaises, les oiseaux s'étaient remis à piailler. Kieran fit volte-face, s'engagea sur la plage et, serrant d'un bras son enfant, gravit le sentier bien plus vite qu'il ne l'avait descendu.

Quand il parvint quelque peu essoufflé au sommet du chemin, il constata immédiatement qu'Audrey et lui n'étaient pas seuls. Il reprit son souffle, gagnant un peu de temps. L'autre personne soutint son regard, pas très content non plus de le voir.

« Salut », lança Kieran d'un ton incertain.

Liam était assis sur le garde-fou, jambes pendant dans le vide, ses larges épaules voûtées et le visage tourné vers le large.

« Tu remontes d'en bas ? » Les yeux de Liam étaient un peu rouges et humides, mais cela pouvait aussi venir du vent et du soleil.

« Ouais.

— Personne est censé descendre.

— Je sais.

— Les oiseaux sont en pleine nidification. Tu vas les effrayer. *Qu'est-ce qu'il y a ?* » lança-t-il sèchement en remarquant la surprise de Kieran. Il se tourna de nouveau vers la mer, l'air sombre. « Mon père m'emmenait voir les oiseaux.

— Oh. Eh bien... » Kieran s'écarta du chemin clandestin et remonta sur le point de vue officiel. « Désolé.

— Les lois ne s'appliquent pas à toi, hein ?

— Mon bébé était... »

Liam se tourna vers lui.

« ... agité », acheva Kieran, maudissant intérieurement cette excuse bidon.

Liam roula légitimement de gros yeux et contempla à nouveau le large. Il était assis si près du bord de la rambarde que cela rendait Kieran nerveux. La falaise était un lieu de suicide notoire, si toutefois trois occurrences en vingt et quelques années suffisaient pour mériter une telle réputation.

Kieran regarda Liam, en équilibre sur le rebord, et s'éclaircit la voix.

« Tu redescends en ville ? demanda-t-il. Je vais par là. »

Liam partit d'un drôle de rire creux. « Je ne vais pas sauter, si c'est ça qui t'inquiète.

— Je ne suis pas inquiet, mentit Kieran.

— On n'est même pas à marée haute. » Liam se retourna et, cette fois, fixa Kieran droit dans les yeux. « C'est le moment le plus dangereux, non ? »

Kieran ne répondit rien. Il se força à repenser au garçon de sept ans, déposant une écharpe de footy sur le cercueil de son père. Que serait devenu Liam si rien de tout cela n'était arrivé, et s'il avait grandi dans la famille qu'il aurait dû avoir ? Ses grands-parents – le père et la mère de Sean et Toby – avaient toujours été aimants à leur manière discrète et pudique. Ils avaient tenu bon à Evelyn Bay pendant deux ans après la mort de Toby, gérant tant bien que mal tout ce qui leur rappelait leur perte au quotidien avant d'abandonner et de déménager dans le Queensland, à l'autre bout de l'Australie, s'installant dans une ville où la mer était si chaude et placide qu'elle en était méconnaissable. Kieran savait que Sean avait songé un temps à les rejoindre, mais il avait repris l'agence de plongée et l'affaire était sur le point de redevenir rentable. Les parents de Sean étaient partis en promettant de revenir chaque année rendre visite à leur fils et leur petit-fils, mais après un premier séjour baigné de larmes, il avait été décidé d'un commun accord qu'il valait mieux pour tout le monde ne plus les faire revenir à Evelyn Bay. Kieran pensait encore à cela lorsque Liam ouvrit la bouche.

« Tu t'es mis avec cette nana finalement, hein ? La Chinoise qui vivait ici avant ? »

Pris au dépourvu par ce changement de sujet, Kieran mit un moment à réagir. « Mia ? En fait, elle est à moitié singapourienne.

— Génial », répliqua Liam d'un ton qui donna envie à Kieran de défaire le porte-bébé, de poser délicatement Audrey dans l'herbe, de se redresser et d'écraser son poing sur la tronche de ce type. Au lieu de quoi, il resta planté là et avala une bouffée d'air.

« Je redescends », tenta-t-il une dernière fois. *Sept ans. Écharpe de footy. Cercueil.* « Viens avec moi. »

Liam réfléchit un instant puis, à la surprise de Kieran, il hocha la tête. « Ouais, d'accord. »

Il balança ses jambes par-dessus la rambarde et sauta par terre. Ils faisaient la même taille à présent, constata Kieran tandis qu'ils se mettaient en marche. Liam le dépassait peut-être même un peu. Cela n'aurait pas dû l'étonner. Toby était grand, lui aussi. Et Liam n'était plus un gamin.

Ils marchèrent sans rien dire et ce n'est qu'après avoir dépassé l'embranchement menant au cimetière que Kieran sentit les yeux de Liam glisser vers lui.

« Tu ne me demandes pas ce qui s'est passé samedi soir ? demanda Liam.

— Tu voudrais que je te demande ? » Le portail en fer forgé du cimetière était encore ouvert, les lieux toujours déserts.

« Tous les autres ont l'air de vouloir savoir. J'ai dû aller au commissariat.

— J'ai appris ça.

— Ouais, bon. » Liam donna un coup de pied dans un caillou, qui rebondit devant eux sur le sentier. « Voilà ce qu'on gagne quand on veut être gentil. Je n'étais pas obligé de la ramener chez elle, tu sais. J'aurais pu la laisser marcher. Mais je l'ai ramenée quand même, non ? Certaines personnes ne l'auraient jamais fait.

— Quelles personnes ?

— Je ne sais pas, moi. Les connards de l'été. Cet Espagnol qui traînait dans le coin.

— Le petit copain de Bronte, tu veux dire ?

— Ce n'était pas son copain, rétorqua Liam d'un ton dédaigneux. D'ailleurs, elle ne l'aimait pas tant que ça.

— Comment le sais-tu ?

— Elle disait qu'il se tirerait dès que le temps commencerait à changer, et elle avait raison. Pareil avec ce foutu gars, l'autre touriste qu'essayait de l'impressionner. »

Liam l'avait eue dans le viseur, se dit Kieran. Il aurait parié que Liam savait précisément avec qui Bronte avait passé du temps à tout moment de l'été écoulé.

Le cimetière était loin, maintenant. Il n'y avait personne sur le chemin, ni devant, ni derrière. On n'entendait que le crissement de leurs semelles sur les cailloux et le grondement des rouleaux au bas de la falaise. Kieran étudia Liam tout en marchant. Il avait la tête basse, la mine sombre.

« Eh bien dis-moi, alors, reprit Kieran. Qu'est-ce qui s'est passé ? »

Liam releva brusquement les yeux. Un étrange sourire déforma son visage. « Je me doutais bien que tu voudrais savoir. »

CHAPITRE 17

Liam plissa les yeux tandis qu'une rafale montée de l'océan soufflait poussière et feuilles mortes en travers du chemin. Invité à raconter sa version de l'histoire, il semblait à présent étrangement hésitant.

« J'avais déjà ramené Bronte chez elle, tu sais. » Il se frotta le coin d'un œil avec son doigt. « Des tas de fois.

— Genre, toutes les semaines ?

— Non. À vrai dire, je lui proposais souvent. Ça me fait un détour de quoi, deux minutes ? Mais comme elle n'habitait pas loin, en général, elle préférait marcher. » Liam haussa les épaules. « Mais le service du samedi soir terminait tard, donc, ouais, parfois. Je lui proposais et elle disait OK. »

Un seul soir, et pas toutes les semaines. Kieran se demanda ce que Liam entendait vraiment par un « tas de fois ».

« Donc elle a accepté ce samedi ? demanda-t-il.

— Ouais. On avait un peu discuté. De toi, d'ailleurs. » Liam lui lança un regard. « Je ne savais même pas que tu étais revenu et tu débarques d'un coup, comme ça.

— Je comprends. » Kieran résista à l'envie instinctive de s'excuser. Il n'avait pas à donner de préavis pour rentrer dans sa ville natale.

« Bref, j'ai raconté à Bronte ce qui s'est passé à l'époque. Elle a été très sympa. » Liam parut soudain gêné. « Je ne sais pas, moi. Alors on est montés dans ma caisse, on a mis un peu de musique, on a roulé jusque chez elle… »

Kieran ne put s'empêcher de remarquer son vocabulaire : dans la bouche de Liam, cela ressemblait à une soirée en amoureux.

« … Je me suis garé dehors. Elle avait un bouquin qu'elle voulait me prêter – un truc de ce connard de G.R. Barlin qui traîne toujours dans le coin. Mais elle a dit que je devais le lire, alors je suis rentré avec elle pour le prendre.

— Elle t'a invité à l'intérieur ?

— Ouais. Elle m'a fait entrer. » Liam était sur la défensive. Soit Bronte l'avait effectivement invité à entrer, soit il en était sincèrement persuadé.

« D'accord.

— Elle est allée chercher le bouquin et on a discuté un peu. Mais il fallait que je me lève tôt le lendemain pour aller à la salle de muscu, alors je suis reparti. »

Impossible. Kieran dut se retenir de rire. Il était absolument impossible que Liam se soit trouvé dans la maison de la fille qui lui plaisait à 23 heures un samedi soir, et qu'il ait volontairement mis les bouts afin d'être en forme pour sa séance de musculation. Kieran ignorait ce qu'il s'était passé au juste, mais il savait sans l'ombre d'un doute que les choses ne s'étaient pas déroulées de cette manière. Plus important, il était persuadé que le sergent Chris Renn le savait lui aussi.

« Vous avez parlé de quoi, chez elle ? demanda-t-il.

— De son art, surtout. Elle avait passé tout l'été à bosser sur son projet, ce truc sur le bord de mer. Elle m'a dit qu'elle avait de nouvelles idées et qu'elle devait faire des croquis. »

Et voilà, songea Kieran. *L'excuse polie. J'ai tellement de choses à faire.* Sans doute accompagnée d'un bâillement et d'un sourire faussement dépité, main posée sur la poignée de la porte ouverte.

« Et ensuite ? insista Kieran.

— Je te l'ai déjà dit, répondit Liam. Je me suis cassé. Il fallait que je me lève tôt pour la muscu.

— T'es resté combien de temps chez elle ?

— Pas longtemps. Genre, dix minutes. Et je suis parti. » Liam s'arrêta de marcher et se tourna vers Kieran. Le sentier s'était transformé en bitume sous leurs pieds. Ils étaient presque arrivés en ville. « Mais tu le sais très bien. Tu m'as vu.

— Quand ça ? interrogea Kieran, perplexe.

— Samedi soir. Tu marchais le long de Beach Road. Je suis passé juste devant toi. »

Kieran revit les phares aveuglants déboulant du virage. Le souffle d'une voiture passant trop près et trop vite dans la nuit.

« Alors c'était toi ?

— Ouais, tu m'as pas vu ? Moi, je t'ai vu.

— Et Mia ? »

Un temps d'arrêt. « Ouais. Tous les deux. »

Liam dévisagea Kieran, tandis que celui-ci essayait de se rappeler. Cette voiture pouvait-elle être la Holden blanche de Liam ? Il se revoyait tendre le bras vers Mia. Il entendait le rugissement du moteur, voyait les feux arrière disparaître dans l'obscurité. Impossible de savoir.

« Tu t'en souviens, pas vrai ? » Liam avait le front plissé, maintenant. « Je suis sûr que tu t'en souviens. T'as dit à oncle Sean que t'avais vu une voiture. » Il passa la main dans ses cheveux, agacé. « C'était la mienne. Je repartais de chez elle.

— Sean t'a dit que j'avais vu une voiture ? »

Liam hésita. « Ouais, mais après que je lui ai dit que je vous avais vus sur la route. »

Kieran ne savait pas s'il le croyait ou pas. Il repensa à l'expression de Sean la veille, à la marina. Jusqu'où Sean était-il prêt à aller pour aider son neveu ? Assez loin, sans doute.

Liam l'observait toujours. « Si les flics te parlent…

— Ils l'ont déjà fait, ils sont venus chez mes parents.

— Ah, ouais. C'est vrai. » Une expression traversa les traits de Liam, trop fugace pour que Kieran puisse la déchiffrer. « Ton père était dehors aussi cette nuit-là, pas vrai ? »

Kieran ne répondit rien. Il y eut un moment de tension, puis Liam inspira.

« Écoute, dit-il. J'ai déjà dit aux flics que c'était moi qui conduisais, donc…

— Eh bien, je ne suis pas sûr de pouvoir t'aider, mec, parce que j'ai déjà dit à Chris Renn que je ne me souvenais pas très bien de la voiture, le coupa Kieran. Et c'est la vérité.

— Tu peux lui dire que maintenant, tu te souviens. Ou bien, demander à ta copine de lui dire ça.

— Je ne demanderai pas à Mia de faire quoi que ce soit.

— Alors tu vas devoir le faire toi-même, insista Liam. S'il te plaît. »

Sa voix avait soudain changé. La bravade s'écaillait, et on apercevait dessous une couche de peur, mise à nu.

« Écoute, mec, essaya de nouveau Liam en voyant que Kieran ne répondait pas. J'ai rien fait à Bronte. Sérieusement. Je l'ai déposée et je suis reparti. C'est tout. La voisine l'a entendue parler sur la plage, plus tard, pas vrai ? C'est bien la preuve. Je n'ai pas fait ce qu'ils disent tous. Je… » Liam le fixait intensément. « J'aurais jamais fait ça, d'accord ? Je l'aimais bien. »

Ils se regardèrent longuement, puis Kieran secoua la tête. « Faut que je rentre. »

Se retournant, il sentit le regard de Liam dans son dos.

« Attends, lança brusquement ce dernier.

— Quoi ?

— Il te manque encore, ton frère ? »

Kieran s'arrêta. La question paraissait sincère et, malgré lui, il fit volte-face. « Ouais. Il me manque.

— Mon père me manque vraiment. » Liam se tut. « À Sean aussi. Faut que tu le saches.

— Je le sais bien.

— Ma mère et Julian disent que c'était un accident. Ils pensent que, même s'il avait su ce qui allait lui arriver, mon père serait quand même venu à ton secours. Et je sais que Finn est mort, aussi, alors personne devrait t'embêter avec ça. » Le visage de Liam se tordit dans une moue à la fois dure et douce. « Mais t'as détruit ma vie, tu le sais ça ?

— Ouais. » Ils se regardèrent et, pour une fois, Kieran eut l'impression qu'ils étaient reliés. « Moi aussi, ça a détruit ma vie. Si ça change quelque chose. »

C'était l'une des conversations les plus honnêtes qu'il avait eues depuis des années.

Liam le dévisagea pendant un long moment. « Non, finit-il par répondre. Ça ne change rien. »

Il fit demi-tour et s'éloigna en laissant seul Kieran, qui le suivit des yeux.

Il était toujours planté là où Liam l'avait laissé quand son téléphone bipa dans sa poche. Un message. Mia.

Où êtes-vous ?

Il lui envoya un texto et, quelques instants plus tard, sa réponse lui parvint.

Je vous rejoins. J'ai besoin de prendre un peu l'air.

Tout va bien ? écrivit-il, mais cette fois, pas de réponse.

Il passa la main sur le crâne doux d'Audrey. « On va retrouver maman, hein ? »

Kieran se remit en chemin vers la ville, partant à la rencontre de Mia. Le sentier de la falaise avait cédé la place à la route bitumée et aux lotissements de ce qui était désormais le quartier historique de la ville, mais qui au XIXe siècle en avait constitué le centre. Les demeures aux façades de grès étaient très espacées, et leurs immenses jardins compensaient l'absence de vue sur la mer.

Kieran ralentit devant l'une d'elles. Il était déjà passé par là à l'aller, mais s'arrêta cette fois pour étudier l'endroit. Wetherby

House. L'ancienne maison de la grand-mère d'Ash, qui appartenait désormais à l'actuel écrivain en résidence d'Evelyn Bay : G.R. Barlin.

C'était l'une des maisons les plus imposantes, située en retrait de la rue. Une petite pelleteuse était garée, inerte, dans l'allée, le logo de l'entreprise dissimulé sous une couche de boue. Mais les résultats de son travail sautaient aux yeux. La dernière fois que Kieran avait vu la maison, elle était entourée d'une mer luxuriante d'arbres, de plantes et de fleurs endémiques. À présent, elle était encerclée par des tranchées de terre nue.

Kieran se pencha au-dessus de la clôture et éprouva une légère irritation en se mettant à la place d'Ash. George Barlin voulait peut-être se faire croire qu'il s'agissait d'une rénovation, mais on aurait plutôt dit un site de bombardement. À l'évidence, il s'agissait de détruire méthodiquement le jardin, par sections. La partie Nord avait déjà été dévastée et, à en juger d'après les nombreux repères accrochés aux arbres et aux buissons adultes, ceux-ci n'allaient pas tarder à connaître le même sort. Il n'y avait donc rien d'étonnant à ce qu'Ash soit furax.

Il y eut une agitation soudaine à l'intérieur de la maison, et Kieran vit passer l'écrivain derrière la fenêtre de la cuisine. Il portait apparemment un autre gilet à grosses mailles, aujourd'hui, et serrait son téléphone contre son oreille. Dans son autre main, il tenait une liasse de papiers et gesticulait tout en parlant.

Sous les yeux de Kieran, George se tourna vers la fenêtre et s'arrêta en l'apercevant debout derrière sa clôture. Leurs regards se croisèrent au-dessus du jardin dévasté. Ils se dévisagèrent et Kieran leva la main. George répondit par une sorte de salut réticent, puis, d'une invisible torsion du poignet, il ferma brusquement les stores et disparut.

Kieran s'éloigna de la clôture et sortit son smartphone. La chose lui était revenue en voyant l'écrivain, il ouvrit un moteur de recherche et entra : *Forum Citoyen en Ligne Evelyn Bay*.

Bon Dieu. C'était pire encore qu'il ne s'y attendait. Un forum vieillot et mal fichu apparut poussivement sur l'écran, sa mise en page maladroite inadaptée à son portable. Tout en haut, des lettres bleues sur fond gris illisibles annonçaient : *Bienvenue sur le FCLEB ! Venez bavarder autour d'un petit café virtuel !* Une vapeur pixélisée s'élevait d'une illustration représentant une tasse.

Les gens étaient venus bavarder, pas de doute. George Barlin n'avait pas menti là-dessus. Au cours du mois précédent, le forum avait récolté une douzaine de commentaires, concernant pour l'essentiel, à ce que Kieran pouvait voir, l'éternel problème des touristes balançant leurs ordures dans les poubelles des habitants. Sur les trente-six heures qui s'étaient écoulées depuis la mort de Bronte, il y avait plus de trois cents entrées.

Kieran fit défiler la page. L'immense majorité des intervenants semblaient être de nouveaux inscrits. Quelques-uns avaient téléchargé une petite photo de profil, mais la plupart n'avaient pas pris cette peine, préférant se cacher derrière la silhouette grise anonyme affichée par défaut. Ils avaient presque tous pris des pseudos, mais Kieran reconnut certains noms. Juliet Raymond, par exemple, qui avait jadis gardé Kieran certains jours après l'école, était l'une des nombreuses personnes à se lamenter, consternée « qu'on ne puisse même plus se promener dans les rues ». Theresa Hartley, l'ancienne prof de musique du lycée, qui avait donné des cours de piano à Mia, écrivait que sa petite-fille étudiait dans la même université que Bronte Laidler, à Canberra.

« *Meaghan dit que tous les étudiants sont bouleversés* », déclarait Theresa. SurfGirl93 avait liké ce post, ainsi que trente-neuf autres membres. *Merci*, avait commenté Theresa, en réponse à ce commentaire.

Il y avait des dizaines de messages au sujet de Bronte. Comment elle avait payé de sa poche, au Surf & Turf, le café d'untel qui avait oublié son portefeuille. Comment elle avait esquissé un beau portrait du petit chiot de la fille d'unetelle, au dos d'une serviette en papier, et le lui avait offert quand elles étaient parties. Ces compliments paraissaient sincères, se dit Kieran, mais superficiels. Personne, à Evelyn Bay, ne l'avait vraiment connue au-delà de son uniforme orange et de son sourire professionnel.

Il y avait étonnamment peu de références à Liam. Une bonne poignée de posts mentionnait une « personne » que la police interrogeait, mais il semblait y avoir une réticence générale à jeter la première pierre. Kieran lisait en diagonale les entrées, au fur et à mesure qu'elles défilaient. Visiblement, il ne s'agissait pas seulement d'une certaine loyauté à l'égard de Liam. À lire rapidement les commentaires, Kieran sentit chez tous ces gens une sorte de besoin collectif que ce ne soit pas le gamin du cru. Des dizaines de messages faisaient mention de touristes, de gens du continent, de mystérieux étrangers. Manifestement, tout valait mieux qu'un coupable qui fût l'un des leurs.

Tout le monde ne se montrait pas aussi précautionneux, cependant.

Liam Gilroy, écrivait un avatar gris anonyme. *Ça vous étonne, sincèrement ?*

Pourquoi ? avaient demandé plusieurs membres en guise de réponse.

Kieran fit défiler la chaîne jusqu'au bout, mais le premier commentateur n'avait pas réagi.

« Ah, vous voilà tous les deux… »

Kieran releva la tête. Mia le gratifia d'un petit geste de la main en s'approchant d'eux. Elle avait l'air bien plus en forme que ce matin, se dit Kieran. Tandis qu'elle se penchait sur le porte-bébé pour caresser le crâne d'Audrey, il fut soulagé de voir que l'ecchymose sur son poignet était moins marquée qu'il ne l'avait craint.

« Tout va bien à la maison ?

— Je crois, oui. Ton père a l'air de se rendre compte de rien. Mais il est plus calme.

— C'est déjà ça, j'imagine. »

Mia tendit le bras pour essuyer un filet de bave sous la bouche d'Audrey. « Comment était ta matinée ?

— On a croisé Liam.

— Ah bon ? » Mia releva les yeux. « Il t'a dit quelque chose ?

— Ouais. » Kieran lui rapporta le récit qu'avait donné Liam de son samedi soir. « Il assure que c'est sa voiture qu'on a vu passer en trombe sur Beach Road.

— Tu crois que c'est le cas ? interrogea Mia en fronçant les sourcils.

— C'est ce qu'il dit en tout cas. Tu te souviens, toi ? Ce serait une Holden blanche… »

Elle réfléchit un moment, puis secoua la tête. « Je ne sais vraiment pas. »

Comme ils se tournaient vers la ville, les yeux de Mia se posèrent, comme ceux de Kieran tout à l'heure, sur ce qui avait été le jardin de Wetherby House.

« Regarde-moi ça, dit-elle. Quel dommage. Ça appartient toujours à la famille d'Ash ?

— Non. Mais tu ne devineras jamais qui habite ici…

— Qui ?

— G.R. Barlin.

— Non. Sérieux ? » Mia se tourna de nouveau vers la maison, soudain plus indulgente envers ce paysagisme invasif. « Comment tu sais ça ?

— Je l'ai rencontré. Il était au Surf & Turf hier matin, lui aussi. Le type avec son ordinateur portable.

— Oh mon Dieu, oui, bien sûr, s'étrangla Mia. Je me disais aussi que sa tête m'était familière. Mais ça ne collait tellement pas au contexte que je n'ai pas fait le rapprochement. » Elle plissa le front. « Il ne ressemble plus tellement à sa photo. Je suis même surprise que les gens arrivent à le reconnaître. »

Kieran sourit. « Ce n'est pas le cas, visiblement. Mais t'auras certainement d'autres occasions de le rencontrer. On est tombés sur lui avec maman hier soir, au Surf & Turf. Et il vient juste de nous surprendre, Audrey et moi, en train de l'espionner.

— Oh, c'est pas vrai ! » Mia donna une petite tape sur le bras de Kieran, mais elle souriait, pleinement cette fois. « Il ne voudra plus jamais devenir notre ami, maintenant. »

Kieran ne put se retenir de rire. « Je ne suis pas sûr que c'était au programme, de toute façon.

— Pourquoi pas ? On est des gens marrants.

— Non, vraiment pas. Pas en ce moment, en tout cas. »

Mia sourit et se tourna vers la maison, avec ses stores aveugles. « J'aurais dû savoir que c'était lui, hier. Il venait souvent ici, l'été.

— Ouais, c'est ce qu'il nous a dit, répondit Kieran. Comment tu le sais ?

— J'ai participé à un atelier d'écriture avec lui, il y a des années. Tu te rappelles ? Je te l'avais dit. »

Kieran s'en souvenait, maintenant, mais il n'avait pas fait le rapprochement. « C'était ici ? J'ai cru que c'était après ton déménagement à Sydney.

— Non, c'était ici. À l'époque où il n'était encore qu'un journaliste lambda. » Son sourire s'assombrit un peu. « Gabby avait fait l'atelier, aussi. C'est celui qui a eu lieu peu de temps avant la tempête.

— Ah, d'accord. Bien sûr. » Kieran posa ses coudes sur la clôture, à côté d'elle.

Les yeux de Mia étaient fixés sur la maison, mais les stores de la cuisine demeuraient obstinément fermés. « Alors, il est comment maintenant ? demanda-t-elle, incapable de cacher sa curiosité.

— Je ne sais pas, répondit Kieran. Il a l'air sympa. Il se prend peut-être un peu au sérieux. Ash n'est clairement pas très fan de lui.

— Ça, j'imagine. » Mia arracha une feuille de l'un des arbres survivants. Celui-ci était voué au déracinement, à en juger d'après la bande de scotch enroulée autour de son tronc. « C'est quand même assez brutal. Si Gabby était là, elle serait triste de voir le jardin dans cet état.

— Vraiment ?

— Ouais. Elle aimait bien passer devant cette maison. Surtout après qu'Ash avait tout aménagé. On voyait bien que le jardin était plein de petits recoins secrets et de cachettes. On l'appelait le jardin des fées. On faisait comme s'il était magique. » Mia secoua la tête. « À l'évidence, c'était l'une des nombreuses raisons pour lesquelles on était si populaires à l'école. »

Elle laissa tomber la feuille sur le sol et le vent l'emporta tandis qu'ils faisaient volte-face et se mettaient en marche vers la ville.

« Hé, j'ai croisé Olivia aussi, tout à l'heure », dit Kieran alors qu'ils s'engageaient dans la rue principale. Le Surf & Turf avait rouvert ses portes, il s'en rendit compte en voyant les lumières allumées à travers les fenêtres. Il balaya la rue du regard, cherchant la caméra de vidéosurveillance qui avait filmé Liam et Bronte ensemble, le samedi soir. Il la localisa sur les hauteurs d'un lampadaire.

« Elle allait bien, Liv ?

— Pas vraiment. Elle m'a dit que Bronte lui rappelait un peu Gabby.

— Mon Dieu, elle a vraiment dit ça ?

— Les deux voulaient toujours faire plaisir aux gens, d'après elle. Et elles étaient sans doute un peu trop sensibles. »

Mia se renfrogna, imperceptiblement. « Ouais, j'imagine. »

Kieran la dévisagea, étonné. « Tu n'es pas d'accord ?

— Si, si. J'imagine que oui. Gabby, en tout cas. C'est juste que… » Mia réfléchit un moment. « Quand quelqu'un meurt, c'est toujours facile de se souvenir des bonnes choses, tu ne crois pas ? Surtout quand les gens meurent si jeunes. Je veux dire, Gabby était mon amie, mais elle pouvait parfois se montrer… » Mia hésita, cette fois. « … un peu compliquée. Comme nous tous, d'ailleurs. Évidemment.

— Dans quel sens ? demanda Kieran.

— Elle était mesquine, par moments. » Mia avait l'air soudain mal à l'aise. « À l'égard d'Olivia, en général. Elle avait horreur de se sentir mise à l'écart, ce qui était souvent le cas. Alors elle essayait parfois d'empêcher Olivia de s'amuser ou de faire des choses sans elle. C'était du mauvais esprit. De la jalousie, en fait.

— Je ne savais pas.

— Eh bien, ce n'était pas facile pour elle d'avoir une sœur comme Olivia. Liv avait tellement d'amis, alors que Gabby, elle, devait se contenter de moi. » Mia haussa les épaules. « Mais Gabby ne faisait rien pour, non plus. Elle pouvait se montrer vraiment immature. Moi aussi, pour être honnête. »

Ils continuèrent de marcher et, un peu plus loin, Kieran aperçut la station-service et le bâtiment en brique rouge trapu du commissariat.

« Mais bon, ce n'était pas sa faute, à Gabby. » Mia semblait culpabiliser, à présent. « Elle s'est développée si tôt et si vite, physiquement, que d'un seul coup elle a commencé à attirer l'attention. Elle n'a jamais vraiment su comment gérer ça.

— Olivia m'a parlé de ça. Apparemment, ça arrivait de temps en temps.

— De temps en temps ? Honnêtement, les hommes *n'arrêtaient pas* de mater Gabby. On portait encore nos uniformes d'écolières, on était en train de jouer littéralement comme des gamines – à des jeux de société, ou des trucs dans le genre –, mais ça ne changeait rien. Alors son comportement un peu puéril et agaçant, je crois que c'était sa manière à elle de gérer tout ça. »

Kieran fronça les sourcils. « Des mecs *d'ici* la mataient ? Lesquels ?

— Avec le corps qu'elle avait ? répliqua Mia. À peu près tous ! »

Elle ouvrit la bouche comme pour ajouter quelque chose, puis se ravisa. Ils avaient atteint le poste de police.

Mia fixait la porte vitrée du commissariat, de l'autre côté de la rue. Elle était grande ouverte et le sergent Renn discutait avec Sue Pendlebury sur le seuil. On n'aurait su dire s'ils étaient sur le point de sortir ou d'entrer, mais tous deux cessèrent de parler en apercevant Kieran et Mia. Renn se tourna vers Pendlebury et lui dit quelques mots, trop bas pour qu'ils puissent entendre. Puis les deux policiers se redressèrent, Renn leva la main et leur fit signe d'approcher.

Kieran regarda Mia. « Je vais aller voir ce qu'ils veulent. »

Il traversait déjà la rue quand Pendlebury leva son menton.

« Tous les deux, lança-t-elle. Merci. »

Elle regarda Kieran puis, derrière lui, Mia, avant de faire demi-tour et de disparaître à l'intérieur.

CHAPITRE 18

Les cartons empilés derrière les portes vitrées du commissariat rappelèrent à Kieran la maison de ses parents, mais en plus efficace. Les préparatifs en vue de la fermeture définitive du commissariat le mois suivant allaient bon train : les placards de la réception étaient vides, et le tableau de liège débarrassé de ses annonces habituelles – le numéro d'appel destiné aux requêtes non urgentes et autres invitations à ne pas laisser d'objets de valeur dans les voitures.

Mais ce grand rangement s'était arrêté brusquement, Kieran s'en rendit compte tandis que Mia et lui suivaient Renn et Pendlebury dans le couloir. Une vaste carte jaunie d'Evelyn Bay semblait avoir été décrochée puis repunaisée à la hâte, au profit certainement des policiers de Hobart. Sur la peinture du mur, ternie par le soleil, on apercevait distinctement l'endroit où elle avait longtemps été accrochée. Deux agents que Kieran ne reconnut pas levèrent les yeux à leur passage, puis se replongèrent dans leur tâche.

« J'ai bien peur que la machine à café soit déjà emballée, annonça Renn en les faisant entrer dans son bureau, avant de leur montrer deux chaises cabossées. Mais on a du Nescafé, si ça vous tente ?

— Je vous comprends », déclara Pendlebury dans un sourire, quand Kieran et Mia firent non de la tête. Ignorant la quatrième chaise posée dans un coin, elle resta debout, hanche calée contre le classeur à tiroirs, d'où elle pouvait les observer tous les trois.

« Bon... J'espère qu'on ne vous retiendra pas trop longtemps. » Renn s'assit derrière le bureau qui avait jadis été le domaine du sergent Geoff Mallott. *C'était peut-être le même meuble, d'ailleurs*, songea Kieran en voyant la surface rayée, tandis qu'il décrochait les sangles du porte-bébé et tendait Audrey à sa mère.

Kieran se demanda si Chris Renn comptait lui aussi les jours qui le séparaient de sa retraite, souhaitée ou à moitié forcée, comme le sergent Mallott l'avait fait tout cet été-là, avant la tempête. Sous les néons bourdonnants, Renn avait l'air plus vieux que la veille au matin. Kieran espérait que ce job dans l'entreprise de transport de son frère lui réussirait mieux que la retraite de Mallott. Moins de six mois après avoir raccroché l'uniforme, l'ancien sergent était mort sur son canapé d'une crise cardiaque.

La chaise de Renn craqua lorsqu'il enleva de son bureau une caisse en plastique transparent remplie de téléphones, de lunettes de soleil et de montres pour faire de la place.

« C'est fou ce que les gens sèment derrière eux, hein ? » soupira-t-il en voyant le regard de Kieran s'attarder sur ces objets. Il ouvrit un carnet et cliqua sur sa souris pour allumer l'ordinateur, que Kieran entendit batailler bruyamment avant de redémarrer.

« Alors. Samedi soir... » Renn se tourna vers eux. « Je veux juste vérifier quelques détails avec vous. Vous êtes rentrés tous les deux à pied du Surf & Turf, en passant par Beach Road. »

Kieran et Mia acquiescèrent.

« À quelle heure êtes-vous passés devant le Fisherman's Cottage ?

— Je ne sais pas exactement. Juste après 23 h 30, je crois ? » Kieran se tourna vers Mia, pour confirmation. Elle faisait sauter Audrey sur son genou et hocha légèrement la tête.

« Vous avez vu une voiture garée devant ? »

Ils se regardèrent de nouveau. Kieran tenta de se remémorer la maison du bord de plage et la route, à peine éclairée par la lune. Dans son esprit, la rue était déserte, mais il ne savait plus si ce souvenir datait du samedi soir, ou de ces centaines d'autres nuits où il était rentré chez lui en empruntant cette même route.

« Je n'ai pas vu de voitures garées », répondit Mia. Kieran, toujours un peu indécis, acquiesça. Il entendit cliquer le stylo-bille de Pendlebury et le léger grattement des mots sur le papier.

« Les lumières dans le cottage, poursuivit Renn. Vous avez remarqué si elles étaient allumées ou éteintes ? »

Allumées, se dit Kieran, mais aussitôt, il douta de ce souvenir. Il n'était même pas sûr d'avoir vraiment prêté attention à la maison.

« Il y avait deux ou trois lumières allumées, je pense, répondit Mia, concentrée. Assez en tout cas pour donner à penser que quelqu'un était encore debout. »

Nouveaux grattements du stylo sur le papier. Renn attendit patiemment que Pendlebury lui adresse un signe si discret qu'il échappa à Kieran.

« Et à l'évidence, vous aviez décidé de rentrer par la route, et pas par la plage, reprit Renn. C'est un peu plus court en passant par le sable, pas vrai ? Une raison en particulier de ne pas emprunter ce chemin-là ?

— Il faisait noir. Je ne le sentais pas. » Mia continuait de faire cavaler Audrey. « La route est mieux éclairée. »

Pendlebury ne prit pas la peine de noter sa réponse, trouvant visiblement que cela allait de soi. Renn, lui, la rentra tout de même dans son ordinateur.

« Très bien, dit Renn en se tournant vers eux. Cette voiture que vous avez vue passant à vive allure sur Beach Road, elle venait de la direction du Fisherman's Cottage et roulait vers la ville, vous en êtes bien sûrs ? »

Au moins, cette fois, tous deux purent confirmer sans la moindre incertitude.

« Bien. Liam Gilroy affirme que c'était la sienne. Il dit… » Renn pianota sur son clavier, puis lut ce qui s'affichait sur l'écran. « Il estime qu'il a quitté le Fisherman's Cottage et qu'il roulait vers la ville aux environs de 23 h 30 – très vite, il le reconnaît – et quand il t'a vu, Kieran, il a appuyé un peu plus fort sur le champignon, histoire de te faire un peu peur. » Le policier détacha les yeux de son écran. « Je sais qu'on en a déjà discuté, mais l'un de vous se souviendrait-il d'autre chose, concernant ce véhicule ? »

Kieran hésita. Il sentait le regard de Mia, braqué sur lui. Il tenta de se concentrer sur le samedi soir, et la route, mais quelque chose repoussait les images avec entêtement. *T'as détruit ma vie, tu le sais ça ?*

« Écoutez, finit par répondre Kieran. Il pouvait très bien s'agir de la voiture de Liam. »

Il sentit le mouvement surpris de Mia à côté de lui, et Renn les dévisagea tous les deux.

« Hier, tu disais que tu ne savais pas, fit-il remarquer.

— C'est vrai. Mais… » Kieran haussa les épaules. « Je veux dire, je suis quasiment sûr que c'était un 4x4, et que la carrosserie était claire. On marchait le long de Beach Road à onze heures et demie du soir, comme Liam l'a rapporté. On a vu une voiture passer à toute vitesse, comme il l'a dit. Donc si vous me demandez s'il pouvait s'agir de la Holden blanche de Liam Gilroy, je vous réponds : oui. Et s'il affirme que c'était sa voiture, je ne peux pas affirmer, moi, que ce n'était pas la sienne. »

Il y eut un silence, puis le stylo de Pendlebury se remit à gratter. Les doigts de Renn restèrent posés, immobiles, sur son clavier. Il regarda Mia.

« Et vous, qu'est-ce que vous avez vu de cette voiture ? »

Mia cala Audrey au creux de son autre bras. « Je ne me rappelle pas à quoi elle ressemblait. Je ne saurais vraiment pas vous dire. »

Pendlebury cessa d'écrire et tapota la mine de son stylo, pensive, sur son calepin.

« Liam nous a dit qu'il ne savait pas que vous étiez de retour en ville, tous les deux, si bien qu'il était un peu ébranlé au Surf & Turf, samedi soir, déclara-t-elle. Qui a eu l'idée d'aller là-bas ?

— Ash a proposé, répondit Kieran.

— C'étaient les grandes retrouvailles, n'est-ce pas ? » Elle leva les yeux sur Mia, son stylo en suspens. « Vous n'avez pas eu envie d'inviter des amis à vous, Mia ?

— Eh bien, je savais qu'Olivia serait là. Je n'ai pas vraiment gardé de liens avec qui que ce soit d'autre. Je suis partie à quatorze ans, et avant ça, je passais tout mon temps avec Gabby.

— Vous étiez donc très proche de Gabby Birch ?

— Absolument, répondit Mia en plissant le front. C'était ma meilleure amie.

— Bien sûr. C'est juste que, connaissant les ados, je sais que ça peut changer parfois, répliqua Pendlebury. C'est un âge compliqué. »

C'était la vérité. Kieran pensa à Ash et Sean, comment l'équilibre de leur trio avait changé et s'était recomposé au fil des années. Cela avait d'abord été juste Sean et lui, pendant longtemps, lorsqu'ils étaient gamins ; puis il avait eu l'impression qu'Ash était le seul à se tenir fermement à ses côtés lors de ces étés déjantés des années lycée. À présent, c'étaient Ash et Sean qui se côtoyaient presque tous les jours, et ils ne revoyaient Kieran que très rarement.

« Qu'est-ce que vous faites dans la vie, Mia ? » La question de Pendlebury prit Kieran par surprise. Pour une raison qui lui échappait, la manière qu'elle avait de regarder Mia le mettait un peu mal à l'aise.

« Rien, en ce moment. Mère au foyer. » Elle sortit un mouchoir en tissu du sac pour essuyer le nez d'Audrey.

— Et avant ? »

Une pause. « Je travaillais comme chercheuse en immunologie pour un laboratoire de biotechnologie à Sydney.

— Impressionnant. »

Mia haussa les épaules. Elle n'en parlait pas souvent, car ce travail lui manquait mais qu'elle n'osait pas l'avouer, Kieran le savait. Il ne pouvait pas lui en vouloir. L'encre était à peine sèche sur son contrat d'embauche quand l'anniversaire de la tempête s'était présenté et, déprimés tous les deux, ils étaient sortis boire quelques Chaos de Mia de trop. Peut-être les vomissements de Mia le lendemain avaient-ils atténué l'effet de sa pilule ? Ils ne le sauraient jamais. Toujours est-il que neuf mois plus tard, Audrey était née. Et ils en étaient très heureux, cela, Kieran aurait pu l'affirmer sans l'ombre d'une hésitation. Ils s'étaient assis et avaient envisagé toutes leurs options, avant de prendre une décision réfléchie. Ils aimaient Audrey : on pouvait très bien être à la fois imprévue et bienvenue. Avec les huit années de différence entre son frère Finn et lui, Kieran se demandait depuis longtemps si ce n'était pas son cas aussi.

« Et vous ? » Pendlebury s'adressait à Kieran.

« Physiothérapeute sportif.

— C'est tout aussi impressionnant », dit-elle, mais il sentit qu'elle ne le pensait pas vraiment. Pendlebury se redressa. « Parfait. Je crois que c'est tout pour le moment. » Elle lança un bref regard à Renn, qui poussa son fauteuil à l'écart du bureau en guise de confirmation.

Mia se leva à son tour, un peu trop vite, si bien qu'Audrey régurgita, les salissant toutes les deux. « Merde !

— Je vais vous montrer les toilettes, proposa Pendlebury. Elles sont sur le chemin de la sortie.

— Je sais où elles se trouvent. » Le ton de Mia était sec. « Je suis déjà venue ici.

— Bien sûr, répondit Pendlebury avec douceur. Mais je vais vous accompagner quand même. Il y a des cartons et toutes sortes de choses qui traînent par terre. Je ne voudrais pas que vous trébuchiez dessus. »

Kieran les regarda partir, puis se retourna vers Renn, qui était en train d'éteindre son ordinateur.

« Allons les attendre dehors. Histoire de prendre l'air. » Renn consulta son portable. « De toute façon, il faut que j'aille au Fisherman's Cottage. »

Ils remontèrent ensemble le couloir et ressortirent par les portes vitrées. Une fois dehors, Renn s'adossa à la façade de brique. Il passa la main sur son front.

« Tu ne dois rien à personne, tu sais. »

Kieran se tourna, surpris. Renn ne le regardait pas, il contemplait la station-service, toute proche. Une voiture bleue était garée devant l'une des pompes.

Kieran ne savait pas quoi dire, alors il ne répondit rien.

« Quelle que soit la pression que Liam puisse te mettre, poursuivit Renn. Ou ton vieux pote Sean, d'ailleurs. Tu n'as aucune obligation envers eux.

— Je sais. Ils ne me mettent pas la pression.

— Bien. »

Renn se tut, et des images des funérailles revinrent soudain à l'esprit de Kieran. Il ne repensa pas à Liam, pour une fois, ni même à Finn ou Toby. Non, il revoyait Renn – le jeune et fraîchement nommé agent Renn – perdu dans la contemplation des cercueils. Son uniforme avait été parfaitement repassé, mais Renn avait quelque chose d'érodé, de dévasté par la tempête, comme tous les habitants d'Evelyn Bay. Dans le souvenir de Kieran, l'agent Renn avait à peine prononcé un mot de toute la journée. Mais enfin, Kieran avait presque tout oublié de ce jour-là.

« Quand j'ai commencé à bosser ici, sous les ordres du sergent Mallott… » Renn fixait toujours un point derrière

Kieran. « Eh bien, comme tu le sais, Geoff avait sa manière à lui de faire les choses. Donc, ce que j'essaie de te dire… »

Il s'interrompit de nouveau. Dans la cour de la station-service, la propriétaire de la voiture bleue avait terminé de faire le plein et était allée payer à l'intérieur.

Renn la suivit du regard. « Ce que je veux dire, c'est que je sais ce que c'est, de vouloir bien faire. Je sais aussi que parfois, il est difficile de savoir comment s'y prendre, au juste. Surtout quand on te demande de soutenir quelqu'un en qui tu as confiance, comme ton chef… » Renn se tourna vers Kieran. « Ou ton pote, par exemple. »

Kieran haussa les épaules. « Vous m'avez demandé pour la voiture, je vous ai dit ce que je pensais.

— Ouais. D'accord. Mais… »

Il se tut en voyant les portes du commissariat s'ouvrir. Mia apparut sur le seuil, suivie de Sue Pendlebury. Elle s'était nettoyée, du mieux qu'elle avait pu, et Audrey semblait mécontente de toute cette agitation.

« Ça va ? » demanda Kieran, et Mia fit oui de la tête. Il se tourna vers les policiers. « On peut y aller, maintenant ?

— Tout à fait. Vous rentrez chez vous ? » Le ton de Renn était redevenu purement professionnel. « Je vais par là à pied…

— Mia ? »

Tous se figèrent et se tournèrent au son de cette voix. L'appel venait de la station-service, et Kieran aperçut la femme à la voiture bleue plantée près de la porte conducteur, ses clés dans une main. De l'autre, elle se protégeait les yeux du soleil.

« Mia ? » lança-t-elle de nouveau. Elle marcha dans leur direction. « Mais oui, c'est bien toi. »

Mia la remit avant Kieran. « Trish. Salut. Ça fait plaisir de te voir. »

La dernière fois que Kieran avait vu de près Patricia Birch remontait à avant la disparition de Gabby. Elle n'avait jamais vraiment ressemblé à ses filles, et Kieran s'était toujours dit qu'Olivia et Gabby devaient tenir de leur père.

Trish Birch avait pris un coup de vieux ces douze dernières années, ce qui n'avait rien de surprenant. Mais aux yeux de Kieran, elle semblait plus âgée d'une manière qui était difficile à définir. Ses cheveux étaient toujours coiffés en un carré bien net jusqu'aux épaules, brillants et peut-être un peu plus clairs que dans son souvenir. Elle avait pris un peu de poids et avait le regard un peu vague d'une femme dont Kieran n'aurait pas été étonné qu'elle s'en remette aux somnifères. Ses yeux aussi avaient changé. Kieran n'avait pas bien connu Trish avant la tempête, mais il aurait volontiers parié que cette lourdeur qu'il lisait à présent dans son regard n'existait pas alors. Pour lui, cela ressemblait fort à du chagrin et, plus précisément, à un chagrin ancien. Le genre qui laisse une marque indélébile, comme les cernes d'un tronc d'arbre. Brian et Verity avaient ça, eux aussi.

« Comment vas-tu, Mia ? » demanda Trish. Il y eut une pause infime. « J'ai appris, pour le bébé. Félicitations !

— Merci. » Mia tordit le haut de son corps pour lui montrer Audrey, dans ses bras. Trish baissa les yeux sur elle, mais son regard parut rebondir aussitôt.

Elle dévisagea Mia, qui avait eu jadis le même âge que Gabby. Qui avait partagé avec elle ses notes pour les devoirs, avait dormi chez elles, mangé à leur table. Mia, qui avait eu la chance de pouvoir grandir et d'avoir à son tour un enfant. De vivre sa vie. Kieran pouvait presque voir les *Et si* tournoyer dans les airs autour de Patricia. Celle-ci se tourna brusquement vers Pendlebury.

« Vous n'avez toujours pas trouvé ce qui est arrivé à Bronte ?

— Non, reconnut Pendlebury en secouant la tête. Mais nous trouverons. »

Une expression sceptique traversa fugacement les traits de Patricia. « Vous avez l'air bien sûre de vous…

— Nous mettons tout en œuvre. »

Les yeux de Patricia glissèrent vers le sergent Renn. Celui-ci fit de son mieux pour soutenir son regard, Kieran le remarqua, mais cela lui était visiblement difficile. Kieran le comprenait : il avait lui-même bien du mal à fixer ces yeux-là.

« Parce que c'est la même plage, hein. » La voix de Patricia était ferme. Une remarque, pas une question. Le nom de Gabby flottait tacitement dans les airs.

« Mrs Birch. » Le ton de Pendlebury était précautionneux. « Patricia. Si vous craignez qu'il y ait un quelconque lien entre ce qui est arrivé samedi et ce qui est arrivé à votre fille, comme je vous l'ai dit, je suis tout à fait prête à vous… »

Patricia secouait déjà la tête. Elle laissa échapper un petit rire las.

« Vous n'avez pas besoin de moi pour vous expliquer quels sont les liens. Tout le monde le sait. C'est la même plage. Le même moment de l'année. Le premier policier arrivé sur place, lui aussi, est le même. Donc je suis sûre que le sergent ici présent pourra vous briefer sur ce qui s'est passé à l'époque. Ce qui a été fait et ce qui n'a pas été fait. » Elle regarda Renn droit dans les yeux. « Il est bien placé pour le savoir. »

Le regard de Pendlebury dériva lui aussi, rien qu'un bref coup d'œil, dans la direction du sergent. Sentant la tension, Audrey grimaça et se mit à pleurer. Patricia tendit la main pour lui caresser le crâne.

« Mrs Birch, reprit Pendlebury. Si vous voulez entrer un moment et…

— Non. J'ai un rendez-vous. » Patricia laissa retomber sa main. « Mais ça m'a fait plaisir de te voir, Mia. Prends bien soin de toi. »

Elle pivota sur ses talons, puis s'arrêta devant les deux policiers. Ses lèvres étaient serrées, mais au bout d'un moment, elle n'y tint plus. « Prenez ça au sérieux, cette fois. S'il vous plaît. »

CHAPITRE 19

Olivia attendait sur la route devant le Fisherman's Cottage, les bras croisés sur sa poitrine. Kieran remarqua qu'elle étudiait la petite collection de bouquets posés contre le montant du portail, les fleurs fanant déjà sous les emballages de cellophane qui claquaient dans la brise. Elle se raidit en les sentant approcher, parut un peu surprise de voir Kieran et Mia aux côtés du sergent Renn.

Personne n'avait rien dit tandis qu'ils regardaient Patricia Birch faire demi-tour et regagner la station-service. Elle s'était éloignée, Renn suivant la voiture du regard jusqu'à ce qu'elle ait disparu. Alors, il s'était tourné vers Kieran.

« Allons-y. » Il avait salué Pendlebury d'un hochement de tête. « À tout à l'heure.

— Oui, avait-elle simplement répondu en le dévisageant. À tout à l'heure. »

Renn n'avait plus dit un mot de tout le trajet jusqu'au Fisherman's Cottage.

Le sergent sortit un trousseau de clés, se faufila sous le ruban jaune et alla ouvrir la porte d'entrée.

« Ils te laissent rentrer chez toi ? » demanda Mia à Olivia. Plantées près du portail, elles regardaient Renn chercher la bonne clé. « C'est bien.

— Pas vraiment, juste pour récupérer quelques vêtements, et deux ou trois autres trucs. Et Julian m'a demandé de lui rendre les clés de Bronte, celles du restaurant. Elle était censée ouvrir le matin, cette semaine, donc elle avait un des trousseaux, pour la porte de derrière. » Olivia portait les mêmes vêtements d'emprunt que le matin, et tripotait le bas de son pull. « Chris dit qu'ils vont laisser les parents de Bronte faire un tour dans la maison – s'ils en ont envie, j'imagine – et ensuite, je devrais pouvoir me réinstaller. »

Cette perspective n'avait pas l'air d'enchanter Olivia, se dit Kieran, tandis que Renn ouvrait la porte et s'engouffrait dans le couloir.

« Si on te laisse entrer, tu crois que ça veut dire qu'ils ont trouvé ce qu'ils cherchaient ? l'interrogea Kieran.

— Je ne sais pas. Peut-être. » Olivia secoua la tête. « Ou alors, ils ont conclu que ce n'était pas dans la maison. »

Renn réapparut sur le seuil. « Tu peux y aller, Liv. »

Olivia posa une main sur le montant du portail, mais n'alla pas plus loin. Kieran la vit regarder les fleurs agonisantes à ses pieds, puis le couloir obscur.

« Tu veux qu'on vienne avec toi ? » offrit Mia. Puis elle éleva la voix après qu'Olivia eut acquiescé. « Chris ? Pardonne-moi. C'est bon si on entre avec elle ? »

Renn vit l'expression d'Olivia et réfléchit quelques instants. Il regarda Kieran, les mains vides hormis Audrey dans son porte-bébé, et Mia, qui n'avait avec elle que le petit sac à langer.

« D'accord, dit-il. Prends ce dont tu as besoin, Liv, mais il faudra que je note tout ce que tu emportes. »

Renn fit un pas de côté pour les laisser passer et Kieran suivit Olivia dans l'allée puis dans la pénombre fraîche du couloir.

« Entre », dit-elle. La cuisine et le séjour du bungalow étaient cosy, et Kieran se dit que ces pièces auraient été accueillantes en d'autres circonstances, mais même ses yeux novices constatèrent qu'elles avaient été passées au peigne fin. Des efforts avaient visiblement été faits pour remettre les objets aux bons endroits, mais même sans être jamais venu ici, Kieran percevait que certaines choses avaient été déplacées. Les coussins sur le canapé semblaient dans le désordre, et tous les livres de la bibliothèque étaient mal alignés.

Même à présent, Kieran surprit Renn en train de balayer la pièce du regard. Quel qu'ait pu être ce que Pendlebury, les autres agents et lui avaient cherché ici, ils ne l'avaient pas encore trouvé, Kieran en était convaincu. Mais ils devaient être à peu près sûrs que ce n'était pas dans la maison, sinon ils n'auraient certainement pas laissé revenir Olivia, sans parler de Mia et lui. En outre, Renn n'avait pas semblé inquiet à l'idée qu'ils puissent embarquer quelque chose en douce dans leurs poches ou le sac à langer de Mia. Pas un petit objet, donc.

Qu'est-ce que ça pouvait être ? Kieran ne put s'empêcher de regarder un peu partout, lui aussi, tout en sachant que, si quelque chose manquait, il n'avait aucune chance de l'identifier, quand bien même il marcherait dessus.

Olivia se dirigea droit vers sa chambre, sans un coup d'œil nulle part. Mia entra derrière elle et s'assit sur le rebord du lit pendant qu'Olivia ouvrait un tiroir et commençait à empiler des sous-vêtements sur la commode. Kieran traîna dans le couloir, préférant les laisser un peu seules.

Renn jeta un coup d'œil dans la chambre pour vérifier ce qu'Olivia faisait, puis s'esquiva aussitôt. Il continua son chemin jusqu'à la porte de derrière, la déverrouilla et sortit sur la véranda. Sa silhouette se dressait dans l'encadrement de la porte, bras croisés, son regard posé sur les fleurs déposées en hommage à Bronte sur le rivage. Kieran aperçut deux équipes de télévision, en bas sur la plage. Les types de l'autre soir au Surf & Turf, plus une autre paire. Tous étaient en train d'interviewer un homme qui désignait un point au large, tout en essayant d'empêcher son chien de mâchouiller les fleurs.

Kieran pivota sur ses talons et se retrouva face à la dernière chambre du couloir. La chambre du fond. Chez ses parents, c'était la sienne. Au Fisherman's Cottage, ç'avait été celle de Bronte. La porte était grande ouverte. Pas d'intimité pour les morts, devina Kieran.

Au style dépouillé de sa chambre, on devinait que Bronte n'avait pas prévu de rester très longtemps, cela se voyait depuis le couloir. Un grand lit recouvert d'une couette verte et blanche occupait presque tout l'espace, à côté d'un portant où elle avait suspendu une rangée de robes et de tops. Un uniforme de rechange du Surf & Turf occupait le bout de la penderie, criard par contraste avec ses habits personnels, noirs et gris pour l'essentiel. Un grand miroir était calé contre le mur, un fer à lisser et un sac de maquillage posés par terre à ses pieds. L'unique fenêtre de la chambre de Bronte donnait sur la plage, et l'endroit où son corps avait été retrouvé.

On avait poussé un bureau sous la fenêtre. L'établi d'artiste de Bronte, se dit Kieran. C'était le seul endroit encombré de toute la pièce, la surface du bureau était recouverte de différents modèles de crayons rangés dans des tasses, de petits pots de peinture et d'une pile de carnets et de feuilles volantes. Une torche jaune industrielle était posée sur un épais carnet à dessin. Sur le côté de la lampe, écrit en lettres capitales, on pouvait lire : *Sean Gilroy*.

Kieran étudia la torche et le bureau, et imagina soudain Bronte dans cette chambre, la nuit. En train de se mettre à l'aise, stores baissés, puis entendant un bruit dehors. Se levant du lit ou de la chaise du bureau, tendant la main vers la torche et s'approchant de la fenêtre. Kieran tenta de se représenter ce que Bronte aurait pu faire ensuite. Aurait-elle éteint la lampe du plafond et jeté un coup d'œil au coin du store, laissant ses yeux s'accommoder à l'obscurité pour lui offrir un avantage ? Ou bien aurait-elle hissé le store et se serait-elle campée devant la fenêtre, téméraire, éclairée par-derrière, tout en braquant le faisceau de la torche au-dehors, sur ce qui l'attendait sur la plage obscure, de quoi qu'il puisse s'agir ? Kieran ne l'avait pas assez connue pour pouvoir trancher.

Il s'éloigna de la chambre et traversa le couloir jusqu'à la porte de derrière. Renn releva les yeux lorsqu'il sortit.

« Olivia vous a dit que Bronte avait cru entendre des bruits la nuit, plusieurs fois ? » Kieran parlait tout bas pour ne pas réveiller Audrey.

Renn soupira. « Ouais.

— Vous avez une idée de ce que ça pouvait être ?

— Non. » Renn se frotta les yeux et tourna le dos à la plage. « Tu sais bien comment c'est, par ici. Ça pouvait être n'importe quoi. Un chien, un autre animal... Quelqu'un. Comment savoir ? »

Il semblait complètement à plat. Kieran se demandait si c'était dû au fait d'être là, dans la maison, ou à la vue des hommages sur le sable, ou bien de la rencontre avec Patricia Birch devant le commissariat. *Prenez ça au sérieux, cette fois.* Elle voulait peut-être simplement parler de l'enquête en général. Kieran se doutait qu'être suivi comme son ombre par Pendlebury aurait donné à n'importe qui l'envie de tout bien faire comme il fallait. Il se retourna vers la chambre de Bronte.

« Vous pensez que c'est bon, si je récupère la torche de Sean ? demanda-t-il. Il en a besoin pour descendre à l'épave.

— La jaune ? répondit Renn, sans quitter des yeux le rivage. Ouais. Tu peux la prendre.

— Merci. » Kieran rentra à l'intérieur, d'abord aveuglé par l'obscurité soudaine du couloir. Au moment de pénétrer dans la chambre de Bronte, les voix d'Olivia et Mia lui parvinrent de l'autre chambre.

« Bronte m'avait prêté ce livre. » Le ton d'Olivia était sombre. « Elle m'avait dit que c'était l'un de ses préférés.

— Ouais, c'est un de mes préférés aussi. Il a été adapté au cinéma.

— Je crois que j'ai vu le film. Il était bien.

— Ouais. Mais le livre est encore mieux, ajouta Mia, et Kieran entendit le bruissement des pages qui tournaient. *"Pour Bronte, en te remerciant pour ton inspiration. Bien à toi, George Barlin."* Ils étaient amis, ou quoi ? Moi, je n'ai jamais rien obtenu de plus qu'une signature *"Tous mes vœux"*, un jour où on n'était pas trop nombreux à faire la queue.

— Amis ? Non, je ne crois pas, répondit Olivia. George doit avoir vingt ans de plus qu'elle. Je crois qu'il la connaissait juste du Surf & Turf.

— Sa femme est ici avec lui ?

— Il n'est pas marié, si ? Il n'a pas l'air, en tout cas. Il vient toujours seul là-bas.

— Oh. » Il y eut une pause puis un bruit étouffé, et Kieran comprit que Mia cherchait quelque chose sur son smartphone. « Non, tu as raison, je vois qu'il a rompu avec sa femme. C'est triste. Ça explique peut-être ce changement de vie. Je crois qu'ils ont vécu ensemble pendant pas mal de temps. » Mia se tut un long moment. « Ils se sont rencontrés alors qu'ils étaient journalistes stagiaires dans un quotidien de Sydney, et ils ont une fille de cinq ans. La séparation remonte à l'an dernier. En bons termes, etc., etc. Dans cet article, il parle de respect mutuel et raconte qu'il ne s'est jamais senti aussi libre, d'un point de vue créatif.

— Il devrait dire ça à son ordinateur portable, fit remarquer Olivia, et Kieran entendit un tiroir s'ouvrir et se refermer. Il a l'air de passer son temps à grimacer devant l'écran.

— Waouh, elle s'est déjà remise avec un autre ! rapporta Mia. Elle a pris leur fille avec elle et est allée s'installer en Amérique avec son nouveau fiancé.

— C'est vraiment rapide, non ?

— Ouais, acquiesça Mia. À lire entre les lignes du respect mutuel, j'ai l'impression qu'il est du même avis. »

Kieran s'approcha du bureau de Bronte. Il tendit le bras au-dessus des fournitures d'art pour attraper la torche et, tout à coup, s'immobilisa. Juste à côté de la lampe, il y avait une pince coupante et le minuscule squelette d'une sculpture représentant une langouste, façonnée avec des fils de cuivre entremêlés. Kieran l'empoigna et la posa délicatement sur sa paume, étudiant les fils qui, devina-t-il, venaient sûrement de l'abri de jardin de ses parents, et auxquels Bronte avait donné vie, presque miraculeusement, sous la forme de cette créature. Il se demanda combien d'heures elle avait pu passer là-dessus, et une grande tristesse s'empara de lui.

« En tout cas, Ash ne peut pas blairer George. » La voix d'Olivia résonnait de nouveau dans la chambre voisine. « C'est un peu gênant au boulot, parfois, quand ils sont tous les deux là.

— À cause du jardin ? entendit-il Mia demander.

— Ouais, répondit Olivia. Ce que je peux comprendre, d'ailleurs. Ash a tout essayé pour racheter la maison à sa grand-mère, mais elle avait besoin d'en tirer une certaine somme pour couvrir le coût de sa maison de retraite, alors finalement, ça n'a pas marché. Et puis George a débarqué et lui, il avait les moyens, c'est de bonne guerre. Mais quand Ash a appris qu'il était en train de détruire le jardin, il est allé le trouver – en tant que professionnel, tu vois – pour lui demander d'en conserver au moins une partie. George n'a pas voulu, alors Ash lui a proposé de prendre en charge les travaux de paysagisme, ou du moins d'y participer, mais George tenait vraiment à faire venir un jardinier de Hobart, qui a remporté des prix. » Olivia laissa échapper un soupir. « Ça me fait de la peine pour Ash, mais il n'y peut rien, ce n'est plus sa maison. George s'efforce vraiment de ne pas remuer le couteau dans la plaie, et il a toujours été très gentil avec moi au restaurant. Mais je ne crois pas qu'il s'attendait à ça en venant s'installer ici.

— Enfin, il aurait dû savoir où il mettait les pieds, fit remarquer Mia. La vie des petites villes. Ce n'est pas comme s'il n'était jamais venu ici. Je racontais à Kieran, tout à l'heure, la fois où Gabby et moi avons participé à son atelier d'écriture, pendant l'été.

— Oh. » Olivia semblait distraite. « Ouais, George en a parlé une fois, au boulot, mais maman était là donc je l'ai un peu coupé. De toute façon, j'avais l'impression qu'il ne se souvenait pas vraiment de Gabby. Pas très bien, en tout cas.

— C'est probable. On était très nombreux. C'étaient des trucs gratuits organisés par la ville, tu vois ? Des ateliers d'une journée. Alors il y avait des touristes, des gens d'ici, tout le monde mélangé. » Mia partit d'un petit rire. « Nous, on était deux ados de quatorze ans qui écrivaient des histoires sur un élevage de poneys. Je veux dire, je n'ai jamais vu G.R. Barlin lever les yeux au ciel en lisant mes textes, mais il devait quand même être consterné. »

La porte d'un placard claqua et Audrey sursauta dans son sommeil et commença à s'agiter. Kieran entendit des pas dans le couloir.

« Chris ? » La voix d'Olivia, près de la porte de derrière. « J'en ai terminé avec mes affaires. J'ai laissé mon sac devant la chambre, si vous voulez vérifier. Il me reste juste à trouver le jeu de clés du Surf & Turf qu'avait Bronte, si ça ne vous dérange pas ? »

Un autre claquement, la porte à moustiquaire cette fois. Renn qui rentrait dans la maison. « Il y avait des clés dans son bureau, si tu peux les reconnaître.

— Merci. Oh… » Olivia apparut sur le seuil de la chambre de Bronte et parut surprise d'y trouver Kieran. « Qu'est-ce que tu fais ? »

Il était en train de bercer Audrey, à présent tout à fait réveillée dans son porte-bébé, et désigna la torche d'un geste du menton. « Renn m'a dit que c'était bon.

— D'accord. » Olivia s'approcha du bureau. Il y avait trois tiroirs et elle ouvrit le plus proche. Kieran entendait Mia et

Renn discuter dans le couloir, mais les gémissements de sa fille l'empêchaient de distinguer ce qu'ils disaient.

Il reposa la langouste de cuivre là où il l'avait trouvée. Il vit que Bronte s'était attaquée à une autre sculpture du même genre, mais elle n'avait pas assez avancé pour qu'il puisse déterminer ce qu'elle était censée représenter. Elle gisait, entremêlée et à jamais inachevée, près du carnet de croquis. Berçant toujours Audrey, Kieran tourna le carnet vers lui, soudain curieux.

« Tu devrais jeter un coup d'œil. Elle aurait voulu que les gens voient son travail. Elle était très douée. » Olivia courba le front, tandis qu'elle fouillait dans les tiroirs. « Elle travaillait dur. Je ne sais pas comment j'ai pu être aussi vache avec elle. »

Kieran la regarda. « Je suis sûr qu'elle ne pensait pas ça. »

Olivia se fendit d'un sourire crispé. « À sa place, c'est ce que je me serais dit. » Elle sortit un trousseau de clés, l'examina, puis le jeta dans le tiroir, qu'elle referma. Elle s'attaqua au suivant et Kieran hésita un instant, puis tira la chaise et s'assit. Audrey se tortillait tellement qu'il la sortit du porte-bébé et la posa sur son genou, avant d'ouvrir le carnet de croquis.

Bronte ne plaisantait pas en affirmant qu'elle s'était essayée à toutes sortes de médiums. Le carnet était visiblement l'endroit où elle avait couché et exploré ses idées, et les pages étaient gonflées de peinture, de colle et de traits de crayon. Kieran s'attarda sur des dizaines d'esquisses de la langouste en fils de cuivre, et sur une série d'ébauches représentant un dragon de mer. Il tomba sur des aquarelles de la côte vue depuis la fenêtre de Bronte. Elle s'était inspirée de photos prises à différents moments de la journée, qu'elle avait glissées entre les pages.

Son truc avait manifestement été le dessin et, aux yeux de Kieran, elle était vraiment très douée. Il passa en revue des esquisses du centre-ville d'Evelyn Bay et de paysages qu'il reconnut comme ceux du sentier qui montait au belvédère.

Elle avait aussi dessiné des gens. Il tourna une page et Julian le contempla depuis le papier, le visage tout en angles. Sur la page suivante, un jeune type que Kieran ne reconnut pas, le genre à aimer les activités de plein air. La photo qui avait servi de modèle était coincée dans la reliure. Cheveux bruns, barbe de trois jours, musculeux, il portait uniquement un short de surfeur. Bronte n'avait dessiné que son visage.

« C'est son copain portugais ? interrogea Kieran, et Olivia jeta un coup d'œil au carnet.

— Marco ? Ouais, c'est lui. Sean a réussi à retrouver son nom de famille, au fait. Bronte et lui avaient fait une sortie avec masque et tuba, une fois, donc il l'avait dans ses factures. » Olivia referma le deuxième tiroir et ouvrit le dernier. « Bon sang, où elles sont ? » Elle hocha la tête en direction d'Audrey. « Ta fille a attrapé un truc, t'as vu ? »

Kieran baissa les yeux sur Audrey, étrangement silencieuse. Elle avait réussi à empoigner un cordon électrique noir qui serpentait sur le bureau et le serrait dans sa main potelée, faisant de son mieux, malgré la coordination encore hasardeuse de ses gestes, pour le porter à sa bouche.

« Non. Désolé, Audrey. » Kieran tendit la main vers le câble. « Qu'est-ce que c'est que ce truc ? »

Le cordon était un peu inhabituel, plus épais qu'un câble de téléphone, avec un embout étrange à son extrémité. Mais Kieran avait l'impression d'en avoir déjà vu de semblables. Il fit courir sa main le long du câble, tentant de se souvenir de quoi il s'agissait tandis qu'il le retirait de la main d'Audrey. Elle le serrait si fort qu'il dut finalement lui ouvrir les doigts pour libérer le cordon. Audrey protesta bruyamment.

« Qu'est-ce qu'elle veut ? demanda Mia, attirée par ses cris.

— Rien. Elle a attrapé un genre de chargeur, je l'ai repris. »

Kieran repoussa le cordon dans un coin du bureau et posa Audrey sur son autre genou avant de s'intéresser de nouveau au carnet. D'autres esquisses. Lyn la serveuse en train de nettoyer une table. George Barlin, beaucoup plus ouvert et réaliste que sur sa photo officielle. Olivia, la tête basse.

Kieran allait montrer le dessin à Olivia quand, soudain, il s'arrêta net. Une paire d'yeux familiers le contemplaient depuis la page d'en face. Verity. Elle avait le regard perdu dans le lointain, le menton relevé, surprise apparemment à son insu dans cette pose. Kieran regarda sa mère. C'était un peu troublant de la voir dans un tel contexte, cette chambre louée par une fille maintenant morte. Le portrait était très ressemblant. Impossible d'ignorer le vide dans les yeux de Verity.

Quand l'avait-elle dessinée, se demanda Kieran, et à quelle occasion ? Il n'imaginait pas Verity jouer volontairement les modèles. Il passa en revue les photos de référence glissées entre la dernière page du carnet et sa couverture mais ne trouva que des paysages. Il les feuilleta rapidement. La plage, la ville, le belvédère. Aucun visage.

Peut-être Bronte avait-elle dessiné les gens de mémoire, à moins qu'elle ne se soit débarrassée des photos une fois les portraits achevés. Elle avait pourtant conservé celle de son petit copain portugais, se dit Kieran, sans trop savoir quoi en conclure.

Il tourna encore quelques pages et les portraits cédèrent la place à des aquarelles représentant la côte et des paysages marins, accompagnées d'autres photos. Il étudia les peintures de la plage et repensa à la première fois qu'il avait vu Bronte, au bord de l'eau. Elle devait être en train de chercher des idées, comprit-il alors. Il la revoyait, une algue entre les mains. Accroupie sur le rivage.

Audrey pleurnichait encore sur son genou, tentant d'atteindre le chargeur.

« Oh, Audrey ! »

Kieran essaya de mettre le cordon en lieu sûr, mais celui-ci était branché sous le bureau. Alors il s'efforça de le pousser là où sa fille ne le verrait plus, mais son geste resta suspendu. Une idée se frayait un chemin jusqu'à la surface de son esprit. Au bout d'un moment, il se baissa vers la plinthe et débrancha le cordon.

À côté de lui, Olivia sortit un trousseau de clés du tiroir, dans un soupir de soulagement.

« Enfin. » Elle brandit les clés dans un vague geste de triomphe, puis se tourna vers Kieran, son chargeur à la main. « Tout va bien ?

— Ouais », dit-il. Mais, curieux, il se leva et balaya une nouvelle fois du regard les maigres biens de Bronte. Le lit, le portant avec ses habits, la petite commode, le bureau, le miroir posé contre le mur, la petite bibliothèque. Peu d'endroits où ranger quoi que ce soit et pourtant, cette chambre semblait avoir été tout autant retournée que le reste de la maison. Plus encore, à vrai dire, ce qui n'avait rien de surprenant. Les policiers avaient dû être particulièrement méticuleux ici.

Kieran enroula le câble autour de sa main, hors de portée d'Audrey, à la grande déception de celle-ci. Il n'y avait là rien qui attirait son attention, mais cela ne voulait pas dire grand-chose. Par souci d'exhaustivité, il cala Audrey contre son épaule et se pencha pour jeter un coup d'œil sous le lit. Plusieurs paires de chaussures étaient alignées dessous, ainsi qu'une valise cabossée. Des traces dans la poussière laissaient deviner que les enquêteurs avaient déjà tout vérifié, et plus d'une fois.

« Qu'est-ce que tu fais ? » La voix d'Olivia était un peu à cran, et Kieran releva la tête. La lumière du jour qui s'engouffrait par la fenêtre enveloppait d'ombre son visage.

Mia apparut sur le seuil. « Que se passe-t-il ? »

Kieran se releva, soucieux. Il tendait sa main devant lui, toute poussiéreuse d'avoir traîné sur le plancher. Le chargeur noir pendouillait dessous.

« Le jour où on a vu Bronte sur la plage, dit-il, elle n'avait pas un appareil photo ? »

CHAPITRE 20

Kieran tendit le chargeur de l'appareil photo à Olivia, qui l'examina, puis se tourna vers le bureau de Bronte, où le câble avait été branché sur la prise quelques instants plus tôt, sans rien à l'autre bout. Elle finit par le prendre des mains de Kieran, enroulant lentement le cordon autour de sa paume.

« Pardon. » La voix d'Olivia était étrangement calme quand elle se fraya un chemin entre Mia et le montant de la porte, avant de remonter le couloir en direction du séjour, où le sergent Renn avait ouvert son petit sac, dont il était en train de noter le contenu dans son calepin. *Difficile de ne pas avoir l'air de faire quelque chose en douce en accomplissant ce genre de tâche*, songea Kieran, et Renn ne faisait pas exception : il se redressa précipitamment en les voyant entrer.

Olivia s'approcha de lui, brandissant le cordon devant elle.

« C'est son appareil photo que vous cherchez, Chris ? »

Les yeux de Renn se posèrent sur le chargeur, puis remontèrent vers le visage d'Olivia. Il ne répondit pas tout haut, mais sa tête s'inclina imperceptiblement. *Oui.*

« Vous pensez que quelqu'un l'a pris ? » La voix d'Olivia était extrêmement calme. « La personne qui lui a fait du mal ? »

Petit haussement d'épaules cette fois, peut-être involontaire. *Possible.*

« Mais pourquoi ? » demanda-t-elle. Renn n'eut aucune réaction à cette question, Kieran le remarqua.

Olivia le dévisageait. « Pourquoi n'avez-vous pas jugé bon de me demander ? Chris ? Vous auriez pu me demander si je savais où il était.

— C'est ce que nous avons fait, Liv, répondit alors Renn.

— Non. Non, vous avez demandé s'il manquait quelque chose. » À entendre Olivia, on aurait dit qu'elle aurait voulu se fâcher, mais n'avait pas l'énergie d'être autre chose que triste. « C'est une question un peu trop générale, non ? Bronte gardait toujours toutes ses affaires dans sa chambre. » Elle baissa les yeux sur le chargeur, dans sa main. « Un jour, je lui ai fait comprendre que ce n'était plus possible de tout laisser traîner comme ça partout dans la maison. »

Les paupières d'Olivia se serrèrent en y repensant.

« J'ai répondu à toutes vos questions, Chris, du mieux que j'ai pu, déclara-t-elle quand elle eut rouvert les yeux. Si quelque chose m'a échappé, c'est parce que j'étais rentrée à la maison prendre mon tapis, pour aller au cours de yoga avec ma mère, et que là, j'ai appris que Bronte était morte. »

Le sergent Renn la contempla, et Kieran se souvint des rougeurs qui s'étaient jadis emparées de son cou. Nulle trace d'un tel émoi, à présent, mais l'expression de ses traits s'était un peu radoucie.

« Bon, d'accord », dit-il d'une voix calme. Il désigna son petit sac d'un geste du menton. « Écoute, je vais t'aider à porter ça jusqu'au commissariat. Je trouverai quelqu'un pour te conduire chez ta mère.

— J'avais prévu de passer chez Ash. »

Renn se caressa le menton, pensant à coup sûr à la rencontre avec Patricia Birch, devant le poste de police. « Ça ne me regarde pas vraiment, Liv, mais je crois que ta mère a sans doute plus besoin de te voir. »

Une angoisse renouvelée déforma le visage d'Olivia, qui se baissa pour fermer le zip de son sac.

Une silhouette remontait la route d'un pas lourd quand ils ressortirent tous par le portail. Kieran vit qu'il s'agissait de Sean. Celui-ci tourna la tête en passant devant Renn et Olivia, qui partaient vers le centre-ville, et il ralentit le pas. Ils le saluèrent, mais ne s'arrêtèrent pas.

« Qu'est-ce qui s'est passé ? Liv va bien ? » interrogea Sean en rejoignant Kieran et Mia devant le Fisherman's Cottage. Il avait l'air fraîchement ressorti de la mer, sa peau encore humide sous le col de sa chemise. Le *Nautilus Blue* était sûrement de retour à la marina. Sean reconnut sa torche jaune dans la main de Kieran puis releva les yeux, confus. « Qu'est-ce qui se passe ?

— La bonne nouvelle, c'est que tu peux la récupérer. » Kieran lui remit la torche et expliqua la disparition de l'appareil photo. Le visage de Sean se froissa tandis qu'il écoutait.

« Ils croient que cet appareil leur apprendra quelque chose ? »

Kieran haussa les épaules. « Renn ne nous a rien dit. De toute manière, j'ai l'impression que le truc de Bronte, c'était plus le dessin que la photographie.

— Ouais, c'est ce que j'ai cru comprendre. » Sean regarda la maison. « Donc ça change quoi, dans cette histoire ? »

Kieran lut l'inquiétude dans ses yeux mais, derrière l'éclat, autre chose. Un calcul. *Ça change quoi pour Liam ?*

« Je ne sais pas, mon vieux, répondit Kieran, sincère.

— Renn n'a rien dit d'autre ?

— Il n'a pas dit grand-chose, intervint Mia, et Sean se tourna vers elle. Je suis quasiment certaine qu'il n'a confirmé à Liv qu'ils recherchaient l'appareil photo que parce qu'il s'est senti coupable, à cause de ce que sa mère lui a dit tout à l'heure. Trish l'a coincé entre quatre yeux devant le commissariat. Elle lui a balancé qu'ils avaient intérêt à prendre les choses au sérieux, cette fois. Elle estime que le sergent Mallott et lui ont bâclé l'enquête, pour Gabby. »

Sean jouait avec sa torche, l'air troublé. « On ne peut pas dire qu'ils n'ont pas fait ce qu'il fallait. Ils ont fait preuve de minutie, surtout étant donné… » Il s'interrompit, mal à l'aise. Évita de regarder Kieran. « Étant donné tout ce qui s'était passé pendant la tempête.

— Ça, c'est sûr qu'ils ont été minutieux, rétorqua Mia d'une voix dure et plate. J'ai dû retourner trois fois au commissariat avec mes parents avant qu'on retrouve le sac de Gabby.

— Trois fois ? » Sean avait l'air surpris. « Pourquoi ?

— Parce que la bibliothécaire leur avait raconté que Gabby et moi, on s'était disputées.

— C'est vrai ? À cause de quoi ?

— De rien, mentit Mia. Il n'y a pas eu de dispute. »

Elle ne se tourna pas vers Kieran, et celui-ci ne se tourna pas vers elle. Ils avaient déjà eu cette conversation, la première année où ils avaient été ensemble, le jour de l'anniversaire de la tempête et de la disparition de Gabby. Ils se trouvaient dans l'appartement d'étudiant de Kieran, s'efforçant de faire comme si de rien n'était, mais de plus en plus renfermés sur eux-mêmes au fil des heures. Préparant le dîner, Mia avait finalement laissé tomber bruyamment son couteau sur la planche à découper.

« Je n'ai pas dit la vérité aux policiers, avait-elle avoué. À l'époque, quand ils m'ont demandé la raison de notre dispute, avec Gabby. »

Ses paroles semblaient sorties de nulle part, mais Kieran avait aussitôt senti qu'elles couvaient depuis le début de la journée. Non, plus longtemps. Depuis des années, sans doute. Il l'avait dévisagée depuis le canapé où il était assis, puis avait attendu. Étonné mais, en même temps, étrangement pas. Le jour de la tempête avait été si irréel qu'il avait l'impression que plus rien de ce qui s'était passé alors ne pouvait le surprendre.

Mia avait vidé ses poumons. « On se disputait à cause de toi.

— De moi ? » Kieran pouvait donc être encore surpris, finalement.

« J'avais bêtement... » Mia avait roulé de gros yeux. « Mon Dieu, je ne sais pas. Craqué comme une gamine. Sur toi. C'était ridicule. Tu n'avais même pas remarqué que j'existais, à l'é...

— Mais si, Mia...

— Non. » Elle tendit la main devant elle pour le faire taire. « Tu ne m'avais pas remarquée. Et c'était tout à fait normal. J'avais quatorze ans, et toi dix-huit ! Donc je ne peux pas t'en vouloir. Mais toutes les filles de notre classe te connaissaient – enfin *vous* connaissaient, Ash et toi – et j'avais dit à Gabby que je ressentais un *truc* pour toi. Et puis le jour de la tempête, à la bibliothèque... »

Mia avait tripatouillé les légumes en partie émincés, éparpillés devant elle.

« Gabby a dit qu'elle avait découvert qu'Olivia et toi sortiez ensemble en douce. Ça m'a rendue tellement jalouse ! C'était idiot, vu que je n'existais même pas dans ton monde... » Elle avait soupiré. « Mais c'était aussi un peu à cause de la manière dont Gabby me l'avait dit. On était censées être les meilleures amies du monde, et elle, elle *jubilait*. Comme si elle savait que ça allait m'attrister, mais qu'elle avait quand même hâte de me le dire. »

Mia s'était remise à découper ses légumes.

« Bref, je lui ai dit que je ne la croyais pas, alors qu'en fait, si, un peu. Elle s'est énervée, et moi aussi. J'ai voulu rentrer à la maison. Elle m'a suivie. Elle voyait très bien que j'étais fâchée, et elle a passé la moitié du chemin à essayer de me convaincre qu'elle disait la vérité et l'autre moitié à s'excuser. Finalement, elle avait raison. Tu me l'as dit toi-même : tu sortais bel et bien avec Olivia ! »

Kieran s'était levé pour aller la rejoindre. « Je suis désolé. »

Mia avait essuyé ses larmes du dos de son poignet. « Non, ce n'est pas de ta faute. Et ce n'était pas la faute de Gabby. Je suis juste triste parce que c'est la dernière fois que je l'ai vue. J'aurais aimé que ça se passe autrement.

— Pourquoi tu ne l'as pas dit aux policiers quand ils t'ont interrogée ?

— Parce que j'avais quatorze ans. Et puis mes deux parents étaient dans la pièce pendant tout l'interrogatoire, ça me gênait trop. Je savais que si je disais la vérité, ma mère allait s'inquiéter, tu vois… » Haussement d'épaules. « Les mamans d'Evelyn Bay n'étaient pas très fans d'Ash et de toi, à l'époque. »

Kieran s'était représenté, alors, la mère de Mia. Imposante, la voix douce, très gentille. « Mais je croyais que Nina m'aimait bien ?

— Oui, confirma Mia. Maintenant. »

Kieran repensait à tout cela en regardant Mia, devant le Fisherman's Cottage. Les enveloppes en cellophane des bouquets de fleurs bruissaient dans le vent. La maison avait de nouveau l'air sans vie.

« Mais la police a interrogé des tas de gens à ce moment-là, quand on cherchait tous Gabby, fit remarquer Sean. Par exemple ton père, Kieran, ils l'ont fait venir combien de fois ?

— Deux, je crois, répondit précipitamment Kieran, qui ne voulait pas revenir encore une fois là-dessus. Liv disait que sa mère avait encore du mal à accepter les choses. C'est peut-être juste ça que Trish a voulu exprimer.

— OK, mais bon… » Le visage de Sean s'assombrit. « Je sais qu'elle a beaucoup souffert, mais bienvenue au putain de club. On a tous dû accepter des trucs qu'on ne voulait pas accepter. » Il inspira lentement. « Pardon. Je suis désolé. C'est sans doute un peu dur, dit comme ça. » Il secoua la tête comme pour la nettoyer et se tourna vers Kieran. « Vous rentrez à la maison, là ? En fait, j'allais chez tes parents.

— Ah bon ? » s'étonna Kieran. Ils se mirent en marche.

« Ta maman m'a appelé. Elle m'a dit qu'elle devait balancer des trucs et qu'elle avait deux ou trois gilets de sauvetage dont elle n'avait plus besoin. »

Kieran visualisa les placards remplis de tous les vieux trucs et les trésors auxquels personne ne s'était encore attaqué. « Ouais, plus beaucoup de temps avant le déménagement. »

Sean ne répondit pas. Il pensait à autre chose, les yeux rivés à la route devant eux. Au bout d'un moment, il respira profondément.

« Écoute, mon vieux, je suis désolé de te demander ça, mais est-ce que Renn a dit autre chose au sujet de cette histoire d'appareil photo, au Cottage ? Ou de Liam ? »

Kieran hésita. « Ils nous ont posé des questions sur Liam. Tout à l'heure, au commissariat. Renn et Pendlebury, je veux dire. »

Sean releva la tête. *Alors ?* La question muette resta suspendue dans les airs.

« J'ai dit que je pensais que ça pouvait être sa voiture que nous avions vue samedi soir. » Kieran sentit Mia le regarder. « Et qu'elle roulait vers le centre-ville, comme il l'a dit.

— Et c'est tout ? Ils n'ont rien demandé d'autre ? »

Kieran ne le regarda pas. « Non, pas vraiment.

— OK. Merci, mon pote », dit Sean d'un ton tranquille. On aurait dit qu'il voulait ajouter autre chose, mais il se retint, alors qu'ils arrivaient en vue de la maison des parents de Kieran.

Verity se tenait à genoux devant un des placards de la cuisine quand ils entrèrent. Elle était en train de pousser de la main des objets dans les cartons.

« Ah, parfait. Je vais aller chercher ces gilets », dit-elle en voyant Sean. Elle disparut dans le jardin et revint avec les gilets sur son bras.

« Merci, dit Sean. J'en ai quelques-uns qui sont en bout de course, après cet été, donc ça tombe plutôt bien.

— C'est super que tu aies eu du monde, répondit Verity. Ça va bientôt être la saison pour descendre à l'épave, non ?

— Ouais, dans pas longtemps, confirma Sean. Mes premiers clients arrivent dans deux semaines.

— J'adorais y descendre quand j'étais plus jeune ! soupira Verity. Brian aussi. C'est plus ou moins comme ça qu'on s'est rencontrés.

— Vraiment ? » répondit Sean, et Mia se tourna aussi, intriguée. Kieran attendit sans rien dire. Finn et lui avaient entendu cette histoire un nombre incalculable de fois au fil des ans.

« Oui. » Le sourire de Verity transforma son visage et Kieran se rendit compte que cela faisait une éternité qu'il ne l'avait pas vue ainsi. « Enfin, je savais qui était Brian, on s'était déjà croisés. Mais notre groupe s'est mis à aller explorer le *Mary Minerva* en prenant le bateau du père de quelqu'un, et c'est là-bas que j'ai vraiment appris à le connaître. On a commencé à parler, puis on a commencé à plonger ensemble et ensuite on a commencé à sortir ensemble, à terre. » Verity souriait, perdue dans ses souvenirs. « On allait sans arrêt là-bas, tous les deux. Même quand on ne plongeait pas. On mouillait le bateau près de l'épave, on nageait jusqu'aux grottes et on passait la journée sur la plage. »

Kieran se revit, assis dans cette cuisine avec Finn, écoutant cette même histoire.

« Oh bon sang, s'il te plaît, je t'en supplie : arrête-toi là. » Finn avait gentiment roulé de gros yeux, tandis que Verity et Brian échangeaient des sourires intimes à travers la table. « Personne ici n'a envie d'entendre que j'ai été conçu sur cette plage ou je ne sais quoi, merci bien !

— Pas toi, mon gars ! » avait rétorqué Brian, tout sourire, en passant son bras autour des épaules de Kieran, qui avait poussé un grognement tandis que Finn éclatait de rire.

Verity se tourna vers les vieux gilets de sauvetage, qui étaient à présent dans les mains de Sean.

« Brian adorait aller sur l'eau, déclara-t-elle. On plongeait en apnée. Pas autour de l'épave, évidemment, mais sur les hauts-fonds.

— Sérieux ? s'amusa Sean. C'est plutôt hard-core. Même moi, je ne fais pas ça.

— Effectivement. » Le sourire de Verity s'estompa et elle poussa l'un des cartons du bout de sa chaussure. « Eh bien, c'était une autre époque. »

Un bruit sourd leur parvint du bureau de Brian, suivi d'un juron aboyé. Verity guetta la porte de la cuisine. Quand elle se retourna vers eux, son visage semblait dix ans plus vieux.

« Vous devriez venir, déclara soudain Sean, et tous le regardèrent. Demain. Venez plonger. Les conditions seront correctes. Moi je sors de toute façon, ça sera bien d'emmener deux ou trois personnes en bas. Comme une répétition. Venez tous. »

Kieran vit que Mia, qui n'avait jamais tellement aimé respirer sous l'eau, secouait déjà la tête. « Alors juste vous deux. Revoir l'endroit avant de partir.

— Eh bien… » Verity se tourna de nouveau vers la porte du bureau. « Je pourrais vérifier si l'aide à domicile est disponible, mais… » Kieran sentit que l'offre la tentait. Il y eut un autre choc sourd dans le bureau, et ce qui devenait déjà une ombre familière voila le visage de sa mère. « Mais ce n'est sans doute pas une bonne idée. Merci quand même.

— Pas de problème. » Sean haussa les épaules. « Prévenez-moi si vous changez d'a… »

Il s'interrompit quand la porte du bureau s'ouvrit en grinçant. Comme s'il avait senti la chaleur de leur attention collective, Brian sortit. Il s'arrêta sur le seuil de la cuisine en les voyant tous plantés là. Le visage froissé de confusion, d'agacement et de ce qui ressemblait fort, songea Kieran, à de la peur. Son père ne savait pas qui ils étaient, ni ce qui se passait, et cela l'effrayait. Le regard incertain de Brian traversa précipitamment la pièce avant de se fixer soudain sur Audrey, qui le contemplait en retour depuis les bras de Mia, ne sachant s'il fallait ou non se mettre à pleurer.

« Tout va bien, chéri ? » Verity visait la légèreté et la détente, mais manqua totalement la cible.

Brian tendit son doigt. « Qui est ce bébé ?

— C'est Audrey, notre...

— Non. Je veux dire, qu'est-ce qu'il fait là ?

— Brian...

— Je ne comprends pas. » Les yeux brumeux de désarroi. « Je croyais que la copine de Finn avait décidé de ne pas le garder. »

Ce fut comme si Verity avait reçu une gifle. Ses lèvres se durcirent et elle secoua la tête, raide et crispée.

« Audrey est le bébé de Kieran et Mia. Notre petite-fille. Elle est venue nous rendre visite. »

Brian dévisagea Audrey un moment encore, puis se racla le fond de la gorge d'un air irrité. Il la congédia d'un revers de main puis, sans rien ajouter, fit volte-face et regagna son bureau en traînant les pieds. Le cliquetis assourdi de la porte se répercuta dans la cuisine.

L'eau était froide, Kieran le savait, mais cela faisait un moment qu'il ne sentait plus rien. Il était dedans jusqu'au cou, ses orteils pouvant tout juste griffer le sable à chaque creux entre deux vagues. La lumière baissait rapidement en ce début de soirée. Kieran laissa la vague suivante le soulever, faisant du surplace tandis qu'elle se cabrait et passait. Il avait nagé, des longueurs rapides et conséquentes, et maintenant il était fatigué. Mais il n'arrivait pas à se résoudre à sortir de l'eau.

Après que Brian était retourné dans son bureau, Sean avait rassemblé ses gilets de sauvetage et sa torche, prêt à partir.

Verity, perdue dans la contemplation de la table de la cuisine, avait sursauté. « Oh Sean, je suis désolée. Il est très…

— Venez plonger, Verity, l'avait coupée Sean. Avant de déménager. Quand vous voudrez. Vous savez comment c'est, là-dessous. Concentration, souffle, toutes ces bonnes choses. » Il la gratifia d'un petit sourire. « Ça ne laisse pas beaucoup d'espace pour les autres soucis.

— Merci. Je vais y réfléchir », avait répondu sa mère, d'un ton laissant entendre qu'elle allait peut-être le faire.

Kieran avait laissé Mia dans leur chambre, plongée dans la relecture d'un roman de G.R. Barlin qu'elle avait trouvé sur la table de chevet de Kieran, tandis qu'elle essayait de persuader Audrey de dormir. Kieran avait pris quelques cartons vides et entreprit d'y déverser méthodiquement toute la pagaille des placards et autres étagères du séjour, jusqu'au dernier. Au bout d'un petit moment, il avait entendu Verity batailler avec ses propres cartons dans la cuisine. Pas un bruit n'émanait du bureau de son père.

Kieran avait travaillé vite, prenant ses décisions au premier coup d'œil – carton ou poubelle, carton ou poubelle. Il survolait la paperasse, la jetant à l'aveugle dans les cartons sans prendre la peine de la lire. Il avait commis l'erreur d'y regarder de trop près un jour, deux ans après la mort de Finn, alors qu'il cherchait son certificat de naissance. Au lieu de quoi, il était tombé sur un tableau que Brian n'avait qu'à moitié rempli au cours de ce qui ne pouvait être qu'une session chez un thérapeute.

La première réaction de Kieran avait été la stupéfaction que Brian ait pu s'engager dans ce genre de démarche. Il s'était demandé si Verity l'avait obligé à le faire ou si, ce qui était sans doute plus probable selon lui, le chagrin de Brian avait commencé à se manifester de manière physique. C'était arrivé à Kieran aussi, pendant un moment, avec des migraines et des maux d'estomac persistants qui semblaient n'avoir ni cause réelle ni remède. Brian Elliott ne serait jamais allé chercher de l'aide pour soigner sa tête, Kieran le savait, mais il aurait pu le faire si son corps le lâchait.

En haut du document figurait la mention « Confidentiel », si bien que Kieran l'avait lu dans son intégralité. Impossible de connaître la nature exacte de l'exercice, mais Brian avait couché ses pensées dans deux colonnes distinctes.

« *Kieran n'avait que dix-huit ans*, avait écrit son père. *Kieran était assez grand pour savoir. Kieran a commis une erreur involontaire. Kieran a mis son frère en danger.* »

Cette série d'arguments se poursuivait jusqu'en bas de la feuille.

« *Finn était maître de ses décisions. Kieran n'aurait jamais dû le mettre dans une telle situation. Finn aurait fait n'importe quoi pour sauver Kieran. Kieran avait besoin de son aide.* »

Au pied de la page, une conclusion : « *Kieran est* »

Brian n'avait pas achevé sa phrase. Kieran avait passé le reste de cette semaine à retourner toute la maison pour tenter de trouver une deuxième page, ou un autre tableau, mais si Brian était allé jusqu'au bout de son raisonnement, il ne l'avait pas fait par écrit.

« *Kieran est* »... quoi ?

Il était souvent revenu à cette question au fil des ans.

Ce jour-là, Kieran s'était replongé dans la tâche du moment et s'apprêtait à fourrer un autre dossier rempli de documents dans une boîte à chaussures quand il avait entendu du mouvement près de la porte.

« C'est gentil de faire ça. » Verity balayait du regard les étagères presque vides. « Tu as bien avancé.

— C'est normal. Je peux faire quelque chose pour aider avec papa ? »

Verity s'était fendue d'un sourire lugubre. « Je crois que c'est un peu au-dessus de nos forces à tous les deux, malheureusement. »

Elle avait ramassé l'une des piles de documents et les avait feuilletés. Le coin d'une photo dépassait, et elle l'avait dégagée du tas.

« C'était une belle journée, avait-elle déclaré en retournant l'image pour que Kieran la voie. Je me souviens quand on l'a prise. »

Finn, Toby et le *Nautilus Black*. Ça n'était pas exactement la même photo que celle qui était restée affichée sur le tableau d'annonces du Surf & Turf pendant un an, après leur mort, mais une variation proche. La composition était quasiment identique – les deux hommes, se tenant par les épaules, le champagne, la peinture toute fraîche étincelant sur la coque du bateau à l'arrière-plan – mais le cliché avait été pris quelques secondes avant ou après, et l'impression générale qui s'en dégageait était moins forte. Les sourires des deux hommes semblaient un peu moins naturels, et Finn, sur le point de ciller, avait les paupières lourdes. Elle n'avait pas l'allégresse de l'originale, mais semblait, par certains aspects, un peu plus réelle. Verity fit glisser son pouce sur le visage de Finn.

« On en a une meilleure version dans un album, quelque part, déclara-t-elle, comme pour elle-même.

— Hé. » Kieran hésita un instant. « De quoi parlait papa tout à l'heure ? Cette histoire au sujet de Finn et d'un bébé ? »

Il vit que Verity envisageait de bluffer, mais l'envie ou l'énergie lui fit défaut, et elle secoua la tête.

« Honnêtement, je ne sais pas. Finn a toujours été plus proche de ton père que de moi. »

Elle fut interrompue par un fracas d'objets dans le bureau de Brian. Elle ferma les yeux et inspira profondément, plusieurs fois. Quand elle les rouvrit, ses traits étaient tendus.

« Tu crois que tu pourrais appeler Sean ? demanda-t-elle. Pour lui demander si on peut aller plonger demain, finalement ?

— Bien sûr. Si tu en as envie. »

Verity, ignorant un nouveau choc fracassant, reposa la photo de Finn sur la pile, à l'envers. « Oui, dit-elle. Je crois que j'en ai envie. »

Dérivant au milieu des vagues, dans l'eau jusqu'au cou, Kieran pensait encore à Verity, Brian et Finn, en regardant le crépuscule descendre à l'horizon. Il était allé un peu plus au large et avait encore fait quelques allers-retours à la nage entre la maison de ses parents et le Fisherman's Cottage. À présent, il faisait du surplace à mi-chemin des deux.

Il n'avait aperçu que deux personnes promenant leur chien – deux hommes – sur la plage pendant tout ce temps, mais alors qu'il rebondissait dans la pénombre grandissante, il distingua soudain un mouvement fugace, quelqu'un en train de descendre l'une des allées de sable. Kieran s'immobilisa dans l'eau, aux aguets. *Il n'en a pas après les mecs et les bébés*, se répéta-t-il. Il le croyait vraiment, mais fut tout de même soulagé quand la silhouette entra dans son champ de vision. La mère d'Olivia, Patricia Birch.

Elle portait la même robe que plus tôt dans la journée, quand elle s'en était prise au sergent Renn devant le commissariat, mais tenait à présent un gros objet gris, calé sous le bras.

La plage était déserte lorsqu'elle observa les alentours, à droite puis à gauche, son regard glissant juste au-dessus de Kieran, immergé jusqu'au menton dans les vagues, sous le ciel sombre.

Il vit Patricia traverser la plage et se diriger vers les rochers plats qui s'avançaient dans la mer. Ceux-là même où Gabby avait été vue pour la dernière fois par Brian Elliott, douze années plus tôt, alors que les nuages de tempête s'amoncelaient à l'horizon. *Les rochers étaient glissants alors, et doivent l'être maintenant*, songea Kieran en regardant la femme arpenter le sable, toujours accrochée à son volumineux fardeau. Il plissa le front. Que faisait-elle donc ?

Patricia atteignit le bord des rochers et Kieran allait crier – une mise en garde ou autre chose, il ne savait pas trop – quand, à sa grande stupéfaction, elle empoigna l'objet gris à deux mains et, non sans effort, décrivit un arc gracieux avec ses bras et le lança droit dans la mer.

La bouche de Kieran s'ouvrit, laissant entrer de l'eau salée. Les gens d'ici ne jetaient jamais rien dans la mer. Il ne se rappelait pas avoir vu quelqu'un faire une chose pareille. Même les hommages floraux à Bronte avaient été déposés bien au-dessus de la laisse de marée haute, pour que les enveloppes de plastique ne soient pas emportées. Patricia regarda la forme grise danser une fois ou deux, puis, alors que Kieran se demandait encore s'il ne s'agissait pas là d'une sorte d'accident, elle s'était éloignée du bord, avait retraversé les rochers dans l'autre sens, et avait disparu là d'où elle était venue. Toute cette scène n'avait pas duré plus d'une minute, et la plage se trouva de nouveau déserte. C'était comme si Patricia n'avait jamais été là.

Sauf que… Kieran pivota dans l'eau, se retournant vers les rochers. L'objet gris était encore visible, dérivant vers le large. Sa décision fut prise avant même qu'il n'ait formulé pleinement la question, et il fendit les flots d'un crawl ample et puissant. Il sentait le courant l'aspirer et vérifia rapidement, tête dressée, après s'être essuyé les yeux. La forme avait dérivé plus loin encore, là où l'eau était très profonde. La lumière déclinait alentour et l'horizon, vers l'est, était une ligne argentée. Pensant à Mia et Audrey, il ralentit.

Il vit que l'objet commençait à s'enfoncer maintenant, les poches d'air qu'il contenait s'amenuisant. Il flottait bas et lourd entre deux eaux, crevant à peine la surface. Un essai, décida-t-il. Il enfonça son visage dans l'eau et battit fort des pieds.

L'objet avait disparu lorsqu'il atteignit l'endroit. Il remplit ses poumons, fit basculer son corps dans l'eau et s'enfonça, mains tendues devant lui, les yeux ouverts mais aveugles dans l'eau noire. Ses poumons le brûlaient encore de l'effort de la nage et, dès qu'il fut sous l'eau, il comprit qu'il n'avait pas assez d'air pour aller très profond. Il était sur le point de battre des jambes pour remonter – retrouver la surface et l'air, retrouver Mia et Audrey – quand ses doigts rencontrèrent un pan de tissu.

Un sac. Balayant l'eau d'un grand geste du bras, il attrapa une anse, la serra fermement dans son poing. Il tira. Le sac était lourd, l'entraînant vers le fond. Il assura sa prise, tourna son visage vers la surface et battit des jambes.

Ressorti à l'air libre, il suffoqua, faisant du surplace le temps de reprendre son souffle. Il fit courir sa main libre sur son fardeau. Une sorte de sac à dos, constata-t-il. Qui donnait l'impression de s'alourdir à chaque seconde et, finalement, craignant de ne pas pouvoir le tenir très longtemps, Kieran se dirigea tant bien que mal vers le rivage.

Il porta le sac sur la plage, le laissa tomber à l'envers dans le sable et s'effondra juste à côté, cœur battant à tout rompre. C'était un sac à dos gris ordinaire, à ce qu'il pouvait voir dans la dernière lumière du jour. À part le fait qu'il était détrempé, il semblait en bon état. Peut-être même tout neuf. Kieran s'agenouilla au-dessus du sac. Il hésita, mais guère plus d'un instant. Il tendit le bras, défit le zip du rabat et regarda à l'intérieur.

Kieran resta interdit, ne comprenant pas ce qu'il avait sous les yeux. Le sac était rempli de pierres. Il plongea la main dedans et en ressortit celle du dessus. C'était une pierre, pas de doute, comme celles qui délimitaient tous les jardins et toutes les allées d'Evelyn Bay. Il la retourna dans sa paume. Elle semblait totalement banale. Il la déposa sur le sable, puis plongea sa main dans le sac, encore et encore. Il ne tarda pas à avoir devant lui un petit tas de pierres et un sac complètement vide. Kieran passa sa main partout, pour voir s'il n'y avait pas quelque chose de coincé dans la doublure, ou une poche intérieure. Mais non, rien.

Il se rassit sur le sable et étudia le sac proprement dit. Pas d'étiquette avec un nom, aucune indication sur l'identité de son propriétaire, mais en le retournant, il se figea. Au dos du sac, difficile à déchiffrer dans le peu de lumière qu'il restait, Kieran distinguait une inscription. Tracée au marqueur indélébile sur le tissu gris pâle. Elle avait survécu à l'eau.

Une série de chiffres et trois mots : *Appelez ce numéro.*

CHAPITRE 21

Kieran fixa ces mots jusqu'à ce que leurs lettres n'aient plus vraiment de sens. Puis il remit toutes les pierres dans le sac et porta celui-ci sur la plage jusqu'à l'endroit où il avait laissé sa serviette, ses vêtements et son téléphone, près de la véranda de ses parents. Il se baissa pour ramasser son portable, retourna le sac et composa le numéro. Il écouta sans rien dire, puis raccrocha lentement.

Kieran enfila son sweat à capuche, ne sachant comment procéder. Il s'assit sur sa serviette avec le sac à ses pieds et le ciel dégagé et constellé d'étoiles au-dessus. Il réfléchit en contemplant la ligne droite parfaite qui reliait le ciel d'encre à la noirceur de l'océan. Il n'aurait su dire combien de temps il était resté là, mais son short de surf était presque sec quand son portable sonna dans sa main.

Kieran ne savait pas vraiment à quoi s'attendre, mais quand il consulta l'écran, il s'agissait seulement d'une alerte lui rappelant de s'arrêter pendant deux minutes et d'être pleinement conscient et présent dans ce qui l'entourait. Il était censé faire cela tous les jours mais n'y était pas parvenu une seule fois depuis son retour à Evelyn Bay. Il contemplait encore son portable, en se demandant s'il avait la force de prendre ces deux minutes maintenant, quand un bruit le fit sursauter.

« Salut ! interpella une voix. Qu'est-ce qui te captive à ce point ?

— Un porno hard-core. » Kieran passa son doigt sur l'écran pour l'éteindre et se retourna. Ash venait de refermer le portail derrière lui et marchait dans le sable, un pack de six à la main. « Ça va, mec ? ajouta Kieran.

— Dans ce cas, tu as certainement le temps d'en descendre au moins une avec moi, déclara Ash en lui tendant une bouteille. Mia m'a dit que je te trouverais là.

— Merci. » Kieran prit la bière. Dépliant du pied un coin de la serviette de Kieran, Ash s'assit à côté de lui. Ils regardèrent les vagues, bière au creux de la paume, comme ils l'avaient fait tant de fois.

« T'as nagé ? »

Kieran acquiesça. « Il s'est passé un truc vraiment bizarre.

— Ah bon ? » Ash porta le goulot à ses lèvres.

« Ouais. » Kieran tira le sac à dos trempé de Patricia Birch plus près de son ami, et lui rapporta ce qu'il avait vu.

Quand il eut terminé son récit, Ash resta silencieux. Au bout d'un moment, il lâcha : « Bon…

— Je me demande ce qui lui est passé par la tête. » Kieran retourna le sac pour montrer l'inscription, presque impossible à lire à présent dans l'obscurité. *Appelez ce numéro.* « C'est son numéro à elle. J'ai appelé et je suis tombé sur sa messagerie. » Il se redressa. « T'en penses quoi, toi ? J'en parle à quelqu'un ? Renn ?

— Ben… » Ash caressa sa barbe de trois jours. Il ne semblait pas vraiment surpris par tout cela. « Peut-être pas. Sauf si t'y tiens vraiment. Trish fait ça, parfois. »

Kieran le dévisagea. « Attends : elle fait quoi, au juste ?

— Ça. » Ash désigna le sac à dos. « Balancer un sac de cailloux dans… ouais, je sais, c'est barjo… » Il sourit malgré lui en voyant la tête de Kieran. « Pardon, ce n'est pas drôle du tout, en fait. Et je ne devrais pas dire barjo, ce n'est pas juste. » Le sourire d'Ash s'évapora. « Mais je ne savais pas qu'elle avait recommencé. Liv ne m'a rien dit, donc elle n'est peut-être pas au courant non plus.

— Mais pourquoi elle fait ça ? »

Ash but une longue gorgée de sa bière. « C'est rapport au sac à dos de Gabby, et à l'endroit où on l'a retrouvé après sa disparition. Le sac qui vient s'échouer sur la plage au bout de trois jours, juste à côté de l'endroit où Gabby a été aperçue pour la dernière fois ? » Ash haussa les épaules. « Trish s'est mis en tête que les choses n'ont pas pu se passer comme ça, impossible.

— C'est pourtant ce qui est arrivé, répliqua Kieran. On l'a bel et bien retrouvé là.

— Mais Trish pense que quelqu'un l'a balancé. »

Il y eut un long silence.

« Elle pense que quelqu'un a balancé le sac de Gabby ?

— Ouais, confirma Ash. Volontairement. Pour qu'on le retrouve dans l'eau, j'imagine, et que les recherches soient suspendues, un truc comme ça. Je ne sais pas.

— Tu plaisantes, ou quoi ?

— Non. »

Kieran parcourut du regard la plage obscure. Il ne pouvait plus distinguer l'endroit où il avait vu arriver Patricia Birch. Ce même endroit où Gabby avait été vue par Brian douze ans auparavant, et où son sac à dos à rayures violettes rempli de livres de la bibliothèque avait été retrouvé couvert de sable et détrempé sur le rivage, après trois jours de recherches. Kieran se tourna vers Ash.

« Balancé par qui ?

— Comment savoir ? » Ash haussa les épaules. « Ça, c'est la grande question.

— Trish en a parlé à Renn ?

— Ouais, bien sûr. Enfin, c'est Liv qui me l'a raconté. Ça fait un moment que ça dure, depuis l'anniversaire des dix ans, à peu près… » Kieran se rappela qu'Olivia avait mentionné cette date, au cimetière. Le rappel avait été terriblement brutal pour sa mère.

« … et je crois que Trish pense que Renn ne l'a pas assez prise au sérieux, poursuivait Ash. Alors elle a commencé à faire des tests. À jeter des sacs à l'eau, pour voir ce qu'ils devenaient.

— Et ils sont devenus quoi ? »

Ash soupira. « Je crois que la plupart ont disparu sans laisser de traces, et Dieu sait combien elle en a balancé. Mais il y en a un qui a terminé dans un filet de pêche, et un autre qui s'est pris dans l'hélice du bateau de Mike Tate. Ça a fait pas mal de dégâts, donc Trish a dû tout avouer. Renn a réussi à arranger le coup, il n'y a pas vraiment eu de conséquences…

— Ça n'a pas dû être facile. C'était plutôt cher à réparer, comme bêtise.

— Ouais, bon, tu sais… » Ash vida sa bouteille et haussa les épaules. « Renn a toujours eu un petit faible pour Liv. Ou peut-être qu'il se sentait coupable de pas avoir écouté Trish, qui sait ? Enfin… » Ash sortit une autre bière du pack. « Bref. Il a fait promettre à Trish de plus recommencer, mais c'est à ce moment-là qu'elle a eu la main un peu lourde avec ses vieux somnifères, et donc Liv est revenue pour veiller sur elle. »

Kieran étudia le sac. « Tu crois que Trish a continué de faire ça discrètement depuis tout ce temps, ou qu'elle vient de recommencer ?

— Difficile à dire. » Ash secoua la tête. « Moi, je dirais qu'elle recommence juste. Toute cette histoire, avec Bronte, ça rend tout le monde un peu dingue. T'as vu ce forum en ligne ? C'est du délire !

— Le FCL ? Ouais. »

Kieran s'était de nouveau aventuré dans le monde pixélisé du Forum Citoyen en Ligne d'Evelyn Bay cet après-midi-là, et avait découvert que les esprits commençaient vraiment à s'échauffer. Le barrage avait cédé et le nom de Liam circulait désormais librement. Des lignes de fracture commençaient à apparaître entre ceux qui voulaient que toute cette histoire soit résolue afin de pouvoir à nouveau oublier de verrouiller leur porte sans devoir s'en inquiéter, et ceux qui n'arrivaient pas à croire que les flics perdent leur temps à s'intéresser à des gens de la ville. Bronte elle-même, avait remarqué Kieran, était à peine mentionnée.

Il se tourna vers Ash. « Je comprends que ce qui est arrivé à Bronte ait pu rappeler de sales souvenirs à Trish. Mais qu'est-ce qu'elle espère faire, avec ses sacs à dos ? Qu'à force d'en balancer, ça prouvera quelque chose au sujet de Gabby ?

— J'en ai aucune idée. C'est peut-être ça, oui.

— Combien d'entre eux sont revenus s'échouer là ?

— Pour être honnête, pas beaucoup, à ce que je sais. » Ash donna un petit coup dans le sac du bout de son pied. « Mais bon, on ne parle pas vraiment d'une expérience scientifique bien calibrée là, hein ? » Il soupira. « Liv ne va pas être contente. Avant que tout ça n'arrive, elle disait que Trish était peut-être en train de franchir un cap. Je crois qu'elle espérait peut-être pouvoir retourner à Melbourne.

— Tu irais avec elle ?

— Tu crois qu'elle m'inviterait ? » Le ton de voix était léger, mais Kieran y décela le semblant d'une vraie question.

« J'sais pas, vieux », dit-il en toute sincérité.

Ash laissa s'écouler un moment avant de reprendre. « Liv est un peu énervée que je n'aie pas été là tout à l'heure, quand vous êtes allés chez elle avec Renn. Elle dit que ça va, mais cette histoire d'appareil photo l'a pas mal secouée.

— Ouais, c'était bizarre. À se demander ce qu'il y a dedans.

— Ou bien *qui*, hein ? » Ash se frotta les yeux. Il avait l'air fatigué. « J'aurais accompagné Liv si j'avais pu, mais j'étais avec des clients. Je ne pouvais pas les planter comme ça, ils ont trois maisons de location. Je vais avoir besoin de ce contrat cet hiver.

— Ça marche, le boulot ?

— Ça va, répondit Ash, mais son ton peu enthousiaste laissait deviner que cela n'allait pas si bien.

— Je suis passé devant Wetherby House, tout à l'heure. »

Ash releva la tête. « T'as vu ce que ce G.R. Barlin a fait du jardin ?

— Ouais. »

Ash but une gorgée de bière, très longue cette fois. « Ouais, finit-il par reprendre. Je ne sais pas trop ce que je vais faire.

— Tu ne peux pas faire grand-chose, si ? À partir du moment où il est propriétaire de la maison. »

Ash ne répondit rien et, au bout d'un moment, haussa les épaules. La lune s'était élevée dans le ciel et Kieran arrivait au bout de sa deuxième bouteille quand il étouffa un bâillement.

« Je ferais mieux de te laisser rentrer. » Ash se leva, et frotta le sable sur son short. « C'est sans doute ton tour de t'occuper du bébé.

— Tu retournes chez toi, là ? demanda Kieran.

— Pas tout de suite. »

Kieran le regarda. « T'évites Sean ? »

Ash se fendit d'un demi-sourire. « Peut-être bien. Mais bon, il n'a pas trop été à la maison non plus. Il passe ses journées à l'épave, tous les jours, et je crois que le reste du temps, il va chez Sarah et Julian pour voir Liam. C'est un peu bizarre en ce moment. Y a une ambiance de merde à la maison. Sean est un peu… » Ash marqua une pause. « Je ne sais même pas comment le décrire.

— Il doit s'inquiéter pour Liam, j'imagine.

— Y a un peu de ça, oui. Mais je crois aussi qu'il sait que s'il fallait défendre Liam, au bout du compte, je ne le ferais pas. »

Le peu de chaleur accumulée par le sable durant la journée avait disparu, à présent, et Kieran eut soudain froid en se levant. « Pourquoi ça ?

— Oh, je n'ai pas d'info particulière ou quoi que ce soit. » Ash prit tout son temps pour vider sa dernière bière. « C'est juste que Liam me fait trop penser à nous.

— Sérieux ? » Revoyant l'ado renfrogné, Kieran se sentit presque insulté.

« Ouais. Tu ne trouves pas, toi ?

— Non..., commença Kieran, avant de s'interrompre. Peut-être.

— Il y a plusieurs choses. Le footy, la picole, les filles – c'est exactement comme à notre époque. Tu sais bien comment c'était. C'était marrant, j'imagine, mais... » Ash fixa sa bouteille vide, sourcils froncés.

« Effectivement. »

Car cela avait dû être marrant, se dit Kieran, sinon pourquoi auraient-ils fait ça tous les week-ends ? Mais avec le recul, il était intéressant de remarquer que ces bons moments lui avaient parfois fait l'impression d'un travail laborieux. Comme la fois où Finn avait félicité Ash d'avoir réussi à convaincre une fille de le ramener chez elle. En entendant cela, Kieran avait retroussé ses manches et, le soir même, s'était rendu à une fête au camping et, avec détermination, s'était débarrassé de sa virginité d'une manière si transactionnelle et dénuée de plaisir que le meilleur moment avait été de raconter à Ash et à Finn ce qui s'était passé.

Ou bien toutes les fois où il s'était retrouvé debout dans la cuisine collante d'une location de vacances un peu miteuse, criant dans le vacarme à l'oreille d'une fille qui lui plaisait à peine. En espérant qu'elle n'allait pas s'éclipser, sinon Ash se moquerait de lui et Kieran n'aurait alors pas d'autre choix que de se joindre à Sean, inévitablement planté seul dans un coin, mal à l'aise, rougissant chaque fois qu'une fille regardait dans sa direction.

Tout cela lui avait paru tellement important sur le moment, songea Kieran. Une question de vie ou de mort.

« Eh bien, dit-il en se tournant vers Ash. Liam est peut-être un sale con, mais ça ne veut pas dire pour autant qu'il ait fait du mal à Bronte.

— Non. » Ash soupira. « Et ce n'est pas ce que je dis. Mais il y a toujours eu quelque chose de pas net chez lui. Comme sa manière de mater Liv au Surf & Turf quand il croit que je ne le vois pas. Les trucs qu'il lui dit. J'sais pas. Sean, lui, il ne s'en rend pas compte. Il voit encore Liam comme ce gamin un peu paumé qui a du mal à tracer son chemin, et je ne sais pas ce qu'il est, Liam… » Ash secoua la tête. « Mais pas ça, en tout cas. »

Un trait de lumière fendit soudain le sable. En haut de la plage, derrière le portail, Kieran reconnut la silhouette de Mia se détachant dans l'encadrement de la porte de derrière. Une main en visière au-dessus des yeux, elle scrutait les ténèbres pour tenter de les localiser. Mais elle ne sortait pas, remarqua Kieran. Même en sachant qu'ils étaient là, pas loin, elle n'avait aucune envie de s'aventurer sur la plage dans le noir.

« Je te laisse, mec. » Ash baissa les yeux sur le sac à dos de Patricia Birch. « Tu veux que je te prenne ça ?

— Non, pas la peine. Je m'en servirai. Tu vas en parler à Liv ?

— Ouais, j'suis obligé. Mais elle ne sera pas contente. »

Kieran ramassa le sac et le soupesa. Il se revit en train de nager pour le récupérer, de remplir ses poumons avant de plonger à sa recherche. Le sac avait coulé rapidement. S'il ne l'avait pas rattrapé, se serait-il échoué sur le sable quelques jours plus tard ?

« Tu penses quoi de tout ça ? » Il n'arrivait plus à lire l'inscription sur le sac. « Tu crois qu'il y a des chances que Trish ait raison, sur ce coup ? »

Ash passa la main sur son crâne. « Qui sait, bon Dieu ? J'essaie de pas m'en mêler. Juste d'aider Liv quand je peux. Tout ce que je sais, c'est que c'était une journée de folie. Une tempête pareille ? » Il haussa les épaules. « Il y a un tas de choses qui se sont passées ce jour-là et qui ne se reproduiront plus jamais. »

Leurs regards se croisèrent, cette fois, et quelque chose passa entre eux, sans que Kieran sache vraiment quoi. Puis Ash se tourna vers la maison, et Mia, qui guettait encore.

« Bon, il est temps que j'y aille. » Ash pivota sur ses talons. Il scruta la nuit devant lui. « Bon sang, c'est vrai qu'ils devraient faire quelque chose, sur cette plage. On voit que dalle, ici. »

Ash salua Kieran d'un geste de la main et s'éloigna. Au bout de quelques pas, il avait disparu.

CHAPITRE 22

L'une des choses que Kieran préférait, dans sa vie à Sydney, c'était de ne plus avoir besoin d'une grosse combi néoprène. Planté devant les étagères de matériel, dans le hangar de Sean au bord de la marina, il avait toutes les peines du monde à se glisser dans cette matière rigide et se demandait comment il avait pu un jour trouver cela facile.

Verity n'avait eu aucun mal à enfiler sa combinaison d'emprunt, et sa voix résonnait maintenant à l'extérieur du hangar, où elle discutait au soleil avec George Barlin.

« C'est OK pour vous s'il vient aussi ? » avait demandé Sean quand Kieran l'avait appelé pour dire que finalement, sa mère et lui avaient envie de voir l'épave. « Ça fait des semaines qu'il attend de pouvoir descendre.

— Pas de souci. Il a les diplômes qu'il faut ? » Kieran était surpris sans trop savoir pourquoi.

« Pour plonger autour de l'épave, oui. De toute façon, on ferait tous mieux de s'en tenir à ça. Je ne suis pas encore sûr de pouvoir emmener des gens à l'intérieur, cette année. » Sean avait marqué une pause. « Faut que je te dise, Liam sera là aussi.

— OK.

— Il bosse pour l'agence. Il faut qu'il soit prêt quand les Norvégiens débarqueront.

— Je n'ai rien dit, vieux, avait répliqué Kieran. C'est toi qui décides avec qui tu descends.

— Ouais, désolé. » Sean avait laissé échapper un soupir. « Il faut qu'il s'occupe. Julian pense qu'il ne peut pas le faire revenir au Surf & Turf, pour le moment. Et Liam m'a dit quelque chose, l'autre jour, qui me laisse penser que les gens lui font la vie dure dès qu'il se balade en ville. Il dit que non, mais maintenant, il passe toutes ses journées assis chez lui avec sa mère. »

Kieran s'attendait évidemment à trouver Liam renfrogné, mais il avait quand même été choqué en s'approchant du *Nautilus Blue*, ce matin-là. Liam avait la tête basse et ses mouvements, trop réfléchis, étaient d'une étonnante lenteur. Il avait à peine relevé les yeux des bouteilles d'oxygène qu'il était en train de remplir lorsqu'ils étaient passés devant lui et, même alors, son regard était si lointain que Kieran avait aussitôt décidé de bien revérifier lui-même tout l'équipement que Liam leur remettrait.

George Barlin, au moins, était de bonne humeur.

« J'ai attendu ça tout l'été, l'entendit déclarer Kieran à Verity, devant le hangar. Ça fait des années que j'ai envie de descendre voir l'épave, mais je n'avais pas les diplômes pour aller si profond.

— Ça fait un sacré bout de temps que je ne suis pas descendue.

— Combien de temps ?

— Je ne sais pas. Assez longtemps en tout cas pour que mes certificats ne soient plus valables, s'ils avaient une date d'expiration. Mais j'ai fait un tas de plongées moins profondes. Mon mari aimait beaucoup ça, lui aussi. Vous n'êtes jamais allé sur le site du *Mary Minerva* ?

— En bateau ? Non, mais je l'ai vu depuis la côte. Je suis monté au belvédère pour voir les Survivants. Très intéressant, comme œuvre d'art.

— Tout à fait. Elle est différente, vue de l'eau. Brian et moi, on se rendait là-bas en bateau à peu près une fois par an… »

Kieran s'immobilisa, un bras enfilé dans la combinaison, et tendit l'oreille. Il était un peu étonné. Il n'était pas au courant.

« Eh bien, en fait, nous y allions exactement une fois par an, rectifiait Verity. Le jour de l'anniversaire du décès de notre fils aîné. Il est mort noyé, malheureusement.

— Je sais. Désolé, répondit George. Finn, c'est ça ? Quelle tragédie…

— Oui. » Verity semblait un peu surprise que George connaisse son nom. « Merci.

— J'étais ici cet été-là, pour donner un atelier d'écriture. Je n'ai jamais rien vu de semblable à cette tempête, de toute de ma vie. J'ai fait quelques recherches dessus à la bibliothèque, depuis mon retour. J'ai regardé les photos de l'époque, et tout le reste. Mais je m'en souviens très bien. C'était horrible. Se faire prendre en mer par un coup de vent pareil, ça doit être atroce. Le père de Liam se trouvait à bord du même bateau, n'est-ce pas ?

— Toby, oui. » La voix de Verity était si étouffée que Kieran l'entendait à peine. « Mais ils ne se sont pas fait prendre en mcr. Ils ont répondu à un appel de détresse, ils voulaient aller sauver Kieran.

— C'est pour ça qu'ils étaient sortis ? » Les paroles de George, elles aussi, étaient presque inaudibles. « Je savais que Kieran avait eu un accident, mais je n'avais pas compris que les deux choses étaient liées.

— Oui. Finn et Toby sont sortis en bateau pour le secourir.

— Oh. » George marqua un temps d'arrêt. « Pardonnez-moi, Verity, mais je croyais… »

Kieran ne put en écouter davantage. Il enfonça de force son autre bras dans la combinaison, remonta le zip et ferma la porte du hangar derrière lui, assez fort pour que les voix, dehors, se taisent.

Le fracas du vent et des vagues rendait difficile toute conversation à bord du *Nautilus Blue*, mais alors qu'ils doublaient la pointe et que les grottes apparaissaient au loin, George se leva de l'endroit où il était assis.

« Incroyable », souffla-t-il en découvrant les Survivants. Les trois silhouettes se dressaient devant eux, droites et puissantes, les vagues leur léchant la taille.

Alourdi par son matériel, George se dirigea gauchement vers l'autre côté du bateau, et sortit son portable de son sac à dos. Son bras oscillait au rythme de la houle, tandis qu'il s'efforçait de le stabiliser parallèlement à l'horizon pour prendre une belle photo.

« Combien de passagers ont survécu au naufrage, au fait ? demanda-t-il sans s'adresser à personne en particulier.

— On ne sait pas vraiment », répondit Verity. Elle aussi admirait la sculpture, de plus en plus proche. « Officiellement, douze, mais on pense qu'il y en avait peut-être un peu plus.

— Les archives sont incomplètes ?

— Deux ou trois hommes à bord étaient poursuivis pour des crimes. » Verity eut un petit sourire. « Ils n'ont pas réussi à regagner la côte, pour se présenter au tribunal. Et quelques autres avaient des maîtresses qu'ils préféraient à leur femme et à leurs enfants.

— Vraiment ? s'étonna George. Donc ils ont disparu dans l'eau et ont refait surface sous d'autres noms, c'est ça ?

— Peut-être, qui sait ?

— C'est pour ça qu'on peut faire confiance à personne à Evelyn Bay », intervint brusquement Liam. Il contemplait l'eau depuis tout à l'heure, le menton posé sur sa main. Si c'était une blague, elle tomba à plat.

Sean s'éclaircit la voix.

« Ce n'est pas pour renchérir sur ce que vient de dire Liam, déclara-t-il avec une légèreté un peu forcée. Mais si vous voulez mettre votre sac à l'abri dans le coffre étanche, George, je le verrouillerai avant qu'on descende.

— Le portable aussi ?

— Ouais, c'est le meilleur endroit. Le coffre est vraiment étanche, il ne lui arrivera rien dedans. »

George prit quelques photos encore, puis remit ses affaires à Sean. Il se tourna de nouveau vers la côte.

« Je me demande ce que les passagers du *Mary Minerva* ont pensé de cette vue ? reprit-il. C'est l'une des dernières choses que la plupart d'entre eux ont vues, je suppose. »

Kieran suivit son regard jusqu'aux grottes, dont les bouches béantes dominaient la fine bande de sable de la plage, qui s'illuminait de blanc chaque fois qu'un rouleau s'y brisait. Les Survivants le dévisageaient en retour, impassibles. Une vague plus massive que les autres alla s'écraser contre la sculpture, et la femme qui ouvrait le trio disparut totalement l'espace d'un instant. Kieran détourna le regard.

Sean scrutait les profondeurs pour guider son bateau.

« Bon. » Il coupa le moteur. « Nous y sommes. »

L'un après l'autre, ils sautèrent du catamaran, et dès qu'il s'enfonça dans l'eau, Kieran fut bien content d'avoir enfilé cette combinaison épaisse. La mer, agitée en surface, devint soudain calme une fois refermée au-dessus de sa tête, et le poids de son matériel se dissipa.

Ils descendirent en file indienne, suivant la chaîne de l'ancre. Liam ouvrait la marche, s'enfonçant le premier dans ce vert trouble. George venait en second, puis ce fut le tour de Kieran. Il suivit la chaîne de sa main gantée, écoutant le sifflement de ses inspirations et le grondement de ses expirations. Au-dessus de lui se trouvait Verity, et Sean fermait la marche. Kieran stabilisa sa respiration, en se laissant descendre lentement vers l'épave qui les attendait tout en bas.

Il scrutait l'eau sombre et voilée, où le *Mary Minerva* n'allait plus tarder à prendre forme. Ses contours squelettiques se dessinèrent d'abord, pareils à l'esquisse grossière d'un bateau vu du ciel. Il sembla d'abord presque intact, à travers le filtre de l'eau, mais au fur et à mesure qu'il s'approchait, Kieran vit se détailler tout un amas de poutres effondrées et de parois affaissées. Les vestiges du navire gisaient, silencieux et immobiles, sur une étendue de sable dégagée, trop profonde pour que des algues y poussent.

Kieran lâcha la chaîne et se laissa flotter, regardant les poissons dériver devant lui, et Verity entra dans son champ de vision. Elle se laissa glisser à sa hauteur, presque anonyme sous sa combinaison et son masque de plongée.

« Verity, vous ferez équipe avec Kieran, avait dit Sean là-haut, à la surface. George… » Sean avait hésité, jetant un coup d'œil à Liam, qui avait la mine sombre. « Vous resterez avec Liam, et moi, je passerai d'un groupe à l'autre. »

Ni Liam ni George n'avait semblé particulièrement heureux de cette organisation, mais Kieran voyait à présent les deux hommes se déplacer de conserve, un peu plus bas. La paire nageait lentement le long des flancs de l'épave, d'épais bouillonnements blancs s'échappant de leurs masques en bouffées régulières. George avait peut-être ses diplômes, mais il les avait passés dans des eaux chaudes, cela se voyait tout de suite. Il avait la position de nage verticale des plongeurs habitués à une meilleure visibilité, et au lieu de s'en tenir à une technique de frog kick, palmes bien hautes et à l'horizontale, il s'obstinait à faire des mouvements de ciseaux classiques qui, en eau froide, agitaient trop les sédiments, brouillant encore davantage la vue.

Kieran et Verity échangèrent un regard autant que cela était possible à travers leurs masques et firent demi-tour pour nager dans l'autre direction. Ils passèrent devant Sean, qui examinait quelque chose avec sa torche au milieu de l'enchevêtrement de débris métalliques. Il leva la main, dessinant un cercle avec son pouce et son index. *Tout va bien ?* Ils imitèrent son geste. *Tout va bien.*

Kieran laissa Verity ouvrir la voie, se laissant flotter à ses côtés tandis qu'ils progressaient autour de la proue du navire, qui se dressait encore, imposante. De quelques coups de palmes – correctement exécutés en frog kick –, Verity contourna la paroi d'acier, en épousant la courbe. Elle se retourna vers son fils et lui fit signe de la rejoindre.

C'est une bonne idée qu'a eue Sean, songea Kieran. La respiration, la sensation de flotter. Tout ça était vraiment féerique. Pas étonnant que cela plaise tant à sa mère. On avait l'impression d'être dans un autre monde. Lui aussi, il aimait ça.

Ils nagèrent côte à côte, s'arrêtant quelques minutes au niveau de l'ancre du navire, désormais boursouflée de rouille. Verity tendit la main pour toucher le bras de Kieran quand un poisson jaillit tout à coup de l'épave et fila devant eux. Kieran sentit la légère poussée du courant quand elle fit ce geste.

Le sac à dos de Gabby.

Cette pensée vint à lui avec le mouvement de l'eau. Kieran n'avait jamais pris le temps de réfléchir à ce sac, au-delà de l'issue tragique qu'il impliquait évidemment. Mais à présent, il envisagea la chose. Les recherches s'étaient interrompues après qu'un groupe de gens promenant leurs chiens avaient retrouvé le sac échoué sur la plage. La masse violette, imbibée d'eau, avait été retirée de l'eau tout près des rochers où Gabby avait été aperçue pour la dernière fois avant l'arrivée de la tempête ; cette même tempête qui avait déraciné des arbres, détruit des maisons, s'était engouffrée en rugissant dans les grottes et avait entièrement submergé les Survivants. Celle qui avait fait chavirer un bateau et envoyé à la mort deux hommes du coin, pourtant solides.

Kieran s'immobilisa devant l'épave et sentit la pression des courants sous-marins contre sa combinaison de plongée. Une poussée et une aspiration, fermes et constantes. L'eau faisait ce qu'elle voulait. C'était donc déjà un coup de chance – il serait peut-être même allé jusqu'à dire : un coup de chance bien pratique – que le sac de Gabby ait été retrouvé. Kieran y repensa, tandis qu'il se laissait dériver, et sentit une étrange froideur s'infiltrer en lui, qui n'avait rien à voir avec l'océan.

Il se remit à nager, si absorbé dans ses pensées qu'il lui fallut quelques instants pour se rendre compte que Verity avait pilé net. Elle pointait du doigt quelque chose à travers l'eau trouble, et, tournant la tête dans cette direction, Kieran vit George qui nageait vers eux, très vite, ses palmes soulevant un nuage de sédiments. Aussitôt en alerte, Kieran se précipita à sa rencontre, une main déjà prête à empoigner son détendeur de secours au cas où George porterait sa main à son cou pour faire ce terrible signe de gorge tranchée. *Plus d'oxygène.*

Mais ce n'était pas le cas, comme Kieran put le constater lorsqu'ils se retrouvèrent face à face. George avait toujours son détendeur principal dans la bouche, les nuages de bulles s'en échappant de manière normale, quoiqu'un peu rapide.

Kieran joignit pouce et index. *Tout va bien ?*

L'expression du visage de George était déformée par son masque, mais sa main se tendit aussitôt à plat, paume vers le bas, oscillant de droite et de gauche. *Quelque chose ne va pas.*

Kieran pointa du doigt les différents éléments, tâchant de voir ce qui clochait. *Masque ? Oxygène ?* George faisait non de la tête. Il leva une main, son pouce et son index gantés formant un L, et Kieran comprit soudain de quoi il retournait. George était tout seul. Kieran pivota sur lui-même. Là-bas, vers la poupe, il n'aperçut que le faisceau de la torche de Sean, qui rebondissait et balayait l'épave difforme. Pas d'autre plongeur en vue. Pas de Liam.

George dessina de nouveau un L avec ses doigts, et pointa frénétiquement ses pouces vers le haut.

Kieran reproduisit ces gestes pour être sûr d'avoir bien compris. *Liam est remonté vers la surface ?*

George acquiesça derrière la vitre de son masque.

Kieran tendit sa main à plat et la fit osciller. *Quelque chose ne va pas ?*

Oui. Le même signe en retour. *Quelque chose ne va pas.*

CHAPITRE 23

Kieran ne se rappelait pas avoir jamais trouvé aussi longue une remontée vers l'air libre. Ils étaient allés trouver Sean et avaient aussitôt entrepris de regagner lentement la surface. Kieran vit que Sean envisageait de prendre les devants, calculant à quelle vitesse il pouvait remonter sans trop enfreindre les règles de sécurité. Il commençait à s'élever quand Kieran l'avait rattrapé par le poignet. *Non. Reste avec nous.* Kieran vit combien il lui coûtait de ralentir, mais il s'exécuta, et ils remontèrent tous les quatre ensemble. Une minute, neuf mètres.

Liam les attendait à bord du bateau. Assis en tailleur, les épaules voûtées, il contemplait les grottes, là-bas, sur le rivage. Il s'était débarrassé de tout son matériel, y compris sa combinaison, et il tremblait de froid, torse nu dans son short, une serviette drapée autour de ses épaules. Il releva la tête lorsqu'ils atteignirent la surface.

« Qu'est-ce qui s'est passé ? » Sean fut le premier à bord, visiblement rassuré de voir son neveu vivant, même s'il n'allait pas très bien. Sean attendit, mais Liam fuyait son regard.

« J'sais pas.

— Tu ne sais pas ? »

Kieran n'avait pas souvent vu Sean en colère, mais là, son ami était sur le point de perdre son calme.

« Liam ? insista Sean. Hé ! Tu m'écoutes ? Qu'est-ce qui se passe ?

— Je t'ai déjà dit. Rien.

— Rien ?

— J'en ai eu marre, d'accord ? »

Sean dévisageait son neveu. « T'es sérieux, là ? Donc, quoi, t'as juste décidé de remonter ? Sans prendre la peine de prévenir ?

— George m'a vu. » Il ne regarda pas l'écrivain, qui l'étudiait attentivement, le front plissé.

« Je ne te parle pas de ça, putain, rétorqua Sean. Et le fait de laisser George tout seul, c'est encore autre chose, et il va d'ailleurs falloir qu'on ait une bonne discussion là-dessus, toi et moi !

— C'est bon. Je suis pas sourd. » Liam secoua la tête. « J'sais pas quoi te dire. J'en ai eu marre d'être en bas, alors je suis remonté. »

Sean regarda son neveu, tout tremblant sur le pont. « T'as respecté les règles en remontant, au moins ? »

Petit hochement de tête. On n'entendait que les chocs de l'eau contre la coque.

« OK, finit par reprendre Sean. Rentrons. On en reparlera plus tard. T'as quelque chose à dire à tout le monde ? »

Pas de réponse.

« Liam ? Bon sang, tu n'écoutes toujours pas…

— J'écoute. Désolé. C'est juste que… » Liam fronçait les sourcils à présent, les yeux braqués sur le rivage.

« Quoi ? Qu'est-ce qu'il y a, mon vieux ?

— Y a quelque chose qui cloche là-bas, tu sais ? »

Sean cligna des yeux. « Autour de l'épave, tu veux dire ?

— Non, là-bas. » Ils se retournèrent tous pour suivre le regard de Liam, vers les Survivants et, au-delà, les falaises et les grottes.

« Où tu veux en venir ? demanda Sean, perplexe.

— Les oiseaux sont vraiment à cran ces derniers temps. » Liam parlait toujours d'une voix monocorde. « Ils se calment un peu et puis ça repart. Y a quelque chose qui leur fait peur. »

George pencha sa tête de côté, plissant les yeux pour mieux voir. Au-dessus des falaises, le ciel était pour l'essentiel dégagé. « Ils ont l'air tranquilles, en ce moment.

— Et comment vous pourriez savoir comment sont les choses par ici, hein ? répliqua sèchement Liam. Vous ne savez même pas palmer comme il faut ! » Il soupira, à court d'énergie. « Ils sont tranquilles, là, mais y a un truc qui les embête, ces derniers temps. » Il désigna Kieran d'un geste du menton. « C'est arrivé l'autre jour, quand il est allé traîner en bas avec son bébé, et le jour d'avant aussi.

— Tu es descendu dans les grottes ? » demanda Verity d'un ton vif, enveloppant son fils d'un tel regard qu'il ne savait plus où se mettre. « Avec Audrey ?

— Ouais. Mais juste une fois. Et pas longtemps. »

Sa mère ne le quittait plus du regard. « Qu'est-ce qui t'est passé par la tête ?

— Je n'avais pas prévu de descendre, je... » Kieran se tut. Il n'aurait pas su l'expliquer. « La marée était basse. Ça ne craignait rien. »

Verity ne répondit pas, mais continua de le fixer d'une manière qui le mit à cran.

« Quoi, maman ? protesta-t-il. C'est ma fille, quand même. »

Là encore, Verity resta silencieuse. Kieran sentit les regards des autres sur lui, et il se détourna, agacé.

« C'était peut-être un aigle de mer », déclara George de but en blanc, et tous se tournèrent dans sa direction. Il désigna Liam d'un sursaut des épaules. « Qui affolait les oiseaux. Ça n'arrive jamais que des aigles viennent par ici ? Pour s'en prendre aux petits ? »

Liam le regarda, indécis. « Je sais pas. » Il avait l'air très fatigué. « Ouais, peut-être. »

Sean démarra le moteur dans un rugissement rageur. « Putain. Allez, rentrons à terre. »

Si le voyage aller vers l'épave avait été calme, celui du retour fut silencieux mais d'une autre manière. L'humeur générale était encore sombre lorsqu'ils débarquèrent.

George descendit du bateau dès qu'ils eurent accosté. Il s'extirpa de sa combinaison, sortit un tee-shirt de son sac et, dans un merci qui parvint à avoir l'air au moins en partie sincère, il franchit la porte de la marina en secouant la tête.

Tandis que Liam emportait la combinaison pour la rincer, Sean se tourna vers Kieran et Verity.

« Je suis tellement désolé, dit-il en passant la main sur son visage. Si vous voulez y retourner un autre jour…

— Ne t'en fais pas, Sean. Je voulais revoir l'épave une dernière fois, et je l'ai fait, répondit Verity alors qu'ils se dirigeaient vers le hangar pour se changer. Donc, merci. Vraiment. »

Kieran eut moins de difficultés à s'extraire de sa combinaison qu'il n'en avait eues à y entrer et, cette fois, c'est lui qui se retrouva à attendre Verity devant le hangar. Ayant encore un peu froid après cette plongée glaciale, il fit quelques pas de côté pour se tenir au soleil et s'adossa contre le mur, se sentant soudain las. Par-dessus le bruit du jet d'eau qui rinçait le matériel derrière le bâtiment, il entendit la voix de Sean.

« … sais bien que tu traverses un moment difficile, mais… »

En réponse à ces mots, Liam laissa échapper un petit rire creux. Sean fit semblant de ne pas l'entendre.

« … mais tu ne peux pas abandonner les gens au fond. C'est déjà grave, là, mais si tu fais ça avec de vrais clients, ma boîte va se casser la gueule. Ou pire encore. »

Pas de réponse.

« Quand même, Liam. C'est une question de sécurité. Tu le sais bien. On ne peut pas…

— J'ai dû remonter parce que je pouvais plus rester en bas. » Liam parlait si bas que Kieran l'entendait à peine.

« Comment ça ? demanda Sean.

— J'avais de l'eau dans mon masque et j'étais en train de le vider, mais j'en ai avalé et… » Liam s'interrompit.

« Ouais, enfin, ce n'est pas nouveau. » La voix de Sean était redevenue douce. « Ça t'est arrivé combien de fois ? Des centaines.

— Je sais, ouais. Mais cette fois… » L'espace d'un instant, on aurait dit que Liam n'allait rien ajouter du tout. « Quand l'eau est entrée dans mes narines et dans ma bouche, j'ai eu l'impression que je pouvais plus respirer. Je pouvais, bien sûr – l'air passait, tout ça –, mais c'est l'impression que j'avais, tu vois ? Je n'ai pas pu le supporter. Je pouvais plus rester en bas. Voilà, c'est ça qui s'est passé. D'accord ? J'avais besoin de respirer, alors je suis remonté. »

Il y eut un silence.

« OK, répondit finalement Sean. D'accord, mon gars. Mais t'aurais dû venir me trouver. Moi, ou quelqu'un d'autre. Fallait pas disparaître comme ça.

— Je sais. Mais… » Liam avait l'air honteux, à présent. « Je ne savais pas combien de temps j'allais encore tenir. J'avais peur de finir par arracher mon masque. »

Aucun des deux ne dit plus rien pendant un moment.

« C'est si grave que ça ? interrogea Sean.

— Que les gens croient que j'ai tué une fille ? Ouais, c'est plutôt grave. »

Kieran entendit du mouvement à l'entrée du hangar. Verity était prête. Il resta pourtant là où il était.

« Très bien. » Les paroles de Sean étaient presque inaudibles. « Peut-être… » Une pause. « Peut-être qu'il vaut mieux ne parler de ça à personne d'autre pour le moment. »

Verity pointa sa tête au coin du bâtiment.

« Tu es prêt ? demanda-t-elle, et Kieran perdit la réponse de Liam.

— Ouais. » Kieran s'écarta du mur et Verity et lui quittèrent ensemble la marina. Quand ils atteignirent la route, ils ouvrirent tous deux la bouche au même moment.

« Pardon, dit Kieran. Vas-y, toi.

— J'allais juste dire que je vais acheter un café à emporter pour le ramener à ton père. » La voix de Verity était légère mais encore frigorifiée. « Visiblement, le Surf & Turf a bien besoin de clients. Tu veux m'accompagner ?

— Pourquoi pas, répondit Kieran. Tu sais que c'est Julian qui a dit aux flics que papa traînait dehors, n'est-ce pas ?

— Oui, je sais. C'est aussi Julian qui a veillé sur lui jusqu'à ce que j'arrive. Et ce n'est pas la première fois, d'ailleurs.

— Je comprends, dit Kieran tandis qu'ils se remettaient en marche. Écoute, je suis désolé d'avoir emmené Audrey aux grottes. Tu as entièrement raison. J'étais monté au belvédère et j'ai vu que la marée était basse, alors… » Il se tourna pour la regarder.

« OK », répondit simplement sa mère. Devant eux, l'enseigne du Surf & Turf était allumée.

« Je ne l'emmènerai plus là-bas.

— C'est toi qui décides.

— Maman…

— Comme tu l'as dit tout à l'heure, Kieran, c'est ton enfant. » La voix de Verity était d'un calme à toute épreuve. « Mais tu t'en voudrais terriblement s'il lui arrivait quelque chose. »

Kieran s'arrêta. Au bout de quelques pas, Verity finit par céder et s'arrêta à son tour. Elle se retourna et ils restèrent plantés là dans la rue, à se regarder.

« Tu as quelque chose à me dire, maman ?

— Non, Kieran.

— Tu en es sûre ? Au sujet de Finn, peut-être ?

— Non.

— Parce que je discerne un semblant d'agressivité passive, là. » Il la provoquait un peu, maintenant, utilisant ce ton placide dont Verity s'était fait une spécialité.

« Eh bien. » Elle le fixa droit dans les yeux. « Je suis désolée que tu ressentes ça.

— Maman.

— Kieran. » Verity soupira lourdement. « Arrêtons ça. D'accord. Tu as raison. Audrey est ta fille. Mais si quelque chose devait lui arriver, tu le regretterais. Et c'est tout ce que je voulais dire. »

Ce n'était pas vrai, évidemment, mais elle se remettait déjà en route. « Je vais acheter un café. Tu peux m'accompagner, mais tu n'es pas obligé. »

Kieran la suivit du regard pendant quelques instants encore, puis lui emboîta le pas.

Le grand écran normalement réservé aux retransmissions sportives affichait le journal télévisé local lorsqu'ils poussèrent la porte du Surf & Turf. Le son était coupé et les images défilaient sur fond de pop des années quatre-vingt, crachée par les enceintes du restaurant.

Lyn était de nouveau là dans son uniforme, elle faisait la grimace en poignardant les touches de sa télécommande, braquée sur le téléviseur.

« L'équipe de la télé était ici ce matin, expliqua-t-elle à Kieran et Verity. Je voulais voir ce qu'ils racontaient.

— Les parents de Bronte sont arrivés, ou pas ? demanda Verity après avoir commandé son café.

— Ouais, Chris Renn les a amenés ici. Ils ne sont pas restés longtemps. Ils n'ont pas dit grand-chose. » Lyn désigna d'un hochement de tête le panneau des petites annonces, sur lequel on avait punaisé un document imprimé, à côté de la photo de

Bronte. « Il y a une grande réunion prévue ce soir, pour tous les habitants. Je crois qu'ils seront là. »

Kieran se dirigea vers le tableau. Le document donnait tous les détails sur la réunion organisée à la bibliothèque d'Evelyn Bay. La signature photocopiée du sergent Renn figurait en bas de page. Kieran étudia la photo du visage de Bronte, puis poussa du doigt la boîte destinée à la collecte sur la table, au-dessous. Elle bougea à peine, bien remplie à présent.

« Ah, voilà », s'exclama Lyn en montrant les actualités, sur l'écran. Elle pointa de nouveau la télécommande, puis renonça, se résignant à regarder les images sans le son.

Le reporter aux cheveux bruns se tenait sur le fameux pan de plage devant le Fisherman's Cottage, un micro à la main. Le cameraman fit un zoom arrière, filmant depuis une distance respectueuse deux personnes debout au bord de l'eau, le visage blême. Kieran n'eut pas besoin du sous-titrage pour savoir qui ils étaient. Le père de Bronte avait des cheveux gris coupés ras et portait un élégant manteau de laine par-dessus son jean. La femme était petite, comme Bronte, et ses cheveux du même blond, impeccablement coupés au niveau des épaules. Tous deux étaient vêtus de bleu marine. Pas tout à fait la couleur du deuil, mais pas loin. Le père de Bronte se tamponna les yeux avec un mouchoir en papier froissé, tandis que sa femme déposait un énorme bouquet de roses sur le tas de fleurs qui s'élevait déjà au bord de l'eau. Le vent fit pression sur l'enveloppe de cellophane et, dès que la mère l'eut lâché, le bouquet bascula sur le côté. Les parents de Bronte n'esquissèrent pas un geste, se contentant de fixer l'amas des fleurs en décomposition comme s'il contenait des réponses.

Les images filmées cédèrent la place à une photo souriante de Bronte, une nouvelle, que Kieran n'avait pas encore vue. Bronte rayonnait devant un tableau encadré qui devait être d'elle.

L'image disparut et le sergent Renn remplit soudain l'écran. Il parlait face caméra, visage de pierre, solennel. Kieran ne put lire sur ses lèvres, mais devina ce qu'il disait. *Toute personne ayant des informations...*

« Vous y allez, à cette réunion ? demanda Kieran.

— Évidemment. » Lyn détacha ses yeux du téléviseur, alors que les roses de Bronte envahissaient l'écran, filmées en gros plan. Ses yeux se portèrent vers la cuisine, où Liam avait travaillé jusqu'au soir du drame. « Pas question de manquer ça. »

CHAPITRE 24

Ils étaient en avance, mais d'autres étaient arrivés encore plus tôt, et une grande agitation régnait déjà dans la librairie.

Le chien d'Ash, Shifty[1], était attaché par sa laisse au râtelier à vélos, devant le bâtiment, et Kieran lui caressa la tête en passant. Il repensa au jour où Ash avait trouvé ce chien, perdu ou abandonné, rôdant de manière louche autour de l'entrée de livraison du Surf & Turf. Ash avait eu pitié et l'avait ramené chez lui, où le chien et son surnom étaient restés pour de bon.

Derrière Shifty, Kieran aperçut un avis scotché par-dessus la trappe des retours, informant les visiteurs que l'assemblée communautaire se tiendrait dans la salle de réception. Ce n'était pas nécessaire. Un épais bourdonnement de conversations résonnait parmi les étagères de livres, et la pièce affichait déjà presque complet quand Kieran s'y fraya un chemin avec Mia. Verity et Brian les suivaient, un peu en arrière. Mia jeta un seul coup d'œil à cette salle pleine à craquer et fit faire demi-tour à son encombrant landau.

« Je vais le laisser dans le hall », annonça-t-elle, pendant que Kieran hissait Audrey hors de l'engin. Mia s'éloigna en

1. « Louche » ou « Pas net » en anglais. *(N.d.T.)*

le poussant, disparaissant derrière le présentoir des livres audio.

Kieran balaya la salle du regard. Quelqu'un avait offert une chaise à Brian et Verity tentait de convaincre celui-ci d'accepter. Finalement, la personne assise sur celle d'à côté se leva et adressa un signe à Verity, qui eut l'air gênée mais s'assit avec gratitude aux côtés de Brian, serrant fermement dans sa main le poignet de son mari. Kieran cala Audrey au creux de son bras et alla se poster, debout, près de la porte.

Les rangées de sièges étaient disposées face à une estrade, à l'autre bout de la salle, où quatre chaises vides attendaient derrière une table. Un ordinateur portable déplié trônait sur cette dernière, et Bronte souriait à l'assistance depuis deux grandes photos projetées sur un écran de présentation. Sur la première, elle était habillée comme pour sortir, et avait le sourire des grandes occasions. Sur l'autre, elle était assise sur le mur d'un jardin, en jean, pieds nus, le bras passé autour d'un grand golden retriever qui avait l'air endormi.

Liam n'était pas là, Kieran le comprit à l'atmosphère des lieux. Sean, lui, était venu ; Julian également. Ils se tenaient ensemble dans le coin opposé, adossés au mur, les bras croisés sur la poitrine. L'homme au visage buriné qui se trouvait à la gauche de Julian était penché vers lui dans une attitude confidentielle, et en parlant il poignardait l'air de ses lunettes de soleil repliées pour enfoncer le clou. Le couple juste à côté regardait ailleurs, faisant semblant de ne pas avoir remarqué Julian et Sean.

Julian semblait faire de son mieux pour ignorer tout le monde, fixant un point droit devant lui, sans ciller, et acquiesçant parfois du chef tandis que l'homme poursuivait sa divagation. Sean, tête basse, se frottait l'arête du nez. Kieran tenta de capter son regard, mais il ne releva pas les yeux. La salle était trop bondée pour que Kieran puisse jouer des coudes jusqu'à lui, et, à sa grande honte, il ressentit un soulagement imperceptible de ne pas avoir à choisir.

Il sentit un mouvement et aperçut Ash qui le saluait de la main au milieu de la foule. Il était assis au second rang, son autre bras passé autour des épaules d'Olivia, sur la chaise voisine, et il lui caressait l'omoplate du plat du pouce. La mère d'Olivia, Patricia, était assise de l'autre côté de sa fille, le dos parfaitement droit. Ils regardaient en silence une équipe de télé en train de s'installer près de l'estrade.

« Hé, tu sais quoi ? J'ai enfin rencontré G.R. Barlin, murmura Mia en se glissant contre Kieran. Je l'ai surpris en train de signer ses propres livres dans la section des retours récents. Mais bon, on a tous les deux fait comme si de rien n'était. »

Kieran sourit. « Je suis sûr que tu as fait preuve d'un grand tact.

— J'ai opté pour les compliments excessifs. Je voulais lui dire que j'aimais son travail, et j'ai malencontreusement déclaré que je l'aimais. Il s'est montré vraiment courtois. » Mia parcourut la salle du regard, son sourire s'évaporant aussitôt. « Pas de Liam ?

— Non. »

Kieran aperçut Lyn assise à quelques rangées d'eux. Les yeux de la serveuse filèrent se poser sur Julian, puis elle se pencha pour murmurer quelques mots à l'oreille de sa voisine, qui lui ressemblait suffisamment pour être sa sœur. Le visage de cette dernière se crispa.

Kieran entendit une voix dans son dos.

« Vous permettez ? »

Se retournant, il se retrouva nez à nez avec George Barlin, et fit un pas de côté pour lui faire de la place.

« Merci. » George avait l'air reconnaissant. Il portait encore un autre gilet à grosses mailles. Kieran se demanda combien il en possédait, au juste. George adressa un sourire à Mia. « Et rebonjour. »

S'il était le moins du monde embarrassé, il le cachait mieux que Mia. George embrassa du regard les rangées de chaises occupées, où les gens étaient serrés comme des sardines.

« L'endroit où il faut être, hein ? souffla George, sans aucune touche d'humour. Au moins, les gens sont plus polis les uns envers les autres dans la vraie vie qu'ils ne le sont en ligne. »

Kieran acquiesça. « J'ai vu que le forum citoyen avait décollé...

— Effectivement. » Le visage de George était grave. « Les gens devraient faire attention, d'ailleurs. Un tas de commentaires diffamatoires sont balancés, sur ce forum. D'autant que personne n'a encore été inculpé. » Il se tourna vers Sean et Julian, qui avaient à peine bougé depuis tout à l'heure.

« Personne ne modère le contenu ? interrogea Mia, se penchant pour prendre Audrey des bras de Kieran quand le bébé se mit à pleurnicher.

— Il y avait deux personnes, avant. Bénévoles, j'imagine, mais c'était à l'époque où il était surtout question de requêtes sur les impôts locaux et le ramassage des ordures. Si des gens s'en chargent en ce moment, alors ils sont visiblement dépassés. Il y a des posts qui traînent depuis plusieurs jours sur ce site, alors qu'ils n'auraient jamais dû être autorisés.

— Au sujet de Liam ? demanda Mia.

— Certains, oui, répondit George. Mais pas tous... »

Il s'interrompit et recula d'un pas en voyant l'inspectrice principale Pendlebury qui tentait de franchir la porte.

« Excusez-moi », dit-elle, ses paroles soudain extrêmement audibles tandis qu'un silence impatient s'emparait de la salle.

Sans se démonter, Pendlebury joua des coudes parmi la foule, jusqu'à l'endroit où Olivia était assise. Elle s'avança et se pencha par-dessus la chaise d'Ash pour murmurer quelque chose à l'oreille d'Olivia. Kieran – et tout le reste de l'assistance – regarda l'inspectrice incliner la tête vers l'estrade encore vide puis la porte, expliquant peut-être le déroulement de la soirée à la colocataire de Bronte, par courtoisie. Olivia l'écoutait, immobile, tout comme Ash à ses côtés. Kieran trouvait intéressant que personne ne soit vraiment à l'aise à l'idée d'être vu par ses amis et ses voisins en train d'aider les policiers dans leur enquête, aussi inoffensif que puisse être l'échange. Il se tourna vers Sean, qui les observait comme tous les autres.

« Mais la police le supervise, maintenant, reprit George à voix basse, sans quitter des yeux Pendlebury.

— Le forum ? demanda Kieran.

— Oui. Je crois. Certains posts disparaissent subitement. Mais il reste quand même une montagne de trucs calomnieux là-dedans, donc je pense qu'ils s'efforcent surtout d'enlever les posts qui ont un lien quelconque avec l'enquête.

— Des choses qu'ils ne veulent pas que les gens sachent ? interrogea Kieran.

— Ce dont ils ne veulent pas que les gens parlent, peut-être ? » George haussa les épaules. « Comment savoir ? J'essaie de suivre ça en ce moment. De voir quels posts disparaissent, mais ça va trop vite pour moi. »

Kieran ne put s'empêcher de sortir son téléphone, et vit Mia faire de même. *« Bienvenue sur le FCLEB ! Venez bavarder autour d'un petit café virtuel ! »*

Les membres du forum faisaient en fait bien plus que cela, constata Kieran. Un débat sur la question de savoir s'il fallait ou non boycotter le Surf & Turf s'étirait sur trois pages. Relevant la tête, Kieran vit que Julian avait les yeux braqués sur Pendlebury. Le Surf & Turf survivrait forcément, songea-t-il. Les gens avaient besoin d'un endroit où manger, et plus crucial encore, boire. N'empêche, le simple fait qu'on puisse même suggérer de boycotter l'endroit avait quelque chose de troublant. Kieran baissa les yeux sur son écran.

Bronte aimait faire l'amour sur la plage, la nuit. Du moins, un avatar gris anonyme l'affirmait. Il – elle ? – connaissait quelqu'un à la salle de gym qui l'avait vue là-bas avec un type, le mois d'avant. Kieran n'avait aucun moyen de savoir si c'était vrai. À en juger d'après les réponses, personne d'autre non plus. Il parcourut des yeux la salle comble, tentant d'associer des visages à certains de ces commentaires. Mais par où commencer ?

Une réponse avait été effacée.

L'avatar gris apparaissait encore, mais la case de son commentaire ne contenait plus qu'un fond grisé. *« Ce commentaire de Blainey82 a été effacé pour violation du règlement du FCLEB. »*

Kieran s'attarda encore quelques instants sur ce message absent, puis passa à la suite. Juste en dessous, l'ancienne professeure de musique de Mia, Theresa Hartley, avait choisi d'intervenir à nouveau, déposant un commentaire sur le post originel.

« Je ne crois pas un seul instant que Bronte était comme ça. Ma petite-fille dit qu'elle était l'une des filles les plus gentilles de l'université. Regardez ça, et vous verrez », avait-elle ajouté, insérant un lien. Son commentaire avait à son tour déclenché toute une série de réponses tantôt patientes, tantôt furieuses, informant Theresa qu'il était tout à fait possible d'être à la fois une fille agréable et d'apprécier les actes sexuels consentis dans des lieux un peu isolés.

Intrigué, Kieran cliqua sur le lien posté par Theresa. Il menait à une page d'un réseau social dont Kieran avait entendu parler, mais chaque fois qu'il était allé y jeter un coup d'œil, il s'était senti trop vieux et blasé pour vraiment s'y intéresser. La page consistait en un hommage en ligne à Bronte, où les visiteurs – ses condisciples des Beaux-Arts à Canberra, pour l'essentiel, à ce que Kieran pouvait voir – avaient posté des photos et autres messages vidéo. Certains avaient partagé des croquis et des dessins faits par Bronte. *« Je n'arrive pas à croire qu'elle soit plus là »*, avait écrit une fille. La petite-fille de Theresa, devina Kieran en voyant son nom de famille.

Kieran sentit la main de Mia sur son avant-bras. Elle était encore en train de consulter le site du FCLEB. Elle tourna son écran vers lui pour qu'il puisse voir, et tapota doucement un post du bout de l'ongle.

« *Brian Elliott a été aperçu sur la plage la nuit où Bronte Laidler a été tuée.* » Kieran sentit sa poitrine se serrer. Il vérifia l'avatar. Gris et anonyme, évidemment. Pas même un vrai pseudo, rien qu'une série de chiffres. « *Il traîne dehors la nuit.* »

« *Arrêtez,* protestait un commentaire. *Il a Alzheimer.* »

« *C'est aussi lui qu'on avait vu en dernier avec Gabby Birch. Vous vous souvenez ?* »

Kieran sentit la nausée l'envahir. À l'autre bout de la salle, il vit que Julian consultait à présent son propre smartphone, tapotant sur l'écran.

« Ça peut être n'importe qui, murmura Mia, lisant dans ses pensées. Liam a dû raconter aux gens que ton père marchait dans la rue. N'importe qui a pu écrire ça.

— Ce qui n'est pas vraiment rassurant, fit remarquer Kieran, se tournant vers l'endroit où Verity s'efforçait manifestement de convaincre Brian de rester assis.

— Non, mais… » Mia fut interrompue par une agitation derrière eux, et l'attention collective de la salle se concentra aussitôt sur la porte.

Le sergent Renn entra le premier et salua Pendlebury d'un hochement de tête, leurs traits à tous les deux pareillement tendus. Le silence et l'immobilité qui suivit donnèrent l'impression que personne d'autre ne viendrait. Puis Renn se retourna à moitié, et les parents de Bronte apparurent sur le seuil. Pendlebury avait dégagé un chemin dans la foule, et tous les yeux les accompagnèrent dans leur longue traversée de la salle.

Kieran se souvint qu'Olivia avait dit qu'ils étaient fonctionnaires à Canberra, et ils en avaient le look. Ils s'étaient en effet changés depuis le reportage du journal télévisé et donnaient tous deux l'impression de se rendre à un petit déjeuner d'affaires, avec leurs chemises, chemisiers, costumes et tailleurs impeccables. Kieran les imagina dans leur chambre d'hôtel, hésitant sur quoi porter. Utilisant chacun leur tour, en silence, la planche à repasser. Quelle tenue était la plus appropriée pour évoquer en public leur défunte fille ? Aucune, telle était la réponse. Ou n'importe laquelle. Kieran supposa qu'ils s'étaient rabattus sur des vêtements familiers qui, du moins dans leur vie normale, leur donnaient l'impression de contrôler la situation.

Le sergent Renn resta debout pendant que les trois autres prenaient place sur leur chaise. Il prit le micro sur la table et actionna l'interrupteur.

« Tout le monde m'entend ? » Un murmure affirmatif monta de la salle. « Parfait. Eh bien, merci à tous d'être venus. Je crois que la plupart d'entre vous me connaissent. Je suis le sergent Chris Renn, je travaille ici à Evelyn Bay depuis presque treize ans. Et voici ma collègue de Hobart… » Il désigna l'autre bout de la table. « … l'inspectrice principale Sue Pendlebury, que certains d'entre vous ont certainement vue à l'œuvre avec son équipe, ces derniers jours. »

Renn jeta un bref coup d'œil à ses notes, sur la table.

« Vous êtes tous au courant de l'événement tragique qui a eu lieu samedi soir, impliquant Bronte Laidler, que nous sommes nombreux à avoir rencontrée au Surf & Turf, où elle travaillait. Bronte n'est pas restée longtemps parmi nous mais elle était très appréciée, et je sais combien ce qui s'est passé nous a tous secoués. Nous avons ce soir avec nous les parents de Bronte, Nick et Andrea Laidler, venus de Canberra. » Renn se tourna vers le couple, qui contemplait en silence cette mer de visages. Ils sursautèrent en entendant prononcer leurs noms. « Nous sommes vraiment désolés de vous accueillir en de telles circonstances, mais notre communauté vous souhaite la bienvenue. »

Le père de Bronte inclina la tête en avant, d'un geste sec et mesuré, tandis que sa mère articula un *merci* muet, lèvres serrées.

Renn se tourna de nouveau vers la foule. « Nous savons combien ce moment est difficile, et soulève naturellement de nombreuses questions, mais nous pouvons vous assurer que nous sommes sur le terrain, à interroger un grand nombre d'entre vous et à explorer plusieurs... »

Un murmure indistinct se fit entendre sur la gauche de la salle et Renn bredouilla, sourcils froncés, le fil de ses pensées soudain interrompu.

« Ah... » Il vérifia ses notes. « Oui. Nous explorons plusieurs...

— Je disais, pourquoi vous harcelez les gens d'ici, Chris ? » Les paroles n'avaient plus rien d'indistinct cette fois, et toutes les têtes se tournèrent vers l'endroit d'où elles venaient. Kieran apercevait l'intervenant, à présent. Un type d'une quarantaine d'années, avec un physique de surfeur sous sa chemise à carreaux. Sa main était posée sur l'épaule d'un ado de treize ou quatorze ans, qui ne pouvait qu'être son fils. Kieran le reconnaissait. Heath quelque chose. Il s'occupait du club de sauvetage des Nippers avec Julian.

« Nous ne prenons pas de questions pour l'instant, Heath. » La voix de Renn était ferme. « Viens me parler après.

— Ouais, super, mais je veux juste savoir pourquoi vous perdez tout ce temps à nous interroger, alors qu'on sait tous que celui qui a fait ça est retourné sur le continent depuis des jours. » Heath désigna de la tête les parents de Bronte, dont les visages s'étaient comme pétrifiés. « Écoutez, je suis vraiment désolé de ce qui est arrivé à votre fille. Il faut me croire. Moi aussi, j'ai des enfants. » Heath souleva sa main de l'épaule de son fils. « Mais ce n'est pas nous – nous tous, assemblés ici – qui vous avons fait ça. Et je voudrais savoir, Chris, ce que je suis censé dire à mon fils quand il rentre à la maison en me demandant pourquoi les papas de ses copains se font harceler par la police ?

— Et si tu lui disais par exemple que c'est ce qui arrive quand quelqu'un est victime d'un crime ? La police interroge les gens. » Renn ne prit pas la peine de se servir du micro, cette fois. Il soutint un moment le regard de Heath, puis parcourut l'assemblée. « Maintenant, il s'agit de votre communauté. Et de la mienne, aussi. Et je suis heureux que vous soyez tous assis là à écouter ce qui se dit. Mais respectons quelques règles de base, compris ? » Il attendit, puis se pencha de nouveau sur ses notes. « Bien. »

La fin du speech d'introduction de Renn fut vite emballée et, se dit Kieran, sans doute plus courte encore qu'il ne l'avait prévu, puis ce fut au tour de Pendlebury de prendre la parole. Elle se leva, tapota sur le clavier de l'ordinateur portable, et les photos de Bronte disparurent.

« Je vous demanderai de bien vouloir regarder cet écran. » Elle pianota de nouveau et deux autres images s'affichèrent.

Un appareil photo. Et un ordinateur portable.

Les yeux de Kieran filèrent se poser sur ceux de Mia – *un ordi, aussi ?* articula-t-elle en silence – et tous deux se tournèrent aussitôt vers Olivia. Sa tête, vue de derrière, était parfaitement immobile. Ash, un peu de profil, regardait fixement l'écran, sa main pendant mollement derrière la chaise d'Olivia.

« Ces deux objets nous intéressent », poursuivit Pendlebury en désignant les images. Celles-ci étaient tirées d'un catalogue, et accompagnées d'un insert en gros plan spécifiant la marque et le modèle des deux appareils. Pendlebury tapota ces références, maintenant son index sur l'écran jusqu'à être sûre que le public y prêtait attention. « Veuillez noter la marque, ici et ici, et les références précises des modèles – là, et là. Vous trouverez des flyers devant la porte en sortant, avec tous ces détails. Je vous demanderai de bien vouloir en emporter un ou plusieurs, et de les transmettre à ceux de vos voisins qui ne sont pas présents ce soir. »

Pendlebury se tourna de nouveau vers l'écran. Les parents de Bronte contemplaient la table.

« Nous pensons que ces deux appareils appartenaient à Bronte Laidler, précisa Pendlebury. Nous n'avons pas encore réussi à les retrouver, et pensons qu'ils ont été jetés quelque part, dans les alentours. Nous vous demandons de vérifier dans vos propriétés, vos poubelles, vos abris de jardin, vos jardins, les sentiers que vous empruntez. Tous les endroits où ces objets auraient pu être jetés précipitamment. »

Des grommellements étouffés accueillirent ces paroles, et Pendlebury fit comme si elle n'entendait pas. Mais Kieran devina qu'elle le savait tout aussi bien que n'importe qui dans cette salle : pour se débarrasser de quelque chose à Evelyn Bay, vous n'aviez qu'à sortir de chez vous par la porte de derrière, et des millions de litres d'eau étaient là pour vous faciliter la tâche. Pas toujours, cependant – Kieran ne put s'empêcher de jeter un coup d'œil à Patricia Birch. Parfois, visiblement, les objets revenaient.

Pendlebury pointa du doigt certains traits distinctifs de l'appareil photo et de l'ordinateur portable, laissant les images affichées pour que le cameraman de la télé puisse les filmer, pendant que son reporter notait tous les détails. Elle redonna le numéro à appeler, pianota une nouvelle fois sur son clavier, et les images de Bronte réapparurent.

Elle croisa le regard de Renn, et tous deux se tournèrent vers le couple Laidler. Pendlebury se pencha pour échanger avec eux quelques mots murmurés, puis se redressa.

« Les parents de Bronte, Nick et Andrea, vont maintenant faire une déclaration. Ils ne répondront à aucune question ce soir. Si vous avez des requêtes ou des informations, merci de nous les adresser à l'issue de cette réunion, au sergent Renn ou à moi. »

Pendlebury passa le microphone aux parents de Bronte, qui se levaient déjà. Ils se tenaient bien droit, la mine sombre, dans leurs tenues chics, le père de Bronte paraissant plus à l'aise avec le microphone que Renn et Pendlebury avant lui. Il portait une cravate, la seule de toute l'assemblée.

Kieran les étudiait, serrés l'un contre l'autre dans la salle de réception fatiguée de la bibliothèque, devant ces photos de leur défunte fille. *Ils ont l'air déplacés*, se dit-il. Littéralement, pas à leur place. Il avait l'impression de lire ce qu'ils pensaient : cette vie n'était pas la leur. Ceci n'était pas en train de leur arriver.

Nick Laidler posa son téléphone sur la table et donna un petit coup sur l'écran. Tête basse, il inspira profondément avant de se redresser.

« Bronte était notre seul enfant », déclara-t-il. Le volume de sa voix était parfaitement adapté au micro et à la taille de la pièce, et il s'exprimait sur le rythme mesuré de qui a l'habitude de s'adresser à des groupes. Il jeta un bref coup d'œil à ses notes, sur son téléphone. « C'était une petite fille joyeuse et entourée d'amour, qui s'était transformée en une belle femme talentueuse. Bronte était une artiste douée, et l'amie de nombreuses personnes. Elle était… »

Nick marqua une pause, tandis que son épouse tendait brusquement le bras pour effleurer la manche de son costume. Il baissa les yeux sur sa main puis remonta vers son visage. Andrea Laidler était restée parfaitement immobile pendant que son époux parlait, mais ses yeux n'avaient pas arrêté de se déplacer. Elle avait scruté tour à tour, Kieran s'en rendait compte à présent, tous les visages de l'assemblée. Un premier, puis celui d'à côté, puis le suivant, et ainsi de suite.

Elle se tourna vers son mari et lui fit signe de lui passer le micro. Kieran vit Pendlebury et Renn échanger un regard.

Nick baissa la tête et murmura quelque chose à sa femme. La réponse de celle-ci fut inaudible, et elle désigna de nouveau le micro. Cette fois, Nick le lui tendit, puis il fit glisser le téléphone sur la table pour qu'elle puisse lire les notes.

Andrea l'ignora. Elle porta le micro à ses lèvres avec le geste aguerri de celle qui avait l'habitude de parler en public. Ses yeux se posèrent sur la foule.

« Qui a fait ça ? »

Les mots de la mère de Bronte fendirent l'air. Elle attendit. Personne n'émit le moindre son. Son visage continua de parcourir lentement l'assemblée. Chacune des personnes présentes l'observait en retour, mais Kieran en vit plus d'une baisser les yeux pour ne pas croiser son regard.

« Qui a fait ça ! » répéta-t-elle. Son mari tendit la main pour tapoter fermement l'écran de son portable, le tournant clairement dans sa direction, mais Andrea resta concentrée sur la salle, examinant chacun avec froideur.

Kieran s'était attendu à un chagrin désordonné et larmoyant, et savait qu'il n'était certainement pas le seul. Il sentit l'atmosphère s'épaissir, au fur et à mesure que la foule se remettait du choc, parvenant à la même conclusion à peu près au même moment : la mère de Bronte n'était pas triste. Ou plutôt, pas seulement. Elle était furieuse.

La main d'Andrea tremblait lorsqu'elle approcha de nouveau le micro de sa bouche, mais sa voix resta ferme.

« Nous n'avons pas très bien compris pourquoi notre fille voulait passer l'été ici. Pourquoi elle avait choisi de passer plusieurs mois ici… » Un grondement irrité dans la foule, le front de son mari qui se plissait. Andrea ignora les deux. « Mais nous aimions Bronte. Elle disait que c'était important pour son art, alors nous l'avons soutenue. C'est ce que nous avons toujours essayé de faire. Et quand Bronte est venue ici, elle a fait de son mieux pour s'intégrer et les gens l'ont bien accueillie, pour la plupart… »

Cette ultime remarque fut ostensiblement prononcée à l'intention d'Olivia, qui contemplait ses cuisses. Ash serra plus fort son bras autour d'elle et Patricia prit simplement un air abasourdi. Kieran vit Renn envoyer une question muette à Pendlebury, qui hésita un instant puis secoua la tête dans une réponse quasi invisible.

« Bronte est venue chez vous avec l'esprit ouvert, poursuivit Andrea d'une voix tendue. Curieuse de découvrir la vie d'ici. Intéressée. Confiante. »

Elle s'interrompit, son regard parcourant toujours le public. Se posant sur George, puis Mia, puis Kieran lui-même. Celui-ci ne céda pas et quand leurs yeux se croisèrent, il pensa soudain à Verity. Il vit sa mère penchée en avant sur sa chaise, lèvres entrouvertes tandis qu'elle regardait l'autre femme parler.

« Les derniers instants de ma fille ont dû être atroces. » La voix d'Andrea tremblait à présent autant que ses mains. « Je ne veux même pas penser à la peur qui a dû être la sienne. Imaginez-vous seulement ce qu'elle a dû ressentir ? Dans l'eau ? Elle ne pouvait plus respirer ! »

Elle avala sa salive et ses mots restèrent suspendus dans les airs. Kieran sentit George bouger, mal à l'aise, près de lui. De l'autre côté de la salle, Julian contemplait la mère de Bronte, dans une attitude de défi qui était presque convaincante. Sean avait la main posée sur son visage.

« Je sais que vous attendez que je vous demande votre aide, déclara enfin Andrea. Alors je vais le faire. S'il vous plaît. Je vous en supplie, si vous savez quoi que ce soit sur ce qui est arrivé à ma fille, dites-le-nous. » Elle inspira nerveusement. « Mais il faut également que vous sachiez ceci : de toute manière, je le découvrirai. Je ne vais pas vous mentir en disant que je sais comment faire, mais je paierai des gens pour s'en charger. Des détectives privés. Je viderai nos comptes en banque. J'hypothéquerai nos maisons. Je ferai tout ce qui sera nécessaire. Parce que je crois que cet homme… » Elle pointa du doigt Heath, qui donnait l'impression de vouloir disparaître. « … je crois qu'il se trompe. Je crois que le coupable est sans doute présent dans cette salle. Je crois que c'est l'un d'entre vous. » Un silence se fit. « Mais peut-être que non. Peu importe, je veux juste la vérité. Donc, quoi qu'il en soit, nous retournerons ciel et terre. Si vous êtes venu là… » Elle balaya de nouveau la salle du regard, plus rapidement et moins attentivement cette fois. « … si vous espérez que ça finisse par passer, vous risquez d'attendre longtemps. Quelqu'un s'en est pris à Bronte. Je veux savoir qui. Donc à moins que vous ne teniez à ce que tous les secrets de cette ville ne remontent à la surface, je suggère à tous les gens présents ici ce soir d'ouvrir la bouche et de parler. »

Ces derniers mots soulevèrent davantage qu'un murmure, et Renn se leva.

Andrea tendit la main devant elle, l'arrêtant. Elle parcourut une nouvelle fois la salle du regard, puis secoua la tête.

« Comme vous voudrez. » Elle posa le micro et conclut à voix nue : « J'ai dit ce que j'avais à dire. »

CHAPITRE 25

La mer au lever du jour était plus froide que jamais. Kieran plongea sa tête dedans, son souffle restant bloqué au creux de sa poitrine. Il commença à nager, progressant au milieu des rouleaux, sortant la tête tous les dix mouvements de bras pour jeter un coup d'œil à Audrey, calée dans sa gigoteuse sur la serviette de Kieran, au milieu de la plage déserte.

Kieran s'était réveillé avant l'aube, alerté par le petit cri bégayant jailli du berceau, et il s'était extirpé du lit à contrecœur. Il avait donné le biberon à Audrey et lui avait lu un livre d'images qui insistait lourdement, en couverture, sur le fait qu'il allait libérer le génie latent de sa fille. Au lieu de quoi, ce bouquin l'avait endormie, ce qui sur le moment était apparu comme un résultat encore meilleur. Ils auraient dû ajouter ça sur la couverture. Le ciel commençait alors à s'éclaircir mais toute la maisonnée dormait encore, si bien que Kieran avait enveloppé Audrey dans sa gigoteuse, empoigné sa serviette de bain, et ils étaient sortis tous les deux dans le froid piquant du matin.

Tandis qu'il nageait, sa tête était encore pleine de l'assemblée communautaire de la veille. Renn avait réagi sans tarder après le speech de la mère de Bronte, il fallait lui reconnaître ça. Les mots de cette femme étaient à peine retombés que le sergent avait traversé l'estrade en deux pas vifs et, ses mains fermement calées sur leurs dos respectifs, avait accompagné Andrea et Nick à travers la foule, puis vers la sortie.

Tous les autres avaient mis un peu plus de temps à reprendre leurs esprits, leur réaction prenant la forme d'un grondement sourd, qui s'amplifia en une sorte de rugissement voilé. Mia s'était montrée rapide, elle aussi, se précipitant hors de la salle avec Audrey pour aller récupérer le landau, laissant Kieran et George désagréablement serrés l'un contre l'autre, s'efforçant, avec plusieurs centaines de leurs concitoyens, de franchir le goulot d'étranglement de la porte. Deux agents en uniforme leur distribuaient de pleines poignées de flyers tandis que ce flot s'écoulait dans le hall puis la fraîcheur de la nuit, dehors. Quand il eut assez d'espace pour s'arrêter, Kieran tendit le cou au-dessus de la foule pour tenter de localiser Verity et Brian.

« Eh bien, j'avoue que je ne m'attendais pas à cela... » George étudiait son flyer, avec les images de l'appareil photo et de l'ordinateur portable de Bronte. Il fronça les sourcils. « Ces trucs-là ont sans doute disparu depuis belle lurette, non ?

— Je crois aussi, oui.

— Je me demande si les policiers savent ce qu'ils contenaient. Je veux dire, tout est sauvegardé quelque part, n'est-ce pas ? Parfois, j'ai l'impression que ça m'arrive sans que j'aie rien demandé.

— Oui, j'imagine, répondit Kieran. Ça dépend de la configuration qu'elle avait choisie. »

Kieran aperçut le haut du crâne de Brian et vit que Verity le guidait par le bras. Pendlebury avait ralenti le pas pour l'aider, et dégageait discrètement le chemin devant eux. Comme ils passaient devant l'un des policiers qui distribuaient les documents, Pendlebury en prit deux. Elle en rabattit un dans le sens de la hauteur, en marquant bien le pli avant de le remettre à Verity. *Prenez-le.* C'était un geste assez banal, mais exécuté d'une manière un peu insistante, qui rendit Kieran nerveux.

« Eh bien, soit les policiers ignorent ce qu'il y a dedans… » George releva les yeux du flyer pour regarder Pendlebury. « Soit ils savent, et ils n'ont pas encore réussi à en saisir le sens. »

Se sentant peut-être observée, Pendlebury tourna la tête dans leur direction. Ses yeux passèrent de Kieran à George, et une ombre traversa son visage. Elle disparut presque aussitôt, car elle fut obligée de se concentrer à nouveau sur Brian. À peine l'avait-elle aidé à descendre la dernière marche qu'elle fut abordée par une femme en colère, vêtue d'une polaire rose.

« Je vais y aller », déclara George, puis il hésita. Il se retourna vers Kieran. « Écoutez, mon vieux, je sais que ce n'est ni le moment, ni l'endroit, mais il y a quelque chose… »

Il fut coupé net par une agitation dans le dos de Kieran, et celui-ci vit Ash qui approchait, la laisse de son chien à la main, sa grande carcasse se détachant dans l'éclat de la bibliothèque. George se tourna pour partir.

« On se verra à un autre moment, dit-il, saluant Kieran d'un geste de la main.

— Tu n'as pas vu Sean ? demanda Ash, bousculant légèrement de l'épaule l'écrivain au passage, mais, pour le reste, l'ignorant complètement.

— Non. Je crois que ni lui ni Julian ne se sont éternisés.

— On ne peut pas leur en vouloir, c'était sacrément tendu. » Ash secoua la tête. « Il faut que j'y aille moi aussi, Liv m'attend. Ça lui a mis un coup. » Il baissa la voix. « Comme à pas mal d'autres, je crois. Les gens ont l'air de flipper, tu ne trouves pas ? Ce qu'a balancé la mère de Bronte sur les secrets qui vont remonter ?

— Ouais. » Kieran voyait les gens échanger des regards fugaces. L'atmosphère, devant la bibliothèque, était lourde. « Ils flippent.

— Il y a de quoi se poser des questions, hein ?

— C'est sûr. »

À présent, Kieran achevait sa longueur dans la mer. Il leva la tête, chassant l'eau salée de ses yeux. Il vit qu'Audrey dormait encore, bien au chaud dans sa gigoteuse sous le ciel rouge doré du petit matin. Kieran replongea sous la surface, et sentit la brûlure du froid. Il enchaîna plusieurs mouvements rapides, ses muscles se détendant lorsqu'il eut trouvé son rythme. Il resta plus longtemps sous l'eau, cette fois, et quand il ressortit la tête, il manqua boire la tasse. Audrey se trouvait toujours là où il l'avait laissée, mais la plage n'était plus déserte. Kieran apercevait une silhouette sur le sable, dont l'ombre se déployait sur sa fille assoupie.

Quelques secondes plus tard, Kieran avait pied et pataugeait vers le rivage, insensible à l'air glacial piquant sa peau mouillée.

« Hé ! »

En entendant son cri, la silhouette se retourna. Kieran essuya ses yeux, clignant des paupières tandis que le visage de l'inconnu prenait forme. Patricia Birch.

Il ralentit, juste un peu. Patricia se redressa et leva la main. Elle s'écarta de sa fille et Kieran cessa de courir dans l'eau. *Tout va bien*, se dit-il, même si son cœur battait encore à tout rompre.

« Bonjour, lança-t-elle lorsqu'il eut atteint la plage. Je suis vraiment désolée. J'étais juste…

— Non, c'est moi qui suis désolé. » Kieran les rejoignit et se baissa pour ramasser sa serviette, sans trop savoir pourquoi il éprouvait encore le besoin de se positionner entre Patricia et son bébé, tandis qu'il s'essuyait. Audrey dormait toujours, paisible et insouciante. « J'ai été surpris, c'est tout.

— Bien sûr, dit Patricia. J'étais juste… » Elle bafouilla, le visage légèrement froissé, en regardant autour d'elle. « Je veux dire, tu ne crois pas que c'est dangereux de la laisser seule sur la plage ? »

Pas les mecs ni les bébés, se répéta Kieran, même si, à voir à quelle vitesse son pouls battait encore, il n'était plus si sûr d'y croire lui-même. Il souleva Audrey et elle remua au contact de ses bras froids.

« Je croyais qu'il n'y avait personne, dit-il.

— Effectivement. Et puis, ça ne me regarde pas. » Trish le gratifia d'un petit sourire. « J'avais horreur que les gens m'expliquent comment m'occuper de mes enfants. Je suis désolée. Continue donc de nager, ne t'occupe pas de moi.

— C'était sans doute le moment d'arrêter, de toute façon. »

L'air du matin parait d'un éclat sain le visage de Patricia, mais celui-ci avait en outre un aspect un peu pincé qui poussa Kieran à se demander si elle n'avait pas pleuré. L'océan avait absorbé la teinte rougeâtre de l'aube, et les yeux de Patricia contemplaient à présent les ondulations de la houle. Non, comprit soudain Kieran. Elle ne contemplait pas la mer. Elle la fouillait du regard. Il hésita.

« Patricia, j'ai votre sac à dos. Si c'est lui que vous cherchez. Désolé, mais je l'ai sorti de l'eau après que vous l'avez lancé. Je ne savais pas ce que c'était.

— Oh. Olivia m'a dit que tu l'avais retrouvé. » Patricia avait l'air gênée, mais son regard remonta tout de même par-dessus l'épaule de Kieran pour fixer les vagues. Kieran se demanda s'il n'y avait pas un autre sac, là-bas. Ou peut-être plusieurs.

« Vous voulez le récupérer ? demanda-t-il. Il est dans notre abri de jardin. Je peux aller le chercher.

— Non. » Elle sembla indécise, puis se reprit. « Non. J'ai promis à Olivia. » Elle laissa échapper un rire embarrassé. « J'imagine ce que tu penses. Ça doit te sembler complètement dingue.

— Non. » Kieran secoua la tête. En fait, il ne trouvait pas cela dingue. En sentant le poids de sa fille au creux de ses bras, et en s'imaginant à la place de Patricia Birch, cela ne lui semblait pas fou du tout.

« Eh bien, je ne suis pas sûre que grand monde serait de ton avis, mais merci quand même. » Patricia tendit la main et repoussa doucement le coin du duvet pour mieux voir le visage d'Audrey. « Ça ne change jamais, tu sais. Même quand ils sont plus grands. On donnerait sa vie pour quelqu'un qui ne vous dit même pas au revoir devant le portail de l'école. Et puis tout à coup, on vous les arrache, et... » Patricia haussa les épaules. « Tu étais là hier soir, j'imagine ? T'as entendu la mère de Bronte ? »

Kieran acquiesça.

« J'étais comme ça, au début, déclara Patricia. Je ne m'exprimais pas si bien, et je n'avais pas tous les moyens qu'elle a. Mais j'étais en colère. Du moins, derrière mes portes closes. Je n'ai jamais eu le courage d'exprimer ça en public. J'avais l'impression qu'il fallait rester polie, gentille, donner envie aux gens de m'aider. » Ses traits se durcirent. « Mais ça n'a rien changé. Ça ne m'a pas rendu ma fille. J'aurais peut-être dû tout laisser sortir, comme la mère de Bronte. »

Cette pensée avait l'air de tant la perturber que Kieran s'inquiéta pour elle. Par-delà la clôture de ses parents, il remarqua une lumière allumée dans le couloir de la maison. Quelqu'un était réveillé.

« Vous ne voulez pas entrer prendre un café, Patricia ? Discuter un peu avec Mia. Ma mère est là, aussi. Vous pourrez prendre le bébé. »

Patricia secouait déjà la tête. « Non. Merci quand même...

— Ce serait un plaisir, vraiment.

— Sincèrement, il vaut mieux que je continue à marcher. Je t'assure. Mais je te remercie. » Patricia se tourna vers la maison, visiblement gênée. « Verity est au courant, pour les sacs à dos ?

— Non, répondit Kieran. Je ne lui dirai pas, si ça vous dérange.

— Merci. » Patricia avait l'air soulagée. « Je suis sûre que ta mère comprendrait, mais elle a toujours été si… » Elle réfléchit un instant. « *Centrée.* Malgré tout. »

Kieran pensa à sa mère, à son calme si précaire, et ne répondit rien. Les yeux de Patricia s'attardaient sur Audrey.

« Elle va s'épuiser, déclara-t-elle à brûle-pourpoint. La maman de Bronte. Elle croit que non, mais elle finira par craquer. On ne peut pas tenir comme ça éternellement. Elle finira par… » Patricia soupira. « Je ne sais pas. Par faire des petits trucs dingues, en secret, comme nous tous. »

Elle détacha les yeux du bébé puis scruta la plage encore déserte.

« Je t'ai fait rester assez longtemps hors de l'eau, dit-elle. Tu dois être gelé. »

Kieran l'était, un peu. Le jour s'était levé, à présent. On distinguait encore l'éclat de la maison.

« Vous êtes sûre que vous ne voulez pas venir ?

— Oui. Je vais continuer à marcher. » Elle adressa un dernier sourire à Audrey, puis fit demi-tour.

Kieran la suivit des yeux pendant quelques pas.

« Patricia, attendez ! lança-t-il dans son dos, et elle se retourna. Combien de fois vous avez fait ça ? Avec les sacs à dos ?

— Je ne le ferai plus. J'ai promis à Olivia.

— Mais jusqu'ici ? »

Une longue pause. « Des dizaines de fois. Je ne sais plus exactement.

— Et combien sont revenus s'échouer près des rochers ?

— Deux.

— Deux.

— Ou trois. » Elle haussa les épaules. « Ça dépend si on compte celui de Gabby.

— Je vois. Vous le comptez ?

— Certains jours. D'autres, non. » Patricia détourna le regard, gênée de montrer ainsi son chagrin. « Enfin, profite bien de ces moments avec ta petite. Ils grandissent vite. »

Si tu as de la chance.

Ces mots restèrent suspendus dans les airs, mais elle ne les prononça pas, se contentant de le saluer de la main. Kieran la regarda s'éloigner sur la plage, le visage de nouveau braqué sur l'océan et ses vagues qui allaient et venaient.

CHAPITRE 26

Mia n'avait pas bougé quand Kieran s'était glissé hors du lit tout à l'heure, mais elle était levée à présent. Kieran la trouva assise, seule, à la table de la cuisine, le regard perdu dans l'écran illuminé de son portable.

« Bonjour », chuchota-t-elle tandis qu'il l'observait depuis le couloir. La maison baignait dans une sorte d'immobilité pesante, mais il eut la sensation que, derrière leurs portes fermées, ses parents étaient réveillés. Convaincre Brian de rentrer à la maison avec eux après l'assemblée n'avait pas été une mince affaire, et Verity, épuisée, l'avait conduit directement jusqu'à sa chambre dès leur arrivée. Mia s'était assise pour donner à manger à Audrey, et Kieran était juste allé s'allonger le temps de reposer ses yeux. Quand il les avait rouverts, l'aube allait bientôt se lever.

« Tu as pu dormir un peu ? demanda-t-il.

— Par bribes. Je n'ai pas arrêté de me réveiller et de penser à des trucs.

— Quel genre de trucs ? »

Mia tourna vers lui son téléphone. Une fille souriait, sur une photo illustrant un article de presse. Pas Bronte, comme Kieran s'y attendait, mais Gabby.

« C'est un vieil article, qui date du dixième anniversaire », expliqua-t-elle en voyant son étonnement. Elle se leva pour prendre Audrey. « Rien de nouveau. Je ne sais pas. C'est à cause d'hier soir, tout ce qu'a dit la mère de Bronte.

— Je viens de croiser Patricia Birch qui marchait sur la plage.

— Ah bon ? Elle n'avait pas encore un sac à dos, j'espère ?

— Non. Mais apparemment, elle en a balancé des tas au fil des années. Elle ne sait même plus combien. » Kieran prépara un biberon pour Audrey et le tendit à Mia, qui venait de se rasseoir. « Elle dit que deux seulement se sont échoués là-bas, comme celui de Gabby.

— Deux.

— Ouais. Ça ne fait pas beaucoup.

— Mais pas aucun, non plus.

— C'est vrai. »

Mia resta silencieuse.

« Qu'est-ce qu'il y a ? s'inquiéta Kieran.

— Rien. Je réfléchissais, c'est tout. » Mia donna le biberon à Audrey. « Mon Dieu, j'étais tellement soulagée quand on a retrouvé le sac de Gabby sur la plage. Je croyais qu'ils allaient continuer à nous convoquer tous les jours au commissariat, avec mes parents, jusqu'à… je ne sais pas quand. Quand j'ai appris qu'ils avaient trouvé son sac… » Ses yeux retournèrent se poser sur la photo de Gabby. « Honnêtement, je me suis sentie mieux. J'étais plus contente que ce soit terminé, que triste de ce qui lui était arrivé. » Le regard de Mia dériva vers sa fille. « Je veux dire, qu'est-ce que ça dit de moi ? C'était ma meilleure amie.

— Rien du tout. » Kieran s'assit à côté d'elle. « Tu avais quatorze ans. Ça ne veut rien dire du tout.

— Peut-être. » Mia n'avait pas l'air convaincue. « Mais… »

Elle s'arrêta en entendant craquer le plancher du couloir.

La porte de la cuisine s'ouvrit et Verity entra, des cernes sombres sous les yeux. Mia fit glisser son pouce sur l'écran du portable et Gabby disparut.

« Bonjour, salua Verity en mettant la bouilloire à chauffer.

— Ça va, papa ?

— Toujours pareil. » Verity attrapa un mug et fit de la place sur le plan de cuisine pour le poser. Elle ramassa ses lunettes de lecture et une feuille de papier froissée. Kieran reconnut le flyer de l'assemblée. Il la regarda le retourner dans sa main, étudiant l'appareil photo et l'ordinateur manquants de Bronte. La bouilloire siffla, et elle mit le flyer de côté.

« Hé, Pendlebury t'a dit quelque chose hier soir ? demanda Kieran tandis que Verity versait l'eau bouillante dans sa tasse.

— À quel moment ?

— Quand elle t'a aidée avec papa, à la fin de la réunion. Il m'a semblé vous voir discuter. »

Verity trouva une cuillère et remua son café. « Elle me demandait juste si on s'en sortait avec les cartons.

— C'est tout ?

— On a discuté trente secondes, Kieran. »

Kieran regarda les piles de cartons à moitié remplis qui encombraient la cuisine. Quelqu'un – Brian, espérait-il – semblait avoir rangé un verre de lait dans un carton, à ses pieds. Le verre était à présent renversé, la tache jaunâtre imbibant le fond du carton. Il étudia de nouveau le flyer sur le plan de cuisine, le pli pincé par Pendlebury encore visible.

« Tu crois qu'elle avait une raison particulière de te demander ça, maman ?

— Comment ça ? » Le visage de Verity était imperturbable. « J'ai cru comprendre qu'elle posait toutes sortes de questions à un tas de gens.

— J'imagine, concéda Kieran. Mais… »

Verity attendit.

Kieran haussa les épaules. « Après cette assemblée, pas mal de gens voulaient lui parler. Et elle a trouvé le temps de te demander si les cartons avançaient ?

— Ou bien elle a trouvé le temps d'aider un homme un peu perdu à descendre les marches, et s'est permis d'échanger quelques banalités en passant. » Verity empoigna son mug de café. « Je vais faire mon yoga dehors, si vous avez besoin de quoi que ce soit. »

Kieran et Mia la regardèrent partir.

« Il faut qu'elle fasse attention », déclara Kieran lorsqu'ils entendirent la porte de derrière se refermer. Il se leva pour aller prendre sa douche. « Il ne faudrait pas que Pendlebury commence à s'imaginer des choses sur papa. »

Mia se pencha de nouveau sur l'écran de son portable. « Si ça peut te rassurer, je crois que ta mère est assez maligne pour la voir venir. »

Il leur fallut du temps pour préparer leurs affaires et celles d'Audrey, et le soleil du matin brillait déjà fort lorsqu'ils quittèrent la maison. Ils marchèrent en direction du sentier de la falaise, et ralentirent à l'approche de Wetherby House. Le jardin dévasté était plus terrible encore que dans le souvenir de Kieran, si cela était possible. Deux ou trois autres arbres semblaient avoir été déracinés, et le sol mis à nu dans les tranchées était sec et plâtreux.

Le regard de Mia se posa sur un pick-up blanc couvert de terre garé juste devant, dans la rue, et occupant au moins deux places. Du matériel de jardinage encombrait le plateau, à l'arrière.

« C'est le matos d'Ash ? s'étonna-t-elle en voyant le logo sur la portière. Il fait ça pour embêter G.R. Barlin ?

— On dirait bien », répondit Kieran, même s'il n'y avait pas trace d'Ash ni de son chien. Mia et lui s'accoudèrent à la clôture de Wetherby House. Impossible d'en être sûr, mais l'immobilité silencieuse qui émanait de la maison donnait l'impression que personne n'était là.

« Heureusement que George écrit mieux qu'il n'aménage les jardins », déclara Mia, puis elle soupira quand un cri de protestation s'éleva du landau à l'arrêt. « Allons-y. Qu'a pensé George de la réunion d'hier ?

— Il a été surpris, je crois, comme tout le monde. Mais Patricia Birch m'a dit un truc intéressant. Selon elle, la mère de Bronte a beau dire, elle finira tôt ou tard par se fatiguer.

— Vraiment ? répondit Mia. Je n'en suis pas si sûre. C'est presque impossible à savoir, non ? Comment chacun peut réagir. En tout cas, je crois que les gens seront soulagés si cette histoire est bientôt éclaircie. Et pas seulement pour la raison que tu sais. Tu es allé sur le FCLEB aujourd'hui ? »

Kieran fit non de la tête. Ils venaient d'atteindre le bas du sentier de la falaise, et Kieran entreprit de pousser le landau dans la pente.

« Ça commence sérieusement à dégénérer, poursuivit Mia sans cesser de marcher. Les gens ne parlent plus que de ça. Certains sont déjà passés à l'attaque, ils se dénoncent entre eux et balancent tout un tas de trucs. Apparemment, Paul Holland et Natalie j'sais-plus-comment, celle qui travaillait à l'école, ont une aventure depuis *quatre ans*. Un message laisse même entendre que son petit dernier serait de Paul.

— Waouh.

— Je sais. J'aurais jamais cru. »

Kieran ralentit en vue du cimetière. Attaché au portail de l'entrée, Shifty gémit en les voyant venir. Kieran s'arrêta pour le caresser. Par-delà la clôture, l'endroit semblait désert. Aucun signe d'Ash.

« D'autres commentaires au sujet de mon père, sur le site ? interrogea Kieran quand ils se remirent à marcher.

— Je n'ai rien vu, non. C'est déjà ça. » Les cheveux noirs de Mia s'agitèrent devant son visage tandis qu'ils négociaient un virage exposé au vent. « Avec un peu de chance, tout ça va bientôt se calmer. Quand les vieilles histoires ressortent, ça fait du mal aux gens. Il n'y a qu'à voir ta mère quand Brian a laissé échapper ce truc comme quoi Finn aurait mis enceinte une fille. Après ça, je l'ai surprise dans la cuisine en pleine nuit, et je crois qu'elle avait pleuré.

— Ouais, soupira Kieran. Mais je suis étonné qu'elle ait pris ça si mal. Je veux dire… » Ils se tournèrent au même instant vers Audrey, dans son landau. Kieran sourit et Mia haussa les épaules. « Ça arrive à tout le monde de se planter dans sa contraception. Ça ne fait pas de lui une mauvaise personne, quand même.

— Non. Bien sûr que non, acquiesça Mia. Mais visiblement, ç'a été un choc pour elle. J'imagine que ça lui a rappelé que Finn n'était pas parfait, et elle ne s'y attendait pas.

— Aucun de nous n'a jamais pensé que Finn était parfait. »

Mia le regarda, étonnée. « Si, un peu, quand même.

— Non, c'est faux.

— Ah si, je t'assure. Tu ne t'en rends pas compte ? insista Mia, sincèrement intriguée. Et toutes ces photos, alors, partout dans la maison ? Finn la star du footy, Finn le businessman, Finn le type génial dans tout ce qu'il fait ?

— Ouais, et alors ? C'était un type génial. Je ne vois pas où est le problème.

— Il n'y a pas de problème, s'empressa de répondre Mia. Vraiment, aucun. Je l'ai très peu connu, ce n'est pas une critique personnelle. Mais tu ne peux pas nier que votre maison familiale ressemble un peu à un sanctuaire. Et puis, vous avez une façon de parler de lui… Et si ça vous aide, c'est très bien. Mais… » Elle vit l'expression de Kieran, et son ton se radoucit. « Je suis désolée, je ne voulais pas qu'on se dispute à cause de ça.

— Je sais bien. Moi non plus. » Kieran était un peu essoufflé par le poids du landau, à l'approche du sommet. « Mais Finn était vraiment un type bien. »

En prononçant ces mots, un souvenir que Kieran avait presque oublié tomba d'une étagère poussiéreuse, dans un coin de son esprit. Il ne se rappelait plus exactement à quand il remontait, mais cela avait dû arriver deux ans environ avant la mort de Finn, peu de temps après que Toby et lui avaient créé leur agence de plongée.

Que s'était-il passé, au juste ? Kieran s'efforça de faire remonter les détails. Finn et Toby s'étaient embrouillés avec un artisan local. Une histoire de travail bâclé concernant le bateau, qu'il avait refusé de reprendre ou de rembourser. Finn et Toby avaient d'abord demandé poliment, Kieran s'en souvenait à présent, puis ils s'étaient fâchés, puis ils avaient tenté de l'amadouer, mais le type n'avait pas cédé.

Kieran revoyait encore Finn, en train de se détendre sur la plage devant les grottes, par une journée chaude, deux semaines après que Toby et lui avaient décidé qu'il ne leur restait plus qu'à se faire une raison. Kieran avait seize ans, alors. Allongé sur sa serviette, un peu étourdi par la bière et le soleil, il n'avait pas très envie de regagner le bateau à la nage. Toby était là aussi, bien sûr, et Sean. Sans oublier Ash, se rappela Kieran, tandis qu'il revoyait Finn debout sur la plage, doré dans la lumière de cette fin d'après-midi. Torse nu, sa bière à la main et un sourire aux lèvres, les faisant rire avec le récit des événements de la nuit précédente. Comment il avait enfilé sa plus belle chemise pour se rendre au Surf & Turf, où la petite amie de l'artisan était venue s'éclater avec quelques copines et comment, sans le moindre effort, il l'avait fait craquer et ramenée directement dans la chambre d'amis d'une des filles.

Dès le lendemain, tous les intéressés avaient été mis au courant. Cela avait évidemment mis l'artisan hors de lui, et tous les autres – Finn, Toby, Ash, peut-être pas Sean, mais même Brian – avaient beaucoup ri, estimant que ce connard l'avait bien mérité.

Kieran ralentit sur le sentier et se demanda – pour la première fois, réalisa-t-il avec un peu de honte – ce que la fille, elle, en avait pensé.

Devant lui sur le chemin, Mia disait quelque chose. « Finn était ton frère, alors c'est normal qu'il te manque. C'est juste ce dont je parlais l'autre jour, le fait que les gens qui ont perdu quelqu'un se concentrent toujours sur les bons côtés. D'ailleurs, vous n'êtes pas les seuls. Olivia le fait aussi, sans parler de sa mère. Sean, avec Toby. Liam aussi, bien sûr. Les parents de Bronte, j'imagine… »

Mia s'arrêta devant le belvédère. Même d'ici, ils entendaient les cris en bas, dans la falaise. Les oiseaux paniquaient de nouveau.

« Qu'est-ce qui se passe ? » Mia empoigna d'une main le garde-fou et se pencha. « Je ne les ai jamais vus comme ça.

— Ils étaient déjà affolés l'autre jour, quand je suis descendu là-bas… » Le regard noir de Mia le fit taire.

« Je ne savais pas que tu étais descendu.

— Ah, bredouilla-t-il. Ouais.

— Je croyais que t'avais arrêté de faire ça. »

Il haussa les épaules.

« Pourquoi tu ne me l'as pas dit ? » Mia le dévisageait.

« Je ne sais pas, avoua-t-il. Je suis désolé. Mais c'était marée basse. J'avais mon portable, au cas où.

— Ce n'est pas une histoire de risques. Enfin, pas seulement. » Mia se tourna vers le large, fixant l'endroit, par-delà les Survivants, où le *Nautilus Blue* faisait le bouchon dans la houle, à la verticale du *Mary Minerva*, drapeau de plongée hissé. Puis elle regarda de nouveau Kieran. « Je veux dire, ce n'est pas trop dur ? De revenir ici ?

— Non, répondit-il. Ça va. Ce n'était pas… »

Il se tut et tous deux se tournèrent de nouveau vers la mer, tandis qu'un nouveau chœur de cris discordants se répercutait contre les rochers. Kieran se hissa sur la barrière et bascula son torse dans le vide pour regarder en bas, par-dessus le surplomb rocheux, scrutant le fin bandeau de plage.

« Tu vois… ? » commença Kieran, et Mia lui fit signe de se taire.

Elle tendait le cou, l'oreille aux aguets, mais, hormis les cris des oiseaux, Kieran n'entendait que le bruit du ressac. Ni l'un ni l'autre ne parlaient. Tout à coup, Mia pointa son doigt vers la plage.

Kieran se pencha de nouveau par-dessus la rambarde. D'abord, il ne vit rien. Puis, soudain, il l'aperçut : le tremblement noir d'une ombre sur le sable. À en juger d'après son angle et la position du soleil, elle était projetée par un corps en mouvement, depuis un endroit bien localisé. Kieran plissa les yeux. L'ombre avait disparu, mais seulement à leur vue. Il regarda Mia. Il y avait quelqu'un à l'entrée des grottes.

CHAPITRE 27

Les cris d'Audrey se firent plus étouffés, au fur et à mesure que Kieran descendait le long du chemin envahi par les herbes. Mia avait tenté de le dissuader.

« N'y va pas. S'il te plaît, Kieran. Sérieusement. On s'en fiche, de qui il y a en bas. »

Kieran s'était penché autant qu'il avait pu par-dessus la barrière. « Et si c'est quelqu'un qui ne sait pas jusqu'où vont les galeries ? Ou qui ne connaît pas la marée ? »

Mia s'était penchée à son tour dans le vent, étudiant le pied des falaises. Ils n'avaient vu personne. Elle avait repoussé ses cheveux tombés devant ses yeux, exaspérée.

« Oh bon Dieu, je ne sais pas. C'est mal, si je te dis que je m'en fous ? S'il te plaît, n'y va pas. Je sais que tu penses que ce qui est arrivé à Bronte ne peut pas arriver aux… »

L'ombre tremblota à nouveau, et ils se figèrent tous les deux.

« Tu sais quoi ? dit Kieran. Je vais descendre jusqu'à mi-chemin, et je resterai sur le sentier. Pour voir si je repère quelqu'un. »

Mia avait finalement accepté. Kieran l'avait laissée en haut avec Audrey, à contempler la mer. Une bourrasque s'empara de la plainte d'Audrey, éplorée, suppliante, et Kieran faillit faire demi-tour. Il ne savait plus très bien comment cela avait pu lui apparaître comme une bonne idée.

Il se força à continuer jusqu'à la moitié du chemin, d'où la vue des grottes était complètement bouchée par une roche en surplomb. Kieran pesa le pour et le contre, puis descendit de quelques pas encore. Il s'immobilisa à l'endroit où le sentier émergeait du virage, dévoilant la mer au-dessous et le ruban de sable désert. Les oiseaux tournoyaient avec inquiétude au-dessus de sa tête.

« Y a quelqu'un en bas ? » cria Kieran, sa voix rebondissant sur les rochers.

L'écho assourdi fut englouti par la mer. Personne ne répondit.

« Je vous ai vu. » Ses mots se répétèrent en cascade, avant de disparaître. « On n'est pas censé descendre là. »

Seul lui répondit le roulement de l'eau, dont les charges incessantes laissaient derrière elles un résidu mousseux. Puis une irritation collective sembla s'emparer des oiseaux, et Kieran sentit son corps se tendre une fraction de seconde avant d'apercevoir le mouvement fugitif.

Une ombre, noire et resserrée sous le soleil, jaillit de la pénombre cachée de la grotte Sud. Quelqu'un s'avança, battant des paupières au passage des ténèbres à l'éclat du jour.

Kieran plissa les yeux tandis que la silhouette se faisait plus distincte, puis il laissa échapper un soupir et empoigna son téléphone. Il envoya un texto à Mia.

Tout va bien. C'est Sue Pendlebury. Je descends.

« Kieran. » Pendlebury le salua de la main en le voyant. Elle traversa la plage, l'air un peu mouillée et ébouriffée par le vent, les cheveux recouverts d'une fine couche de sable. Elle avait une tablette coincée sous le bras.

« C'est vous que j'ai entendu ? » Elle se retourna vers la grotte, perplexe. « Le son est bizarre, par ici. On dirait qu'il est avalé par je ne sais quoi.

— Oui, c'est vrai. » Kieran la rejoignit au bord de l'eau. « C'est à cause des galeries. On ne sait jamais d'où il vient. » Il regarda autour de lui. « Renn n'est pas avec vous ?

— Non, je suis toute seule. Le sergent Renn est avec les parents de Bronte.

— Comment vont-ils ?

— Ils espèrent qu'on pourra leur donner la réponse dont ils ont besoin, dit Pendlebury. Moi aussi.

— Je comprends. » Kieran remarqua que le pantalon de l'inspectrice était trempé en bas, et se demanda jusqu'où elle s'était enfoncée dans les grottes. Les itinéraires étaient parsemés de vasques, certaines peu profondes, d'autres plus traîtresses. « Vous cherchez quelque chose en particulier, ici ? Parce que la marée est encore assez haute. Certaines galeries se trouvent sous le niveau de la mer. Si on se perd, on peut se noyer. C'est dangereux.

— Compris. » Pendlebury désigna la mer d'un geste du menton. « En fait, c'étaient eux que je voulais voir.

— Les Survivants ?

— Oui. » Elle étudia les trois silhouettes, tête penchée de côté. Kieran attendit, regardant l'eau salée qui léchait la sculpture.

« Elles sont supposées être tristes ou joyeuses ? demanda soudain l'inspectrice. Je veux dire, s'agit-il de la célébration de ceux qui s'en sont sortis, ou d'un mémorial en hommage à ceux qui ont péri ?

— Je ne sais pas, répondit Kieran. Ça pourrait être les deux.

— Chacun son interprétation ? demanda-t-elle tandis qu'il haussait les épaules. Pour tout vous dire, je ne comprends pas grand-chose à l'art. C'est plus le truc de mon mari. »

Kieran la regarda prendre la tablette et l'allumer. Elle la leva à hauteur d'épaule, ses yeux allant et venant entre l'écran et la sculpture. La tablette était volontairement inclinée de manière à ce qu'il ne puisse pas voir ce qui y était affiché. Pendlebury se tourna vers lui.

« Votre mère aurait quand même dû me parler du rôle de votre père dans l'affaire Gabby Birch, vous savez, déclara-t-elle, ses yeux étudiant de nouveau les statues. Vous aussi, d'ailleurs. La dernière personne à avoir vu cette fille avant qu'elle ne disparaisse ? J'ai dû découvrir ça moi-même et, quand je dois moi-même découvrir les choses… » Elle tendit la main et balaya l'écran. « … alors je me demande pourquoi. »

Kieran fut décontenancé par ce brusque changement de sujet. « Ouais, je sais. Et ma mère aussi. Mais bon, ça ne cache rien du tout.

— Je suis heureuse de l'entendre », répondit Pendlebury sans quitter des yeux les Survivants.

Kieran revit Verity dans la cuisine, ce matin-là, le carton imbibé de lait que Brian avait encore tenté de remplir pour lui filer un coup de main, et il éprouva un irrépressible besoin de les protéger.

« Écoutez, si vous croyez que mes parents ont quoi que ce soit à voir avec ce qui est arrivé à Bronte – ou à Gabby, d'ailleurs –, vous vous trompez.

— Vraiment ? » Le ton de l'inspectrice était neutre.

« Oui. Évidemment. Le fait que mon père ait traîné dehors samedi soir, c'est pas génial, je sais, mais on ne peut pas passer cinq minutes avec lui et penser sérieusement qu'il aurait pu avoir la présence d'esprit de voler un ordinateur portable et un appareil photo.

— Je n'ai pas dit qu'il l'avait fait, Kieran.

— Non, c'est vrai. Mais vous l'avez sous-entendu, non ? Hier soir, quand vous avez parlé à ma mère ? »

Pendlebury tapota sur l'écran pour l'éteindre. « J'ai l'impression que vous avez pas mal réfléchi à la question.

— Aux conséquences de la détérioration irréversible de la santé mentale de mon père, vous voulez dire ? Ouais, étonnamment, j'y réfléchis pas mal.

— Je comprends. » Pendlebury le dévisagea, ses cheveux ballottés par le vent. « Alors éclairez-moi. Vous qui êtes d'ici. À ma place, où chercheriez-vous les appareils manquants de Bronte ?

— Je n'en ai pas la moindre idée. » Kieran soutenait son regard. « Mais George Barlin pense que vous savez sans doute déjà ce qu'ils contenaient.

— Et lui, il le sait ?

— Oui. » Kieran désigna d'un hochement la tablette de l'inspectrice. « Il le sait. »

Pendlebury se tourna vers les Survivants. Un nuage libéra le soleil au-dessus d'eux, et la mer se remit à scintiller.

« George Barlin vous a dit autre chose, par curiosité ? »

Kieran repensa à sa conversation avec l'écrivain, la veille au soir, devant la bibliothèque, interrompue par l'arrivée d'Ash. Il fronça les sourcils. « Comme quoi ?

— Je ne sais pas, n'importe quoi. Juste pour savoir », répondit Pendlebury, et Kieran eut l'étrange impression qu'elle soupesait quelque chose.

Il attendit, mais comme elle n'ajoutait toujours rien, il se tourna vers le sentier. « Il faut que je remonte. Mia m'attend. Vous feriez sans doute mieux de ne pas rester ici toute seule. »

Pendlebury hocha la tête, ils firent demi-tour et entreprirent de traverser le sable ensemble.

« Et vous, vous venez souvent ici ? interrogea Pendlebury. Pour penser à votre frère ?

— Pas vraiment. Je peux penser à lui ailleurs.

— Effectivement. Vous étiez proches, tous les deux ?

— Bien sûr. Il est sorti en pleine tempête pour me sauver la vie. »

Pendlebury regarda Kieran, avec cette même expression qu'il ne sut déchiffrer, puis se retourna vers l'endroit où le *Nautilus Blue* dansait dans un léger courant.

« Liam passe pas mal de temps par ici, n'est-ce pas ? À aider Sean avec ses clients. Ce n'est pas trop dur pour eux après ce qui est arrivé à Toby ?

— C'est à eux qu'il faudrait le demander. » Kieran haussa les épaules. « Écoutez, ça ne doit pas être facile. Mais l'épave se trouve là, donc ils n'ont pas vraiment le choix.

— Et on dirait que vous avez tous passé de bons moments ici, dans le temps », ajouta Pendlebury, alors qu'ils arrivaient devant la grotte Nord. Même d'aussi loin, Kieran distinguait les lettres gravées dans la roche et, en s'approchant, il reconnut clairement son propre nom. Celui de Finn se trouvait au-dessus et celui d'Ash un peu plus haut encore, il le savait. Toujours là après toutes ces années, toujours parfaitement visibles. Kieran éprouva soudain un agacement renouvelé envers celui qu'il avait été.

« Marquer votre territoire, c'était ça le concept ? Qui a eu l'idée ? » Pendlebury marcha jusqu'à l'entrée de la grotte et passa son doigt sur les inscriptions.

« Je ne me rappelle plus. On le faisait tous. »

C'était une idée de Finn. Comme souvent, pour ce genre de trucs. Le portable de Kieran bipa au fond de sa poche, et il jeta un coup d'œil. Mia.

« Je dois remonter, annonça-t-il. Vous devriez en faire de même. »

Pendlebury ne répondit rien. Elle contemplait les profondeurs de la grotte, immobile. Kieran suivit son regard et, l'espace d'un instant, et même moins que cela, il eut la sensation désagréable que quelque chose était tapi dans l'obscurité, retenant son souffle. Il se rendit compte que ses propres poumons le brûlaient, et les vida d'un coup. Pendlebury se retourna brusquement, et cette sensation s'évapora. Kieran se demanda si elle avait ressenti la même chose.

« Ne faites pas attendre Mia, dit-elle. Je reste encore cinq minutes... » Elle tendit la main devant lui avant qu'il ait le temps de protester. « Littéralement, cinq minutes. Je ne vais pas aller explorer toute seule, ne vous inquiétez pas.

— Vous êtes sûre ?

— Absolument. Allez-y. »

Elle voulait se débarrasser de lui, se disait Kieran, quand son portable se mit à sonner.

« Très bien, dit-il. Mais soyez prudente.

— Toujours », répondit Pendlebury dans un sourire. Il sentit son regard sur lui tandis qu'il traversait la plage et s'engageait dans la montée. Arrivé presque à mi-chemin, juste avant que la plage ne disparaisse derrière le surplomb, il s'arrêta pour jeter un coup d'œil en arrière.

Pendlebury avait tourné le dos aux grottes. Elle tenait de nouveau sa tablette devant elle et, plantée dans le sable, étudiait les trois Survivants.

CHAPITRE 28

Kieran sut que quelque chose avait changé dès qu'il eut déverrouillé la porte d'entrée. Avec Mia, ils avaient disséqué sa conversation avec Pendlebury pendant tout le chemin du retour, ne s'interrompant que pour donner à Shifty une autre tape sur la tête, au portail du cimetière. Le Surf & Turf avait l'air presque vide lorsqu'ils étaient passés devant, si bien qu'ils s'étaient arrêtés pour commander deux cafés à emporter à un serveur que Kieran ne connaissait pas.

À présent, poussant de sa main libre la porte de la maison de ses parents, il sentit que quelque chose clochait. La porte se balança librement, sans obstacle, un rayon de soleil illuminant le couloir. Les pas de Kieran résonnèrent avec un étrange écho creux lorsqu'il s'avança à l'intérieur. Mia venait juste derrière.

« Oh », souffla-t-elle.

Le couloir était complètement vide.

Tous les cartons à moitié remplis, affaissés, avaient disparu. Kieran voyait encore leurs traces dans la poussière, et des grains de sable craquaient sous leurs semelles. Il avait pris l'habitude que la porte d'entrée soit arrêtée aux trois quarts de sa course, et de devoir contourner une tour de cartons chaque fois qu'il entrait ou sortait. Mais à présent, le chemin était dégagé, et ses pas claquaient trop bruyamment sur le plancher nu.

« Pareil ici », annonça Mia, et Kieran jeta un coup d'œil au séjour par-dessus son épaule. Le canapé et la table basse étaient toujours là, mais la petite montagne de cartons qu'il avait lui-même participé à remplir à moitié s'était envolée. Brian était assis dans son fauteuil, près de la fenêtre. Il était en train de regarder dehors, mais il tourna la tête en les entendant entrer. Il plissa le front comme s'il s'efforçait d'attraper une idée.

« Tout va bien, papa ? » Pas de réponse. Kieran se retourna vers Mia. « Qu'est-ce qui… »

Il ne termina pas sa phrase, et ils se tournèrent tous deux vers Verity qui sortait de la cuisine, s'essuyant les mains dans un torchon. Son visage était marbré de rose, et elle avait des auréoles de sueur sous les manches de son tee-shirt.

« Oh, souffla-t-elle. Bonjour. Bonne promenade ? »

Kieran la dévisagea. « Où sont passés tous les cartons ?

— Certains sont dans l'autre pièce. D'autres empilés sur la véranda de derrière. »

Kieran attendit mais elle n'ajouta plus rien, se contentant de plier son torchon en un carré parfait. « Bon sang, maman, insista-t-il. Qu'est-ce que vous fichez ?

— À ton avis ? On s'organise. » Verity regagna sa cuisine et ils lui emboîtèrent le pas. Elle avait entamé le même processus dans cette pièce, mais sans le terminer. « Cette pagaille devenait ridicule.

— Vous avez déplacé tous ces cartons toute seule, Verity ? interrogea Mia. Vous auriez dû attendre que nous soyons rentrés.

— Ils n'étaient pas très lourds, pour la plupart. Des coussins, des décorations. » Verity mit la bouilloire à chauffer. « Ceux qui étaient lourds, j'ai pu les faire glisser. »

Ni Kieran ni Mia ne firent le moindre commentaire. Verity contemplait l'évier, indifférente au grondement de la bouilloire.

Au bout d'un long moment, elle fit volte-face et les regarda vraiment.

« J'ai essayé de faire comme si ce déménagement n'allait pas avoir lieu. Mais repousser sans cesse les choses ne va pas nous aider. C'est déjà assez dur de devoir partir d'ici sans que la moitié de mes habits et de mes objets soient détruits au passage par ton père, en voulant aider. Il faut que je l'accepte et que je m'en accommode. » Elle tendit la main vers la bouilloire. « Donc à partir de maintenant, c'est ce que je vais faire. »

Kieran inspira lentement. Sa mère semblait sincère, mais c'était difficile à savoir avec elle, ces derniers temps. Il se tourna vers Mia, qui hocha discrètement la tête.

« Je vais aller m'occuper d'Audrey, déclara-t-elle. Ensuite, on va vous donner un coup de main avec tout ça, Verity.

— Vous n'êtes pas obligés. Je peux me débrouiller.

— Ça nous fait plaisir, maman, intervint Kieran. C'est pour ça qu'on est revenus. Pour que tu n'aies pas à faire tout toute seule. »

Ce fut un long après-midi, mais au moins, à la fin, ils purent de nouveau voir l'essentiel des sols et des autres surfaces planes de la maison. Le soir venu, Kieran n'avait envie que d'une chose : se laisser tomber sur son lit. Et il voyait bien que c'était pareil pour Mia. Il grogna quand le bip d'un texto s'éleva de son portable. Sean.

« Il demande si on veut aller prendre un verre ce soir au Surf & Turf, dit-il à Mia. Il dit qu'il n'y a pas eu un chat de la journée. Julian est inquiet.

— Ah bon ? J'ai vu que c'était vide tout à l'heure, mais je ne pensais pas que c'était à ce point. » Mia réprima un bâillement. « Liv et Ash seront là ?

— On dirait, oui. »

Ils échangèrent un long regard. Audrey, irritable depuis le matin, s'était enfin calmée. Le lit était là, tout proche. Mia ferma les yeux, mais resta debout.

« On devrait y aller, déclara-t-elle. Si Verity se sent de garder Audrey. » Elle avait encore sur ses cheveux les traces de poussière des cartons. « Et puis, avec le déménagement de tes parents, c'est peut-être la dernière fois qu'on vient ici. »

Cette idée frappa Kieran comme un électrochoc : il n'y avait jamais pensé. Tout en répondant à Sean, il se demanda si c'était vrai. Une fois que ses parents auraient quitté la ville, aurait-il encore suffisamment de raisons de revenir ? Peut-être, se dit-il en appuyant sur le bouton Envoyer. Ou peut-être pas. Il n'en savait sincèrement rien.

Kieran et Mia n'ouvrirent quasiment pas la bouche sur le chemin du centre-ville. La soirée faisait comme écho à cet atroce samedi soir impossible à ignorer, et Mia détourna les yeux quand ils passèrent devant le Fisherman's Cottage. Un gros bouquet frais, solitaire, avait été déposé parmi tous les fanés. Par les parents de Bronte, devina Kieran, mais il ne ralentit pas pour en avoir le cœur net.

Le Surf & Turf était plus vide que Kieran ne l'avait jamais vu. Pas un seul client sur la terrasse en bois, et à travers les baies vitrées illuminées, il vit que la plupart des tables étaient inoccupées. Kieran était sur le point de gravir les marches quand il sentit Mia lui effleurer le coude. Elle lui adressa un geste subtil, et il se tourna pour regarder.

Julian était planté sur le bas-côté, un peu plus loin sur la route, juste après la caméra de surveillance. Le lampadaire teintait en jaune ses cheveux courts et argentés, tandis qu'il se penchait par la vitre ouverte, côté conducteur, d'un 4x4 Holden blanc.

Kieran reconnut aussitôt la voiture de Liam. Était-ce la voiture qu'il avait aperçue ce fameux samedi soir ? se demanda-t-il à nouveau. Étrangement, en la regardant maintenant, il pouvait se la représenter avec une certaine clarté, déboulant en trombe du virage, dans le noir, un peu trop près d'eux à son goût. Ce souvenir était-il réel ou fabriqué ? Kieran n'aurait su le dire.

Il distinguait Liam à présent, simple silhouette assise dans l'habitacle. Le jeune homme tenait le volant d'une main et se frottait les yeux de l'autre.

« Il pleure ? chuchota Mia.

— Je ne sais pas. » C'était bien possible, se dit Kieran en voyant Julian tendre le bras par la vitre ouverte et poser la main sur l'épaule de son beau-fils. Julian lui disait quelque chose maintenant, penché à l'intérieur au point que sa tête avait quasiment disparu.

Liam laissa retomber la main de son visage et avait dû les repérer à travers le pare-brise, car soudain, Julian se tourna dans leur direction. Il se redressa et les deux hommes braquèrent leurs regards sur eux, avant que Julian ne les salue d'un hochement de tête.

« Merci d'être venus ! » cria-t-il. Il haussa les épaules dans un geste qui se voulait comique. « Je vous ai gardé les meilleures tables. »

Kieran lui rendit son hochement, et, alors qu'ils gravissaient les marches du perron, il vit Julian se pencher de nouveau par la portière du 4x4.

Il entendit Ash avant de le voir.

« Ça a l'air de vous prendre un sacré bout de temps, disait Ash. D'écrire ce livre. Ça fait des mois que vous êtes dessus. À fourrer votre nez dans les affaires des gens.

— Ça s'appelle la phase de recherche. » George Barlin était déjà à moitié levé, regardant l'écran de son ordinateur portable tandis qu'il cliquait sur une touche pour l'éteindre. Un verre de vin rouge presque plein abandonné sur la table. « J'ai été journaleux pendant quinze ans. J'aime fouiller un peu les choses qui m'intéressent. »

Ash laissa échapper un bruit méprisant. Il avait les cuisses calées contre la table de George, les bras croisés sur sa poitrine, et jeta à peine un coup d'œil à Kieran et Mia lorsqu'ils entrèrent.

« Vous n'avez pas l'angoisse de la page blanche, j'espère ?

— Non. Mais merci de vous inquiéter.

— Je voulais juste m'assurer que vous alliez pouvoir rembourser l'emprunt que vous avez pris pour payer votre magnifique maison.

— L'angoisse de la page blanche, mon vieux, c'est un truc d'amateurs. » George ne prit même pas la peine de regarder Ash. Il referma sèchement l'écran de son ordinateur. « Moi, je gagne ma vie avec ça. »

Kieran jeta un coup d'œil à travers la salle, vers l'endroit où Sean était assis près de la fenêtre. Il observait l'échange bouche bée, deux bières à moitié vides posées devant lui.

« Quand même. » Ash avait les yeux braqués sur l'écrivain. « Ça serait vraiment dommage de faire un flop avec celui-là. »

George ouvrit son sac d'ordinateur sans broncher.

Ash se pencha un peu plus près. « Je dis ça comme ça, mais laisser s'effondrer votre niveau d'exigence si élevé, ce serait…

— Ash, vieux… », tenta d'intervenir Kieran, mais George l'arrêta d'un geste de la main.

« Tout va bien. Le truc, Ash, c'est que je n'accepte de critiques que des gens que je pourrais aller voir pour leur demander conseil. » Le ton de George était détaché, mais frappa en plein dans le mille. « Et dans le domaine de l'écriture, vous savez combien de personnes appartiennent à ce groupe ? À peu près trois, mon cher ami. Et vous n'en faites pas partie.

— Hé, je n'insinue rien, mon pote. Je ne les lis même pas, vos bouquins. » Ash fit un demi-pas en avant tandis que George s'écartait de la table. « Mais j'ai entendu dire que les critiques sur votre dernier livre étaient – c'est quoi le terme poli, déjà ? – mitigées.

— Eh bien… » George avait l'air légèrement amusé. « Ce livre m'a permis d'acheter cash la précieuse maison de famille de votre mamie. Alors j'imagine que je ne m'en sors pas si mal. »

Ash ouvrit la bouche, puis la referma d'une telle manière que Kieran fut presque forcé de sourire. La porte des toilettes s'ouvrit et Olivia en sortit. Elle allait tête basse, l'air fatigué. Elle se dirigeait vers la table de Sean lorsqu'elle aperçut Ash et George dans l'autre coin et s'arrêta net.

« Mais vous semblez avoir de la peine à comprendre ce que ça signifie, Ash, poursuivait George d'une voix lente et monocorde, comme s'il s'adressait à un enfant. Ça signifie que je suis désormais le propriétaire de cette maison. Et du jardin. Ça signifie également que vous feriez mieux d'arrêter de rôder sans arrêt autour de ma propriété en faisant cette tête-là. Vous croyez peut-être que je ne vous ai pas vu là-bas, une fois de plus, ce matin ?

— Je surveille les flics pour vous, mon vieux. Ils n'arrêtent pas de passer chez vous ces derniers jours, pas vrai ? Ouais... » La voix d'Ash était cassante. « Je les ai vus dans la maison, en train de parler avec vous. Pourquoi ils vous posent toutes ces questions, au fait ? »

George l'étudia attentivement, avant de hausser légèrement les épaules. « Qui sait, hein ? Qui sait ce qu'ils ont pu découvrir ?

— Liv dit que vous avez écrit une dédicace sacrément personnalisée sur le bouquin de Bronte.

— Hé, Ash. Arrête », intervint Olivia, mais George se contenta de froncer les sourcils.

« J'ai fait ça, vraiment ? dit-il. Sans doute. Bronte voulait se tailler une place dans le monde de la création. C'est un domaine que je connais. Elle appréciait mes livres. Je trouvais ses dessins intéressants. Son projet de gagner sa vie avec son art semblait réaliste et professionnel, ce qui est plutôt rare. On ne voit pas ça souvent. Donc, ouais... » George hocha la tête. « Si ça vous étonne que Bronte et moi ayons pu avoir suffisamment de choses en commun pour partager une sorte de vague amitié, alors ça en dit davantage sur vous, Ash, que sur moi.

— Je n'en suis pas si sûr, mon pote. Surtout vu comment elle a fini.

— Ash ! » Olivia était en colère à présent. « Ça suffit ! »

Les yeux d'Ash croisèrent les siens et, pour la première fois, il hésita. Dans son coin, Sean s'était levé. L'unique serveur planté derrière la caisse n'arrêtait pas de lancer des regards anxieux vers la porte, espérant certainement que Julian allait se dépêcher de revenir. Ash se tourna de nouveau vers George, pas encore prêt à laisser tomber, mais George avait déjà fait un pas vers la sortie.

« Le truc, mon vieux... » George passa la sangle de son sac d'ordinateur par-dessus son épaule. « ... c'est que vous pouvez essayer de ramener ça à Bronte – même si c'est un peu morbide et de mauvais goût, si vous me demandez mon avis. Mais nous savons tous les deux qu'il ne s'agit pas de ça. Il ne s'agit même pas du fait que je déplante ce jardin. Jardin qui, encore une fois, m'appartient.

— Je ne sais pas de quoi vous parlez, répliqua Ash, perplexe.

— Vraiment ? » La voix de George était douce et régulière. « Tout ça ne vient pas du fait que ça vous ennuie que je gagne plus d'argent que vous en exerçant un métier créatif pour lequel vous n'avez aucun respect ? Ou du fait que vous pensez que vous auriez pu accomplir de plus grandes choses dans la vie, mais que vous vous êtes rendu compte, dernièrement, que vous ne partiriez sans doute jamais de cet endroit ? » Il jeta un coup d'œil à Olivia, à son visage tempétueux. « Ou au fait que vous soupçonnez votre petite copine d'être trop bien pour vous ? Ce qu'elle est sans aucun doute, d'ailleurs. Vous avez raison de vous en faire. Quoi ? » George laissa échapper un rire cruel devant l'expression d'Ash. « Ça n'a rien de magique, mon vieux. Ça s'appelle prêter attention à ce qui vous entoure. Par exemple, je ne sais strictement rien de votre père, hormis le fait que votre relation avec lui laisse clairement à désirer.

— Arrêtez de saccager ce putain de jardin ! hurla Ash. Ça n'a rien à voir avec tout ça, bon Dieu. Arrêtez de détruire mon jardin, c'est clair ? »

Il y eut un long silence. Ash passa ses mains sur son visage et les laissa là, tâchant de respirer calmement. Au bout d'un moment, il les laissa retomber.

« Oh et puis, faites ce que vous voulez », dit-il, d'une voix redevenue tranquille. Il avait l'air vaincu. « C'est trop tard, de toute manière. »

Personne ne bougea. Ash poussa à grand fracas une chaise hors de sa route.

« J'ai besoin d'air. »

Il claqua la porte derrière lui. Olivia le suivit, quelques pas derrière, l'air énervé. À travers les baies vitrées, Kieran la vit accompagner Ash vers le côté du bâtiment. George attendit qu'ils soient loin, puis rajusta son sac et sortit à son tour sans un mot, en secouant la tête.

Kieran et Mia le regardèrent s'en aller, puis se tournèrent vers Sean, qui s'était rassis dans son coin.

« On devrait peut-être aller voir si Ash va bien, et en rester là pour ce soir, non ? murmura Mia.

— Ouais, je pense aussi.

— Je vais juste aller mettre un peu d'argent dans la cagnotte pour Bronte. Merci… », ajouta-t-elle quand Kieran lui tendit quelques pièces à ajouter à celles qu'elle venait de sortir de son porte-monnaie. « Je vous retrouve à la table. »

Comme il s'asseyait en face de Sean, Kieran entendit les éclats de voix étouffés d'Ash et Olivia, dehors. Il ne saisissait pas les mots, mais le ton de leurs voix à travers la vitre avait tout d'une dispute.

« T'en penses quoi ? demanda-t-il à Sean, quand celui-ci releva la tête. On remet ça à demain ?

— Je ne sais pas. » Sean se tourna vers la fenêtre tandis que les voix, dehors, se faisaient plus sonores, avant de s'estomper.

« Tu crois qu'un de nous devrait y aller ? demanda Kieran, mais Sean haussa les épaules.

— Attends qu'ils reviennent. Ça leur arrive de temps en temps. Une fois que l'orage est passé, ils se rabibochent.

— Mais là, avec ce que George a dit… »

Sean parvint à se fendre d'un fin sourire. « C'était nouveau pour toi, tout ça ? Il a dit quelque chose que tu ne savais pas déjà, au sujet d'Ash ? »

Kieran réfléchit un instant, puis fit non de la tête.

« Non, conclut Sean. Pour moi non plus. Pareil pour Liv, j'imagine.

— Mais c'était peut-être nouveau pour Ash. »

Sean laissa échapper un soupir. « J'espère pas, putain, après tout ce temps. » Il leva les yeux vers la porte, qui venait de s'ouvrir. Julian entra, flanqué du sergent Renn. Ils étaient en grande conversation, mais se turent tous les deux, apparemment sensibles à l'atmosphère tendue qui perdurait encore dans la salle. Julian se reprit le premier et fit signe au serveur de se poster devant la machine à café pour prendre la commande de Renn. Ce dernier s'assit sur une chaise pour attendre. Il semblait presque aussi surpris que Kieran de trouver l'endroit aussi désert. Il s'adossa de tout son poids contre le dossier de sa chaise. On aurait dit qu'il avait passé une dure journée avec les parents de Bronte.

« T'as pensé quoi de la réunion à la bibliothèque ? demanda Kieran, et Sean se frotta le visage.

— Ce n'est pas Liam qui a fait ça, répondit-il, d'une voix étouffée. Je le connais. Je ne sais pas quoi dire d'autre. »

Kieran ne répondit rien, et Sean finit par planter ses yeux dans les siens.

« Alors, toi aussi ? » Il avait l'air résigné. « Foutez-le en taule et qu'on n'en parle plus ?

— Non, vieux. » Kieran secoua la tête. « Honnêtement, je ne sais pas quoi en penser. Tu connais Liam mieux que moi.

Et les flics ne l'ont pas inquiété, pas vrai ? C'est déjà quelque chose. »

Tous deux se tournèrent vers Renn, qui avait sorti une tablette de son sac et fixait l'écran, faisant défiler des pages d'une manière totalement banale, mais qui parut soudain très familière à Kieran.

« Pendlebury est descendue aux grottes aujourd'hui, déclara Sean, lisant dans ses pensées. Je l'ai vue depuis le bateau.

— Ouais, je l'ai vue aussi. Mia et moi, on était… » Kieran aperçut Mia qui se dirigeait vers eux, et déplaça sa chaise pour lui faire de la place. « Je disais à Sean qu'on avait vu Pendlebury aux grottes.

— Elle a dit ce qu'elle faisait là ? demanda Sean. J'ai l'impression qu'elle est restée pas mal de temps.

— Non. Elle regardait les Survivants.

— Ah, souffla Sean, incrédule. Mais pourquoi depuis la plage ? Pourquoi pas depuis le belvédère ? Ou depuis la mer, d'ailleurs ?

— Je ne sais pas, vieux. »

Sean secoua la tête et but le fond d'une des bières. Dehors, Ash et Olivia semblaient s'être calmés. Kieran se demandait s'ils étaient encore là quand il entendit Olivia qui disait quelque chose. Son ton était brutal. Le restaurant était si vide qu'il était difficile pour eux de ne pas avoir l'impression d'écouter aux portes.

« Je n'arrive pas à croire que les gens aient abandonné cet endroit, déclara Mia. Après toutes ces années ?

— Ouais, dit Sean. Julian dit qu'ils reviendront, quand tout ça sera terminé. Mais qui sait combien de temps ça peut durer ? » Il soupira. « Vous êtes allés sur ce forum ? Je crois qu'un appel à boycotter le Surf & Turf a été publié là-dedans il y a quelques jours.

— Effectivement, confirma Kieran. Mais un tas de gens étaient contre.

— Ah bon ? Je n'ai pas la force de retourner voir. Certaines choses qu'écrivaient les gens étaient incroyables. Bon… » Sean se leva. « Il me faut un autre verre. Vous voulez quelque chose ? Pendant qu'on attend Ash ? »

Kieran et Mia débattirent en silence, avec les yeux.

« Merci, vieux, répondit Kieran. On va boire un coup avec toi, en attendant. »

Mia suivit Sean du regard, puis se tourna vers Kieran.

« Écoute, je voulais te le dire tout à l'heure : il y avait autre chose au sujet de ton père, sur ce forum, dit-elle à voix basse. Je l'ai vu tout à l'heure. Rien d'inquiétant… »

Kieran avait déjà sorti son téléphone et ouvrait la page du FCLEB.

« Quelqu'un qui disait que ton père avait l'air fragile à la réunion, expliqua Mia. C'est là… »

Mia se pencha pour toucher son écran, faisant défiler les commentaires jusqu'à ce qu'elle trouve le bon. Elle disait vrai, ce n'était rien de plus que cela, mais le cœur de Kieran se serra un peu plus dans sa poitrine en voyant des anonymes colporter des ragots sur la santé de son père.

« On devrait peut-être demander à Renn s'il ne peut pas le faire effacer ? proposa Mia. Tu vois, comme George a dit qu'ils le faisaient. S'ils effacent certains posts, ça ne devrait pas poser de problème d'enlever celui-là.

— Ouais, enfin, il a dit aussi que c'étaient sans doute que des trucs liés à l'enquête.

— Je sais, mais quand même. »

Kieran fit défiler l'écran, passant en revue les commentaires en quête d'autres références à Brian. Il n'en repéra aucun dans l'immédiat, mais c'était un véritable océan dans lequel il fallait patauger à présent. Mia avait raison : les habitants d'Evelyn Bay balançaient littéralement tout ce qu'ils savaient les uns sur les autres. C'était déprimant à regarder. Kieran allait fermer le site quand ses yeux se posèrent sur l'une des rares entrées effacées.

« Ce commentaire de Theresa Hartley a été supprimé pour violation du règlement du FCLEB. »

Kieran fronça les sourcils. Theresa Hartley, la professeure de musique de Mia, dont la petite-fille étudiait dans la même fac que Bronte, à Canberra. Sur quelle info avait-elle bien pu tomber, se demanda-t-il, que les policiers avaient jugée trop brûlante pour être partagée ? Il repéra la fonction de recherche du site. Theresa s'était montrée plutôt active, constata-t-il, avec plusieurs dizaines de commentaires postés sous son nom. Plusieurs dizaines, dont seulement deux avaient été effacés.

Kieran cliqua sur son premier commentaire effacé, et le fil affirmant que Bronte avait été surprise en train de faire l'amour sur la plage s'afficha. De tous les commentaires racoleurs postés sur ce sujet, c'était celui de Theresa qui avait été enlevé. Kieran essaya de se souvenir. Qu'avait-elle dit, déjà, au départ ? Les réponses à son post étaient toujours visibles. « *On peut avoir une vie sexuelle sans pour autant être une mauvaise fille* », lui avait répliqué quelqu'un.

Oui, il se rappelait maintenant. Bronte était une gentille fille, avait écrit Theresa. Sa petite-fille l'affirmait. Puis elle avait posté un lien. Kieran afficha son propre historique de navigation. Le lien vers ce réseau social qu'il jugeait ne plus être de son âge y figurait encore. Il cliqua dessus et la page en hommage à Bronte apparut.

Kieran éplucha les derniers posts. Il y avait là des esquisses, un poème qui avait du mal à faire rimer Bronte avec quoi que ce soit d'intéressant, quelques dessins. Il fit défiler l'écran et, tout à coup, il s'arrêta : cette image lui rappelait vaguement quelque chose.

Il s'agissait d'une photo. Pas de Bronte, mais d'une plage. Celle d'Evelyn Bay, plus précisément. Kieran reconnaissait le Fisherman's Cottage, dans un coin. C'était la première photo d'une galerie intitulée tout simplement « Paysages d'été ».

Kieran ouvrit la galerie. D'autres clichés de l'océan. Tous pris dans les environs, constata-t-il. Une vue du centre-ville lui-même. Une composition très artistique, devant le Surf & Turf. Les Survivants, vus du belvédère.

Bronte avait-elle pris ces photos ? Kieran en eut la certitude. Non seulement parce que ces images avaient été postées sur la page qui lui rendait hommage, mais parce qu'elles correspondaient bien au style de ce qu'il avait vu dans le carnet de croquis, sur son bureau.

Il continua de les faire défiler. Quelques clichés du sentier de la falaise, puis de nouveau des paysages marins. Ces photos avaient à l'évidence été prises récemment mais… Kieran s'arrêta de nouveau, pouce suspendu au-dessus de l'écran.

Il avait sous les yeux une autre photo de la plage. Celle-ci avait été prise au ras du sable, tandis qu'une vague déferlait. Kieran ignora l'épais cordon d'algue collé à l'objectif pour se concentrer sur l'arrière-plan. Au loin, minuscules mais reconnaissables, trois personnes se tenaient debout au bord de l'eau. Un homme en short de surf serrant un bébé dans ses bras, une femme aux cheveux noirs et un grand costaud avec un gros chien.

Kieran, Mia et Ash sur la plage, ce fameux samedi après-midi à Evelyn Bay.

Contemplant la photo, Kieran essaya d'en dérouler les implications. Mia et lui étaient arrivés en avion de Sydney, Bronte les avait capturés sur ce cliché, elle avait poursuivi le chapeau d'Audrey et, moins de vingt-quatre heures après, elle était morte. Il posa la main sur le bras de Mia et lui montra l'écran de son portable.

« Le lien vers cette galerie a été effacé du forum, expliqua-t-il entre ses dents.

— Vraiment ? » Mia jeta un coup d'œil vers Renn en empoignant le téléphone.

Kieran observa son visage tandis qu'elle faisait défiler les photos, attendant de voir si elle allait parvenir à la même conclusion. Comme lui, elle resta pétrifiée devant le cliché à la plage, puis s'approcha pour mieux voir.

« Attends un peu : on l'a vue prendre celle-ci, non ? » La voix de Mia était à peine audible. « C'était quand ? Le jour où son appareil photo a disparu ? »

Kieran acquiesça.

« Mais… » Mia avait l'air soucieuse. « Si son appareil a disparu ce soir-là, ces photos-là étaient dedans ? » Elle contemplait les images, perplexe. « Comment elles ont pu se retrouver en ligne ?

— Je ne sais pas », répondit Kieran.

Il sentit un mouvement derrière lui et se retourna. Olivia.

« On va y aller », annonça-t-elle en approchant, Ash sur ses talons. Ils s'arrêtèrent à leur table, arborant tous deux le même regard vide. Kieran n'aurait su dire si leur dispute était terminée ou encore en cours.

« Pas de souci. » Il regarda Ash, qu'il n'avait jamais vu avec les yeux aussi à vif. « Écoute, vieux…

— Qu'est-ce que c'est que ça ? » le coupa Ash. Il avait le regard braqué sur la photo, dans la main de Mia. Comme elle ne lui répondait pas, il tendit la main et prit le portable sans même demander. Il fixa intensément l'image. L'algue et, en arrière-plan, les silhouettes près des vagues. « Qu'est-ce que c'est ? » répéta-t-il.

Comme Olivia se penchait pour voir, Sean les rejoignit avec trois verres dans les mains.

« Qu'est-ce qui se passe ? » demanda-t-il, ses yeux passant de Kieran à Ash.

Au lieu de répondre, ce dernier toucha l'écran pour agrandir l'image.

Sean fit glisser les verres sur la table, essuya ses mains sur son short et réessaya. « Y a quoi, sur ce téléphone ? » Il se tourna vers Kieran. « C'est le tien, non ? »

Kieran regarda Mia. Elle avait les yeux braqués sur Renn, qui parlait au serveur.

« Il y a des photos en ligne. » Kieran parla d'une voix très calme. « On dirait bien qu'elles viennent de l'appareil de Bronte, celui qui a disparu.

— T'es sérieux, là ? » Olivia le dévisagea un instant, puis sa main se précipita vers le téléphone. D'un petit coup d'épaule, Ash la bloqua.

« Attends, c'est toi sur cette photo ? » Ses yeux se posèrent sur Ash, puis Kieran, puis Mia. « Et vous aussi ? »

Ash colla l'écran à son visage, tandis qu'il faisait défiler la galerie. Sean se pressait de l'autre côté de son ami pour essayer de voir, mais Ash tordait le haut de son corps, maintenant le smartphone hors de portée.

« Je ne comprends pas ? bredouillait Olivia. Qu'est-ce qui se passe ? Pourquoi êtes-vous sur ces photos ? »

Ash se figea brusquement, pouce en arrêt, ses lèvres incurvées vers le bas. Il cligna des yeux, une fois, lentement, comme surpris d'en avoir encore l'énergie.

« Eh bien, dit-il d'une voix monocorde. Au moins, on n'est pas les seuls. »

Il laissa tomber le téléphone sur la table, à l'endroit, et Kieran se précipita, les trois autres faisant de même. Une nouvelle photo s'affichait sur l'écran, et Kieran mit un moment à saisir ce qu'il avait sous les yeux.

C'était une vasque, profonde et aux rebords abrupts. L'eau accumulée dans ses replis avait un aspect lisse, presque huileux, reflétant une image naturellement filtrée du ciel et des nuages. Et de quelque chose d'autre.

Quelqu'un se tenait debout au bord de la vasque, légèrement en retrait de la photographe, qui ne le voyait peut-être pas. Le reflet de son visage était gravé sur la surface, son expression un peu déformée par de fines vaguelettes, mais son identité ne laissant aucune place au doute.

« Liam, s'étrangla Olivia.

— Attendez… », intervint Sean, mais en vain. Dans une réaction collective, instinctive, ils se tournèrent tous vers Renn.

« Attendez », répéta Sean. Sa main bondit en avant et vint se poser sur celle de Kieran, qui recouvrait déjà le téléphone. « Écoutez-moi, les gars. S'il vous plaît. Attendez juste une seconde…

— C'est trop tard », répliqua Kieran.

Renn les observait à présent, son gobelet de café oublié. Sa tablette encore allumée devant lui, son doigt figé au milieu de l'écran en plein balayage. Il fixa leurs visages, puis le portable autour duquel ils se serraient, et sa main tressaillit au-dessus de la tablette. Si Kieran avait des doutes jusqu'à présent, ceux-ci s'envolèrent aussitôt.

« C'est trop tard, vieux », répéta-t-il. La paume de Sean pesait lourdement sur la sienne. « Ils les ont déjà vues. »

CHAPITRE 29

Les yeux de Kieran s'ouvrirent au beau milieu de la nuit, et il trouva Mia déjà réveillée, le visage éclairé par son téléphone. Allongés côte à côte, ils étudièrent ensemble les photos de Bronte, examinant chacune d'elles avec minutie. La plage, les boutiques, l'algue, Liam, eux-mêmes. Chaque fois qu'ils arrivaient à la fin de la galerie, ils remontaient jusqu'au début et recommençaient. Ce qui ne prenait pas très longtemps : il n'y avait que quinze images.

« Il y en avait forcément d'autres, murmura finalement Mia. Celles-ci sont tellement… banales. »

Kieran secoua la tête sur son oreiller. Il s'était fait la même réflexion. Mia contempla son téléphone, puis cliqua sur un bouton et l'écran s'éteignit.

« Ça ne me plaît pas que nous soyons dessus », déclara-t-elle dans l'obscurité.

Au bout d'un moment, elle retomba dans un sommeil agité, mais Kieran resta éveillé pendant des heures. Quand il ferma enfin les yeux, les cris d'Audrey le firent sursauter et il eut l'impression de n'avoir dormi qu'un instant.

La veille au soir, Ash avait quitté le Surf & Turf sans même un au revoir. Il était resté planté à l'écart tandis que tous les autres étudiaient leurs écrans, et quand Kieran avait relevé les yeux, il avait disparu. Olivia avait essayé de l'appeler, et après plusieurs tentatives, le bip des textos avait tinté sur son portable.

« Il est rentré chez lui. » Elle avait attrapé son sac et s'était éclipsée, la porte claquant derrière elle. À travers la fenêtre, Kieran la vit tourner en direction de la maison d'Ash. Sean n'avait presque rien dit, à part leur demander une nouvelle fois de ne pas montrer les photos au sergent Renn. Kieran et Mia avaient accepté, d'autant plus facilement que, Kieran en était persuadé, cela ne changeait rien. Ils étaient restés assis là encore un moment, collés à leurs portables, jusqu'à ce que Sean finisse par relever la tête, le visage lourd.

« Allez-y les gars, si vous voulez. Moi, je vais rester un peu. »

Leurs propositions de lui tenir compagnie avaient été rejetées jusqu'à ce qu'un malaise s'installe, et, au bout du compte, ils l'avaient laissé seul avec ses pensées dans le restaurant quasi vide.

Le matin s'était levé sur un grand ciel bleu et Mia bâillait tandis que Kieran installait une Audrey grognon dans le landau. Assis sur sa chaise, Brian les regarda enfiler leurs chaussures. Kieran entendait Verity s'attaquer aux derniers cartons dans la cuisine.

« Toujours pas de nouvelles d'Ash ? » demanda Mia. Kieran consulta son téléphone, et fit non de la tête. Il avait envoyé plusieurs messages à son ami. Tous étaient restés sans réponse, et Mia avait fini par adresser un texto à Olivia.

« Alors, elle dit qu'Ash l'a laissée entrer chez lui hier soir, mais qu'il n'est pas venu se coucher, dit Mia, lisant la réponse d'Olivia alors qu'ils quittaient la maison. Quand elle s'est réveillée ce matin, elle a vu qu'il avait dormi sur le canapé et qu'il était déjà parti.

— Au travail ?

— J'imagine.

— Bon… », dit simplement Kieran en s'engageant sur la route. Il s'arrêta quand il se rendit compte que Mia ne le suivait pas. Elle regardait dans l'autre direction, main en visière au-dessus des yeux.

« Passons par la plage, dit-elle.

— On a le landau.

— Alors on la portera. C'est juste un petit passage.

— Pourquoi ? » s'étonna Kieran. À sa connaissance, c'était la première fois que Mia allait véritablement poser les pieds sur le sable depuis le samedi soir tragique.

« Je ne sais pas, vraiment. Je veux voir l'endroit où Bronte a pris notre photo. Et les autres.

— Je suis sûr que les flics l'ont déjà fait, dit-il, montrant le téléphone qu'elle tenait dans sa main d'un geste du menton. Pister ses déplacements, ou je ne sais quoi. Ça doit être pour ça que Pendlebury observait les Survivants l'autre jour, tu ne crois pas ?

— Oui, mais quand même. » Mia haussa les épaules. « Ça t'embête ?

— Non, répondit Kieran. Mais je ne suis pas sûr qu'il y ait quoi que ce soit à voir qu'on n'ait pas déjà vu. »

Il avait raison, du moins concernant la plage. Ils localisèrent aussi précisément que possible l'endroit où ils avaient rencontré Bronte pour la première fois, cherchant des trésors puis accroupie dans les vagues en train d'examiner une algue. À présent, plus rien ne permettait de distinguer ce lieu de l'étendue de sable qui s'étendait de part et d'autre. Mais un peu plus loin, au-delà de la laisse de marée haute, au pied du Fisherman's Cottage, Kieran voyait encore miroiter le plastique des bouquets, agité par le vent. Debout au bord de l'eau, tenant ses cheveux dans son poing, Mia suivit son regard.

« Remontons sur la route » fut son seul commentaire.

Lorsqu'ils approchèrent de la marina, Kieran n'aperçut pas le *Nautilus Blue* au bord du ponton. Au cas où, il frappa à la porte du bungalow de plage où vivaient Ash et Sean, mais il était évident que personne n'était là.

« Avec un peu de chance, il est en train de travailler au cimetière ou ailleurs, et de panser ses plaies, déclara Mia, mais elle semblait sceptique.

— Sans doute, répondit Kieran. Le connaissant. »

En même temps, Ash n'est pas vraiment du genre à rebondir tout de suite quand il se passe quelque chose, songea-t-il.

Ils poursuivirent leur chemin, passèrent devant Lyn qui fumait une cigarette devant l'entrée de livraison du Surf & Turf. Mia ralentit un peu plus loin, et ils comparèrent leur position avec la photo qu'avait prise Bronte de cette rue.

« C'est peut-être idiot de faire ça, déclara Mia en se retrouvant tassée contre la fenêtre poussiéreuse du marchand de journaux pour avoir le bon angle.

— Peut-être. » D'un hochement, Kieran désigna la rue, en direction du quartier résidentiel. « Mais au moins, on est en bonne compagnie. »

Pendlebury était adossée à un muret, son éternelle tablette à la main. Elle avait passé un moment à confronter ce qu'il y avait sur son écran et un cottage en grès, mais observait à présent Mia, en train de faire le même geste avec son smartphone. Tous échangèrent des regards puis, levant la main, Pendlebury leur fit signe de venir. Un ordre poli, plus qu'une invitation.

« Les grands esprits se rencontrent, déclara-t-elle d'un ton badin lorsqu'ils la rejoignirent. Le sergent Renn m'a dit qu'il était au Surf & Turf hier soir, et que d'après lui, ce lien avait fuité. » Pendlebury avait l'air agacée, mais pas particulièrement troublée. « Donc, si vous remontez la trace de ces photos, j'imagine que vous allez vous diriger ensuite vers le sentier qui rejoint le belvédère ? » Elle s'écarta du mur d'un mouvement d'épaule. « Je vais marcher avec vous. J'avais aussi prévu de monter là-haut.

— Donc nous avons vu juste ? Ces photos sont celles qui étaient dans l'appareil de Bronte ? » demanda Kieran tandis qu'ils traversaient ensemble le vieux quartier.

Pendlebury tendit la main pour prendre le portable de Mia. Sans cesser de marcher, elle balaya rapidement l'écran de son pouce, vérifiant les images, et, au bout de quelques pas, elle le lui rendit en hochant la tête. « Oui, elles en font partie.

— Comment ont-elles pu se retrouver en ligne ? interrogea-t-il.

— La fac de Bronte lui a offert un espace de stockage en ligne, avec son inscription, répondit Pendlebury. Les étudiants en art doivent avoir pas mal de fichiers en haute résolution, j'imagine. Bronte téléchargeait ses photos pratiquement tous les jours. » Elle désigna le portable de Mia. « Normalement, elles n'auraient pas dû se retrouver sur ce réseau social, mais elle a autorisé l'accès à certains dossiers aux autres étudiants. Pour des projets de groupe, apparemment.

— Vous n'avez pas pu les bloquer ? demanda Kieran.

— Nous pourrions le faire, mais alors les gens commencent à se demander pourquoi et ce n'est pas toujours... » Pendlebury s'interrompit brusquement. Elle ralentit le pas et laissa échapper un grognement exaspéré. « Merde. »

Ils arrivaient en vue de la villa de George Barlin, avec son jardin dévasté. Le pick-up boueux d'Ash était garé devant, dans la rue.

Kieran aperçut son ami à travers le pare-brise, assis côté conducteur, moteur à l'arrêt, les bras croisés sur le volant. Shifty se trouvait à côté de lui sur le siège passager, la tête à la fenêtre, langue pendante.

« On l'a pourtant prévenu. » Pendlebury se tourna vers Kieran. « Il faut qu'il passe à autre chose. Je vais me faire un plaisir de...

— Non, laissez. » Kieran bloqua le frein du landau. « Je vais lui parler. »

Le temps que Kieran traverse la rue, Ash avait déjà démarré le moteur.

« C'est bon, je m'en vais. Je venais voir un truc, mais… » Ash se pencha par la vitre ouverte de sa portière et haussa le ton, s'adressant à Pendlebury. « Je m'en vais, OK ? Pas besoin d'appeler vos copains, je m'en vais. »

Ash se rassit lourdement sur son siège et empoigna le levier de vitesse. Kieran posa la main sur sa portière.

« Hé, attends une seconde, dit-il.

— Quoi, mec ? J'ai du boulot.

— Je t'ai envoyé plusieurs textos.

— Ouais. » Ash soupira. « Je suis au travail.

— D'accord, mais… »

Ash, enfin, se tourna. Son visage portait encore de vagues traces du stress que Kieran y avait lu la veille au soir, mais à présent, il avait simplement l'air fatigué.

« Quoi ? répéta Ash.

— Tu vas bien ? Après ce qui s'est passé hier ?

— Ça va.

— Bon. » Kieran ne retira pas sa main de la portière. « Parce que ces trucs que George t'a balancés…

— Oh. » Un léger pli se dessina autour des yeux d'Ash. « Ouais, non, t'inquiète. Écoute… » Il embraya. « Il faut vraiment que j'y aille.

— Bon, passe-moi un coup de fil si… »

Mais Ash tendait déjà le bras dehors dans un adieu ironique à Pendlebury. Kieran détacha sa main de la carrosserie et recula d'un pas tandis que le pick-up démarrait. Ils le regardèrent tous s'éloigner jusqu'à ce que le véhicule ait disparu au coin de la rue. Alors, Kieran regagna le landau. Ils se remirent en marche.

« Comment était ce jardin avant, par simple curiosité ? interrogea l'inspectrice lorsqu'ils atteignirent le pied du sentier de la falaise.

— Magnifique », répondit Mia.

Ils gravirent en silence l'essentiel du chemin, perdus dans leurs pensées. À l'approche du sommet, Mia trottina sur quelques mètres pour rattraper Pendlebury.

« Pensez-vous que la personne qui a pris l'appareil et l'ordinateur de Bronte savait qu'elle téléchargeait ses photos quelque part ? demanda-t-elle.

— J'en sais rien. » Pendlebury marchait les yeux braqués sur l'océan. « Tout dépend de qui est cette personne, et de pourquoi elle les a pris.

— Vous disiez que ces photos que nous avons vues sur Internet n'étaient pas les seules que Bronte avait sauvegardées dans ses dossiers d'étudiante ?

— C'est exact. »

Mia faisait de nouveau défiler les images sur son téléphone, tout en marchant, son pouce allant de haut en bas. « Mais diriez-vous que celles-ci constituent… » Elle hésitait. « … un échantillon représentatif ? »

Ils étaient arrivés au sommet des falaises et s'arrêtèrent devant le belvédère. Les Survivants se dressaient fièrement au large. Plus loin, le *Nautilus Blue* roulait sur les vagues, le drapeau bleu et blanc indiquant qu'un plongeur était à l'eau clairement visible.

« Très bien, dit l'inspectrice. Je vois que vous êtes inquiète parce que Kieran et vous apparaissez sur l'une de ces photos. Alors laissez-moi vous rassurer, du moins en partie : vous n'êtes pas les seuls.

— Ah bon ?

— Loin de là. »

Kieran se demanda pourquoi il ne se sentait pas vraiment soulagé.

Pendlebury se tourna vers le garde-fou, et ses yeux se posèrent sur les Survivants.

« La marée en est où, Kieran ? interrogea-t-elle. Assez basse pour un petit aller-retour en bas ?

— Là, maintenant ? »

Pendlebury cala sa tablette sous son bras. « Maintenant, ce serait parfait, oui. »

Cela n'eut pas l'air de réjouir Mia, mais elle ne protesta pas. Kieran lui confia le landau et l'inspectrice et lui contournèrent la barrière pour s'engager sur le sentier non balisé qui descendait vers la plage. À peine Pendlebury eut-elle posé un pied sur le sable, en bas, qu'elle s'immobilisa, sans prêter attention aux oiseaux qui s'étaient envolés presque tous en même temps. Elle contempla les bouches béantes des grottes, puis leva la tête et étudia le chemin qui escaladait la falaise jusqu'à l'endroit où ils s'étaient trouvés un peu plus tôt. Elle ressortit sa tablette, jouant de l'index en plissant le front.

« Bon, souffla-t-elle. Maintenant, je veux que vous gardiez à l'esprit que Bronte était une jeune femme de vingt et un ans, avec un appareil numérique. Donc, quand je vous dis qu'elle a pris un tas de photos, ce n'est pas une plaisanterie. Cela étant dit… » Pendlebury tendit l'écran sous le nez de Kieran. « Reconnaissez-vous les endroits où ont été prises ces images ? Prenez votre temps. »

Kieran saisit la tablette et entreprit de passer en revue, sans hâte, les photos de Bronte, ne sachant pas à quoi s'attendre. Les cadrages des clichés étaient si serrés qu'ils auraient pu être pris à peu près n'importe où. Des grains de sable, un gros plan sur une algue qui avait le vert étincelant, épais, d'une émeraude, sur un fond sombre. Il les fit défiler dans un sens puis dans l'autre, sentant le regard de l'inspectrice sur lui.

« Désolé, j'essaie de… », commença Kieran, puis il se tut, car il avait tout à coup reconnu quelque chose.

Une surface anguleuse dont les crevasses et les replats taillés par l'eau étaient saupoudrés de sable. Une ligne de contraste bien nette où la lumière du jour rejoignait l'ombre permanente. L'entrée de la grotte Nord. Cela ne faisait aucun doute, absolument aucun, car sur cette photo en gros plan, au milieu des crevasses et du sable et de l'ombre, son propre nom était taillé dans la roche.

Kieran fixa les balafres désinvoltes de ces lettres qu'il avait déposées là toutes ces années en arrière, capturées à présent par l'appareil photo d'une morte, et il sentit la peur l'étreindre.

Il contemplait toujours l'image quand Pendlebury tendit la main pour balayer l'écran une fois de plus. Une photo similaire apparut, mais cette fois, ce fut le nom d'Ash qui barra le coin du cadre. Un nouveau balayage et le nom d'Ash réapparut. Il s'agissait d'une gravure différente, l'angle de la prise de vue le rendant plus difficile à déchiffrer. Kieran n'aurait su dire où ce cliché-ci avait été pris.

Pendlebury se pencha de nouveau et, avant même qu'elle ne touche l'écran, Kieran devina à moitié ce qui allait suivre. Finn, puis Finn encore. Le R-A-N final d'un autre Kieran. Toby.

Kieran se força à relever les yeux, et croisa le regard de l'inspectrice.

« Ceux-là sont à peine dans le cadre », fit-il remarquer. C'était la vérité. Il baissa à nouveau les yeux, qui se posèrent cette fois sur le S-E-A de Sean. La photo était prise de si près que les lettres étaient floues et déformées par les ombres d'un flash violent. Kieran pointa du doigt la floraison d'un morceau de lichen coloré, juste à côté du S.

« À l'évidence, Bronte prenait des gros plans du rocher, déclara-t-il. Ces photos ne démontrent rien.

— Je n'ai pas dit qu'elles démontraient quoi que ce soit. » L'expression de Pendlebury était parfaitement neutre. « Je vous demandais simplement si vous connaissiez les endroits où elles ont été prises.

— Pour certaines, oui, je crois.

— Parfait. Alors montrez-moi. »

Kieran la guida à travers le sable jusqu'à l'entrée de la grotte Nord. Il faisait frais et sombre dans l'ombre de la grotte, et les yeux de Kieran mirent une bonne minute à accommoder. Il vit Pendlebury cligner des yeux, en regardant les alentours.

« Là. » Il pointa du doigt la paroi. « Ceux-ci, vous les avez vus hier. Et il y en a quelques autres par ici. »

Pendlebury souleva de nouveau le rabat de sa tablette et compara l'écran à la surface rocheuse. Elle fit quelques pas de côté, puis sortit son téléphone pour prendre une photo. Puis quelques pas de plus, et une autre photo. Kieran la regarda répéter l'opération à plusieurs reprises, tandis qu'elle s'efforçait de reproduire l'angle. Elle baissa les yeux sur sa tablette puis secoua la tête.

« Je ne crois pas que celle-là corresponde. L'espace entre les lettres n'est pas le même. » Elle tourna l'écran pour que Kieran puisse voir. Il distingua le nom d'Ash au coin de la photo.

« C'est possible que non, répondit Kieran, indécis. Il y en a plusieurs dans la grotte.

— Pouvez-vous tous me les montrer ? J'aimerais beaucoup identifier tous ces endroits. »

La grotte se déployait devant eux, profonde et labyrinthique. « Il y en a un peu partout. Je ne saurais même pas par où commencer.

— Il n'y avait pas de logique du tout ?

— Pas vraiment. Au départ, on le faisait chaque fois qu'on ouvrait un nouvel itinéraire. » Kieran se rendit compte qu'il n'avait pas l'énergie de défendre la chose. « Mais souvent, on faisait juste ça parce qu'on s'ennuyait. Pas tellement Sean – lui, il trouvait que c'était n'importe quoi. Il a gravé son nom une fois parce que j'ai insisté, mais Ash et moi, on le faisait tout le temps. Toby aussi. Et Finn, évidemment.

— Personne d'autre ? Mia, par exemple ? »

Kieran se raidit. Il avait froid, dans cette pénombre. « Non. Pourquoi ? » Il leva la tête, même si le belvédère était totalement invisible de là où il se trouvait. « Elle n'est jamais descendue ici. Pourquoi vous me posez cette question ?

— Et Gabby Birch ?

— Non. » Kieran la dévisagea, dérouté. « Qu'est-ce qu'elle a à voir avec ça ? Et Mia ?

— Je vous pose juste des questions, Kieran. J'essaie d'avoir une vue d'ensemble. » Pendlebury marqua une pause. « Et Olivia ? »

Kieran n'aurait su dire si elle savait, ou si elle tâtonnait au hasard. Il n'aurait pas su dire si cela importait. « Ouais, Olivia est venue ici. »

Pendlebury scrutait les profondeurs de la grotte. Les oiseaux s'étaient calmés et Kieran entendait à présent les vagues qui se brisaient sur le rivage.

« On peut aller plus loin ? demanda l'inspectrice. Pour voir si on trouve quelque chose ?

— Non, répondit Kieran. Pas avec moi. C'est comme un labyrinthe, après. Je ne connais pas assez bien l'endroit.

— Vous le connaissiez, avant. »

Kieran fit un signe de tête en direction des noms gravés dans la roche. « Y a un tas de choses que je faisais avant, et que je ne fais plus.

— Un point pour vous. » Pendlebury fit pivoter vers lui sa tablette, pour qu'il puisse à nouveau regarder les photos. « Jetez un coup d'œil à celles-ci. Certains éléments vous sont-ils assez familiers pour pouvoir les localiser ? »

Kieran passa en revue d'autres clichés pris par Bronte, redoutant ce qu'il allait voir à chaque nouvelle image.

« Les Survivants, bien sûr, finit-il par répondre. Et ça, c'est le bas du sentier à marée basse. La grotte Nord, encore. » Il était étrangement conscient d'un très léger doute en train de creuser son tunnel au plus profond de lui, tandis qu'il étudiait ces images, mais il ne parvenait pas à le faire remonter. Quelque chose clochait, sans qu'il sache pourquoi. Il fit défiler quelques clichés pris de trop près pour qu'il puisse reconnaître quoi que ce soit, puis s'arrêta soudain en découvrant un endroit qui lui était familier, pour s'y être souvent rendu. La terrasse de la grotte Sud, où Olivia et lui avaient l'habitude de se retrouver. Kieran sentit que Pendlebury l'observait.

« Ça, je sais où c'est.

— Vous voulez bien m'y emmener ? »

Ils furent tous les deux éblouis par la lumière quand Kieran les ramena sur la plage et traversa celle-ci en direction de la grotte Sud. Alors qu'ils plongeaient de nouveau dans le noir, Kieran désigna la photo affichée sur l'écran de la policière, puis le sursaut rocheux.

« Ces clichés ont été pris là. »

Pendlebury marcha jusqu'au rocher et fit glisser ses doigts dessus. Elle laissa retomber sa main et sortit son portable, prenant elle-même quelques clichés avant de regarder l'écran, front plissé. Elle leva de nouveau les yeux, repérant le nom d'Ash taillé dans le rocher au-dessus de la terrasse. Elle leva un sourcil à l'intention de Kieran, qui haussa les épaules.

« Comme je vous le disais tout à l'heure, il y en a pas mal. »

Sa voix rebondit contre les parois avant d'être absorbée et étouffée par le sable. Pendlebury tendit l'oreille.

« Je n'arrive pas à me faire aux sons d'ici », dit-elle, se retournant vers la terrasse surélevée.

Kieran attendit, mal à l'aise. Dehors, par-delà l'arche de l'entrée, il distinguait une large bande de plage les séparant de la mer. Sous ses pieds, le sable était dur. Il n'était ni mouillé, ni recouvert d'eau. Tout allait bien, se convainquit-il. La marée ne montait pas, elle descendait. Ils avaient du temps devant eux.

« Quelque chose ne va pas ? » Pendlebury le dévisageait.

« Non, tout va bien.

— Vous êtes sûr ?

Oui. » Kieran réprima un soudain élan de claustrophobie, dont il était peu coutumier. Le plafond lui parut tout à coup inhabituellement bas, et il leva la main pour s'assurer qu'il était encore hors de portée. « Désolé. Je venais souvent ici quand j'étais jeune.

— Avant la tempête ? » Pendlebury le scrutait encore. « Le jour de la tempête ?

— Les deux. » Kieran haussa les épaules.

Elle se tut un moment et passa la main, pensivement, sur les parois rocheuses de la grotte.

« J'avais une amie. J'*ai* une amie, plus exactement, même si… » Elle soupira. Recommença. « Il y a deux ans environ, mon amie et son mari buvaient tranquillement un verre chez eux, un vendredi soir. Après le dîner, ils sont allés piquer une tête dans la piscine de leur jardin. Le temps qu'elle se rende compte qu'il ne faisait pas l'andouille, son mari était déjà mal en point. » Pendlebury secoua la tête. « Il ne s'en est pas sorti. Et depuis, elle a du mal à s'en remettre.

— Je suis désolé », dit Kieran. Il le pensait vraiment.

« Merci. Ç'a été dur. Pour elle, évidemment. Mais aussi de la regarder s'autodétruire à petit feu, vous comprenez ? »

Kieran comprenait parfaitement. Il s'en souvenait très bien, de ces premières années après la mort de Finn. Où il avait essayé différentes manières de surmonter ce drame. Certaines fonctionnaient, la plupart pas du tout. Il se souvenait du brillant éclat d'espoir, puis de l'accablante frustration de la déception qui suivait. De la secrète peur de se retrouver bientôt à court de méthodes à explorer. Puis, au beau milieu de tout ça, il y avait eu Mia. Apparue devant lui de manière inattendue, une oasis de calme inespéré dans le décor miteux de ce bar d'étudiants.

« Mia m'aide beaucoup, dit-il. Audrey aussi.

— Et avec vos parents, ça va ?

— Eh bien, ils m'aiment, bien sûr. Mais Finn était leur fils. Donc… » Il ne savait pas trop quoi dire de plus à ce sujet.

Pendlebury avait une drôle d'expression au visage. Un mélange de compassion et de quelque chose d'autre qu'il ne sut reconnaître.

« Kieran, reprit l'inspectrice. Il faut que je vous pose cette question : que pensez-vous qu'il s'est passé ici, le jour de la tempête ?

— Ce que je *pense* qu'il s'est passé ? J'étais ici. Je *sais* ce qui s'est passé.

— Bien sûr. » Il y eut un étrange temps d'arrêt. « C'est pourquoi j'aimerais l'entendre de votre bouche. »

Kieran contempla le sursaut rocheux, puis ouvrit la bouche et lui raconta tout. La vraie version. Il lui raconta Olivia et comment ils avaient l'habitude de se retrouver ici et de déployer leurs serviettes sur cette terrasse naturelle. Comment, un jour, le temps était mauvais et elle avait suggéré qu'ils s'en aillent, mais il lui avait demandé de rester. Alors ils étaient restés, mais ils avaient laissé filer le temps jusqu'à ce que le sable ait disparu sous l'eau, et, tout à coup, il avait été trop tard. Kieran n'avait pas réussi à retrouver tout de suite le chemin de la falaise. La mer avait été plus forte que lui. Son frère et celui de son meilleur ami étaient venus à sa rescousse. Ils étaient morts. Et lui, il avait survécu.

Pendlebury écouta sans l'interrompre.

« Ç'a dû être très dur pour vous », dit-elle, quand il eut terminé.

Kieran ne répondit rien. Parfois, partager cette histoire permettait presque de relâcher la tension ; mais d'autres fois, comme en cet instant, il n'éprouvait que de la honte. Dans tous les cas, revivre ces événements lui procurait toujours un sentiment d'épuisement.

Pendlebury serra les lèvres et Kieran eut l'étrange sensation qu'elle débattait intérieurement.

« J'ai du mal à imaginer ce que ça doit être, de vivre avec ça, finit par déclarer l'inspectrice.

— Ce n'est pas génial.

— Non. J'ai vu ce que la culpabilité avait fait à l'amie dont je vous parlais. » Une ombre traversa les traits de Pendlebury. « Nous étions très proches, avant, mais elle est comme une autre personne, désormais. Kieran… » Elle tourna la tête dans la direction approximative de la ville, invisible par-delà les falaises et la mer. « Il y a pas mal de gens qui ressortent tout un tas de vieilles histoires, en ce moment. Tout le monde balance des ragots dans tous les sens, et tout là-dedans n'est pas vrai, ni utile. »

Kieran ne sut trop quoi répondre à cela. Il entendait de l'eau s'écouler, quelque part dans la grotte.

« Je n'aimerais vraiment pas que vous tombiez par hasard sur une version foireuse de cette histoire », déclara Pendlebury.

Un picotement à la base de sa nuque mit Kieran en alerte. « Une version foireuse de quelle histoire ? »

Le dilemme qui torturait Pendlebury tremblota de nouveau dans son regard. Elle scruta les profondeurs des galeries, puis se tourna vers l'endroit où l'eau de la mer écumait, bleue et blanche, sur le sable. Enfin, elle avala une longue bouffée d'air et le fixa droit dans les yeux. Décision prise.

« Kieran, il y a quelque chose que vous méritez de savoir. »

CHAPITRE 30

Pendlebury se dirigea vers l'entrée de la grotte. « D'abord, sortons d'ici. Je crois que ça ferait du bien à Mia de l'entendre aussi. »

Cette fois, ce fut Kieran qui la suivit tandis qu'elle les ramenait dans la lumière éblouissante.

« Qu'est-ce..., commença-t-il, mais elle le fit taire d'un geste de la main.

— Remontons d'abord. Nous parlerons là-haut. »

Émergeant du sentier broussailleux, ils trouvèrent Mia assise sur le banc, poussant le landau d'avant en arrière. Elle leva les yeux, son expression soucieuse laissant aussitôt place à un air soulagé.

« Terminé ? » Elle commença à se lever, mais se figea en voyant la tête de Kieran. « Que se passe-t-il ?

— Un élément a été porté à mon attention, récemment, dont je crois que Kieran devrait avoir connaissance », déclara Pendlebury, en prenant place sur le banc. Mia semblait sur ses gardes, mais elle se rassit lentement à son tour.

Kieran resta debout. L'océan scintillait dans la pâle lumière de cette fin d'été. À la verticale de l'épave, il aperçut le *Nautilus Blue*, qui gîtait légèrement.

« Très bien. » La voix de Pendlebury était sereine. « Je suis venue à Evelyn Bay pour élucider ce qui est arrivé à Bronte Laidler. Point. C'est ma seule mission. Votre fameuse tempête, la disparition de Gabby Birch, tous ces ragots que les habitants sont en train de balancer sur Internet – je ne suis pas là pour ça. » Elle marqua une pause. « Mais quand on pose des questions, fatalement, on obtient des réponses. Des choses qui n'intéressent pas forcément mon enquête, mais cela ne veut pas dire qu'elles ne sont pas intéressantes en soi. »

Kieran fit basculer son poids d'un pied sur l'autre, impatient. Les yeux de Mia se portaient sur lui puis sur l'inspectrice, alternativement.

« J'ai pu m'entretenir par deux fois avec George Barlin, poursuivit Pendlebury. Vous saviez qu'il avait été journaliste ?

— Oui.

— Vous avez lu ses bouquins ?

— Presque tous, répondit Kieran, et Mia acquiesça.

— Moi aussi, dit l'inspectrice. Ce n'est vraiment pas ce que je lis d'habitude, mais ils ne sont pas mal du tout. Bref, depuis qu'il s'est installé là, il a fait quelques recherches autour de la tempête.

— En vue d'écrire un livre ? interrogea Mia.

— Plutôt pour lui, m'a-t-il expliqué. Il était à Evelyn Bay, cette année-là. Il dit qu'il n'oubliera jamais cette tempête. » Pendlebury haussa les épaules. « Personnellement, ça m'est bien égal qu'il prévoie ou non d'écrire un livre là-dessus. Et dans un premier temps, ce qui a eu lieu à l'époque ne m'intéressait pas trop. Comme je le disais, je suis ici pour m'occuper de ce qui s'est passé il y a quelques jours, et pas il y a douze ans. » Elle se tourna vers la mer, se tapotant distraitement le genou avec le doigt. « Et puis George a évoqué un détail qui m'a paru vraiment intéressant.

— Quoi exactement ? demanda Kieran.

— C'est en rapport avec l'accident qui a eu lieu ici. Celui qui vous a impliqué, votre frère, Toby Gilroy et vous. » Pendlebury lui fit face. « Le timing ne colle pas. »

Kieran plissa le front et Mia l'imita.

« Comment ça ? demanda cette dernière. Le timing de quoi ?

— Des événements qui se sont déroulés le jour de la tempête. Vous qui vous retrouvez pris par la marée, Kieran. L'appel de détresse, la tentative de sauvetage. Les noyades. Tout ça n'a pas pu se dérouler comme vous le croyez.

— Bien sûr que si. » Kieran laissa échapper un rire qui, même à ses propres oreilles, eut quelque chose d'étrange. « J'étais là, littéralement. »

Pendlebury secoua la tête. « Non. Ça ne s'est pas passé comme ça. »

Elle souleva de nouveau le cache de sa tablette et mit sa main en écran pour la protéger du soleil. Kieran attendit, soudain dérouté, comme lorsqu'une vague cède brusquement sous la coque d'un bateau. La suspension momentanée dans les airs, suivie de l'impact fracassant.

« Qu'attendez-vous pour nous dire ce que vous entendez par là ! » protesta Mia. Elle se leva et alla se serrer contre Kieran.

Pendlebury tendit l'index en l'air et hocha la tête tandis qu'elle continuait de chercher quelque chose. Au bout d'un moment, un bruit satisfait jaillit de sa gorge et elle releva la tête.

« Bon. Donc la version communément admise de cet accident – admise par vous, Kieran, et par la plupart des gens –, c'est que vous étiez en train de reconnaître des itinéraires dans les grottes pour aider votre frère, que la tempête est arrivée si vite que vous avez été pris de court et que vous avez été emporté par la mer. Vous m'avez dit qu'Olivia Birch se trouvait avec vous… »

Pendlebury s'interrompit brusquement et jeta un regard à Mia, qui roula de gros yeux. Bien sûr qu'elle était au courant.

« Mais pour tous les autres, reprit l'inspectrice, Olivia marchait en pleine averse sur le sentier de la falaise, se dépêchant de rentrer chez elle, quand elle vous a aperçu en difficulté dans les vagues. Elle a appelé les secours, la nouvelle est parvenue aux oreilles de Julian Wallis, alors responsable local des opérations de sauvetage, et il a lancé une alerte qui a été captée par Finn et Toby. Ils lui ont confirmé qu'ils allaient tenter d'y aller, ont quitté précipitamment la marina à bord du *Nautilus Black*, ont franchi la pointe située au large des grottes, et ont été heurtés par une vague scélérate. Le bateau a lancé à son tour un appel de détresse, mais on n'a rien pu faire pour leur venir en aide et ils se sont noyés. »

Kieran se fendit d'un hochement approbateur. « Ouais, c'est à peu près ça.

— Bien. Le truc, c'est que les horaires de chacun de ces appels et de chacune de ces alertes ont été notés. Ils figurent ici – bon, en fait, ils apparaissent un peu partout sur un tas de documents officiels –, et ils ont été confirmés par les données téléphoniques, les signaux d'urgence. Pris séparément, ces horaires sont corrects, ils n'ont jamais été remis en cause. » Pendlebury se tourna vers Kieran. « Le problème que George Barlin a identifié, en étalant devant lui tous ces documents épars et en les examinant de près avec son carnet et sa plume d'écrivain ou je ne sais quoi, c'est que cette histoire ne tient pas debout.

— Comment tout ça pourrait-il ne pas tenir debout ? » s'étonna Kieran. Il sentit Mia se tendre à ses côtés.

« Pour que le timing coïncide, il fallait que Finn et Toby se trouvent déjà en mer sur leur bateau quand ils ont reçu le message radio annonçant que vous étiez en difficulté. C'est la seule manière. »

Kieran dévisagea Pendlebury, mais celle-ci fixait désormais un point au large, par-dessus son épaule. L'endroit où le *Nautilus Blue* était mouillé.

« Il faut, quoi, quinze minutes – au minimum – pour venir ici en bateau depuis la marina, n'est-ce pas ? reprit-elle. C'est ce que j'ai cru comprendre.

— Oui. » À vrai dire, quinze minutes, c'était en forçant vraiment ; il en fallait plutôt vingt, d'habitude.

« Bon. Eh bien, entre l'heure où l'appel au secours d'Olivia a été passé – confirmée par les relevés téléphoniques – et celle où votre frère a répondu sur la radio du *Nautilus Black*, un peu moins de quatre minutes s'étaient écoulées. Moins de trois minutes plus tard, le signal de détresse du *Nautilus Black* était activé, le GPS les localisant ici, au large des grottes. »

Le regard de Pendlebury se posa sur Kieran.

« Entre le moment où vous avez été emporté par les vagues et celui où votre frère et Toby sont arrivés, il s'est écoulé moins de dix minutes. Ils ne pouvaient donc pas se trouver à la marina quand l'alerte a été lancée : ils étaient déjà en mer. »

Kieran secoua la tête. « Non. C'est…

— Regardez par vous-même, dit Pendlebury en lui tendant la tablette. Les données importantes sont surlignées. »

Kieran prit l'appareil et Mia se pencha pour voir, collant sa joue contre la sienne. Il l'entendit respirer tandis qu'il plantait son doigt sur l'écran. Un relevé téléphonique apparut, puis un autre, puis toute une série de rapports et autres documents officiels. Kieran les passa en revue, dans un sens puis dans l'autre, s'efforçant de comprendre ce qu'il voyait, tandis que Mia lisait par-dessus son épaule.

N'en croyant pas ses yeux, il se tourna vers elle.

« T'en penses quoi ? » Il fut surpris de s'entendre murmurer.

Mia pointa du doigt l'écran. Là, et là. Et là encore.

L'appel passé par Olivia, le registre rempli par Julian, la réponse du *Nautilus Black*, l'activation du signal de détresse du bateau.

Kieran s'efforça de rassembler ses idées. Combien de temps était-il resté dans l'eau avant d'être projeté sur le rocher, et d'entrapercevoir le *Nautilus Black* ? Cela lui avait paru des heures, mais – Kieran fit un effort pour se concentrer. Mais il avait survécu, donc cela n'avait pas pu durer plus de quelques minutes. Combien, exactement ? Il se pencha de nouveau au-dessus de l'écran. Moins de dix, à en croire le document noir sur blanc affiché devant lui.

Kieran ouvrit la bouche. « Si ce déroulé est exact…

— Il l'est.

— D'accord, mais… » Plus aucun mot ne lui venait.

« Pourquoi personne ne s'en est-il rendu compte plus tôt ? » interrogea Mia, mais au ton de sa voix, Kieran sut qu'elle aussi, elle avait deviné la réponse presque en même temps qu'elle posait la question. Parce que avec tout ce qui s'était passé ce jour-là, tous ces menus détails avaient semblé insignifiants. Aux yeux de la foule traumatisée qui s'était rassemblée au sommet des falaises pour voir deux hommes se noyer. Des habitants de la ville dont les maisons avaient été endommagées et les commerces détruits. Des proches de la fille disparue, aperçue pour la dernière fois sur la plage avec son sac à dos, et que personne n'avait plus revue ensuite. La voix d'Ash résonna sous son crâne. *C'était une journée de folie.*

« Si ce déroulé est exact, ça voudrait dire que Finn et Toby… » Kieran n'y était pas encore tout à fait.

« Que Finn et Toby étaient déjà en mer et se dirigeaient plus ou moins dans cette direction avant même d'apprendre que vous vous trouviez dans l'eau, oui, l'aida Pendlebury. Donc quoi qu'il ait pu se passer ce jour-là, Kieran, ce n'était pas de votre faute, du moins, pas comme vous l'avez cru jusqu'ici. »

Kieran ouvrit la bouche, mais eut soudain l'impression de ne plus pouvoir respirer. Il sentit la paume de Mia dans son dos, qui le caressait en décrivant des cercles. Il se pencha en avant et enfouit son visage dans ses mains.

Il visualisa presque la chose, et cela lui donna le vertige. Il portait ce fardeau depuis tant d'années qu'il n'imaginait pas ce qu'on pouvait ressentir en en étant débarrassé. La légèreté, la liberté. Il allait pouvoir le dire à Verity. Essayer de l'expliquer à Brian. Cette pensée l'assaillit, si tentante et si brillante qu'elle en était presque douloureuse.

Mais sous cet éblouissement, il distingua autre chose de glissant et de vacillant. Une question. Kieran tenta de l'ignorer, mais elle n'arrêtait pas de tournoyer dans son esprit. Le titillant, doucement mais avec insistance. Il leva la tête et songea, en voyant l'expression de Mia, qu'elle devait se poser la même. La question à laquelle parviendrait à son tour Verity, une fois le premier vertige passé. Celle dont tous les gens à Evelyn Bay feraient un commérage, penchés sur leur café et leur clavier d'ordinateur. Kieran savait ce que tous se demanderaient, car lui-même, déjà, se le demandait.

Le regard de Pendlebury était braqué sur lui, il le sentait. Elle semblait savoir ce qu'il allait lui demander avant même qu'il n'ouvre la bouche.

« Que faisaient Finn et Toby au large en pleine tempête ? »

CHAPITRE 31

Pendlebury ne lui répondit pas. Kieran patienta mais elle se contentait de soutenir son regard, une touche de regret ou d'excuses ou des deux flottant dans l'air.

« Pourquoi Finn et Toby étaient-ils sortis en bateau ? réessaya-t-il.

— Ça, malheureusement, je l'ignore. »

Kieran se demanda si le vrombissement assourdi qui résonnait dans ses oreilles était celui du ressac ou de son propre pouls.

« Finn savait que cette tempête serait dangereuse, dit-il. Toby et lui faisaient partie des rares personnes qui avaient compris à quel point elle serait sévère. Ce sont eux qui nous avaient mis en garde, la veille, de ne pas aller en mer.

— Je le comprends bien. Mais je ne peux pas vous dire pour autant ce qu'ils faisaient sur l'eau. » Derrière le ton neutre de l'inspectrice, Kieran décela une nuance qu'il ne put identifier.

Mia les observait. « Vous ne pouvez pas, ou vous ne voulez pas ?

— Je ne peux pas. Ce serait spéculer. Je regrette, ajouta-t-elle à l'intention de Kieran, qui s'appuyait lourdement sur le garde-fou. À l'évidence, ça fait beaucoup de choses à digérer pour vous. J'espère avoir bien fait de vous le dire, mais je sais qu'au bout du compte, la vérité est en général la meilleure… »

Pendlebury n'acheva pas sa phrase, et sortit son portable de sa poche. Kieran ne l'avait pas entendu sonner. Elle plissa le front en consultant l'écran illuminé.

« Je suis vraiment confuse, il faut que je réponde. » Pendlebury porta le téléphone à son oreille. « Un instant, s'il vous plaît, dit-elle à son correspondant, puis elle éloigna l'appareil de ses lèvres. Merci de m'avoir guidée en bas, Kieran. Je redescendrai toute seule en ville. Écoutez… » Elle avait reporté toute son attention sur eux, et elle resta silencieuse pendant un long moment. « Si vous avez des questions, quelles qu'elles soient, vous savez où se trouve le commissariat. »

Pendlebury porta de nouveau le téléphone à son oreille, courba le front et fit demi-tour. Kieran n'esquissa pas un geste, ne sachant pas si c'était là, pour l'inspectrice, une manière polie de mettre un terme à cette conversation. Il sentit la main de Mia sur son avant-bras.

« Allons-y », dit-elle d'une voix ferme, en débloquant le frein du landau.

Le belvédère avait disparu derrière eux quand ils rompirent le silence.

« Elle sait pourquoi ils étaient sortis. » Mia parlait à voix basse.

« Oui, je le pense aussi, approuva Kieran. Ou bien, elle en a une idée. Ça se sentait à sa manière de parler, pas vrai ? Mais alors, pourquoi ne veut-elle pas nous le dire ?

— Je ne sais pas. »

Les cailloux du sentier craquaient sous leurs pas, lorsqu'ils dépassèrent le portail du cimetière. Kieran poursuivit son chemin, aveugle ou presque à tout ce qui l'entourait. Il essayait encore de reprendre son souffle, mais avait de la peine à remplir ses poumons. Quelques pas plus loin, il sentit Mia ralentir.

« Arrête-toi une minute. » Elle rangea le landau au bord du chemin. Le sentier était désert, d'un côté et de l'autre. De là où ils se trouvaient, l'océan ressemblait à une plaine nue, à l'infini.

Kieran se tourna vers Mia, la poitrine toujours oppressée. « T'as pensé quoi de ce qu'elle nous a montré ?

— Les heures, tu veux dire ? J'aimerais bien vérifier tout ça en détail, mais… » Mia hocha la tête. « Ce qu'elle racontait m'a paru convaincant.

— Moi aussi. Et George Barlin aussi, non ? Il a repéré ça tout seul. » Kieran passa ses deux mains sur son crâne. Son cœur battait comme s'il nageait depuis deux heures. « Donc… » Il avait de la peine à articuler ses pensées. « C'est fini ? Comme ça, d'un coup ? Ce n'est plus de ma faute, maintenant ?

— Je ne sais pas quoi te dire, répondit Mia. Oui. Peut-être.

— Et maintenant, alors ?

— Je ne sais pas.

— Moi non plus. Sans déconner, Mia. Je suis tellement *fatigué.* » Il se couvrit les yeux, qui brûlaient et le picotaient. « Je suis tellement fatigué de me sentir coupable.

— Je sais. » Elle le prit dans ses bras. « C'est normal.

— Mais je n'ai plus à ressentir ça, pas vrai ? C'est ça que ça veut dire ? »

Une pause. « Exactement. »

Il s'écarta. « Alors pourquoi je ne me sens pas mieux ? »

Mia le regarda, ses mains encore chaudes sur ses bras à lui. Elle ne dit rien, et il eut presque envie de sourire.

« Je sais que tu penses la même chose que moi, dit-il.

— C'est-à-dire ?

— Tu penses que je ne me sens pas mieux parce que je voudrais savoir pourquoi Finn était sur l'eau, et que ça me travaille.

— Oui, en effet, concéda-t-elle. C'était ce que je me disais. »

Le presque-sourire de Kieran s'évanouit. « Et que si Pendlebury le sait mais n'a pas voulu me le dire… » Il expira lentement. « C'est qu'il y a une raison. Et donc, quelle est cette raison ?

— Ça pourrait être un tas de choses, répondit Mia. Je ne crois pas que tu puisses en tirer une quelconque conclusion.

— Vraiment ?

— Non. Tu ne peux pas. » Mia se tut, puis regarda en arrière sur le chemin. « À vrai dire, je pensais autre chose, aussi.

— Quoi ?

— Je pensais que si Pendlebury sait pourquoi Finn était en mer, alors ce serait une connaissance sacrément intime des événements, déclara-t-elle. Surtout pour une femme qui n'est pas d'ici. C'est peut-être une bonne flic, ça, je ne peux pas le savoir, mais en tout cas, c'est une étrangère ici. Elle n'était pas présente lors de la tempête, elle ne s'en souvient pas comme nous tous, nous nous en souvenons. Si Pendlebury sait quelque chose sur ce qui s'est passé ici il y a douze ans – et quelque chose d'aussi précis –, c'est que quelqu'un le lui a dit. Quelqu'un qui était là. C'est forcé. »

Kieran la dévisagea, les possibilités s'alignant comme les maillons d'une chaîne. Mia avait raison. Si Pendlebury savait, quelqu'un d'autre savait aussi.

« Qui ? » Si au fond de lui, il avait la sensation de connaître la réponse à cette question, son esprit tourbillonnait trop vite pour pouvoir se fixer.

Mais Mia hochait déjà la tête.

« Eh bien, elle nous l'a dit tout à l'heure, pas vrai ? Si nous avons des questions à ce sujet, nous savons où se trouve le commissariat. »

Le sergent Chris Renn traînait un classeur à tiroirs dehors quand Kieran et Mia débarquèrent au poste de police.

Kieran lui tint la porte vitrée le temps qu'il sorte le meuble.

« Merci », grogna Renn. Un coin du classeur métallique se prit dans le montant de la porte, et il le poussa d'un coup sec pour le libérer. Il reprit son chemin sans encombre et glissa le meuble contre la façade de brique, à côté de quatre autres. « Les gens de l'école vont venir les récupérer cet après-midi. »

Le sergent sortit un mouchoir en papier de sa poche et essuya son front luisant.

« Vous vouliez me parler, tous les deux ? » Il baissa les yeux sur le landau. « Trois.

— Pourquoi Finn et Toby étaient-ils en mer ce jour-là ? » demanda Kieran, et il sentit Mia lui faire les gros yeux. Ils avaient répété tout cela en chemin, mais maintenant qu'il était là, Kieran avait oublié toutes les nuances.

Renn ne lui demanda pas de quoi il parlait. Il les regarda tous les deux pendant un long moment puis se retourna vers le commissariat. Il redressa l'un des classeurs à tiroirs, puis tendit la main vers la poignée de la porte vitrée.

« Entrez. »

L'endroit semblait encore plus vide que la fois précédente, quand ils le traversèrent. La même pagaille régnait sur les quelques bureaux restants, et Kieran vit l'un des policiers en uniforme présents à l'assemblée communautaire pousser l'ordinateur portable d'un de ses collègues dangereusement près du bord de l'un d'eux, afin de dégager un espace où poser le sien. Il s'arrêta en voyant que Kieran l'observait. Le plan d'Evelyn Bay, tombé du mur, se tenait bien droit sur le plancher du couloir, calé contre la paroi, ses coins plastifiés courbés vers l'intérieur.

Renn conduisit Kieran et Mia dans la même pièce que la première fois. Il n'y avait plus qu'une seule chaise devant le bureau fatigué, à présent, et ils attendirent le temps que le sergent aille en chercher une autre. Lorsqu'il revint, Renn posa la main sur un petit tas de photos empilées à côté de l'ordinateur, et les retourna, à l'envers. Des photos de Bronte fournies par ses parents, réalisa un peu tard Kieran.

« Bon, alors, déclara Renn quand ils furent tous installés. Qu'est-ce qui vous amène ?

— Finn et Toby. Le jour de la tempête. » Kieran croisa les bras sur sa poitrine et cala ses mains sous ses biceps pour les empêcher de trembler. « Ils étaient déjà en mer, à bord du *Nautilus Black*, quand l'appel de détresse me concernant a été lancé. »

Les yeux de Renn dérivèrent lentement de Kieran à Mia. « Avec qui avez-vous discuté ? George Barlin ? »

Ils secouèrent la tête et Kieran vit une ombre de surprise traverser les traits du sergent. *Pendlebury, donc*, le vit presque raisonner Kieran. Quoi que cela ait pu inspirer à Renn, il le cacha bien. Il était si différent désormais de l'agent au visage rougi qui avait jadis suivi le sergent Mallott à travers la ville, sursautant de peur et d'obéissance à la moindre de ses paroles. Difficile de croire qu'il s'agissait là du même homme.

Ce Renn-ci, plus vieux et assis à présent dans le fauteuil du patron, aligna son clavier sur le rebord du bureau, gagnant un peu de temps.

« Tu veux en venir où exactement, Kieran ? demanda-t-il.

— Finn et Toby n'ont pas pris la mer pour moi. Le timing ne colle pas. »

Une affirmation, pas une question. Kieran se prépara à une dénégation en règle, mais Renn soutint son regard.

« Il faudrait que je revérifie dans le dossier... » Le ton de Renn était mesuré, mais Kieran discerna un léger sursaut dans les traits du sergent. Cela valait confirmation.

Mia l'avait vu, elle aussi. « Je ne crois pas que vous ayez besoin de revérifier quoi que ce soit, Chris. Vous êtes forcément au courant de ce genre d'information.

— OK, répondit Renn sans se départir de son calme. Eh bien, si c'est le cas, qu'est-ce que vous attendez de moi, au juste ?

— Pourquoi avez-vous enterré cette information ? » Kieran se pencha vers lui. « Si on commençait par là ?

— Moi ? » Renn se raidit imperceptiblement. « Ce n'était pas moi le responsable, à l'époque, mon vieux !

— Le sergent Mallott, alors. Et c'est vraiment une excuse bidon. Vous étiez tous les deux chargés de l'enquête. Vous saviez forcément l'un comme l'autre ce qui s'était passé pendant cette tempête. Vous vous êtes occupés de tout, Mallott et vous.

— Ouais », reconnut Renn. Il se rassit au fond de son fauteuil, si lourdement que les roues grincèrent. Il avait soudain l'air très fatigué. « On s'est occupés de tout, pas vrai ? Absolument tout ce qui a pu se passer pendant cette tempête, c'est lui et moi qui avons dû le gérer.

— Donc vous saviez, non ? Alors quoi ? Vous n'avez pas jugé bon d'en parler ? »

Il y eut un silence. Kieran s'attendait à ce que le sergent le mette à la porte, mais l'ordre ne vint pas. Le cliquetis étouffé d'une photocopieuse en train de s'allumer leur parvint du couloir.

« Ce qui est arrivé à Bronte a été vraiment dur. »

Kieran, qui était sur le point de repartir à l'assaut, s'arrêta net, surpris par ces mots. Renn remit à l'endroit le tas de photos sur son bureau. La fille morte leur sourit à tous, et le visage de Renn se crispa.

« Ç'a été dur pour tout le monde. Je le sais. Mais après toutes ces années de service, je ne croyais pas que je verrais un jour un truc pareil arriver ici. Je n'arrête pas de penser à ce que j'ai fait – ou pas fait, peut-être ? – pour qu'une telle chose se produise dans la communauté dont j'ai la charge. Quand Evelyn Bay est-il devenu un endroit où une fille venue travailler pendant l'été se retrouve assassinée ? » Renn retourna de nouveau les photos et Bronte disparut. « Je veux que cette histoire soit éclaircie. J'ai reçu son père et sa mère dans ce bureau, tout à l'heure, et je veux pouvoir leur apporter une réponse.

Je ne peux pas partir d'ici avec ça sur la conscience, mais ils ne laisseront pas ce commissariat ouvert indéfiniment… »

Il balaya du regard son bureau à moitié vide et inspira.

« George Barlin nous a confié, à Pendlebury et à moi, que quelque chose clochait dans le déroulé des événements, pendant la tempête, quand nous sommes allés le voir chez lui pour lui faire signer une déposition au sujet de Bronte. Il pensait s'être planté dans ses recherches et n'a pas arrêté de nous poser des questions là-dessus. Il ne voulait pas lâcher l'affaire. »

Un grand bruit dans le couloir leur fit tourner la tête vers la porte. Un juron étouffé s'éleva, puis ils entendirent quelqu'un remplir à nouveau un carton. Renn fixa de nouveau Kieran.

« Et c'était au même moment que Pendlebury commençait vraiment à s'intéresser au fait que ton père ait été la dernière personne aperçue en compagnie de Gabby Birch, et qu'on l'avait également retrouvé en train de traîner dehors à l'heure où Bronte a été assassinée. J'avais déjà Patricia Birch qui ne démordait pas du lien entre les deux, et voilà que George Barlin déniche des trous dans le déroulé de cette journée, concernant ta famille, Kieran. »

Kieran eut soudain l'impression de ne plus pouvoir respirer. Le landau grinçait, tandis que Mia le poussait d'avant en arrière.

« Cette tempête… » Le portable posé sur le bureau de Renn se mit à sonner. Il vérifia le numéro, puis attendit que la sonnerie cesse avant de poursuivre. « La tempête a déjà fait bien assez de dégâts. Il n'y a rien à gagner à laisser cette plaie s'infecter. Ça, j'en ai toujours été persuadé. Et je le suis encore. Des choses ont été faites et des décisions prises à l'époque, bonnes ou mauvaises, notre communauté a traversé cette épreuve et on a tourné la page. Mais Pendlebury veut des réponses au sujet de Bronte, autant que moi, alors elle pose des questions. » Le menton de Renn s'affaissa. « Si bien qu'elle remonte des années en arrière, puis elle s'intéresse à Brian, et alors je suis obligé de lui expliquer certaines de ces décisions, prises au moment de la tempête. Parce que je veux que tout ça soit élucidé pour Bronte, pour sa mère et son père, et nous n'y arriverons pas si je laisse les agents compétents perdre leur temps à regarder dans la mauvaise direction.

Kieran avala sa salive. « Merci. Chris…

— Me remercie pas trop vite. »

Un tel silence se fit dans le bureau qu'ils entendirent un portable sonner dans une autre pièce. Et tout à coup, dans ce qui lui fit l'effet d'une prémonition aveuglante, Kieran éprouva le besoin de revenir en arrière dans le temps. De refuser d'emmener Pendlebury dans les grottes, de lui dire qu'il avait enfin réussi à faire la paix avec cette tempête et ne voulait pas raviver des blessures anciennes. Il regrettait que Mia et lui ne soient pas rentrés à la maison au lieu de se rendre dans ce commissariat, où il avait soudain très peur de ce que le sergent Renn allait lui dire, maintenant. Il sentit Mia se raidir. Elle aussi, elle avait peur.

« Finn et Toby se trouvaient déjà en mer ce jour-là, confirma Renn. Tu as raison sur ce point. Malgré toutes les mises en garde, ils étaient montés sur leur bateau alors que la tempête approchait, et quand nous avons appris que tu étais en difficulté devant les grottes, ils avaient déjà quitté la marina. Je n'ai pas su pourquoi au juste, à l'époque, et je ne le sais toujours pas… » Renn fixa Kieran droit dans les yeux. « C'est la vérité. »

Il respira lentement, et Kieran dut réprimer une envie folle de lui dire de se taire. Il en avait assez entendu. C'est tout ce qu'il avait besoin de savoir.

« Mais voilà ce que je peux te dire : après la noyade de Finn et Toby, nous avons travaillé dur pour ramener leur bateau au port, afin de montrer à vos familles combien ces gars comptaient pour nous. Avec le sergent Mallott, on a promis de l'inspecter en long et en large. Pour aider vos familles en leur fournissant les informations le plus précises possible sur ce qui s'était passé. »

Renn déplaça son poids d'une fesse sur l'autre. Plus moyen de dissimuler sa gêne, à présent.

« Eh bien, figure-toi que le sergent Mallott a effectivement trouvé quelque chose à bord du *Nautilus Black*.

— Quoi ? » Kieran n'avait pu s'en empêcher. « Qu'est-ce qu'il a trouvé ?

— Le sac à dos de Gabby Birch. »

CHAPITRE 32

Il y eut un bruissement à l'intérieur du landau, l'agitation de petits membres, et Audrey se mit à crier. Kieran remarqua à peine ce bruit. Mia s'était courbée en avant, coudes posés sur les genoux, le visage dans ses mains. Les gémissements d'Audrey se répercutèrent contre les parois du bureau jusqu'à ce que, finalement, le sergent Renn fasse le geste de se lever.

« Je m'en occupe. » Kieran se dressa et plongea ses mains au fond du landau. « Ne la touchez pas. »

Renn leva les mains devant lui et se rassit.

« Le sac était entreposé dans le compartiment étanche… » Renn se rendit compte que Kieran était resté debout. « Pardon mais, tu veux vraiment entendre ça ? »

Kieran avait l'impression de trembler, mais Audrey se tenait tranquille au creux de ses bras, apaisée par son bercement. Voulait-il vraiment entendre ça ? *Le sac à dos de Gabby Birch.* Ce qu'il voulait vraiment, c'était que cela soit faux.

Mia dit quelque chose, d'une voix étouffée. Elle écarta ses mains de son visage et réessaya. « Dites-nous ce qui s'est passé. Allez. »

Renn jeta un coup d'œil vers la porte. Plus aucun bruit dans le couloir, maintenant.

« Geoff Mallott et moi, on a bossé comme des tarés dès l'instant où cette tempête est repartie. La ville était un champ de ruines. Il y avait des blessés. On avait organisé les recherches pour retrouver Gabby, prévenu tout le monde, fait circuler son signalement, ce qu'elle portait ce jour-là. Son sac. Avec des rayures violettes et un porte-clés kangourou. » Renn se frotta la nuque, rattrapé par ses souvenirs. « Examiner le *Nautilus Black*, c'était un service qu'on rendait. Nous n'avions pas le temps, vraiment, on ne l'aurait pas fait pour des touristes. Mais comme il s'agissait de deux hommes du coin, de familles d'ici... »

Renn leva les yeux sur Kieran, resté debout.

« On voulait vous montrer qu'on s'était souciés d'eux. Mais nous étions débordés. J'avais été retenu au commissariat tant il y avait de choses à gérer, et je me suis précipité vers la marina pour y retrouver Mallott. J'avais presque atteint le portail, tu sais, celui d'où on voit tous les pontons ? »

Il s'interrompit, et Kieran acquiesça.

« J'étais encore assez loin, mais j'ai aperçu Mallott sur le pont du bateau. Il avait sorti le coupe-boulons et s'attaquait au cadenas du compartiment étanche. Mon portable a sonné ; c'était le centre médical, une autre situation de crise, et j'ai dû m'arrêter au portail pour prendre cet appel. Je me souviens que ça m'agaçait, je faisais les cent pas parce que j'avais envie d'écourter cette conversation afin de pouvoir faire mon boulot. Je me suis tourné vers les pontons et j'ai vu le sergent Mallott. Il avait réussi à ouvrir le compartiment et s'était penché à l'intérieur... » Renn contempla son bureau, le regard perdu dans un lointain spatial et temporel. « ... et là, il en a sorti quelque chose, dont l'aspect ressemblait fort à des rayures violettes. »

Kieran serra Audrey contre lui, tandis que Renn poursuivait son récit.

« Je me rappelle m'être senti totalement pris de court. Je ne savais pas comment réagir et je ne pouvais pas réfléchir, parce que ce foutu appel n'en finissait plus. » Renn souffla lentement. « Ça a duré des plombes, il a fallu que j'ouvre ma sacoche pour chercher des notes que j'avais prises plusieurs heures avant, le centre médical m'a transféré vers un médecin de l'hôpital, et après, j'ai enfin pu raccrocher.

« Bref, je me précipite vers le bateau, en m'excusant, tout stressé, et je me dis que Mallott va me demander de venir devant le compartiment étanche pour corroborer et prendre quelques photos, mais il ne le fait pas. Il reste juste debout sur le pont – comme si de rien n'était – et me dit qu'il a terminé. Il me demande d'appeler les coordonnateurs des secours et de leur dire que nous arrivons pour faire le point sur la situation et vérifier quelques trucs. »

Mia fit un petit bruit, au fond de sa gorge. Elle dévisageait le sergent, mains bien jointes sur ses cuisses.

« Alors j'ai demandé franchement à Mallott ce qu'il y avait dans le compartiment étanche. » La bouche de Renn se crispa. « Et il m'a répondu qu'il n'y avait pas grand-chose. Ce sont les termes qu'il a utilisés. Pas grand-chose. Le couvercle était grand ouvert. J'ai jeté un coup d'œil à l'intérieur. Pas de sac. »

Kieran éprouva un semblant d'espoir. « Vous aviez peut-être mal vu ?

— Ouais, c'est ce que je me suis demandé aussi. Je veux dire, on était en plein chaos, et j'avais dû répéter cette description des affaires de Gabby une bonne centaine de fois. Je me suis dit que c'était peut-être la fatigue, et que je m'étais trompé. Alors j'ai dit à Mallott que j'avais cru le voir sortir quelque chose du coffre. Il m'a regardé droit dans les yeux, et m'a dit que non. » Renn secoua la tête. « Là, j'ai su qu'il mentait. Ça se voyait. C'était la première fois que je le voyais se comporter comme ça. Je ne savais plus quoi faire. »

Le ronronnement d'une discussion s'éleva puis retomba, tandis que des gens passaient dans le couloir. Mia inspira lentement. « Et donc, qu'est-ce que vous avez fait ?

— Geoff et moi, on est restés là à se regarder, puis il a pris sa radio comme s'il ne s'était rien passé. Il m'a ordonné de le suivre jusqu'aux voitures, et nous sommes allés faire le point sur les opérations de secours. On y est restés jusque tard dans la nuit. Quand on a eu enfin terminé, je suis rentré chez moi mais pas moyen de dormir. Je n'arrêtais plus de retourner tout ça dans ma tête, et en me levant le lendemain matin, j'étais sûr de ce que j'avais vu. » Renn se fendit d'un sourire dur. « Mallott était déjà ici, au commissariat, quand je suis entré. Il était arrivé tôt – plus tôt que je ne l'avais jamais vu commencer sa journée –, comme s'il m'attendait. Alors je n'y suis pas allé par quatre chemins : je lui ai dit qu'il m'avait bien semblé voir le sac de Gabby dans le compartiment étanche. Il m'a fait asseoir. Ici, dans cette pièce… » Renn désigna l'endroit où Mia et Kieran étaient assis, face au bureau fatigué. « Et il m'a dit que je faisais erreur.

— Il a nié ? demanda Kieran.

— Disons qu'il n'a pas voulu le reconnaître, nuança Renn. Ce qui n'est pas tout à fait pareil. Mais il m'a fait entrer ici, m'a servi un café, m'a parlé avec ce ton terre à terre qui le caractérisait, en me disant que nous avions affaire à trois familles en deuil. Est-ce que je tenais vraiment à remuer tout ça alors que nous n'avions pas de réponses, rien que des questions ? Il n'arrêtait pas de répéter qu'avant d'aller chambouler ces familles, il fallait vraiment que j'aie des preuves, à commencer par le sac en question. Est-ce que j'avais ce sac ? Est-ce que j'avais quoi que ce soit dans le genre ? »

Renn se rassit au fond de son fauteuil, et les roues grincèrent.

« On s'est disputés, lui et moi. Je voulais faire venir les familles, à commencer par Patricia et Olivia. Leur dire ce que j'avais vu. Mallott répétait la même chose, encore et encore. Avec un grand calme. Nous avions deux hommes morts. Un tas de gens à prendre en compte. Tes parents, Kieran, s'inquiétaient de savoir si tu allais t'en remettre. La femme de Toby était gavée de médocs, tant ce drame l'avait bouleversée. Son garçon, Liam, était encore tout petit. Et où que Gabby puisse se trouver, elle n'était plus sur ce bateau. Donc on n'était guère avancés. »

Renn ferma les yeux, front plissé.

« Donc ouais, on s'est disputés. Autant qu'il était possible. J'étais jeune, tout nouveau ici. Mallott était mon sergent. Je sais… » Il tendit la main devant lui en voyant Kieran ouvrir la bouche. « Je sais que ce n'est pas une excuse, mais c'était comme ça. Je suis retourné au *Nautilus Black* de mon côté, mais il n'y avait plus trace d'un quelconque sac à dos, donc les preuves étaient déjà détruites. Et puis j'ai entendu que des gens qui promenaient leur chien avaient retrouvé le sac sur la plage. Ça tombait sacrément bien, comme Patricia l'a toujours dit. »

Kieran repensa à Patricia Birch. À la manière dont elle ratissait la mer. Sa poitrine se serra.

« Quand j'ai entendu que le sac s'était échoué, reprit Renn, je crois que j'ai dû avoir pas plus de cinq secondes pour ouvrir la bouche et raconter à tout le monde ce qui, selon moi, s'était vraiment passé. Mais on venait vraiment de passer un sale moment, et je tirais sur la corde depuis des jours et des jours, à bosser sans interruption. J'arrivais plus à penser droit. Et les enterrements allaient bientôt avoir lieu. Tout le monde était encore secoué et vulnérable et… » Il se tut un instant. « Je n'ai rien dit. Et ensuite, je ne pouvais plus parler, vous comprenez ? J'avais l'impression d'avoir les mains liées. Les funérailles, c'était atroce. Les familles étaient dévastées et ça sautait aux yeux, ce qu'avaient représenté Finn et Toby pour tous ces gens, alors je me suis dit… »

Renn leva les yeux vers le plafond, clignant des paupières.

« Honnêtement, je ne sais pas. J'imagine que j'ai commencé à me dire que, peut-être, Geoff Mallott n'avait pas tort. Le fait de retrouver ce sac sur le bateau nous apportait plus de questions que de réponses au sujet de Gabby. Ça n'éclaircissait rien, et ça allait à coup sûr engendrer encore plus de confusion et de chagrin. Mallott estimait qu'on en avait déjà bien assez eu. J'ai fini par me demander s'il n'avait pas raison.

— Ce sont des conneries, tout ça ! » Kieran se surprit lui-même. Il vit Mia relever la tête. « Vraiment. Ça changeait quoi, que ce sac soit dans le bateau ? Gabby est tombée à l'eau. Finn et Toby ont dû repêcher son sac, c'est tout.

— Non. » Renn secouait déjà la tête. « Non, mon gars. Ce sac n'avait pas été dans l'eau. Le bateau était un peu endommagé, c'est vrai, mais ce compartiment était resté totalement étanche. Tu le sais bien : pas une goutte ne peut y rentrer. J'ai pu le constater, d'ailleurs, alors même que Mallott était planté devant moi, à me raconter des mensonges. Il n'y avait pas d'eau à l'intérieur du coffre. On pouvait encore lire les annotations à la main sur les cartes marines. Le sac ne pouvait donc pas être mouillé quand on l'avait mis là-dedans, sinon il aurait tout trempé autour. Or, il n'y avait pas la moindre trace d'humidité dans ce compartiment. Quelqu'un était monté à bord avec ce sac. »

Mia posa ses yeux sur Renn. « Qui ?

— Comment savoir ? répondit le sergent. Gabby elle-même ? Finn ? Toby ? Quelqu'un d'autre ? En tout cas, si Gabby Birch se trouvait à bord du bateau ce jour-là, ce n'était pas parce qu'on l'avait repêchée dans la mer. »

CHAPITRE 33

Mia fut la première à réagir.

« Il faut le dire à Olivia, déclara-t-elle en reculant sa chaise. Et à Trish.

— Attends, commença Kieran, mais elle se levait déjà. OK, Mia, attends juste…

— Non. » Elle ralentit, cependant, et s'approcha d'un pas. Elle posa la main sur son bras. « Non, Kieran. On ne va pas faire ça. Ce n'est pas le genre d'information qu'on peut garder pour soi. Tu m'entends ? Ce serait insoutenable ! » Elle n'eut pas besoin de se tourner vers Renn, qui se tenait la tête entre les mains, accoudé sur le bureau. « Je ne peux pas faire ça, et je ne peux pas non plus te laisser le faire.

— Mais… » Kieran sentit Audrey se tordre dans ses bras, et des images de Patricia Birch lui envahirent soudain l'esprit. Ses sacs à dos. Ses lentes marches le long du rivage, dans un sens puis dans l'autre, à chercher la trace d'une personne disparue depuis si longtemps. Comment s'en serait-il sorti lui-même, confronté au cauchemar de la perte de son propre enfant ? Il songea à Patricia, aux parents de Bronte aussi et – son cœur se serra, d'une manière familière – à Brian et Verity. Il sentait la palpitation du pouls d'Audrey. Il se demanda comment, tous, ils avaient pu tenir ne serait-ce qu'une journée. Il ne voulait même pas essayer d'imaginer les efforts que cela demandait.

« Je vais le dire moi-même à Trish et Olivia », déclara Renn, dans ses mains.

Mia se tourna vers lui. « Vous avez eu douze ans pour le leur dire.

— Je sais. » Il releva la tête. « J'ai voulu le faire. Chaque fois que je vois Trish, je pense à le lui dire. Chaque fois. Quand je la vois sur cette plage. Quand j'apprends qu'elle a encore jeté un de ses fameux sacs dans l'océan. Combien de temps vais-je encore pouvoir rester là sans rien dire, et la laisser faire ça ? » Il se frotta le visage, dans un geste de frustration. « J'ai voulu le dire à Olivia, chaque fois que je la vois triste ou préoccupée. Ce qui arrive souvent. Donc, ouais, je suis tout à fait conscient du mal que ça a fait à cette famille, ne vous inquiétez pas. Ce qui m'en a empêché, même si ce n'est pas vraiment une excuse… » Il marqua une longue pause. « La vérité blesse un tas de personnes. C'était le cas alors, et c'est encore le cas aujourd'hui. Et ça ne ramènera pas Gabby. Trish et Olivia souffriront de toute façon. »

Mia hésita un instant, puis ouvrit la bouche. « Mais Trish…

— Ouais, je sais, la coupa Renn. Je sais bien. Je vais leur parler. À la famille de Toby aussi. Avec tout ce qui se passe en ce moment, ça finira par sortir de toute manière. Sue Pendlebury est au courant, maintenant, et je ne vois pas George Barlin ravaler ses questions au sujet du timing. Simplement, j'aimerais le dire moi-même à Patricia. Pour pouvoir m'excuser. » Renn avait l'air perdu. « Et j'aimerais aussi qu'Olivia l'apprenne de ma bouche. »

Mia tendait déjà les bras pour mettre Audrey dans le landau, mais Kieran n'esquissa pas le moindre geste.

« Attends…, dit-il.

— Kieran, répliqua Mia. Tu sais qu'elles doivent savoir la vérité. Que ce soit Chris ou nous qui la leur apprenions, il faut qu'elles sachent.

— Je sais bien. » Kieran serra sa fille contre lui et se tourna vers Renn. « Mais il faut me laisser le temps de le dire à ma mère d'abord. »

Verity était dans la mer. Enfoncée jusqu'à la taille, bougeant lentement sa tête d'avant en arrière, elle regardait Brian faire ses longueurs de crawl. Sa technique demeurait excellente, apprécia Kieran. Au moins, ça, il ne l'avait pas oublié. Verity se protégea les yeux du soleil avec une main et les salua de l'autre en les voyant approcher.

« Il adore ça. Et c'est plus facile que de le convaincre de prendre une douche », expliqua Verity. Son sourire s'envola en voyant leurs têtes. « Qu'est-ce qui se passe ? »

Ils l'emmenèrent s'asseoir au milieu des cartons, sur la véranda de derrière. Brian était allongé sur sa serviette dans une bande de soleil, les yeux fermés, laissant la chaleur sécher son short de surfeur.

Kieran ne savait pas par où commencer. Au bout de plusieurs faux départs, Verity plissa le front – « Pour l'amour de Dieu, Kieran, dis ce que tu as à dire ! » – et Mia dut intervenir. Elle aussi bafouillant quand le visage de Verity commença à changer d'expression, se durcissant d'abord autour des yeux, puis de la bouche et de la mâchoire. Kieran prit de nouveau le relais et, enfin, avec l'aide de Mia, il obéit à l'injonction de Verity et tous deux dirent ce qu'ils avaient à dire. Assise les mains sur ses genoux, tête penchée vers l'avant, Verity les écouta rapporter ce que Pendlebury, puis Renn, leur avaient dit. Le timing du jour de la tempête, le bateau, le compartiment étanche, le sac à dos. Kieran n'avait pas tout à fait achevé son récit quand, tout à coup, Verity se leva.

« Bon, dit-elle. Il est temps que j'aille sécher et habiller ton père.

— Mais… » Kieran la suivit des yeux, incrédule, tandis qu'elle traversait la véranda. « Maman, attends. Arrête-toi, tu veux bien ? Tu n'as rien à dire ?

— Que veux-tu que je te dise ? » Elle ne les regardait pas. « Tout cela est faux, évidemment.

— Mais le sergent Renn…

— Chris Renn se trompe. »

Mia bascula d'un pied sur l'autre. « Il avait l'air sûr de son fait, Verity. À sa manière de parler, on voyait qu'il avait bien réfléchi à tout ça.

— Alors il ment !

— Maman, intervint Kieran, stupéfait. Tu es sérieuse, là ? Pourquoi inventerait-il une chose pareille ? »

Verity tentait de forcer un Brian endormi et récalcitrant à se lever. « Je n'en ai pas la moindre idée, Kieran. Quoique… » Elle poussa légèrement Brian, avec irritation. « Je serais assez curieuse de savoir pourquoi tu as décrété que le moment était venu de réécrire l'histoire, là, maintenant. »

Kieran la dévisagea. « Ce n'est pas ce que je suis en train de faire.

— Ah bon ? Aller tout exprès au commissariat pour poser des questions orientées sur des événements qui ont eu lieu toutes ces années en arrière ? Sur Finn et son bateau, et l'heure à laquelle il est sorti en mer et toutes ces bêtises…

— Je…

— Parce que ça ressemble fort à une tactique de diversion…

— N'importe quoi. Maman, ce n'est pas…

— Ce n'est pas quoi ? » Verity tira sur le bras de Brian, sa voix tremblant de ses efforts pour la contrôler. « Pas une tentative de détourner ta propre honte pour la reporter sur ton regretté frère ? Je serais très curieuse, Kieran, d'explorer ce qui a bien pu déclencher ce…

— Ce n'est pas ce qu'il essaie de faire, Verity… » Mia fut interrompue par un regard mauvais.

« Ne te mêle pas de ça, Mia. C'est une affaire de famille.

— Hé, ne lui parle pas sur ce ton !

— Elle n'a rien à voir avec ça », répliqua sèchement Verity. Elle se tut, ses mains toujours posées sur un Brian récalcitrant, puis ses yeux filèrent se fixer sur Mia. « À moins que si ? Tu es derrière tout ça ? C'est toi qui as décidé de créer des problèmes en inventant une histoire sur Finn et le sac de cette fille ? Parce que j'ai toujours trouvé que tu avais eu pas mal de chance, Mia, que mon mari capte toute l'attention en apparaissant dans cette histoire au moment où il l'a fait. Sinon, la dernière personne à avoir vu cette fille vivante, ce serait toi.

— Ça suffit, maintenant ! Ça ne la concerne absolument pas. » Kieran s'était levé. Mia ne bougea pas. « Ça me concerne, moi. Je voulais interroger Renn. Parce que je voulais savoir…

— Savoir quoi ? » Verity avait capitulé devant Brian, le laissant vautré sur sa serviette. Elle dévisageait Kieran. « Qu'est-ce qui était donc si important qu'il fallait que tu saches ?

— Je voulais savoir s'il était vrai que Finn et Toby se trouvaient déjà en mer. Maman ? Tu peux comprendre ça, non ? J'avais besoin de savoir si l'accident était de ma faute. »

Verity était immobile, inspirant et expirant par les narines. « Quelle importance ça peut avoir, aujourd'hui ? C'était il y a si longtemps. Finn est mort. Je l'ai accepté. Rien ne pourra…

— C'est important pour moi, répliqua Kieran. Évidemment que ça l'est. Ça devrait l'être pour toi aussi.

— Finn n'est plus là. C'est tout ce qui compte pour moi. Ça n'est pas sain de chercher des coupables, et en plus ça ne mène à rien.

— Ouais. » Kieran laissa échapper un rire cassant. « Je le sais bien. Toi, en revanche, je n'en suis pas si sûr.

— Qu'est-ce que c'est censé vouloir dire ?

— Tu crois que je suis trop aveugle ou trop idiot pour voir le mal que tout ça vous a fait ? À toi et à papa ? Que la disparition de Finn ne me procure pas les mêmes sentiments que vous ? Que je ne pense pas sans cesse à lui ? Qu'en regardant Audrey, je n'ai pas au moins un semblant d'idée de ce que vous avez enduré ? Que je ne regrette pas *tous les jours* ce qui s'est passé ? » Kieran fut à deux doigts d'en rire. « Tu crois que je n'ai pas remarqué que nous ne pouvons pas avoir une seule conversation franche, toi et moi, sans que tu ne fasses semblant que tout va bien ? » Kieran sentait son pouls lui battre aux oreilles en regardant sa mère. « De manière assez peu convaincante, d'ailleurs. »

Il sentit la main de Mia frôler son avant-bras mais n'en fit aucun cas.

« Je sais combien ç'a été dur de perdre Finn, maman. Ça, je l'ai compris. Vraiment. Tu peux le reconnaître. » Kieran s'entendit la supplier. « S'il te plaît. Je…

— Très bien. » Elle l'avait coupé net. « Très bien. Tu veux savoir ce que je ressens vraiment ? » Verity se redressa. « Essayer d'accuser ton frère de quelque chose, alors qu'il n'est même plus là pour se défendre, c'est méprisable ! Finn est mort, alors que toi, tu es encore parmi nous, et c'est toi qui nous crées encore des problèmes à tous.

— Moi ? » répondit Kieran, estomaqué. Une sensation étrange et déplaisante s'empara de lui. La bouffée d'adrénaline à faire tourner la tête de qui tombe en chute libre. Il la sentit déloger quelque chose de tranchant en lui. « Ce n'est pas moi qui avais le sac d'une morte dans mon bateau ! »

Verity lui donna une gifle.

Il ne l'avait pas vue venir et l'impact fut assez violent pour qu'un éclat blanc vienne troubler sa vue. La mère de Kieran n'avait jamais, de toute sa vie, levé la main sur lui. Le claquement sembla se répercuter dans la maison vide.

« Tu veux vraiment entendre ça, Kieran ? » Le ton de Verity était étrange, doux, à présent.

Il porta ses doigts à sa joue. La peau était chaude et il sentait la piqûre du coup. « Je crois que toi, tu as vraiment envie de le dire.

— Finn est mort à cause de toi. C'était de ta faute. »

Un épais silence se fit. Ils se regardèrent, vraiment, pour ce qui semblait être la première fois depuis des années.

Kieran détacha sa main de son visage. Ça faisait encore mal. « Tu te sens mieux, maintenant ?

— Oui, à vrai dire. » Verity avala une bouffée d'air, la recracha. « Je regrette de ne pas t'avoir dit ça il y a douze ans. »

Sans ajouter un mot, elle lui tourna le dos, enjamba Brian et entra dans la maison. Kieran entendit ses pas disparaître au bout du couloir, puis n'entendit plus rien que le cliquetis de la porte de la chambre de Finn s'ouvrant et se refermant.

CHAPITRE 34

Kieran était allongé à côté de sa fille sur le lit, agitant ses clés au-dessus du visage d'Audrey pour la faire rire, pendant que Mia tournait la page d'un roman de G.R. Barlin corné et froissé.

« Peut-être qu'on devrait juste booker nos vols, dit soudain Kieran. Rentrer à la maison demain. »

Mia leva les yeux sur lui. « C'est ce que tu as envie de faire ?

— Je n'ai pas envie de laisser les choses en l'état, mais… »

Ils tournèrent la tête en entendant s'ouvrir la porte de la chambre de Finn, de l'autre côté du couloir. Puis le plancher craqua et, un peu plus loin, la porte de la chambre de Brian s'ouvrit en grinçant et se referma sans bruit.

Mia fronça les sourcils. « Elle sera peut-être plus ouverte à la discussion demain matin.

— Je suis désolé qu'elle t'ait parlé comme ça, dit-il – ce n'était pas la première fois de l'après-midi qu'il s'excusait.

— Ne t'en fais pas. Le problème est ailleurs. »

Kieran ne dit rien, se contentant d'agiter doucement ses clés et de regarder sa fille sourire. Plusieurs heures s'étaient écoulées depuis la dispute. Après que Verity était allée s'enfermer dans la chambre de Finn, Brian s'était heureusement laissé conduire au lit, où Kieran l'avait bordé comme un enfant. Brian avait fermé les yeux et s'était endormi, épuisé par la nage. Verity ne réapparaissant toujours pas, Kieran et Mia avaient voulu lui donner un peu d'espace et emmené Audrey à la plage. Quand ils étaient rentrés, au bout d'un long moment, ils l'avaient trouvée encore enfermée dans la chambre de Finn. Kieran l'avait entendue s'affairer, mais ses coups à la porte étaient demeurés sans réponse. Au bout du compte, avec Mia, ils étaient allés se terrer dans sa chambre à lui, s'efforçant en vain – du moins, concernant Kieran – de donner un sens aux événements de la journée.

Mia ferma le roman et tendit la main pour vérifier l'heure sur son portable. La lumière déclinait, dehors. « Et si on préparait le dîner ? On pourrait aller faire quelques courses au supermarché.

— Un cadeau de réconciliation ? »

Mia sourit. « Ça vaut la peine d'essayer. De toute façon, il faudra bien qu'on mange, tous.

— Ouais. J'imagine. » Kieran se redressa sur le lit. « Si on y va, il faut partir tout de suite. Ils ferment sans doute toujours de bonne heure. »

Ils marchèrent sur la route jusqu'au centre-ville, Audrey somnolant dans le porte-bébé, contre la poitrine de son père. Le Fisherman's Cottage était plongé dans le noir quand ils passèrent devant, le ruban jaune de la police battant encore au vent en travers du portail. Les fleurs avaient été enlevées et les lieux semblaient étrangement nus. Ils poursuivirent leur chemin et, comme ils atteignaient l'endroit où ils avaient vu la voiture débouler, plusieurs jours en arrière – la voiture de Liam, supposément –, Kieran prit Mia par la main. Pas de circulation, ce soir-là.

« On dirait…, commença Mia, puis elle hésita. Cette semaine m'a fait penser aux jours qui ont suivi la tempête.

— Je ne m'en souviens plus très bien.

— Oh, évidemment. C'était bizarre, les gens continuaient d'aller à droite et à gauche quand ils étaient obligés de le faire, mais on aurait dit que chacun avait plus ou moins disparu en lui-même pendant un moment. L'instinct de survie qui prenait le dessus, ou quelque chose comme ça. »

Elle resta silencieuse un moment.

« À quoi tu penses ? demanda Kieran, apercevant les lumières de la marina devant eux, halo brillant dans le crépuscule.

— À la même chose que toi, sans doute. » Mia haussa les épaules. « J'essaie de trouver une bonne raison qui pourrait expliquer la présence du sac de Gabby sur le bateau de ton frère.

— Ah oui ? » Kieran se tourna vers elle. Mia avait connu Gabby mieux que personne. Il attendit, le temps qu'elle reprenne son souffle, la lueur d'espoir qu'il avait entraperçue faiblissant à chaque nouvelle seconde. Au bout d'un moment, elle secoua la tête.

« Je ne sais pas, Kieran, désolée. Le mieux que je puisse trouver, c'est le hasard, qu'ils l'aient juste retrouvé ou quelque chose. Mais ça n'a pas de sens non plus, parce que, dans ce cas, n'importe qui l'aurait juste signalé à la police, non ? » Elle avait une voix triste. « Tout ce que je peux te dire, c'est que Gabby ne connaissait pas vraiment ton frère, et Toby non plus. J'ai essayé de me souvenir de choses que j'aurais oubliées, mais rien ne me revient. On avait quatorze ans, c'étaient des adultes pour nous. On ne les a eus ni comme mentors, ni comme moniteurs de plongée ou quoi que ce soit dans le genre, encore moins comme amis. Elle les avait croisés et… » Mia marqua une pause, l'espace d'une fraction de seconde. « J'imagine qu'ils avaient dû la voir, bien sûr. Mais rien de plus que ça, à ma connaissance.

— Je vois. » Kieran écouta un moment le bruit de leurs propres pas. « Le truc, c'est que… » Il ne put se retenir. « Il y a vraiment quelque chose qui cloche. Je veux dire, ouais, Finn était mon frère et, ouais, tu vas sans doute me faire remarquer qu'on ne se souvient que des bonnes choses. Il pouvait jouer au con, parfois, ça, je le sais. Mais il ne l'était pas, fondamentalement. C'était juste un type normal, avec des bons et des mauvais côtés. Ça, j'en suis sincèrement persuadé. Donc peut-être que je me berce d'illusions, mais j'ai l'impression qu'il y a un monde entre ça et… » Il haussa les épaules. « … ce qu'un sac à dos retrouvé sur son bateau peut faire croire.

— Je ne saurais pas te dire, Kieran. » Les yeux de Mia étudiaient la marina. Les craquements et les grognements assourdis des bateaux remplissaient l'air du soir. « Sincèrement, je ne connaissais pas du tout Finn ni Toby. »

Les lumières du Surf & Turf étaient allumées quand ils passèrent devant, mais le restaurant était encore pratiquement désert, toutes les tables ou presque étant inoccupées. À travers la porte vitrée, Kieran aperçut la photo granuleuse de Bronte qui souriait toujours, depuis le panneau des petites annonces. Il se demanda si les sous jetés dans la boîte avaient déjà été remis à ses parents. Il se dit que ce serait quand même fait, malgré les propos tenus lors de l'assemblée communautaire. Il se demanda comment Nick et Andrea Laidler interpréteraient cette collecte : un geste généreux de la part de ceux que la mort de leur fille avait émus, ou bien un parfait exemple de beaucoup trop peu, beaucoup trop tard, venant de gens qui avaient laissé tomber Bronte ?

Le temps qu'ils arrivent à la supérette, c'était presque l'heure de la fermeture. Audrey gigotait un peu dans le porte-bébé.

« Je vais faire les courses, murmura Mia. Toi, continue de marcher. »

Les rues étaient sombres et, pour l'essentiel, désertes. On distinguait quelques lumières derrière les stores des fenêtres, mais Kieran ne croisa que de rares personnes sorties promener leur chien. Rien que des hommes, une nouvelle fois, remarqua-t-il. Il se demanda combien de temps cela durerait. Impossible de le savoir. Audrey remuait, perturbée, et il arpentait les rues en mode pilotage automatique. Il ralentit devant Wetherby House. Il s'était retrouvé dans ce quartier sans même y prêter attention.

Planté sur l'herbe du bas-côté, Kieran contempla le jardin saccagé. Les lumières de la maison projetaient des ombres anguleuses sur la terre labourée, mais pour le reste, l'endroit n'avait pas changé depuis le moment où, plus tôt dans la journée, il avait vu Ash garé juste devant. Il n'y avait plus trace de son ami, maintenant. Kieran sursauta légèrement en sentant un mouvement, et tourna la tête. Il s'attendait à moitié à voir Ash en train de rôder dans ce qu'il restait de verdure, mais au lieu de cela, la porte d'entrée s'ouvrit en grinçant et la silhouette de G.R. Barlin se détacha dans l'encadrement.

« Désolé, lança Kieran en le saluant de la main. Ce n'est que nous.

— Attendez. » George disparut à l'intérieur, puis revint, tenant quelque chose sous son bras tandis qu'il refermait la porte derrière lui. « En vous voyant, l'espace d'un instant, j'ai cru que votre copain était de retour.

— Non.

— Vous avez la même carrure, dans le noir. » George sourit en regardant Audrey. « Le bébé vous trahit, toutefois. » Il lui tendit un sac rempli de livres par-dessus la clôture. « Pour Mia. Il y en a quelques-uns de moi, d'autres qui, je crois, devraient lui plaire.

— Oh. » Étonné, Kieran prit le sac. « Merci.

— C'est aussi une manière de me faire pardonner. » George secoua la tête. « Pendlebury est passée me voir tout à l'heure. Je n'avais pas réalisé les problèmes que j'allais créer avec cette histoire de timing, le jour de la tempête. Je trouvais ça intéressant, c'est tout.

— Intéressant ? répéta Kieran. C'est une façon de voir les choses. » Il parvint à sourire. « Mais je vous suis reconnaissant. Connaître ces nouveaux éléments change beaucoup de choses. Pour moi, en tout cas.

— Je suis heureux de vous l'entendre dire.

— Mais qu'est-ce qui vous a amené à faire ces recherches ? Vous n'écrivez pas là-dessus, j'espère…

— Oh non, mon Dieu. » George fronça les sourcils. « Mon prochain livre est une dystopie qui traite d'une guerre bactériologique dans un futur proche.

— Ah.

— Ouais. » George haussa les épaules. « La tempête, c'est juste un sujet auquel je me suis intéressé à côté. » Il se tut le temps de jeter un coup d'œil à la petite Audrey. « J'ai des soucis de garde. Des trucs personnels. Mon épouse – mon ex-épouse – vit à l'étranger. Ça complique tout. Légalement, et pour le reste aussi.

— Je suis désolé pour vous.

— C'est comme ça, c'est tout. Je n'aime pas trop en parler. Mais c'est un peu comme avec le jardinage et la plongée : de temps en temps, j'ai besoin de me changer les idées. Et puis, il est arrivé cette chose atroce à Bronte. » George secoua la tête. « Je ne sais pas. Je ne m'attendais pas à ça, en venant m'installer ici. »

Il s'accouda à la clôture, et tous deux étudièrent la terre noire retournée. Kieran repensa aux photos de Bronte et l'imagina, pleine de vie, marchant dans cette même rue, appareil photo à la main, en route vers le sentier de la falaise. Dans le même temps, une sensation diffuse le titillait dans un coin de son esprit, insaisissable. Il plissa le front et se tourna de nouveau vers le jardin. « En quoi consiste votre projet d'aménagement, au fait ? »

George se gratta le menton. « Vous savez quoi ? Pour être franc, je ne sais pas trop. Le paysagiste m'envoie une facture toutes les deux ou trois semaines, et je la règle. Je devrais sans doute lui poser la question. Ça m'a paru être une bonne idée quand j'ai emménagé, de le moderniser un peu, d'en faire mon jardin à moi, vous comprenez ? Mais à présent… » Il haussa les épaules. « Si j'avais su que ça allait devenir une telle galère, et me causer autant d'ennuis, j'aurais laissé tomber. Ça ne valait pas la peine. »

Kieran se tourna vers le sentier de la falaise, au bout de la rue. Le pick-up blanc crasseux d'Ash n'était pas dans le coin. Les maisons du voisinage se dressaient, silencieuses, à l'écart de la route, stores baissés. La sensation nébuleuse et tenace le titillait encore. Il fit volte-face pour observer les tranchées de ce jardin presque entièrement détruit. Kieran hésita, puis il ouvrit la bouche.

« Vous n'avez rien trouvé d'intéressant là-dedans ? » Son ton était étrangement léger, même à ses propres oreilles.

Les yeux de George se braquèrent soudain sur lui dans la pénombre. « Comme quoi ?

— Je ne sais pas, répondit Kieran. N'importe quoi.

— Le cadavre de Gabby Birch enterré dans les parterres de fleurs que votre pote a creusé tout seul, à la main, il y a douze ans ? »

Le seul bruit était le ronronnement d'une voiture solitaire passant sur la route.

« Non, répondit précipitamment Kieran tandis que le silence retombait. Ce n'est pas ce que je voulais dire.

— Vraiment ? » L'écrivain avait l'air vaguement amusé. « Tout ce temps, vous ne vous êtes jamais dit que c'était peut-être ça qui s'était passé, ici ? »

Kieran ne répondit rien.

« Ne vous inquiétez pas. » George le gratifia d'un sourire entendu. « Je n'en parlerai à personne. » Il marqua une pause. « Ash est passé me voir ce matin, d'ailleurs. Il a présenté ses excuses.

— Ah bon ? » Kieran ne put dissimuler son étonnement.

« Oui. Ou du moins, je crois que c'est là qu'il voulait en venir. Moi aussi, je me suis excusé. » George arpenta du regard le carré de jardin qui restait à retourner. « J'ai fini par penser que, peut-être, lui et moi, on pourrait faire quelque chose de ce chantier. Je me demande si Ash ne connaît pas mieux son affaire que le type que j'emploie actuellement.

— Je crois que vous ne le regretteriez pas, dit Kieran. Vous vous entendriez certainement très bien, tous les deux, si vous vous donniez une chance. Ash est un type bien quand il veut.

— Eh bien, nous verrons. » George frissonna dans l'air froid. « Je vais rentrer. Si Mia veut que je lui signe un de ces livres, elle n'a qu'à passer me voir.

— Merci. Mais je ne suis pas sûr que nous allons rester longtemps.

— Ah bon ? Pas à cause de ces choses que j'ai remuées, au sujet de la tempête, j'espère ?

— Non. Enfin, pas seulement. C'est un ensemble de choses.

— Je vous comprends, vous savez. J'espérais vraiment m'installer ici durablement, mais maintenant… » George avait l'air las, tout à coup. « Je n'en suis plus si sûr. Ce genre de communauté, il faut que les gens soient unis pour que ça marche. Une fois que la confiance est brisée, c'est foutu. Que les gens les voient ou non, les mots restent gravés. » George se retourna vers sa grande maison, avec son terrain déchiqueté et l'impression de démesure et de vide qui s'en dégageait. « Enfin, ça m'a fait plaisir de vous connaître, tous les deux. J'espère que nous aurons l'occasion de nous revoir. »

Il leva la main et Kieran le vit ouvrir la porte d'entrée et disparaître dans l'éclat aveuglant du couloir. La porte se referma et la rue fut de nouveau somnolente et obscure.

Kieran resta planté là avec Audrey. L'écrivain avait disparu, la voiture d'Ash n'était plus là, la route était déserte jusqu'au sentier de la falaise. Mais soudain, une sensation nouvelle se manifesta au fond de son esprit.

Non. Pas nouvelle. Différente. La sensation tenace que quelque chose lui échappait. Kieran contempla les ténèbres et se força à réfléchir. C'était la même sensation qu'il avait eue plus tôt dans la journée, sur la plage, avec Pendlebury. Il ferma les yeux pour mieux se concentrer, mais cette idée était comme de l'eau qui lui filait entre les doigts.

Finalement, Audrey se mit à bouger et son téléphone vibra – un message de Mia. Kieran émergea de sa rêverie et se remit en marche, cette insaisissable sensation rôdant autour de lui, toujours hors de portée. Il la pourchassa, sans succès, sur tout le chemin du retour.

CHAPITRE 35

La maison était silencieuse quand Kieran et Mia entrèrent. Kieran entendit la porte de la chambre de Finn se refermer à nouveau dans un cliquetis, lorsqu'ils s'engagèrent dans le couloir et, traversant la maison, il trouva Brian assis seul sur la véranda.

Au lieu de la bière bien fraîche qu'il aurait sirotée quelques années plus tôt, Brian tenait dans sa main un verre d'eau du robinet, où pétillait encore un peu son médicament effervescent. Cela n'avait pas l'air de le déranger, et il contemplait paisiblement les vagues sombres qui se brisaient en franges immaculées sur le sable. L'air de la nuit était frisquet et l'océan semblait puissant et revigoré.

Kieran rentra chercher le biberon d'Audrey et, quand il ressortit, il vit que Mia avait tiré une chaise à côté de celle de son père. Brian avait posé un coussin sur ses genoux, où Audrey était allongée, blottie au creux de ses bras. Kieran lança un regard à Mia, qui haussa les épaules.

« Il voulait la tenir. Il s'en sort pas mal. »

Kieran regarda Brian caresser les fins cheveux de bébé d'Audrey de sa grosse main. L'enfant voulut attraper le pouce de son grand-père. Brian baissa les yeux sur elle et lui sourit.

« Il est fort, déclara-t-il. Depuis le jour où il est né, il a toujours été comme ça. Un vrai petit champion. Pas vrai, mon petit gars ?

— Il croit que c'est toi, chuchota Mia.

— Ou Finn. »

Elle secoua la tête, tout sourire. « Il a dit ton nom tout à l'heure. C'est toi. »

Kieran regarda Mia, qui se retourna vers son père et sa fille. Il n'était pas sûr de la croire, mais cela importait peu. Il était heureux qu'elle ait dit cela.

« Je vais aller préparer le dîner, annonça-t-il au bout d'un moment.

— Non, je vais le faire. » Mia se leva et lui laissa sa chaise. « Je te laisse les surveiller. »

Kieran recula la chaise et s'assit à côté de Brian et Audrey, écoutant les bruits qui parvenaient de la cuisine à travers le couloir, et le flux apaisant de la marée.

« Je suis désolé, dit-il tout bas. Je suis désolé de ce qui est arrivé à Finn. J'espère vraiment que tu le sais. »

Brian releva la tête, puis se pencha de nouveau sur Audrey, sans le moindre accroc au demi-sourire rivé à ses lèvres. Impossible de savoir s'il comprenait. Kieran scruta ses yeux laiteux en quête d'un signe de lucidité, d'autre chose qu'un homme confus dévoré par la maladie. Il ne distingua rien.

Il ouvrit la bouche pour en dire davantage, puis se ravisa. Son père avait l'air heureux. En train de se détendre chez lui, un genre de boisson fraîche sur la table à côté de lui, sa petite-fille dans ses bras, bercé par le son de son cher océan.

Cela pouvait-il suffire ? se demanda Kieran. Si plus rien d'autre n'était possible ? Si Brian ne se souvenait pas de ce qu'il croyait que Kieran avait fait, ne se souvenait plus de ces jours sombres où ils avaient perdu Finn ? Si ce qui s'était passé était perdu à tout jamais, était-ce la même chose qu'un pardon ? Kieran n'en était pas sûr, mais il y réfléchit, tandis qu'ils étaient assis côte à côte, admirant le reflet de la lune à la surface des vagues.

Au bout d'un moment, la porte de la maison s'ouvrit et Mia pointa son nez. Elle vit qu'Audrey s'était rendormie et sa voix se fit murmure.

« Le dîner est bientôt prêt.

— Merci. »

Mia regarda Brian, qui ne s'était même pas retourné. « On va lui proposer de se joindre à nous, non ? Peut-être qu'il mangera quelque chose ?

— Ouais. » Kieran lui sourit. « Il a encore l'air bien à côté de la plaque. Il a raté l'occasion rêvée de revenir à la vie et de me dire que ce qui est arrivé à Finn n'était pas de ma faute, qu'il m'aime et qu'il me pardonne.

— C'est dommage. » Mia laissa traîner ses doigts sur la main de Kieran en passant devant lui. « Moi je t'aime, si ça peut compenser un peu. Et Audrey aussi, même si elle ne peut pas encore te le dire.

— Merci. Moi aussi. » Kieran la regarda, qui s'appuyait sur la rambarde. Le ciel nocturne était immense, derrière elle. « On devrait se marier, Mia.

— Ouais… » Elle esquissa un sourire mais dut réprimer un bâillement, se couvrant la bouche de sa main, tandis qu'ils riaient tous les deux. « Pardon, je suis fatiguée. Mais oui, absolument. » Elle lui adressa un sourire, pour de bon cette fois. « Moi aussi, je crois qu'on devrait.

— On pourrait le faire bientôt, quand on sera rentrés chez nous. Tu ne crois pas ? Cet automne, par exemple, avant qu'il fasse trop froid.

— Ça serait chouette. On achètera une petite tenue de demoiselle d'honneur à Audrey. » Mia se pencha, posa ses mains sur les joues de Kieran et l'embrassa tendrement. « Faisons-le. Ce serait vraiment bien. J'aimerais beaucoup.

— Moi aussi, dit-il. Ce serait formidable. »

Ils se regardèrent pendant une longue minute, un sourire aux lèvres. Même Brian avait l'air heureux.

« Tu crois que quelqu'un viendra ? demanda Kieran, ses yeux passant de son père à la maison silencieuse.

— Ta mère, tu veux dire ? Elle viendra.

— Vraiment ?

— Bien sûr, dit Mia. Là, elle est blessée. Et même si elle n'a peut-être pas été irréprochable dans toute cette histoire, si elle ne t'aimait pas, tu t'en serais certainement rendu compte il y a douze ans. »

Kieran resta assis sans bouger pendant un moment, méditant la chose.

« C'est dingue, non ? Comment un événement peut changer tant de choses, dit-il. Si cette tempête s'était dissipée en mer, ou avait frappé la côte quelques kilomètres plus au nord, qui sait ce qui se serait passé ? Ou pas passé ? Finn serait sans doute encore là. Papa serait quand même comme ça, je suppose, mais ces dernières années n'auraient pas du tout été les mêmes. Il aurait suffi que ce jour-là se passe différemment, et tout le reste aurait changé.

— C'est vrai. » La voix de Mia était douce dans la nuit. « Mais peut-être que tous ces changements n'étaient pas négatifs. Parfois, je me dis que ce qui est arrivé à Finn… » Elle s'interrompit. « Attention, je ne suis absolument pas en train de dire que c'était une bonne chose, bien sûr que non. Mais tu as raison : ça a changé ta vie, mais pas forcément dans le sens où tu l'entends parfois. » Elle était illuminée par l'éclat qui émanait de la maison. « Sincèrement, Kieran, je crois que ça a fait de toi quelqu'un de meilleur. De plus gentil, sans aucun doute. Plus soucieux des autres, plus conscient de ses propres actes. »

Kieran la dévisagea, et elle haussa les épaules.

« Tu as changé depuis cette époque. » Mia désigna leur fille endormie d'un geste du menton. « Parce que si tu n'avais pas changé, si tu étais encore la même personne que tu étais quand la tempête s'est abattue, il n'y aurait eu aucune chance qu'on soit ensemble aujourd'hui, tous les trois. »

Audrey renifla et remua un peu dans les bras de Brian. Kieran la regarda, imaginant un instant cet autre monde, cette autre vie. Il tendit la main à Mia.

« Ce ne serait pas bien du tout.

— Honnêtement ? » Mia lui donna sa main. « Ton moi d'autrefois s'en ficherait complètement. »

Kieran se réveilla au milieu de la nuit hanté par une certitude, mais celle-ci s'évapora dès qu'il ouvrit les yeux. Il resta là à contempler le plafond, guettant d'éventuels pleurs impérieux en provenance du lit bébé. Mais, pour une fois, il n'entendit que l'imperceptible sifflement de la respiration d'Audrey, qui dormait à poings fermés. Il sentait la chaleur immobile de Mia à ses côtés.

Kieran referma les yeux, attendant que cette pensée éphémère ou bien son sommeil le reprenne. Ni l'une ni l'autre ne revint, et, alors que l'éclat bleu d'avant l'aube s'immisçait dans la chambre et que le souffle d'Audrey se faisait moins régulier et plus vif, il la sortit de son lit d'enfant, attrapa sa serviette de plage et son short de surfeur et se faufila jusqu'à la cuisine.

Verity s'y trouvait déjà.

Elle était assise à la table avec une seule lampe allumée, et un album photo ouvert devant elle. Elle ne s'était pas jointe à eux la veille au soir pour le dîner, bien que Kieran et Mia soient allés tour à tour frapper à la porte de la chambre. Finalement, ils avaient déposé une assiette pour elle dehors, dans le couloir, qui était restée intouchée jusqu'à ce qu'ils aillent se coucher. Brian, lui, sentant peut-être que l'heure était venue de se montrer à la hauteur de l'occasion, s'était en revanche montré particulièrement conciliant, et tous les quatre, en comptant Audrey, s'étaient assis et avaient mangé ensemble pour ce qui serait sans doute, avait songé Kieran, la dernière fois dans cette maison. Un peu calme, un peu différente de la manière dont chacun d'eux avait imaginé leur famille, mais ensemble quand même. Kieran avait observé Audrey et Brian, qui échangeaient des sourires dans une démonstration d'amour instinctive, machinale. La vie qui continuait, qu'on le veuille ou non.

Verity le regarda depuis cette même table tandis qu'il restait pétrifié sur le seuil.

« Maman...

— Kieran, je suis vraiment désolée. » Sa voix était paisible.

« Moi aussi. »

Les yeux de Verity retournèrent se poser sur son album photo. Il était ouvert sur l'image instantanément reconnaissable de Finn et Toby, prise le jour du baptême du *Nautilus Black*, champagne et sourires de rigueur sur le ponton.

« J'étais tellement en colère, dit-elle. Après toi.

— Je sais. Je suis désolé.

— Je ne le suis plus, maintenant. » Verity leva son visage pour lui faire face. « Malgré ce que j'ai pu dire hier. Vraiment, je ne suis plus en colère. Ce qui est arrivé à Finn n'était pas de ta faute. Timing ou pas timing, je l'ai toujours su. Ils seraient sortis en mer quelle qu'ait été la personne en détresse, quand l'alerte a été lancée. Dans ce genre de situation, Finn aurait toujours pris cette décision-là.

— Mais ce n'était pas n'importe quelle personne dans l'eau, fit remarquer Kieran. C'était moi.

— Il s'est trouvé que c'était toi, mais ça ne veut pas dire pour autant que tu es responsable. »

Verity lui fit signe de s'asseoir et Kieran tira une chaise. Il voyait mieux maintenant la photo posée devant elle. La scène lui était familière, mais en l'examinant de près, il se rendit compte que ce n'était pas le même cliché que celui qui était resté affiché en leur mémoire au Surf & Turf, tant d'années en arrière, ni même celui qu'il avait trouvé en rangeant le séjour.

C'en était une autre version encore, où Finn et Toby avaient encore changé de position, leurs sourires immortalisés une fraction de seconde plus tôt ou plus tard. *Des détails insignifiants*, songea Kieran. *Pas de quoi faire une vraie différence.* Cette photo capturait elle aussi Finn au summum de son bonheur.

« Et je ne sais pas trop quoi dire au sujet de ce sac à dos, déclara calmement Verity. Sinon que Finn était un homme bon. Ça, je le sais. Mais ce n'est pas de ta faute si nous l'avons perdu, et j'aurais dû te le dire il y a bien des années. C'était un terrible accident, rien de plus. » Elle leva les yeux sur lui. « J'espérais que tu l'avais compris, mais j'aurais dû m'en assurer.

— Merci.

— En fait, non : même ça, ce n'est pas totalement vrai », reprit brusquement Verity. Elle fit glisser son pouce sur la photo de Finn. « Je savais que tu te sentais coupable. Et je t'ai laissé t'en vouloir. C'est inexcusable. Mais j'étais si triste. Et j'en voulais à Brian de ne pas être capable d'encaisser. J'avais l'impression de ne pas pouvoir dire à quel point je trouvais ça dur, parce qu'il souffrait déjà assez pour deux. Mais nous ne t'en avons jamais vraiment voulu, Kieran. Il faut que tu le saches. Nous voulions juste qu'on nous rende Finn.

— Quand même, je suis vraiment désolé. » Kieran avait la gorge et la poitrine serrées. « J'aurais aimé que les choses se passent autrement.

— Elles auraient pu se passer autrement. » Verity baissa de nouveau les yeux sur la photo, puis tourna la page. « Nous aurions pu vous perdre tous les deux, cet après-midi-là. Mais tu es là parmi nous, avec Mia et Audrey. Je t'ai encore, toi, alors que j'aurais pu me retrouver avec des souvenirs de mes deux fils rangés dans un album photo, et rien de plus. Chaque jour que Dieu fait, j'en suis reconnaissante. »

Kieran se pencha pour la serrer dans ses bras, le petit corps d'Audrey ferme et chaud entre eux. Verity le serra en retour et pour la première fois depuis longtemps, il sentit qu'elle y mettait tout son cœur.

« Je vous ai entendus, quand vous parliez de repartir plus tôt, dit-elle lorsqu'il s'écarta. Ne le faites pas, s'il te plaît. Enfin, sauf si c'est ce que vous voulez vraiment.

— Merci. Je vais en parler avec Mia. En tout cas, c'est bien d'être ici, maintenant. » Il sentait les cartons contre ses pieds, sous la table. Il hésita. Ça valait la peine d'essayer. « Viens t'installer à Sydney, maman. On trouvera un endroit pour papa, là-haut. Ça ne changera pas grand-chose pour lui, et ça changera tout pour toi. Et pour nous. »

Il se prépara à recevoir l'habituelle salve d'excuses, mais à sa grande surprise, Verity tendit la main pour caresser celle d'Audrey. « Tu ne crois pas que ce serait s'y prendre trop tard ?

— Non, vraiment pas. » Kieran secoua la tête. « Il n'est pas trop tard.

— Tu crois ? » Verity laissa les doigts d'Audrey se refermer autour des siens. « Eh bien, peut-être que tu as raison, alors. »

Vingt minutes plus tard, Kieran était sorti sur la plage, tandis que le soleil pointait à l'horizon. Audrey était allongée, rassasiée et au chaud dans sa gigoteuse, sur le sable, tandis que Kieran labourait les vagues de ses bras. Pour une fois, il se surprit à savourer l'instant, sans arrière-pensées.

Quand il ressortit de l'eau, il avait l'esprit plus clair qu'il ne l'avait été depuis longtemps. Il s'assit à côté d'Audrey sur la plage et, ensemble, ils regardèrent scintiller sur l'eau l'éclat doré du soleil levant. Audrey sourit quand un goéland se dandina tout près d'eux, et Kieran sortit son téléphone de sous la serviette pour prendre deux ou trois photos.

Il mit sa main au-dessus de l'écran pour le protéger du soleil, et fit défiler les images pour décider laquelle envoyer à Mia. D'avant en arrière, d'arrière en avant. Peu importait. Elles étaient quasiment identiques.

Le pouce de Kieran s'immobilisa au-dessus d'une photo. Cette sensation tenace était de retour. Cette sensation quasi imperceptible et fuyante qui s'était emparée de lui à la plage, le jour précédent, et de nouveau le soir alors qu'il s'entretenait avec George Barlin. Cette sensation qui l'avait arraché au sommeil, ce matin. La même, comprit-il soudain, qui avait rôdé discrètement autour de lui, dans la pénombre de la cuisine, lorsqu'il avait rejoint sa mère à la table.

Kieran la tenait presque. L'espace d'un instant, il avait failli l'attraper, assis sur cette plage. De quoi s'agissait-il, au juste ? Il se força à se concentrer. Verity à la table de la cuisine. La photo de Finn et Toby, devant le *Nautilus Black*. Un lien existait – Dieu sait lequel. Qu'est-ce qu'elles avaient donc, ces photos ? Ces variations sur une même scène qu'il avait vues tant de fois au fil des années. Semblables, mais différentes.

Alors, tout à coup, il comprit.

Il se releva brusquement, effrayant Audrey.

« Pardon, dit-il en voyant son visage se chiffonner. Pardon. »

Il la prit dans ses bras et la berça doucement, pendant que cette pensée qui l'embêtait depuis la veille – qui le tiraillait, fluide et sans heurt, à la lisière de sa conscience – se densifiait jusqu'à prendre forme. Enfin, Kieran put s'en emparer et l'examiner, tandis qu'il scrutait le large, debout sur cette plage, et l'évidence s'éleva devant lui en même temps que l'astre du jour.

CHAPITRE 36

Kieran s'arrêta sur la véranda de derrière le temps de frotter le sable sur lui et sur Audrey. Il entra avec elle dans le couloir, se pressant maintenant, mais marqua une nouvelle pause à la porte de la chambre. Le côté de Mia, dans le lit, était déjà vide, les draps repoussés.

Dans la cuisine, le mug de café de Verity était rincé et séchait sur l'égouttoir, et la porte de la chambre de ses parents était fermée. Dans la salle de bains, juste en face, il entendit couler l'eau d'une douche. Il toqua à la porte et attendit. En l'absence de réponse, il vérifia l'heure et frappa de nouveau. L'eau continua de couler.

Kieran se tourna vers Audrey. « Bon, ma puce. » Il la ramena dans la chambre et la déposa avec précaution dans son lit bébé. « Il faut que j'y aille, mais quelqu'un viendra bientôt s'occuper de toi. Crie si tu as besoin de quoi que ce soit. »

Audrey donnait l'impression qu'elle allait suivre cette instruction à la lettre, tandis que Kieran griffonnait un petit mot et le laissait sur la table de la cuisine. Il ramassa sa chemise et ses chaussures dans le couloir et referma la porte de derrière en partant.

Il passa par la plage, ce qui avait toujours été le chemin le plus rapide. Aucun signe de vie autour du Fisherman's Cottage à cette heure, mais le bungalow dégageait encore une autre impression. Un vide morose. Personne à la fenêtre de Bronte, où Kieran l'imaginait penchée à écouter les bruits dans la nuit. L'estran était nu, à présent. Quelqu'un avait enlevé les fleurs fanées du bord de l'eau, à l'endroit où l'on avait retrouvé son corps. La mer avait lessivé toute trace de sa présence ici.

Kieran poursuivit sa route, dépassa la marina où il aperçut le *Nautilus Blue*, à quai. Il ralentit le pas, se demandant ce que l'agence allait devenir quand le bruit se répandrait que le sac de Gabby avait été retrouvé à bord du bateau quasi homonyme. Les Norvégiens s'en ficheraient peut-être, mais pas les gens d'ici.

Kieran se tourna et prit la direction de la ville, par-delà le commissariat. Il pensa au sergent Renn et à sa promesse d'avoir ces conversations douloureuses et trop longtemps reportées avec les deux familles, dès aujourd'hui, et faillit faire un détour par le poste de police. Il débattit intérieurement pendant une longue minute puis, ayant consulté l'heure, se hâta de continuer.

L'attrait de la caféine avait conduit quelques lève-tôt à pousser les portes du Surf & Turf, au moins, ce matin. Kieran reconnut Lyn à travers la baie vitrée, un plateau sur les bras. Pas trace de Julian ni de Liam. D'Olivia non plus, même s'il ne s'attendait pas à la trouver là. Kieran se souvint de son visage tendu dans la salle du restaurant, l'avant-veille au soir, et se demanda si elle s'était réveillée ce matin-là chez sa mère ou dans la maison d'Ash. Kieran se dit que cela dépendait d'où elle se sentait le plus en sécurité. Partout ailleurs que dans la solitude creuse du Fisherman's Cottage, sans doute.

Kieran poursuivit son chemin, ne ralentissant pas cette fois devant la maison de George Barlin. En plein jour, le jardin faisait encore plus peine à voir que dans le noir. Kieran jeta un coup d'œil aux fenêtres mais ne distingua aucune vie à l'intérieur. La sensation tenace se manifesta de plus belle, mais Kieran savait à présent ce qu'elle essayait de lui dire depuis le début. Qu'avait dit George, déjà, accoudé à sa clôture le soir précédent, l'expression de son visage difficile à déchiffrer dans la pénombre ?

Les mots restent gravés.

Kieran ne s'arrêta plus jusqu'à ce qu'il arrive en haut du sentier de la falaise. Là, il s'avança jusqu'au belvédère et s'appuya contre le garde-fou comme il l'avait fait si souvent, sentant le vent se précipiter par-dessus la mer et les roches. Il n'y avait personne en vue.

En bas, l'océan était vaste et désert jusqu'à la ligne parfaite de l'horizon. Il se pencha, tendant le cou. La plage n'était qu'un fin ruban, si resserré que Kieran se sentit aussitôt mal à l'aise. Au large, les vagues léchaient bien haut les flancs des Survivants. Tout autour de lui, les oiseaux manifestaient leur irritation en battant frénétiquement des ailes.

Kieran scruta la mer, fixant l'endroit où il avait aperçu Finn pour la dernière fois. La culpabilité était encore là, comme une cicatrice, mais maintenant, c'était différent. Ce que Kieran avait toujours cru jusqu'ici et ce qui s'était réellement passé ce jour-là ne coïncidaient pas. Il le comprenait, même s'il ne l'avait pas encore tout à fait accepté. Pourtant, il se le répéta en silence, tournant et retournant cette information dans sa tête. Ce que cela avait signifié alors, et ce que cela signifiait à présent.

Kieran enjamba la barrière et s'engagea dans la descente. Au pied de la falaise, l'eau recouvrait déjà une grande partie du sable, et il revérifia l'heure. La marée était en train de monter. Mais elle n'était pas encore haute.

Kieran ignora la grotte Sud, où Olivia et lui s'étaient retrouvés ce jour étrange où la mer et la tempête s'y étaient engouffrées. Il se planta à l'entrée de la grotte Nord. Alors que les vagues en bout de course frôlaient le bout de ses chaussures, il étudia les noms gravés dans la roche. Les marques laissées par son frère, leurs amis et lui. Et il repensa à Pendlebury. Que lui avait-elle demandé, ici même, d'un ton réfléchi et précis ?

Pouvez-vous tous me les montrer ?

Il y en a un peu partout. Je ne saurais même pas par où commencer.

Kieran plongea son regard dans la gueule béante de la grotte, et les ténèbres à l'intérieur. La sensation inquiétante que quelque chose l'observait, tapi là-dedans, le traversa une nouvelle fois. Il resta planté là, tous les sens en alerte, mais n'entendit rien d'autre que le pouls régulier de l'océan.

Il aurait pu s'aventurer dans la grotte, franchir l'entrée et s'enfoncer dans l'obscurité. Il aurait pu accélérer le processus. Mais il avait déjà passé trop de temps à parcourir mentalement les profondeurs sombres de ces grottes, à arpenter, épuisé, ce même terrain familier. À se débattre pour tenter de changer ce qui ne pouvait pas l'être, au lieu d'essayer de se frayer un chemin vers la lumière.

Assez, songea-t-il. Il était temps de mettre un terme à tout cela.

Il s'écarta. L'eau salée se faufilait autour de ses semelles. Il n'avait pas besoin d'entrer. La marée haute savait s'y prendre pour tout expulser hors des grottes.

Kieran fit demi-tour. Il franchit les quelques pas qui le séparaient du sentier, puis remonta un peu, se postant juste hors de vue de l'entrée de la grotte, et hors de portée des coups de langue de la mer. Il s'assit et regarda l'eau ramper vers le haut de la plage. Au-dessus de lui, le sentier de la falaise demeurait désert. Plus bas, le sable disparaissait peu à peu.

Kieran patienta, tandis que les oiseaux tournoyaient au-dessus de lui, inquiets et vigilants, lui criant qu'il avait raison. Mais alors que la marée montait et que le temps passait, il commença à s'interroger. Il débattait encore intérieurement quand il sentit la chose plus qu'il ne l'entendit. Une giclée de mouvement.

Kieran resta parfaitement immobile et scruta l'entrée de la grotte, retenant son souffle tandis que les secondes défilaient. Il se demanda s'il n'était pas victime de son imagination et puis, tout à coup, une silhouette surgit des ténèbres. Il la regarda patauger dans l'eau, enfoncée jusqu'aux genoux, un sac sur l'épaule.

Kieran vida ses poumons. C'était ce à quoi il s'attendait, mais ça faisait quand même un choc. La silhouette obliqua vers le sentier, l'aperçut et se figea net.

Kieran se leva, ses jambes le soutenant à peine. Pendant un long moment, on n'entendit plus que les gifles des vagues contre les rochers, puis enfin, il ouvrit la bouche.

« Tu l'as trouvé, ça y est ? » La voix de Kieran se répercuta en écho contre la falaise.

Un silence. Délibéré, calculateur. « Trouvé quoi ?

— Le message que Gabby Birch a gravé dans la roche le jour où elle est morte. »

CHAPITRE 37

Kieran attendit, le sang battant fort et bruyamment à ses oreilles.

Dans l'eau jusqu'aux genoux, Sean le dévisageait en retour.

Ses cheveux étaient trempés et ses vêtements imbibés d'eau de mer, qui en assombrissait les couleurs. Il ne disait rien, mais à l'inclinaison familière de sa tête, Kieran sut ce qu'il pensait. Kieran désigna le sac passé sur son épaule.

« Qu'est-ce que tu as là-dedans ? Un burin ? Une lime ? Tu risques d'en avoir besoin. » Kieran redescendit de quelques pas, jusqu'à pouvoir distinguer l'entrée de la grotte Nord, où les noms taillés à la hâte plus de douze ans auparavant balafraient toujours la paroi rocheuse. « Ces inscriptions restent à jamais marquées. »

Kieran étudia Sean qui, aussi loin que ses souvenirs remontaient, avait toujours été son ami. *Nie la chose*, aurait-il voulu lui lancer. *S'il te plaît, mon pote. Dis-moi que je me trompe.*

Les traits de Sean frissonnèrent et un semblant d'espoir s'empara de Kieran. Puis, sous ses yeux, le regard de Sean se porta derrière lui. À l'autre bout de la plage déserte. En haut du sentier solitaire.

Ils étaient seuls.

Quand les yeux de Sean se fixèrent de nouveau sur les siens, Kieran sentit que ce fait était soupesé attentivement. Il inspira profondément.

« Pendlebury sait. » Kieran parvint à insuffler plus de confiance dans sa voix qu'il n'en ressentait réellement. « Elle a tout compris. Enfin, quasiment. Je m'en suis rendu compte l'autre jour, quand elle est descendue ici. Elle a les photos de Bronte. Elle a une photo de ton nom gravé dans la roche. Les lettres sont un peu floues, donc je n'ai pas remarqué tout de suite. Et il ressemble à l'autre, mais il n'est pas tout à fait pareil. C'est ton nom, mais je sais que ce n'est pas toi qui l'as écrit. »

Kieran voyait l'eau de mer envahir la grotte Nord, s'engouffrant dans le trou.

« Tu avais raison, quand tu disais qu'on abîmait les grottes. C'était vraiment débile, et je sais que tu as tenté de nous le faire comprendre, et que nous n'avons pas écouté. Tu avais raison et nous, on était des idiots. » Kieran vit les lèvres de Sean se crisper. « Mais tu l'as fait aussi, une fois. Et je sais qu'après coup, tu t'es senti mal. Parce que c'est moi qui t'avais poussé à le faire. Tu t'es senti si mal que je suis absolument certain – te connaissant – que tu n'aurais jamais recommencé. Donc si ton nom se trouve quelque part ailleurs dans cette grotte, qui est la personne qui l'a gravé là ? » Kieran dévisagea son ami. « Et qu'a-t-elle écrit d'autre ? »

Sean avait tourné la tête et contemplait à présent la mer, par-delà les Survivants, à l'endroit où gisait sa chère épave, invisible au fond de l'océan. La mer tourbillonnait, écumeuse, autour de lui.

« Pendlebury trouvera cette inscription, reprit Kieran. Sean ? Elle découvrira la vérité et alors elle fera venir tous les renforts nécessaires et ils retourneront toute la grotte jusqu'à ce qu'ils trouvent cette inscription. »

En prononçant ces paroles, il repensa au visage de Pendlebury lorsqu'ils s'étaient tenus debout à l'entrée de la grotte, et sut d'instinct que ce qu'il disait était la stricte vérité. Si elle n'était pas encore arrivée à cette conclusion, c'était seulement à cause de sa méconnaissance de leur communauté, qui la maintenait un demi-pas derrière. Cela ne durerait pas longtemps, il le savait. Il regarda Sean et comprit, à la vague lassitude de son regard, que lui aussi le savait.

« Bronte avait deviné ? » demanda Kieran.

Le visage de Sean se plissa et il secoua imperceptiblement la tête.

« Mais elle allait finir par comprendre, c'est ça ? insista Kieran. Ou bien tu avais peur qu'elle en parle à quelqu'un d'autre qui, lui, comprendrait ? »

Pas de signe de tête cette fois. Pas de dénégation. Kieran dévisageait cet homme qu'il connaissait depuis tant d'années, et c'était comme se regarder dans un miroir. Il savait ce qu'il avait sous les yeux, car il connaissait ça parfaitement. Il avait vécu avec tous les jours. La culpabilité.

Il descendit encore d'un pas. Rien qu'un pas vers l'eau et il s'arrêta. Il s'était assez rapproché.

« Que s'est-il passé ici ? demanda-t-il.

— Ce n'est pas ce que tu crois.

— Alors, raconte-moi. »

On n'entendait que le bruit de l'eau qui se précipitait entre eux. Puis Sean ouvrit la bouche et se mit à parler.

CHAPITRE 38

Toby et Finn étaient en retard.

Sean était allongé à plat dos sur le pont du *Nautilus Black* et sentait les oscillations de la houle. Il contemplait le ciel. Il restait encore un peu de bleu là-haut, mais il suffisait de tourner la tête pour voir une masse sombre en train de se former au loin. Il remonta jusqu'au menton le zip de sa polaire et vérifia l'heure. Il allait leur laisser cinq minutes encore, pas plus. Toby avait besoin de son aide pour décharger une partie du matériel dans le hangar de la marina avant que le temps ne se gâte. Sean ne serait sans doute pas payé en retour. Hors de question de se faire rincer pour ça.

Il entendit grincer le portail de la marina et se redressa sur un coude, espérant les apercevoir. Pas de Toby ni de Finn en vue. Mais c'était mieux : Olivia. Sean s'assit pour de bon, un frisson nerveux familier lui parcourant l'échine. La brise soulevait sa chevelure ondulée nouée en queue-de-cheval et agitait sa jupe, lorsqu'elle referma le portail derrière elle. Puis elle se tourna vers lui et il ressentit une légère pointe de déception.

Il ne s'agissait pas d'Olivia mais de sa petite sœur, Gabby.

Celle-ci réajusta son sac à dos sur ses épaules et marcha dans sa direction. On lisait une incertitude sur son visage tandis qu'elle parcourait du regard le ponton désert, répondant à sa propre question avant même de l'avoir formulée. Elle s'arrêta devant le bateau, leva les yeux sur ce garçon plus âgé qu'elle et sembla perdre complètement ses moyens. Sean eut presque pitié d'elle.

« Hey ! lança-t-il.

— Salut. » Sa voix était à peine audible.

« Tu cherches Liv ? Elle n'est pas là.

— Oh, répondit Gabby, dépitée. Elle est passée ?

— Non, je ne l'ai pas vue de la journée. T'as essayé de l'appeler ?

— Ma mère m'a pris mon téléphone. » Elle avait l'air gênée. « Il faut vraiment que je la trouve. C'est l'anniversaire de maman demain. On n'aura pas le temps de lui faire un gâteau, sinon.

— Ah, je vois. C'est vrai que si tu ne fais rien pour l'anniv' de ta mère, tu ne vas jamais récupérer ton portable », fit remarquer Sean, et Gabby se fendit d'un sourire inattendu. Il ne l'avait pas souvent vue faire ça ; elle était si sérieuse, en temps normal. Elle baissa les yeux, souriant toujours à ses chaussures, et l'espace d'un instant, elle ressembla encore plus à sa sœur que d'habitude. Sean prit son téléphone et composa le numéro d'Olivia. Ils attendirent, mais l'appel sonna dans le vide.

« Désolé. » Il haussa les épaules. « Je suis sûr qu'elle va te rejoindre bientôt.

— Ce n'est pas grave, répondit Gabby, plissant le front. Si elle n'est pas ici, elle a dû descendre aux grottes. »

Ce fut le tour de Sean de plisser le front. « Pourquoi elle serait là-bas ? »

Gabby le regarda, comme pour s'assurer qu'il s'agissait là d'une vraie question. Estimant que oui, elle rougit et laissa retomber ses yeux.

« Parce qu'elle y retrouve Kieran.

— Olivia et Kieran se donnent rendez-vous dans les grottes ?

— De temps en temps.

— Pourquoi ?

— Pour… » Gabby haussa les épaules, le visage empourpré, détournant le regard. « Faire des choses. »

Sean la dévisagea. « Quel genre de choses ?

— Je ne sais pas. »

Mais elle savait, à l'évidence, et tout à coup, Sean le sut aussi et aussitôt, une chaude bouffée d'humiliation l'envahit, d'apprendre ça comme ça.

« Kieran ne te l'a pas dit ? » Gabby le regardait fixement à présent, sa curiosité l'emportant sur sa timidité.

« Si, bien sûr. »

Gabby hocha la tête mais elle n'en croyait rien. Sean s'en rendit compte. Elle lui jetait une corde pour se rattraper – pauvre de lui. En voyant la touche de pitié dans l'expression de cette fille, il éprouva une nouvelle piqûre d'humiliation.

Sean pensa à Kieran ou, plus précisément, à la manière qu'avait Kieran de regarder Olivia lors des fêtes, sans jamais vraiment faire l'effort de lui adresser la parole. Hormis les rares fois où Sean était en train de papoter avec elle. Alors, ce satané Kieran semblait être partout autour d'eux, apportant des verres, des blagues et un tas de choses à dire.

« Enfin », soupira Gabby en regardant le ciel. Le bleu avait cédé la place à un gris sale et le vent sifflait dans les mâts dépouillés. « Je vais devoir y aller. »

Sean sursauta. Il avait presque oublié sa présence. « Tu ne vas pas aller aux grottes, là, hein ? »

Ash était-il au courant, se demanda-t-il soudain, pour Kieran et Liv ? Certainement. Kieran le lui avait sans doute raconté. Ash et lui se disaient ce genre de trucs. Ces trucs qu'ils ne lui disaient pas à lui.

Sur le ponton, au pied du bateau, Gabby changea d'épaule la sangle de son sac. Le porte-clés kangourou cliqueta contre la fermeture éclair violette. « Je vais aller jeter un petit coup d'œil, vite fait. Il faut vraiment que je la trouve. »

Sean secoua la tête. « Tu es déjà descendue dans les grottes ?

— Non, mais…

— Parce qu'on ne peut pas juste se balader comme ça, là-dedans, surtout quand on ne connaît pas l'endroit. C'est dangereux. Et le temps est mauvais.

— Eh bien… » Gabby semblait en proie à un dilemme. « Tu pourrais peut-être m'emmener ? »

Sean sentit la première goutte de pluie. Il jeta un coup d'œil au bout du ponton. Toujours pas trace de Toby ni de Finn. Il n'y avait personne du tout.

« Tu veux bien ? » Le vent rabattit les cheveux de Gabby, qui les écarta de son visage. « Maman rentre dans quelques heures.

— T'as besoin de ton portable à ce point-là ?

— Ça fait presque une semaine qu'elle l'a pris. »

Sean hésita. Ses yeux étaient si pleins d'espoir. Il étudia le ciel une fois de plus. « OK. Mais faudra faire vite. La marée est en train de monter.

— Vraiment ? » Gabby lui fit un grand sourire. « Merci. »

Sean haussa les épaules. Son frère était en retard. Ses amis occupés à des activités dans lesquelles, visiblement, il n'était pas inclus. Il était en train d'attraper froid à attendre ici sans rien faire. Il sentit une deuxième goutte de pluie. Sean pointa du doigt son sac à dos. Il avait l'air lourd.

— Laisse ça ici. Je vais le mettre dans le compartiment étanche. »

D'un coup d'épaule, Gabby se débarrassa de son sac, et Sean le hissa à bord. Rempli de livres, il était rigide et peu maniable. Il le déposa au fond du coffre et chercha à tâtons le double de clé de Toby. Il était suspendu à une cordelette, avec une petite torche. Sean verrouilla le compartiment et glissa clé et lampe dans sa poche, avant de prendre un stylo et un bout de papier. Il vérifia l'heure.

16 h 15, griffonna-t-il. *Vous étiez en retard. Je vais aux grottes.*

Il laissa le mot à un endroit où il était sûr que Toby le trouverait, empoigna sa propre torche et descendit sur le ponton, où Gabby lui sourit d'une manière qui illumina tout son visage.

Le sentier de la falaise était désert. Sean et Gabby marchaient côte à côte, légèrement penchés en avant dans les bourrasques. Sean n'avait pas souvenir d'avoir jamais connu vent aussi fort. Il espérait à moitié voir apparaître Kieran et Olivia au détour d'un lacet. Alors, au moins, ils pourraient faire demi-tour. Mais le chemin demeurait vierge.

Sean jeta un regard en coin à Gabby. Elle était aussi grande que sa sœur, et presque autant que lui. Le vent malmenait leurs vêtements, et Gabby était sans cesse obligée de repousser de la main ses cheveux, plaqués sur son visage.

« On y est presque, annonça-t-il.

— Super. » Elle se fendit d'un petit sourire timide, et Sean se surprit tout à coup à espérer qu'en fait, ils ne croiseraient personne.

Ils s'arrêtèrent en haut des falaises. La mer était verte et colérique, s'abattant sur le sable dans des torrents d'écume. La fine plage, en bas, semblait déserte.

« On peut descendre ? » interrogea Gabby.

Sean fronça les sourcils. « Ta sœur ne sera peut-être pas très contente de nous voir débarquer comme ça, tu sais. »

Le visage lisse de Gabby prit un vague air de sainte-nitouche. « C'est de sa faute à elle. Elle était censée rentrer à la maison pour m'aider. »

Sean ne put s'empêcher de rire, et elle lui sourit.

« Bon, d'accord, dit-il. Allons-y. »

Le sourire de Gabby s'élargit encore quand Sean lui montra le chemin. Il ouvrit la voie, entendant le bruit de ses pas derrière lui tout du long. À un moment, elle trébucha et il tendit la main pour l'aider.

« Pardon, dit-elle. Merci. »

Sean n'aimait pas voir la plage si étroite. Il n'y avait personne en bas.

Gabby posa le pied sur la bande de sable et Sean la regarda tourner sur elle-même avec curiosité, embrassant du regard les falaises vertigineuses, les gueules obscures des grottes, la mer qui allait et venait en rugissant.

« Waouh. » Elle se tourna vers lui. « Ce n'est pas possible que je sois encore jamais venue là. »

Sean sourit. « C'est pas mal, hein ?

— Génial. » Gabby décrivit un autre cercle, la tête légèrement basculée en arrière pour admirer la paroi.

« On va chercher Olivia ? proposa Sean, et Gabby cligna des yeux, se souvenant de leur mission.

— Oh. Ouais. Où est-ce qu'elle peut être ?

— C'est à toi de me le dire. » Sean haussa les épaules. « Dans une des grottes, j'imagine ?

— Olivia ! cria Gabby sur la plage désolée, le vent s'emparant de ses mots à peine sortis de sa bouche.

— Elle ne t'entendra pas. Même quand il fait beau, on n'entend pas très bien en général, là-dedans.

— Ah. » Gabby scruta l'intérieur de la grotte Nord. « On devrait peut-être aller voir dedans ?

— Tu veux ? » Sean se tourna vers l'océan. Les Survivants se dressaient, fermes, au milieu de la houle, mais il eut l'impression qu'ils n'étaient pas supposés être autant enfoncés. Il détourna le regard. « OK, mais vite fait, alors.

— D'accord. » Gabby lui sourit de nouveau et une chaleur s'empara de lui.

Sean entra le premier. Le ciel était bas lorsqu'ils franchirent le seuil de la grotte Nord. Sean éclaira le chemin avec sa torche, puis fouilla dans sa poche et en sortit la petite lampe reliée à la cordelette de la clé du compartiment étanche.

« Tiens. Tu peux te servir de celle-là.

— Merci. » Gabby prit la torche et l'alluma. Ils s'enfoncèrent dans la grotte. Elle le suivait de si près que Sean sentait la chaleur de son corps.

« Oh, regarde. Kieran », lança-t-elle tout à coup et Sean ne put réprimer une pointe de déception. Il se retourna, s'attendant à voir la silhouette de son ami se découper dans la lumière déclinante du jour, à l'entrée de la grotte. Mais Gabby pointait le faisceau de sa lampe sur la paroi rocheuse, où le nom de Kieran était gravé, parmi d'autres : Ash, Finn, Toby.

« C'est quoi, ça ? demanda-t-elle.

— C'est un truc qu'ils font, répondit Sean. La roche n'est pas dure, un couteau de pêche suffit ou bien des clés, ce genre de choses. » Il désigna la cordelette qui pendait de sa main. « C'est assez facile. »

Gabby passa un doigt sur la surface humide. « Mais ça signifie quoi ?

— Pas grand-chose, à vrai dire. » Sean secoua la tête. « Quand l'un d'eux a trouvé un nouvel itinéraire ou qu'il est le premier à découvrir une galerie ou quelque chose comme ça, il dépose sa marque. Sauf Ash – lui, il fait ça où et quand ça lui chante.

— Mais ton nom n'est pas là. » Gabby se tourna vers lui. « Tu n'as jamais découvert de nouveaux parcours ?

— Si, bien sûr, répondit Sean, sans mentir. C'est juste que… » Il étudia un moment les noms de ses amis et de son frère. « J'sais pas. Je ne vois pas trop l'intérêt, en fait. Apparemment, les autres sont presque toujours les premiers à trouver de nouveaux endroits. » Il se sentit soudain gêné et haussa les épaules, mais Gabby hocha la tête.

« Ouais, dit-elle, d'une voix calme. Je sais ce que c'est. »

Ils se regardèrent dans les yeux. À travers le ruban de lumière toujours visible à l'entrée de la grotte, Sean vit que dehors, la pluie avait commencé à tomber. Il entendait le clapotement cadencé de l'eau sur les rochers. Ils restèrent plantés là pendant quelques instants, le visage de Gabby soyeux dans la pénombre.

« Je ne crois pas que ma sœur soit là.

— Non, visiblement. » Sean jeta un regard en arrière. « Tu veux aller un peu plus loin, ou bien faire demi-tour ? »

Gabby dressa le menton pour voir par-dessus son épaule, intriguée.

« Un peu plus loin, peut-être ? dit-elle. Qui sait ? Peut-être qu'on découvrira quelque chose de nouveau, tous les deux.

— Je ne crois pas que ce soit le bon jour pour ça. » Il sourit. « Mais voyons ce qu'on peut trouver. Par là. »

Le sol sablonneux était déjà mou et saturé d'eau sous ses pieds.

« Tu risques de mouiller tes chaussures, prévint-il.

— C'est bon, elles sécheront. »

Il la guida dans l'obscurité, s'arrêtant lorsqu'ils atteignirent un embranchement où le chemin se scindait en six directions différentes. Sean éclaira de sa torche la première galerie. Là, le sol s'enfonçait brusquement sous le niveau de la mer et le sable était déjà gorgé d'eau. Le plafond du deuxième tunnel était plus bas, mais après la petite descente initiale, il jugea que la voie serait clairement visible et dégagée.

« Tu veux bien m'attendre ici une minute ? demanda-t-il. Il faut que j'aille vérifier le chemin, un peu plus loin. Tu as ta torche ?

— Ouais. » Gabby brandit la cordelette porte-clés, le faisceau de sa lampe se réfléchissant sur la roche humide.

« OK, je vais me dépêcher. »

Sean braqua sa torche devant lui. La galerie était l'une des plus larges, parfaite pour les débutants, du moins au début. Lorsqu'on s'enfonçait davantage – mais Sean ne prévoyait pas d'emmener Gabby aussi loin –, il savait que le tunnel se ramifiait en divers embranchements qu'il n'avait jamais parcourus. Mais l'itinéraire principal était facile ; Sean s'était lui-même chargé d'en tracer la carte pour Toby. Il avança jusqu'à être sûr qu'ils pourraient passer sans encombre, et dut s'aventurer un peu plus loin que prévu, histoire d'être bien certain que la voie était dégagée, avant de faire demi-tour.

L'endroit où le chemin se scindait en six était désert lorsqu'il l'atteignit.

Sean resta pétrifié dans la pénombre, interdit, sa lampe projetant des ombres sur les parois. Où était passée Gabby ? Avait-elle réussi à se perdre en l'espace de quelques minutes ou bien – Sean se sentit vaciller – était-ce lui ? Il pivota sur lui-même. Non, c'était le bon endroit.

« Gabby ? appela-t-il.

— Oui ? »

Il vit un faisceau lumineux rebondir sur le mur d'en face et entendit les éclaboussures précipitées de pas dans l'une des galeries derrière lui et, quand il se retourna, Gabby était là. Elle souriait.

« Me voilà, dit-elle. Hé, regarde. Je voulais juste...

— Bon Dieu, il ne faut pas t'éloigner comme ça.

— Oh. Je suis désolée. »

Elle avait l'air déçue et Sean se sentit coupable.

« Ce n'est pas grave, dit-il, et alors ils parlèrent tous les deux en même temps.

— Pardon, répéta Gabby. Toi d'abord.

— J'allais te dire qu'on pouvait y aller, mais il ne faudra pas traîner. Si ça te tente toujours ?

— Ouais. » Son sourire était de retour. « S'il te plaît. Si ça ne t'embête pas.

— Ça ne m'embête pas. »

Sean la conduisit jusqu'à la deuxième galerie, éclairant le sol devant eux.

« Attention à ta tête, dans ce passage », dit-il, et presque sans réfléchir, il lui tendit la main pour l'aider à négocier la courte descente du début. Il sentit la paume de Gabby se glisser dans la sienne et serra.

« Il fait si noir », dit-elle. Une seconde s'écoula, puis deux, et alors seulement elle retira sa main. Il sentait encore la chaleur de ses doigts, là où ils s'étaient posés.

« Suis la lumière et tout ira bien.

— Où vont toutes ces galeries ? demanda-t-elle tandis qu'ils passaient devant un premier embranchement puis s'engageaient dans le second, avant d'obliquer à nouveau quelques pas plus loin.

— Dans tous les sens », répondit Sean.

Ils continuèrent d'avancer jusqu'à ce que les parois s'écartent et que le plafond s'élève, créant comme une clairière. Là, Sean s'immobilisa. Il sentait l'eau lui lécher les pieds, à présent.

« Je crois qu'il vaut mieux ne pas aller plus loin. Le mauvais temps est vraiment en train d'arriver.

— T'inquiète, ça va. » Dans la lumière pâle de la torche, le visage de Gabby luisait. « C'est vraiment cool. Merci de m'avoir montré tout ça.

— Pas de quoi. »

Ils se tenaient l'un contre l'autre au centre de la clairière, encerclés par la roche. Les bruits de la pluie et des vagues s'infiltraient depuis l'extérieur et rebondissaient alentour, leur rythme paisible amplifié puis étouffé par l'enchevêtrement complexe des galeries. Gabby fit quelques pas pour examiner de près un détail sur la paroi la plus proche, sous les yeux de Sean.

Elle aurait – presque – pu faire partie des Survivants. Dressée là, sa silhouette se détachant dans la lumière pâle, dos tourné et l'eau salée lui léchant les pieds. Puis elle bougea. Rien qu'un infime basculement du poids, le va-et-vient d'un souffle, mais assez pour briser l'illusion avant qu'elle ne s'impose tout à fait.

Gabby regardait toujours au loin, fixant une chose que lui-même ne distinguait pas dans l'obscurité. Quelque part, une vague se brisa et la mer déferla, fraîche et même un peu froide contre les jambes de Sean, son pétillement blanc encerclant les mollets nus de Gabby. Sean la vit baisser sa main libre pour ramener sa jupe au-dessus des genoux. L'air était voilé d'une fine brume et son tee-shirt collait à son dos et à sa taille.

La mer enfla de nouveau, et cette fois la force du contre-courant lui fit faire un pas vers elle. Elle ne le remarqua pas. Son visage était incliné vers le bas, la chaîne en argent de son collier scintillant sur sa clavicule, tandis qu'elle se penchait pour examiner quelque chose dans l'eau. Elle relâcha l'ourlet de sa jupe au moment où une vague déferlait de nouveau, et leva la main pour repousser sa queue-de-cheval tombée sur une épaule. Ses cheveux, éclaboussés, étaient lourds. Une mèche s'était retrouvée piégée au coin de sa bouche et elle la libéra, ses doigts glissant le long des lèvres.

Une tension s'empara de la poitrine et des épaules de Sean.

Si tu dois vraiment le faire…

Cette pensée murmura, couverte par le grondement des flots. Le retour de vague l'aspira de nouveau. Il résista, brièvement, avant de faire un autre pas. Cette fois elle l'entendit, ou au moins le sentit. Une perturbation du rythme naturel s'écoulant autour d'elle.

Si tu dois vraiment le faire…

Elle releva la tête. Il avala une brusque bouffée d'air iodé.

Fais-le maintenant.

Sean rassembla tout son courage puis s'avança d'un coup, prit la main chaude de Gabby dans la sienne et ferma les yeux.

Ses lèvres frôlèrent celles de Gabby, et la sensation qu'il éprouva disparut aussi vite qu'elle était venue. Elle s'était dégagée avant même qu'il ne s'en rende compte. Il baissa les yeux, un picotement aux lèvres, sa main ne tenant plus que l'air frais. Sean entendait encore son souffle, mais il était différent à présent.

Le temps s'étira, long et tortueux. Sean ne pouvait tout simplement pas relever les yeux. Comme elle ne disait rien, il se força à redresser la tête et croisa son regard. Elle ne souriait plus dans l'éclat de la torche.

Ce qu'on lisait sur son visage, c'était un choc et autre chose aussi. Sean mit de longues secondes à l'identifier et, aussitôt, s'en repentit : Gabby était gênée. Mais pas seulement pour elle-même, comprit-il dans une bouffée de honte. Gabby était gênée pour lui. Sean chercha désespérément un truc à dire, n'importe quoi, mais l'humiliation lui brûlait la gorge. Il resta planté là, dans ce silence à vif, insoutenable, et sentit quelque chose d'acéré se déployer à l'intérieur de lui.

« Sean...

— Quoi ? » Ce mot résonna durement, même à ses propres oreilles, et il décela la touche d'agressivité qu'il contenait. Il se sentit soulagé. L'espace d'un terrible instant, il avait cru que sa voix allait se briser.

« Rien. Je suis vraiment désolée..., commença Gabby.

— De quoi ? Je m'en fiche. » Cette dureté, encore. Sean tenta de l'évacuer par un rire, mais celui-ci sonna faux. Il vit Gabby reculer d'un demi-pas et cet infime mouvement le mit en rage.

« Je suis désolée. » Elle porta son doigt à ses lèvres d'un geste nerveux, exploratoire. « Je n'avais pas compris que tu allais... » Elle avala sa salive. « En fait, je n'ai jamais... »

Elle avait soudain l'air si jeune, et cette évidence trancha profondément dans la chair de Sean.

« Ne sois pas si gamine... », dit-il, faute de trouver les mots qui convenaient.

Gabby cligna des yeux, blessée. Elle s'écarta d'un autre demi-pas.

« C'est toi qui m'as demandé de t'emmener ici, poursuivit-il.

— Je voulais retrouver ma sœur.

— C'est ça, ouais. Épargne-moi tes excuses bidon !

— Non, c'est la vérité.

— Vraiment ? Ce n'est pas pour ça que tu voulais venir ici ? Pour "faire des choses" ? » Il imita si bien Gabby que celle-ci tressaillit.

« Non, je voulais juste voir les grottes et retrouver ma sœur. »

Au ton de sa voix, Sean sut qu'elle disait vrai. L'humiliation d'avoir même pu penser qu'elle voulait autre chose lui coupa le souffle.

« Il faut que je trouve Olivia », insista Gabby. Elle avala une bouffée d'air, saccadée. « Olivia ! » Sa voix tremblait. Elle se mit à pleurer, libérant des larmes d'enfant. Il n'y eut pas de réponse. « Olivia ! » Elle se tourna vers Sean. « Il faut que je rentre à la maison, maintenant. S'il te plaît. »

Sean la dévisagea, et une image terrible lui traversa l'esprit : Olivia et Kieran surgissant d'une de ces galeries obscures et le trouvant ici, seul avec cette fille en pleurs. Cette pensée fut aussitôt suivie d'une autre prise de conscience.

Ils l'apprendraient.

Un effroi glacial l'inonda. Quoi qu'il fasse maintenant, ou ne fasse pas, ils en entendraient parler. Ash aussi. Et toutes les amies d'Olivia, puis enfin tout le monde. Tous les gens avec qui ils allaient au lycée, tous les gens qu'ils croisaient en ville. Tous finiraient par savoir comment Sean avait tenté le coup avec la petite sœur d'Olivia, et comment ça s'était vraiment très mal passé.

« S'il te plaît. » Le visage de Gabby était brillant de larmes.

« Ferme-la deux minutes. Laisse-moi réfléchir. » Mais il n'y arrivait pas. Il n'entrevoyait aucun moyen d'éviter ce qui l'attendait. Kieran et Ash seraient sans pitié. Ils allaient le démolir, et se rouleraient par terre de rire. Ils ne le laisseraient plus jamais, jusqu'à la fin de ses jours, oublier ce moment. Olivia ne lui adresserait plus la parole. Ses parents seraient au courant, et Toby également. Toby aussi se moquerait de lui.

« S'il te plaît. Je veux rentrer chez moi. »

Sean secoua la tête, son cœur s'affolant à la pensée de ce qui l'attendait à l'extérieur de cette grotte. « Eh bien casse-toi, Gabby !

— Je ne connais pas le chemin. »

Il pourrait peut-être quitter Evelyn Bay. Cette pensée se déroula comme une ligne de vie sous ses yeux. Il pourrait peut-être déménager dans un autre État d'Australie. Il entrevit soudain une lueur d'espoir. Oui, peut-être qu'il pourrait faire ça. Vraiment ? Il s'efforça de réfléchir.

« Le sol est mouillé. Mes jambes commencent à être trempées. La mer est en train de monter. S'il te plaît.

— Putain, Gabby. » Mais elle avait raison. Baissant les yeux, Sean sentit la pression de l'eau plus haut contre sa peau, et cette sensation le ramena brutalement au présent.

« Bon, OK, suis-moi. » Sean la poussa de côté, le dos de sa main frôlant les siennes. Il l'écarta brusquement, comme s'il s'était brûlé. « Dépêche-toi. »

Voilà ce qu'il allait faire. Il quitterait Evelyn Bay. Il rassemblerait ses affaires, réserverait un vol et déménagerait ailleurs. Là-bas, il se ferait de nouveaux amis, rencontrerait d'autres gens, et tout le monde finirait par oublier cette histoire.

Les pensées jacassaient en boucle sous son crâne, tandis qu'il se dirigeait à tâtons dans les galeries. Il ne s'était pas rendu compte que l'eau était si haute. Tenant sa torche dans une main, il tâtait le plafond de l'autre, en suivait les oscillations. Au niveau de l'embranchement, l'eau leur arrivait aux cuisses, et il dut baisser la tête pour se glisser dans l'ouverture.

« Attends-moi. » Il entendit des bruits d'éclaboussures derrière lui. « Sean, attends ! » La voix de Gabby était étouffée, difficile à localiser.

« Par ici ! » cria-t-il, mais il ne s'arrêta pas. Il ne pouvait pas la regarder. Il l'entendait juste patauger, dans le fracas de la violente averse qui tombait désormais dehors.

Le ciel tout entier semblait se déverser lorsqu'il sortit dans la lumière du jour, qui ressemblait à une nuit, et il fut soulagé quand la pluie martela son visage, dissimulant les premières larmes piquantes qui menaçaient de basculer. Sean ralentit en arrivant à l'endroit où s'étendait normalement la plage et, tout en sachant que ce n'était pas une bonne idée, il se retourna.

« Par ici ! » cria-t-il de nouveau depuis l'entrée de la grotte.

Et il entendit – il était sûr d'avoir entendu, à travers les hurlements du vent et la pluie battante et les charges rageuses de l'océan – les éclaboussures d'un corps qui bougeait dans le noir. Gabby était là, quelque part, juste derrière lui.

Sean ne pouvait pas la regarder en face. Pas ici, à l'air libre, même si la lumière déclinait rapidement. Il ne pouvait pas supporter l'idée de cette longue marche du retour jusqu'à la marina, ensemble, la honte le tourmentant à chaque pas.

« Par ici ! » cria-t-il à nouveau.

Puis il fit volte-face et pataugea vers le sentier et les falaises. Il ne regarda plus derrière lui, tandis que la mer avide s'attaquait au rocher. Il commença à grimper. Il fallait qu'il se dépêche. La tempête approchait.

CHAPITRE 39

Kieran contemplait Sean, le cœur battant à tout rompre. Les vagues s'engouffraient dans la grotte Nord puis en ressortaient, blanches d'écume sur le rocher. Kieran fixa la bouche béante de la grotte et une nausée le prit.

« Je croyais qu'elle était derrière moi. » Sean parlait tout bas. Les vagues s'enroulaient à présent autour de ses jambes. « Elle avait une torche. J'ai cru qu'elle m'avait suivi jusqu'à la sortie. »

Kieran se demanda si Sean disait la vérité, ou s'il était parvenu à se convaincre que c'était là la vérité. Les pensées vociféraient sous le crâne de Kieran, s'effondrant les unes sur les autres tandis qu'il s'efforçait de donner sens à cette histoire. Il prononça les premiers mots qui lui parurent vrais.

« On t'emmerdait vraiment à ce point, Ash et moi ? »

Sean secoua la tête. « Ce n'est pas de votre faute. »

Kieran lui lança un regard par-dessus les vagues. « Sean, je suis désolé. Vraiment. Tu ne méritais pas ça. Ash n'aurait pas dû se comporter comme ça avec toi, et moi encore moins. »

Sean passa une main sur ses yeux. Enfin, il ouvrit la bouche. « Je suis sûr que Toby et Finn ont trouvé mon mot. »

Kieran repensa au message griffonné à la hâte par Sean, pendant que Gabby l'attendait sur le ponton.

16 h 15. Vous étiez en retard. Je vais aux grottes.

« En revenant d'ici, je suis tout de suite allé à la marina, poursuivit Sean. Je croyais que Gabby me retrouverait là-bas, pour récupérer son sac à dos. Mais le bateau n'était plus là. J'avais deux appels manqués de Toby sur mon téléphone, mais le réseau ne fonctionnait déjà plus très bien. Le temps était… » Il s'interrompit. « Il était mauvais. »

Kieran ne répondit rien. Il savait à quel point le temps avait été mauvais. Il s'en souvenait parfaitement.

Sean resta silencieux un moment. « La tempête était vraiment pire que ce que j'avais imaginé. Je sais que Toby devait forcément être inquiet de me savoir ici. Finn aussi. » Il expira lentement. « Je crois qu'ils sont partis à ma recherche. »

Kieran s'approcha encore d'un pas. « Ils sont peut-être partis te chercher, déclara-t-il sans même réfléchir, mais cet appel de détresse, c'est pour moi qu'il a été lancé. »

Sean secoua la tête. « Ils ne sont pas sortis en mer à cause de toi. »

L'eau clapotait maintenant contre ses cuisses, mais il ne bougeait toujours pas, les yeux rivés à la surface vert-gris de la mer, une drôle d'expression au visage.

« Qu'est-ce que tu as pensé quand le sac de Gabby s'est échoué sur la plage ? demanda Kieran.

— J'étais soulagé. Je ne savais pas quels dégâts avait subis le bateau, alors j'avais peur qu'ils retrouvent son sac dans le compartiment, mais j'imagine qu'il a dû être emporté au moment du chavirage. »

Ce n'était pas le cas, Kieran le savait à présent, mais en voyant Sean encerclé par les eaux, il n'eut pas envie de se lancer dans cette explication.

« Le nom de Gabby était sur toutes les lèvres, après que Trish s'est rendu compte qu'elle avait disparu, reprit Sean.

J'avais eu tellement peur en ne la voyant pas revenir. Et puis j'ai eu peur qu'elle revienne, et qu'elle raconte à tout le monde ce que j'avais fait. Mais quand son sac s'est échoué sur la plage, tout ça s'est plus ou moins arrêté d'un coup. Les gens avaient tellement d'autres soucis. Toby et Finn étaient morts, et toi, tu es sorti de l'hôpital, les funérailles ont eu lieu, et après ça, tout a été terminé, cette histoire avec Gabby… » Sean ouvrit ses mains dans les airs. « C'était bizarre. On aurait presque dit que ce n'était jamais arrivé.

— Jusqu'à Bronte ? »

Sean ferma les yeux, comme en proie à une douleur. « Ouais. Jusque-là. »

CHAPITRE 40

La plage au pied du Fisherman's Cottage était obscure, même à la lueur de la lune. La chaleur du jour avait disparu en même temps que le soleil, plusieurs heures auparavant, et ce recoin de côte était désert, les visiteurs de la journée repartis depuis bien longtemps.

Sean s'arrêta devant le bungalow, soulagé d'apercevoir des lumières encore allumées à travers les fenêtres. Il était tard, 23 h 30 passées d'après son portable, mais l'ombre d'un mouvement à l'intérieur lui indiqua que quelqu'un était encore debout. Il frotta le sable sur ses chaussures avant de remonter l'allée qui menait à la porte d'entrée. Il se dit que ce serait mieux que de frapper à celle de derrière. Il ne voulait pas que Bronte fasse une crise cardiaque à cause de lui.

Sean sonna et entendit des pas dans le couloir. La porte s'ouvrit, projetant un rayon de lumière dans l'allée. Le visage de Bronte apparut dans l'entrebâillure. Son air vaguement suspicieux se changea en surprise lorsqu'elle vit Sean planté là.

« Oh, bonsoir. Je croyais…, commença Bronte.

— Désolé… », bredouilla-t-il en même temps.

Ils se turent tous deux.

« Désolé de débarquer si tard, réessaya Sean.

— Non, ce n'est pas grave. » La porte s'ouvrit plus grand. « Je croyais que c'était Liam. Il vient juste de partir. » Bronte jeta un coup d'œil par-dessus l'épaule de Sean, comme si elle s'attendait à voir son neveu rôder encore autour de la maison. Elle eut l'air un peu soulagée que ce ne soit pas le cas. La route était déserte. « Qu'est-ce qui t'amène ?

— Je me demandais si je pouvais récupérer ma torche ? La jaune étanche qu'Ash t'a filée.

— Oh, bien sûr. » La porte s'ouvrit pour de bon et Bronte fit un pas de côté pour le laisser entrer. Elle portait encore son uniforme orange de serveuse, mais avait détaché ses cheveux. « Désolé de l'avoir gardée si longtemps. Je n'avais pas compris que tu en avais besoin.

— T'inquiète. C'est juste que j'ai consulté la météo, et il semble que demain soit ma dernière occasion avant un moment de descendre à l'intérieur de l'épave. » Sean la suivit le long du couloir. La maison respirait la fraîcheur et la propreté. « J'ai ce groupe de Norvégiens qui arrive bientôt, alors il faut que j'y aille pendant que c'est possible.

— Pas de souci. Elle est là-bas. » Bronte le guida vers l'éclat lumineux qui émanait de sa chambre. « Olivia m'a de nouveau fait la leçon sur mes trucs qui traînaient partout, alors je l'ai rangée. » Elle le gratifia d'un sourire fugace. « Ne lui dis pas que je t'ai dit ça, sinon ça empirera encore les choses.

— Vous ne vous entendez pas, toutes les deux ?

— Oh. Ça va. » Bronte haussa les épaules. « Ce n'est pas vraiment moi, son problème.

— Ah bon ? »

Bronte éclata de rire. « Eh bien, c'est ce que je me dis, en tout cas. Mais je sais qu'elle déteste son boulot. Et je ne sais pas ce qui ne va pas chez sa mère, mais il y a un problème aussi de ce côté-là. Peut-être que quand je m'en irai, elle laissera Ash s'installer ici. Elle serait plus heureuse s'il vivait avec elle.

— Peut-être. Mais je ne suis pas sûr qu'ils soient prêts à l'envisager. »

Bronte le regarda, étonnée. « Ash, si. Sans aucun doute.

— Il t'en a parlé ?

— Non, mais on voit qu'il est fou amoureux d'elle, répondit-elle dans un sourire. Il meurt d'envie de s'engager pour de bon, dès lors que Liv acceptera de reconnaître à quel point il lui plaît. »

Sean ne put s'empêcher de sourire devant son enthousiasme. « Donc tu penses que je vais bientôt devoir me chercher un nouveau colocataire ?

— J'en ai bien peur. C'est une prédiction quasi à coup sûr. Je veux dire, je comprends qu'Ash puisse ne pas être le genre de mec habituel de Liv, à Melbourne ou je ne sais où, mais je trouve qu'ils vont très bien ensemble dès qu'ils se détendent un peu. »

Bronte contourna le lit pour gagner son bureau, couvert de fournitures d'art. Sean s'arrêta sur le seuil et elle lui fit signe d'entrer d'une main, tout en fouillant un tiroir de l'autre. « Assieds-toi, dit-elle. Elle est quelque part par là. »

Le lit était l'unique option, si bien que Sean déplaça son ordinateur portable ouvert sur l'oreiller et s'assit au bord. Il se tourna vers la fenêtre au-dessus du bureau, derrière elle. Le store était ouvert et il aperçut la masse sombre de l'océan. Il plissa le front.

« Dis-moi, tu es sûre que tu n'as plus besoin de la torche ? Il me faut vraiment celle-ci, qui est étanche, mais j'en ai une autre chez moi que tu pourrais…

— Non, sincèrement, pas besoin.

— Et ces bruits que tu as entendus ? Tu te sentiras encore en sécurité sans torche, ou bien…

— Ouais, t'en fais pas. Mais je te remercie. » Bronte fixa du regard la fenêtre, un peu mal à l'aise soudain. « Je suis pratiquement sûre que c'était juste cet homme qui vit un peu plus loin. Tu sais, Brian ? Le type qui a Alzheimer. J'ai aidé sa femme à ranger quelques trucs dans leur abri de jardin, l'autre jour, et elle a laissé échapper qu'il avait erré dehors. Évite peut-être d'en parler, je crois qu'elle était un peu gênée. Même si elle n'a pas de raison de l'être. » Bronte repoussa ses cheveux en arrière en se tournant de nouveau vers le tiroir. « Ma grand-mère a eu la même maladie. Je n'ai pas voulu en parler tout à l'heure au Surf & Turf devant ton ami, parce que c'est le fils de Brian, pas vrai ? Ça m'a semblé trop personnel… Ah ! » Elle se redressa, tout sourire, la torche à la main. « La voici. Ça se passe bien du côté de l'épave, au fait ?

— Ouais, très bien. Elle est quasi prête pour la saison. » Sean tendit le bras par-dessus le lit pour lui prendre la lampe. « Merci. Elle va m'être bien utile, justement.

— Non, merci à toi de me l'avoir prêtée. Et pour m'avoir laissée monter à bord pour cette balade en mer l'autre jour, d'ailleurs. Les photos rendent super bien.

— Lesquelles ? Celles des Survivants ?

— Ouais. Tu veux les voir vite fait ? » Bronte s'asseyait déjà. Les ressorts du sommier grincèrent quand elle se serra contre lui et fit pivoter son ordinateur portable pour qu'ils puissent bien voir tous les deux. Le dessus de sa main frôla celle de Sean, lorsqu'elle la tendit vers le clavier. « Là. Celles-ci.

— Ouais. Waouh ! » Sean se pencha. Il avait vu les Survivants depuis la mer des milliers de fois, mais ces photos n'en étaient pas moins impressionnantes. Elles étaient bien nettes, pleines de couleurs. « Elles sont vraiment belles.

— Merci, j'étais très contente. » Bronte étudia la photo affichée sur l'écran. « Je n'aurais pas pu les prendre si tu ne m'avais pas emmenée. »

Elle bougea légèrement sur le lit en cliquant sur les touches et les images basculèrent vers la séquence suivante. Sean vit les Survivants apparaître à nouveau, mais différents cette fois. Enfoncés dans l'eau jusqu'aux chevilles sur le fond bleu du ciel, avec une fine bande de plage à l'arrière-plan. Il reconnut cet angle immédiatement.

« Tu es descendue aux grottes ? demanda-t-il.

— Ouais. Je voulais les prendre sous tous les angles. » Bronte tapa à nouveau sur le clavier et une autre image s'afficha. « Liam m'a dit qu'il était descendu là avec toi deux ou trois fois, gamin, avant qu'on installe les barrières, alors je me suis dit que ça ne devait pas être si dur de descendre. Et c'est le cas, non ? » Elle fronça le nez. « Le sentier est encore bien dessiné. »

Sean plissa le front. « Il faut faire attention, en bas. La marée peut monter très vite.

— Ouais, je sais. » Ses yeux étaient encore rivés à l'écran. « J'y vais seulement à marée basse. Mais ça vaut la peine, vu la qualité de ces images… »

L'entrée de la grotte Nord s'ouvrit tout à coup devant eux, l'écran se faisant de plus en plus sombre au fur et à mesure que les photos les emmenaient de plus en plus profondément à l'intérieur. Sean reconnut les premiers embranchements, puis le parcours se fit moins distinct. Il comprenait qu'elle soit contente de ses photos. Elle avait réussi à capturer la sensation qu'on avait dans les profondeurs des galeries.

« Regarde, dit Bronte en pointant son doigt. Tu ne trouves pas ça hallucinant ? C'est l'une de mes préférées. »

Sean découvrit la photo en gros plan d'un lichen sur une roche. Elle était d'une beauté étonnante.

« Joli, dit-il. C'était où ?

— Je ne me souviens plus exactement. » Bronte fronça les sourcils. « Près du grand tronçon central, dans la première grotte. Là où plusieurs tunnels débouchent au même endroit. Tu ne reconnais pas ? »

Sean secoua la tête. « Je connais cet embranchement, mais pas cette portion-là, je crois.

— T'as dû y passer à un moment, quand même. » Ses yeux ne quittaient pas l'écran. « Il y a ton nom dans la roche. Tu vois ? »

Elle cliqua, puis désigna un point et Sean suivit son doigt. Là, sur la photo floue d'une portion de galerie que Sean ne reconnut pas, gravé en lettres capitales d'une écriture qu'il savait ne pas être la sienne : le début de son prénom.

« Tu ne connais pas cet endroit ? » Bronte lui jeta un regard en coin, dans un petit sourire. « J'espère que c'était plus mémorable pour ta copine. »

La chambre parut soudain à la fois immense et minuscule, et Sean sentit le lit gîter comme un navire. Il ferma les yeux en comptant jusqu'à deux et, quand il les rouvrit, le mouvement, au moins, avait cessé.

« De quelle fille tu parles, là ? » demanda-t-il, choqué par la normalité de sa voix. Sa langue était lourde et desséchée.

« Waouh, tu ne te souviens vraiment pas ? » Bronte éclata de rire. Mais elle n'avait pas l'air mécontente. « Abigail ou quelque chose comme ça ? En tout cas, ça ressemblait à "Sean et machine", et je crois qu'il y avait aussi une date… » Sean retint son souffle tandis que Bronte cliquait sur l'image suivante. Rien qu'une roche et du lichen. Elle se redressa sur le lit. « Ouais, il faisait vraiment noir. On dirait que je n'ai pas réussi à prendre ce détail-là.

— Tu te souviens de la date ? » Ses propres mots lui semblèrent épais.

« Non. Mais je crois que ça remontait à loin. Dix ans, peut-être ? » Elle haussa les épaules. « J'apporterai un meilleur flash la prochaine fois. »

Sean contemplait l'écran, mais tout ce qu'il voyait, c'était Gabby Birch. Gabby, quand il l'avait laissée attendre en sécurité à l'embranchement, pendant qu'il partait en éclaireur. La clé se balançant sous la torche, dans sa main, tandis qu'elle absorbait les alentours, arpentant ce territoire inexploré – pour elle, du moins. Gabby, heureuse de l'attendre, reconnaissante d'être là. Gabby, entourée de galeries aux parois lisses et froides, avec une clé dans sa main et une idée en tête. Gabby, trouvant un endroit où graver son propre nom, comme d'autres l'avaient fait avant elle. Graver le nom de Sean, aussi. Histoire, peut-être, de marquer ce jour où ils avaient exploré les grottes ensemble. Un merci, peut-être. Peut-être parce qu'en cet instant, elle croyait, modestement, qu'ils étaient presque des amis.

Ce fut tout ce que Sean put faire pour ne pas enfouir son visage dans ses mains. Il resta assis là, parfaitement immobile, et s'interdit tout mouvement. « Tu vas retourner à cet endroit ?

— Ouais, c'est sûr. » Bronte hochait la tête. « C'est vraiment hallucinant. J'obtiendrai une expo avec ça, pas de doute.

— Mais tu crois que tu sauras le retrouver ?

— Ouais. Pas comme ça, de mémoire. Mais une fois sur place, je saurai. »

Elle continua de passer en revue les clichés. Sean resta assis près d'elle, ses yeux ne voyant rien. Au bout d'un moment, il reprit la parole.

« Je crois qu'il vaudrait mieux que tu n'y retournes pas. Tu pourrais recevoir une amende. »

Elle sourit. « Je prendrai le risque. J'essaie d'être acceptée dans une école d'art à New York. La compétition est si rude, ils ne prennent qu'une poignée de personnes chaque année. J'ai besoin d'un sujet vraiment bon pour mon exposition.

— Et ça va être ça ? » Sean balaya du regard son bureau d'artiste, couvert de boîtes de crayons. Il trouvait sa propre voix bizarre, mais elle n'avait pas l'air de le remarquer. « Je croyais que ton truc, c'était avant tout le dessin ?

— Oui, en soi, mais ça, c'est pour mon module photo avancé du prochain trimestre. On a tous droit à un espace temporaire au musée de Canberra, et puis je me présenterai sans doute à quelques concours nationaux. » Elle tapa sur le clavier.

« Ce sujet sur les grottes, et la vie à l'intérieur, ça marchera. C'est le genre de truc qui attire l'attention. »

Sur la vitre noire de la fenêtre, Sean aperçut son reflet, légèrement distordu. Il entendait la mer, dehors.

« S'il te plaît, Bronte, n'y retourne pas.

— Pourquoi ? » Elle se tourna vers lui, son visage proche du sien. Elle était – il put à peine le supporter – touchée par son inquiétude.

« C'est dangereux.

— Je ferai attention. » Elle lui sourit. « De toute façon, toi, visiblement, t'y es entré et t'en es ressorti vivant. »

L'océan était calme, mais quand Sean rouvrit la bouche, il s'entendit à peine dans le bruit des vagues.

« C'est vrai. »

Il se tourna de nouveau vers la fenêtre. Quand il sentit ses pieds se poser sur le sol, il n'en revint pas. Le lit craqua quand il se leva. *Assieds-toi.* Cette pensée était presque inaudible, dans le grondement de l'océan. *S'il te plaît, assieds-toi.* Sean resta debout. Il s'approcha de la fenêtre. Posa sa torche sur le bureau, à côté d'une petite sculpture en fil de cuivre représentant une langouste.

« La lune est magnifique ce soir. » Sa voix ne lui appartenait plus. Sa bouche articulait des mots qui venaient d'un endroit si profond de son être qu'il en ignorait l'existence. « La lumière dessine de si beaux motifs à la surface de l'eau. Tu as remarqué ? »

Il n'eut pas la force de se retourner mais aperçut le reflet de Bronte qui le regardait.

« Vraiment ? répondit-elle. Non, je n'ai pas vu ça.

— On ne peut pas vraiment s'en rendre compte d'ici. » Sean contempla les vagues pendant ce qui lui sembla être un très long moment, mais il savait que non. Parce qu'il n'eut guère besoin de temps pour prendre cette décision. Une partie de lui avait déjà choisi dès qu'il avait vu la photo. « Tu veux qu'on aille sur la plage ? Je vais te montrer. »

Bronte le regarda depuis le lit. Se retournant, il remarqua les plis dans la couette, là où il était assis près d'elle, tout à l'heure. Elle était toujours là, le bout de ses doigts frôlant l'endroit où il s'était tenu l'instant d'avant. Attendant, peut-être. Comme il ne bougeait pas, elle haussa les épaules et sourit.

« Bonne idée. Allons voir ça. »

N'y avait-il pas une pointe de déception dans sa voix ? Sean n'entendait toujours pas clairement ; la mer était si bruyante, à présent, qu'elle avait avalé le son de ses mots. Bronte se leva, juste devant lui, et il passa près d'elle pour se diriger vers la porte, sans pouvoir s'en empêcher.

« Super, dit-il. Prends ton appareil. »

CHAPITRE 41

Mille pensées se bousculaient sous le crâne de Kieran, mais la seule chose qu'il voyait distinctement, c'était la manière dont l'eau encerclait Sean à présent. Elle lui arrivait à la taille, et continuait de monter. Son ami ne bougeait toujours pas. Kieran fit un nouveau pas vers le bas du sentier, s'arrêtant là où la terre ferme disparaissait.

« Sors de l'eau. »

Sean avait ses deux mains sur le visage, et Kieran vit qu'il pleurait.

« Sors, mon vieux. »

Pas de réponse. L'eau montait encore.

« Je n'arrive pas à trouver la gravure de Gabby, dit enfin Sean. J'ai cherché longtemps, mais je ne sais pas dans quelle galerie elle se trouvait. Les policiers, eux, la trouveront. Ou quelqu'un d'autre, tôt ou tard.

— Sean, mon pote. T'inquiète pas, OK ? » Kieran s'efforçait de parler d'une voix calme, mais cela lui coûtait. « Tu pourras t'expliquer. Un bon avocat saura…

— Ça ne changera rien. » Sean riait presque. « Tout le monde saura, pas vrai ? Liam. Et Olivia. Et Trish. Toi. » Sa voix s'effondra. « *Moi*, je sais.

— OK. Je comprends bien, mon vieux. Mais sors de l'eau. S'il te plaît. Maintenant. Je sais que tu sens monter la marée, Sean. » Kieran eut peur de se tourner vers le large, craignant de voir combien l'eau était haute autour des Survivants. « Tu sais ce que ça signifie, par ici. »

Sean s'essuya les yeux de sa paume calleuse. Quand ses mains retombèrent, il ne regardait ni Kieran, ni le sentier. Il contemplait les grottes. « Je sais aussi ce qu'a signifié la marée haute ce jour-là.

— Non, vieux, il faut juste... » Kieran composait déjà le numéro d'urgence sur son téléphone. Il avança d'un pas encore et se retrouva dans l'eau. Il bredouilla l'endroit où il se trouvait à la personne qui avait décroché et se tourna vers Sean, planté là, comme pétrifié. Le cœur de Kieran s'arrêtait à chaque vague qui se brisait. « Sean. Viens. »

Pas de réponse.

« S'il te plaît, Sean. » La marée donnait l'impression de monter en accéléré, et Kieran hurla pour être sûr d'être entendu. « Si tu entres là maintenant, tu ne ressortiras plus jamais ! »

Toujours pas de réponse, rien que l'ondulation de la houle et les cris des goélands au-dessus de leurs têtes. Les Survivants continuaient de regarder ailleurs. Kieran se força à jeter un coup d'œil. Ils étaient bien enfoncés, à présent.

« Je ne peux pas te suivre, Sean. » Tout en prononçant ces mots, il avança d'un pas dans l'eau. « Je ne vais pas pouvoir aller plus loin pour tenter de te retenir. Quelqu'un va venir, mais ce ne sera pas moi. » Les vagues glaciales s'écrasaient contre ses cuisses. Il dut s'arc-bouter pour garder l'équilibre. « Je ne peux pas faire ça à Mia et Audrey. »

Sean ne réagit pas. Son désarroi avait cédé la place à un calme froid qui effraya Kieran.

« Sean ? »

Son ami détacha enfin à grand-peine ses yeux des grottes, veillant à ne pas basculer sous la pression du courant tandis qu'il tournait la tête vers Kieran.

« Comment t'as fait ? » La voix de Sean se perdait presque dans le fracas des rouleaux et les cris des oiseaux. « Pour vivre avec cette culpabilité après la tempête ?

— Comment ? Bah, j'sais pas, j'ai... » Les pensées de Kieran se précipitaient en tous sens, mais même dans cette agitation, il connaissait la réponse. Bien sûr qu'il la connaissait. Mia et Audrey. Il dévisagea Sean à travers les nuées d'embruns. « J'ai eu de la chance. J'ai trouvé quelque chose qui comptait plus pour moi. »

Sean parut accepter cette réponse. Il se tourna de nouveau vers les grottes, toujours atrocement calme.

« Écoute, tu peux faire ce truc dont tu parlais, tenta Kieran, désespéré. Tu ne peux pas ? Tracer un cercle autour de tout ça et faire comme si...

— Non, pas avec ça. »

Enfin, Sean bougea. Il avala une bouffée d'air puis fit un pas en direction de la grotte Nord.

« Attends. »

Sean ne s'arrêta pas. Il ne regarda pas en arrière.

« S'il te plaît, attends. » Kieran était déjà bien enfoncé dans l'eau. Il ne le suivrait pas, se promit-il, tandis qu'il s'avançait encore, le sable mou et fuyant sous ses pieds. « S'il te plaît... »

Sean l'ignora. Il se déplaçait rapidement, à présent, forçant le passage à travers les vagues.

« Attends ! »

Il n'attendit pas, continuant d'avancer, vaille que vaille, au milieu des rouleaux. Il parut s'immobiliser l'espace d'un instant, au seuil de la grotte, puis il baissa la tête et suivit le flux de l'eau du grand jour vers les ténèbres.

« S'il te plaît... »

La houle s'amplifia, manquant faucher Kieran, et il dut lutter pour ne pas être emporté. Il entendit le fracas de l'eau heurtant une paroi rocheuse à l'intérieur de la grotte, et quand il eut repris pied et que la vague eut reculé, Sean avait disparu pour de bon. Les yeux de Kieran couraient sur la surface, tandis qu'il progressait dans des gerbes d'éclaboussures – il ne s'était pas rendu compte qu'il était à présent dans l'eau jusqu'à la taille. Les gueules des deux grottes étaient béantes et vides.

Sean – qui avait toujours été là, qui avait été son ami tout au long de sa vie – avait disparu.

Kieran avait l'impression de ne plus pouvoir respirer. Il ne savait plus quoi faire. Il vit la houle, là-bas, envelopper les Survivants et, tout à coup, il se retrouva douze années en arrière, et tout aussi perdu. Il avançait tant bien que mal, sa tête allant et venant entre les grottes et le sentier, cherchant la sortie. Il ne voyait plus le départ du chemin. Celui-ci était immergé, comprit-il soudain, et le monde bascula devant lui, au point qu'il ne parvenait plus à distinguer le ciel de l'océan.

« Kieran ? »

Le cri résonna le long de la falaise. Kieran s'efforça de retrouver son équilibre, en se concentrant sur l'entrée de la grotte. Celle-ci demeurait vide et obscure. Il n'y avait personne là-bas.

« Kieran ! Ici, en haut ! »

La voix ne venait pas des grottes. Kieran resta interdit. Il essuya l'eau sur son visage et leva les yeux vers le ciel, ébloui.

Mia.

Elle était en train de descendre le sentier, Audrey sanglée contre sa poitrine. Elle contourna le rocher déchiqueté d'où elle put enfin apercevoir clairement la plage engloutie. Ses traits s'effondrèrent en le voyant au milieu des vagues.

« Kieran ! » Des pas précipités, sa voix à peine audible dans les coups de boutoir de l'eau sur les rochers. « J'ai trouvé ton mot. Qu'est-ce que tu fais ? Oh mon Dieu… » Elle regarda autour d'elle. « Où est le reste du chemin ?

— Attends, ne viens pas ! » La vue de sa compagne lui fit reprendre ses esprits. Il leva la main tandis qu'une vague manquait encore le renverser. Il vacilla mais tint bon. « C'est dangereux !

— Oui, merci, j'avais compris ! » cria en retour Mia, mais au moins, elle resta là où elle était. Kieran se mit à avancer tant bien que mal vers elle, labourant la mer jusqu'à ce qu'il entende claquer une autre gifle gigantesque contre le rocher. Il s'arrêta, résistant à l'aspiration du courant. Mia se tourna à son tour vers la béance obscure de la grotte.

« Il s'est passé quelque chose ? » cria-t-elle, mais sa voix était plus calme désormais.

Kieran hocha la tête. Il n'arrivait pas à trouver les mots.

« Je vais appeler les secours. » Elle tendait déjà la main vers son portable.

Kieran fit non de la tête. « Ils sont en chemin. »

Mia hésita, puis descendit de deux pas. Le vacarme combiné de l'océan et des oiseaux était assourdissant. Elle s'arrêta juste au bord de l'eau.

« Alors tu as fait tout ce que tu pouvais, Kieran. » Sa voix fendit les airs, ferme et claire. Elle avait les pieds secs, hors d'atteinte des vagues. Kieran vit Audrey remuer contre sa poitrine. « Tu peux sortir de là. »

Kieran entendait encore le grondement de la mer entrant et ressortant des galeries. Ses yeux dérivèrent jusqu'à Mia.

« Quoi qu'il ait pu se passer ici… » Sa voix était toujours paisible. « … c'est fini, maintenant. Terminé. »

Elle tendit la main vers lui.

« Je ne peux pas aller plus loin, ajouta-t-elle. Il faut que tu viennes jusqu'à nous. »

Kieran la regarda. Il avait aimé Finn. Son frère lui manquait toujours et Kieran aurait tant voulu qu'il soit encore parmi eux. Il serait toujours là, d'une certaine manière.

Mais en voyant Mia plantée là, quelque chose se mit à briller comme un phare, un éclat modeste mais clair et lumineux, et Kieran se rendit compte que cette chose, il la connaissait depuis longtemps. Finn avait disparu, et ne reviendrait plus. Mais Kieran avait d'autres personnes dans sa vie. D'autres personnes qu'il aimait. Mia, main tendue vers lui, et Audrey, petite mais qui avait tout l'avenir devant elle. Il pensa à ses amis, et ne put s'empêcher de jeter un dernier coup d'œil en direction des grottes.

Puis il détourna le regard. Il fixa Mia et entreprit de se frayer un chemin jusqu'à Audrey et elle. Il avança sans s'arrêter, jusqu'à ce que le sable laisse place à la fermeté du chemin, sous ses pieds. Quand il fut assez près, Mia tendit les bras vers lui et l'aida à sortir de l'eau.

Kieran tremblait terriblement, mais il sentit sa chaleur tandis qu'elle l'aidait à retrouver son équilibre sur le sentier. Ne sachant quoi faire d'autre, alors, il passa les bras autour d'elle et de leur enfant et les serra fort toutes les deux, le temps de retrouver son souffle. Il n'aurait su dire combien de temps ils étaient restés plantés là, tête contre tête, les mains de Mia dans son dos.

Finalement, il se redressa. « Allons-y. Remontons.

— Tu es sûr ? » Mia le dévisagea. « Tu te sens prêt ?

— Ouais. » Il hocha la tête. « Je suis prêt. »

Ils se tournèrent vers le sentier, qui serpentait devant eux, sec et bien dessiné. Kieran ne jeta plus un seul coup d'œil en direction des grottes sans vie, de la mer en furie ou des Survivants et de leurs regards solitaires. Il préféra prendre la main de Mia, qui serrait contre elle leur bébé, et ils montèrent ensemble vers les hauteurs.

REMERCIEMENTS

Ce livre m'a emmenée dans une magnifique région d'Australie, et je tiens à remercier les nombreuses personnes qui, en Tasmanie, ont eu la gentillesse de partager avec moi leurs histoires et leurs expériences.

Merci à l'équipe du Centre de plongée d'Eaglehawk Neck, pour m'avoir guidée dans cette captivante expérience sous-marine, et d'avoir patiemment répondu à mes questions sur la plongée en Tasmanie.

Je suis reconnaissante à Grant Blashki, conseiller clinique en chef chez Beyond Blue, pour m'avoir fait profiter de son expertise professionnelle sur le deuil et ses conséquences, ainsi que sur les recherches et les traitements actuels.

Toutes les éventuelles erreurs et autres libertés artistiques que contient cet ouvrage relèvent de mon entière responsabilité.

Toute ma gratitude aux véritables Sue Pendlebury et George Barlin, qui ont participé à la grande loterie du Déjeuner Littéraire du Comité Peter Pan, dont l'objectif était de lever des fonds pour l'organisation caritative Barnados, et remporté le gros lot : donner leur nom à deux de mes personnages préférés. Merci infiniment pour vos dons généreux à cette grande cause.

Merci aux nombreuses personnes qui ont travaillé si dur sur ce livre : mes éditeurs Cate Paterson et Georgia Douglas chez Pan Macmillan, Christine Kopprasch chez Flatiron Books, et Clare Smith chez Little, Brown ; mes agents Clare Forster chez Curtis Brown Australia, Alice Lutyens et Kate Cooper chez Curtis Brown UK, Daniel Lazar chez Writers House et Jerry Kalajian de l'Intellectual Property Group ; et mes attachées de presse Clare Keighery chez Pan Macmillan, Amelia Possanza chez Flatiron Books et Grace Vincent chez Little, Brown.

Merci à mon amie et ancienne attachée de presse Charlotte Ree, chez Pan Macmillan, qui a bénéficié d'un avancement bien mérité, mais dont le dévouement et la sagesse ont joué un rôle crucial dans le succès de mes romans.

Merci à mon frère Michael Harper d'avoir trouvé le nom du chien, Shifty, son explication, et, comme toujours, à Mike Harper, Helen Harper, Ellie Harper, Susan Davenport, Ivy et Ava Harper pour leur soutien.

Bienvenue aux deux nouveaux venus qui n'ont pas peu aidé à donner forme au personnage de la petite Audrey : mon fils Ted Strachan et ma nièce Isabel Harper.

Et, comme toujours, tout mon amour et toute ma gratitude à mon mari Peter Strachan, à notre merveilleuse fille Charlotte et à notre magnifique bébé Ted. Sans vous, je n'y arriverais pas.

Photocomposition Nord Compo

Achevé d'imprimer en avril 2021
par CPI FIRMIN-DIDOT (27650 Mesnil-sur-l'Estrée)
pour le compte des Éditions Calmann-Lévy
21, rue du Montparnasse, 75006 Paris

PAPIER À BASE DE FIBRES CERTIFIÉES

CALMANN LÉVY s'engage pour l'environnement en réduisant l'empreinte carbone de ses livres. Celle de cet exemplaire est de :
1 kg éq. CO_2
Rendez-vous sur www.calmann-levy-durable.fr

N° d'éditeur : 2155536/01
N° d'imprimeur : 163944
Dépôt légal : mai 2021
Imprimé en France.